AF482394

Leopold von Sacher-Masoch

Die besten erotischen Novellen

e-artnow 2018

Oscar Wilde
Gesammelte Werke

Jack London
Die Herrin des Großen Hauses

Jack London
Der Seewolf

Frank Wedekind
Fesselnde Erzählungen eines Skandalautors

Jacques Cazotte
Der Liebesteufel

Gabriele D'Annunzio
Das Feuer (Autobiographischer Roman)

Leopold von Sacher-Masoch
Gesammelte Werke: Romane + Novellen + Autobiografie

Antoine-Francois Prevost
Manon Lescaut

Leopold von Sacher-Masoch
Venus im Pelz (Ein Erotik und BDSM Klassiker)

Octave Mirbeau
Gesammelte Werke

Leopold von Sacher-Masoch

Die besten erotischen Novellen

Von dem Namenspatron des Masochismus: Venus im Pelz + Lola + Die Sclavenhändlerin + Don Juan von Kolomea + Der wahnsinnige Graf + Das Weib des Kosaken + Tag und Nacht in der Steppe + Im Venusberg...

e-artnow, 2018
Kontakt: info@e-artnow.org
ISBN 978-80-273-1805-6

Inhaltsverzeichnis

Venus im Pelz

*»Gott hat ihn gestraft und hat
ihn in eines Weibes Hände gegeben.«
Buch Judith 16. Kap. 7.*

Ich hatte liebenswürdige Gesellschaft.

Mir gegenüber an dem massiven Renaissancekamin saß Venus, aber nicht etwa eine Dame der Halbwelt, die unter diesem Namen Krieg führte gegen das feindliche Geschlecht, gleich Mademoiselle Cleopatra, sondern die wahrhafte Liebesgöttin.

Sie saß im Fauteuil und hatte ein prasselndes Feuer angefacht, dessen Widerschein in roten Flammen ihr bleiches Antlitz mit den weißen Augen leckte und von Zeit zu Zeit ihre Füße, wenn sie dieselben zu wärmen suchte.

Ihr Kopf war wunderbar trotz der toten Steinaugen, aber das war auch alles, was ich von ihr sah. Die Hehre hatte ihren Marmorleib in einen großen Pelz gewickelt und sich zitternd wie eine Katze zusammengerollt.

»Ich begreife nicht, gnädige Frau«, rief ich, »es ist doch wahrhaftig nicht mehr kalt, wir haben seit zwei Wochen das herrlichste Frühjahr. Sie sind offenbar nervös.«

»Ich danke für euer Frühjahr«, sprach sie mit tiefer steinerner Stimme und nieste gleich darnach himmlisch, und zwar zweimal rasch nacheinander; »da kann ich es wahrhaftig nicht aushalten, und ich fange an zu verstehen –«

»Was, meine Gnädige?«

»Ich fange an das Unglaubliche zu glauben, das Unbegreifliche zu begreifen. Ich verstehe auf einmal die germanische Frauentugend und die deutsche Philosophie, und ich erstaune auch nicht mehr, daß ihr im Norden nicht lieben könnt, ja nicht einmal eine Ahnung davon habt, was Liebe ist.«

»Erlauben Sie, Madame«, erwiderte ich aufbrausend, »ich habe Ihnen wahrhaftig keine Ursache gegeben.«

»Nun, Sie –« die Göttliche nieste zum dritten Male und zuckte mit unnachahmlicher Grazie die Achseln, »dafür bin ich auch immer gnädig gegen Sie gewesen und besuche Sie sogar von Zeit zu Zeit, obwohl ich mich jedesmal trotz meines vielen Pelzwerks rasch erkälte. Erinnern Sie sich noch, wie wir uns das erstemal trafen?«

»Wie könnte ich es vergessen«, sagte ich, »Sie hatten damals reiche braune Locken und braune Augen und einen roten Mund, aber ich erkannte Sie doch sogleich an dem Schnitt Ihres Gesichtes und an dieser Marmorblässe – Sie trugen stets eine veilchenblaue Samtjacke mit Fehpelz besetzt.«

»Ja, Sie waren ganz verliebt in diese Toilette, und wie gelehrig Sie waren.«

»Sie haben mich gelehrt, was Liebe ist, Ihr heiterer Gottesdienst ließ mich zwei Jahrtausende vergessen.«

»Und wie beispiellos treu ich Ihnen war!«

»Nun, was die Treue betrifft –«

»Undankbarer!«

»Ich will Ihnen keine Vorwürfe machen. Sie sind zwar ein göttliches Weib, aber doch ein Weib, und in der Liebe grausam wie jedes Weib.«

»Sie nennen grausam«, entgegnete die Liebesgöttin lebhaft, »was eben das Element der Sinnlichkeit, der heiteren Liebe, die Natur des Weibes ist, sich hinzugeben, wo es liebt, und alles zu lieben, was ihm gefällt.«

»Gibt es für den Liebenden etwa eine größere Grausamkeit als die Treulosigkeit der Geliebten?«

»Ach!« – entgegnete sie – »wir sind treu, so lange wir lieben, ihr aber verlangt vom Weibe Treue ohne Liebe, und Hingebung ohne Genuß, wer ist da grausam, das Weib oder der Mann? – Ihr nehmt im Norden die Liebe überhaupt zu wichtig und zu ernst. Ihr sprecht von Pflichten, wo nur vom Vergnügen die Rede sein sollte.«

»Ja, Madame, wir haben dafür auch sehr achtbare und tugendhafte Gefühle und dauerhafte Verhältnisse.«

»Und doch diese ewig rege, ewig ungesättigte Sehnsucht nach dem nackten Heidentum«, fiel Madame ein, »aber jene Liebe, welche die höchste Freude, die göttliche Heiterkeit selbst ist, taugt nicht für euch Modernen, euch Kinder der Reflexion. Sie bringt euch Unheil. *Sobald ihr natürlich sein wollt, werdet ihr gemein.* Euch erscheint die Natur als etwas Feindseliges, ihr habt aus uns lachenden Göttern Griechenlands Dämonen, aus mir eine Teufelin gemacht. Ihr könnt mich nur bannen und verfluchen oder euch selbst in bacchantischem Wahnsinn vor meinem Altar als Opfer schlachten, und hat einmal einer von euch den Mut gehabt, meinen roten Mund zu küssen, so pilgert er dafür barfuß im Büßerhemd nach Rom und erwartet Blüten von dem dürren Stock, während unter meinem Fuße zu jeder Stunde Rosen, Veilchen und Myrten emporschießen, aber euch bekömmt ihr Duft nicht; bleibt nur in eurem nordischen Nebel und christlichem Weihrauch; laßt uns Heiden unter dem Schutt, unter der Lava ruhen, grabt uns nicht aus, für euch wurde Pompeji, für euch wurden unsere Villen, unsere Bäder, unsere Tempel nicht gebaut. Ihr braucht keine Götter! Uns friert in eurer Welt!« Die schöne Marmordame hustete und zog die dunkeln Zobelfelle um ihre Schultern noch fester zusammen.

»Wir danken für die klassische Lektion«, erwiderte ich, »aber Sie können doch nicht leugnen, daß Mann und Weib in Ihrer heiteren sonnigen Welt ebensogut wie in unserer nebligen, von Natur Feinde sind, daß die Liebe für die kurze Zeit zu einem einzigen Wesen vereint, das nur eines Gedankens, einer Empfindung, eines Willens fähig ist, um sie dann noch mehr zu entzweien, und – nun Sie wissen es besser als ich – wer dann nicht zu unterjochen versteht, wird nur zu rasch den Fuß des anderen auf seinem Nacken fühlen –«

»Und zwar in der Regel der Mann den Fuß des Weibes«, rief Frau Venus mit übermütigem Hohne, »was Sie wieder besser wissen als ich.«

»Gewiß, und eben deshalb mache ich mir keine Illusionen.«

»Das heißt, Sie sind jetzt mein Sklave ohne Illusionen, und ich werde Sie dafür auch ohne Erbarmen treten.«

»Madame!«

»Kennen Sie mich noch nicht, ja, ich bin *grausam* – weil Sie denn schon an dem Worte so viel Vergnügen finden – und habe ich nicht recht, es zu sein? Der Mann ist der Begehrende, das Weib das Begehrte, dies ist des Weibes ganzer, aber entscheidender Vorteil, die Natur hat ihm den Mann durch seine Leidenschaft preisgegeben, und das Weib, das aus ihm nicht seinen Untertan, seinen Sklaven, ja sein Spielzeug zu machen und ihn zuletzt lachend zu verraten versteht, ist nicht klug.«

»Ihre Grundsätze, meine Gnädige«, warf ich entrüstet ein.

»Beruhen auf tausendjähriger Erfahrung«, entgegnete Madame spöttisch, während ihre weißen Finger in dem dunkeln Pelz spielten, »je hingebender das Weib sich zeigt, um so schneller wird der Mann nüchtern und herrisch werden; je grausamer und treuloser es aber ist, je mehr es ihn mißhandelt, je frevelhafter es mit ihm spielt, je weniger Erbarmen es zeigt, um so mehr wird es die Wollust des Mannes erregen, von ihm geliebt, angebetet werden. So war es zu allen Zeiten, seit Helena und Delila, bis zur zweiten Katharina und Lola Montez herauf.«

»Ich kann es nicht leugnen«, sagte ich, »es gibt für den Mann nichts, das ihn mehr reizen könnte, als das Bild einer schönen, wollüstigen und grausamen Despotin, welche ihre Günstlinge übermütig und rücksichtslos nach Laune wechselt –«

»Und noch dazu einen Pelz trägt«, rief die Göttin.

»Wie kommen Sie darauf?«

»Ich kenne ja Ihre Vorliebe.«

»Aber wissen Sie«, fiel ich ein, »daß Sie, seitdem wir uns nicht gesehen haben, sehr kokett geworden sind.«

»Inwiefern, wenn ich bitten darf?«

»Insofern es keine herrlichere Folie für Ihren weißen Leib geben könnte, als diese dunklen Felle und es Ihnen –«

Die Göttin lachte.

»Sie träumen«, rief sie, »wachen Sie auf!« und sie faßte mich mit ihrer Marmorhand beim Arme, »wachen Sie doch auf!« dröhnte ihre Stimme nochmals im tiefsten Brustton. Ich schlug mühsam die Augen auf.

Ich sah die Hand, die mich rüttelte, aber diese Hand war auf einmal braun wie Bronze, und die Stimme war die schwere Schnapsstimme meines Kosaken, der in seiner vollen Größe von nahe sechs Fuß vor mir stand.

»Stehen Sie doch auf«, fuhr der Wackere fort, »es ist eine wahrhafte Schande.«

»Und weshalb eine Schande?«

»Eine Schande in Kleidern einzuschlafen und noch dazu bei einem Buche«, er putzte die heruntergebrannten Kerzen und hob den Band auf, der meiner Hand entsunken war, »bei einem Buche von – er schlug den Deckel auf, von Hegel – dabei ist es die höchste Zeit zu Herrn Severin zu fahren, der uns zum Tee erwartet.«

»Ein seltsamer Traum«, sprach Severin, als ich zu Ende war, stützte die Arme auf die Knie, das Gesicht in die feinen zartgeäderten Hände und versank in Nachdenken.

Ich wußte, daß er sich nun lange Zeit nicht regen, ja kaum atmen würde, und so war es in der Tat, für mich hatte indes sein Benehmen nichts Auffallendes, denn ich verkehrte seit beinahe drei Jahren in guter Freundschaft mit ihm und hatte mich an alle seine Sonderbarkeiten gewöhnt. Denn sonderbar war er, das ließ sich nicht leugnen, wenn auch lange nicht der gefährliche Narr, für den ihn nicht allein seine Nachbarschaft, sondern der ganze Kreis von Kolomea hielt. Mir war sein Wesen nicht bloß interessant, sondern – und deshalb passierte ich auch bei vielen als ein wenig vernarrt – in hohem Grade sympathisch.

Er zeigte für einen galizischen Edelmann und Gutsbesitzer wie für sein Alter – er war kaum über dreißig – eine auffallende Nüchternheit des Wesens, einen gewissen Ernst, ja sogar Pedanterie. Er lebte nach einem minutiös ausgeführten, halb philosophischen, halb praktischen Systeme, gleichsam nach der Uhr, und nicht das allein, zu gleicher Zeit nach dem Thermometer, Barometer, Aerometer, Hydrometer, Hippokrates, Hufeland, Plato, Kant, Knigge und Lord Chesterfield; dabei bekam er aber zu Zeiten heftige Anfälle von Leidenschaftlichkeit, wo er Miene machte, mit dem Kopfe durch die Wand zu gehen, und ihm ein jeder gerne aus dem Wege ging.

Während er also stumm blieb, sang dafür das Feuer im Kamin, sang der große ehrwürdige Samowar, und der Ahnherrnstuhl, in dem ich, mich schaukelnd, meine Zigarre rauchte, und das Heimchen im alten Gemäuer sang auch, und ich ließ meinen Blick über das absonderliche Geräte, die Tiergerippe, ausgestopften Vögel, Globen, Gipsabgüsse schweifen, welche in seinem Zimmer angehäuft waren, bis er zufällig auf einem Bilde haften blieb, das ich oft genug gesehen hatte, das mir aber gerade heute im roten Widerschein des Kaminfeuers einen unbeschreiblichen Eindruck machte.

Es war ein großes Ölgemälde in der kräftigen farbensatten Manier der belgischen Schule gemalt, sein Gegenstand seltsam genug.

Ein schönes Weib, ein sonniges Lachen auf dem feinen Antlitz, mit reichem, in einen antiken Knoten geschlungenem Haare, auf dem der weiße Puder wie leichter Reif lag, ruhte, auf den linken Arm gestützt, nackt in einem dunkeln Pelz auf einer Ottomane; ihre rechte Hand spielte mit einer Peitsche, während ihr bloßer Fuß sich nachlässig auf den Mann stützte, der vor ihr lag wie ein Sklave, wie ein Hund, und dieser Mann, mit den scharfen, aber wohlgebildeten Zügen, auf denen brütende Schwermut und hingebende Leidenschaft lag, welcher mit dem schwärmerischen brennenden Auge eines Märtyrers zu ihr emporsah, dieser Mann, der den Schemel ihrer Füße bildete, war Severin, aber ohne Bart, wie es schien um zehn Jahre jünger.

»*Venus im Pelz!*« rief ich, auf das Bild deutend, »so habe ich sie im Traume gesehen.« – »Ich auch«, sagte Severin, »nur habe ich meinen Traum mit offenen Augen geträumt.«

»Wie?«

»Ach! das ist eine dumme Geschichte.

»Dein Bild hat offenbar Anlaß zu meinem Traum gegeben«, fuhr ich fort, »aber sage mir endlich einmal, was damit ist, daß es eine Rolle gespielt hat in deinem Leben, und vielleicht eine sehr entscheidende, kann ich mir denken, aber das weitere erwarte ich von dir.«

»Sieh dir einmal das Gegenstück an«, entgegnete mein seltsamer Freund, ohne auf meine Frage einzugehen.

Das Gegenstück bildete eine treffliche Kopie der bekannten »Venus mit dem Spiegel« von Titian in der Dresdener Galerie.

»Nun, was willst du damit?«

Severin stand auf und wies mit dem Finger auf den Pelz, mit dem Titian seine Liebesgöttin bekleidet hat.

»Auch hier ›Venus im Pelz‹« sprach er fein lächelnd, »ich glaube nicht, daß der alte Venetianer damit eine Absicht verbunden hat. Er hat einfach das Porträt irgendeiner vornehmen Messaline gemacht und die Artigkeit gehabt, ihr den Spiegel, in welchem sie ihre majestätischen Reize mit kaltem Behagen prüft, durch Amor halten zu lassen, dem die Arbeit sauer genug zu werden scheint. Das Bild ist eine gemalte Schmeichelei. Später hat irgendein ›Kenner‹ der Rokokozeit die Dame auf den Namen Venus getauft, und der Pelz der Despotin, in den sich Titians schönes Modell wohl mehr aus Furcht vor dem Schnupfen als Keuschheit gehüllt hat, ist zu einem Symbol der Tyrannei und Grausamkeit geworden, welche im Weibe und seiner Schönheit liegt.

Aber genug, so wie das Bild jetzt ist, erscheint es uns als die pikanteste Satire auf unsere Liebe. Venus, die im abstrakten Norden, in der eisigen christlichen Welt in einen großen schweren Pelz schlüpfen muß, um sich nicht zu erkälten. –«

Severin lachte und zündete eine neue Zigarette an.

Eben ging die Türe auf und eine hübsche volle Blondine mit klugen freundlichen Augen, in einer schwarzen Seidenrobe, kam herein und brachte uns kaltes Fleisch und Eier zum Tee. Severin nahm eines der letzteren und schlug es mit dem Messer auf. »Habe ich dir nicht gesagt, daß ich sie weich gekocht haben will?« rief er mit einer Heftigkeit, welche die junge Frau zittern machte.

»Aber lieber Sewtschu –« sprach sie ängstlich.

»Was Sewtschu«, schrie er, »gehorchen sollst du, gehorchen, verstehst du«, und er riß den Kantschuk, welcher neben seinen Waffen hing, vom Nagel.

Die hübsche Frau floh wie ein Reh rasch und furchtsam aus dem Gemache.

»Warte nur, ich erwische dich noch«, rief er ihr nach.

»Aber Severin«, sagte ich, meine Hand auf seinen Arm legend, »Wie kannst du die hübsche kleine Frau so traktieren!«

»Sieh dir das Weib nur an«, erwiderte er, indem er humoristisch mit den Augen zwinkerte, »hätte ich ihr geschmeichelt, so hätte sie mir die Schlinge um den Hals geworfen, so aber, weil ich sie mit dem Kantschuk erziehe, betet sie mich an.«

»Geh' mir!«

»Geh' du mir, so muß man die Weiber dressieren.«

»Leb' meinetwegen wie ein Pascha in deinem Harem, aber stelle mir nicht Theorien auf –«

»Warum nicht«, rief er lebhaft, »nirgends paßt Goethes ›Du mußt Hammer oder Amboß sein‹ so vortrefflich hin wie auf das Verhältnis von Mann und Weib, das hat dir beiläufig Frau Venus im Traume auch eingeräumt. In der Leidenschaft des Mannes ruht die Macht des Weibes, und es versteht sie zu benützen, wenn der Mann sich nicht vorsieht. Er hat nur die Wahl, der Tyrann oder der Sklave des Weibes zu sein. Wie er sich hingibt, hat er auch schon den Kopf im Joche und wird die Peitsche fühlen.«

»Seltsame Maximen!«

»Keine Maximen, sondern Erfahrungen«, entgegnete er mit dem Kopfe nickend, *ich bin im Ernste gepeitscht worden*, ich bin kuriert, willst du lesen wie?«

Er erhob sich und holte aus seinem massiven Schreibtisch eine kleine Handschrift, welche er vor mir auf den Tisch legte.

»Du hast früher nach jenem Bilde gefragt. Ich bin dir schon lange eine Erklärung schuldig. Da – lies!«

Severin setzte sich zum Kamin, den Rücken gegen mich, und schien mit offenen Augen zu träumen. Wieder war es still geworden, und wieder sang das Feuer im Kamin, und der Samowar und das Heimchen im alten Gemäuer und ich schlug die Handschrift auf und las:

»Bekenntnisse eines Übersinnlichen«, an dem Rande des Manuskriptes standen als Motiv die bekannten Verse aus dem Faust variiert:

»Du übersinnlicher sinnlicher Freier,
Ein Weib nasführet dich!«
Mephistopheles

Ich schlug das Titelblatt um und las: »Das Folgende habe ich aus meinem damaligen Tagebuche zusammengestellt, weil man seine Vergangenheit nie unbefangen darstellen kann, so aber hat alles seine frischen Farben, die Farben der Gegenwart.«

Gogol, der russische Molière, sagt – ja wo? – nun irgendwo – »die echte komische Muse ist jene, welcher unter der lachenden Larve die Tränen herabrinnen«.

Ein wunderbarer Ausspruch!

So ist es mir recht seltsam zumute, während ich dies niederschreibe. Die Luft scheint mir mit einem aufregenden Blumenduft gefüllt, der mich betäubt und mir Kopfweh macht, der Rauch des Kamines kräuselt und ballt sich mir zu Gestalten, kleinen graubärtigen Kobolden zusammen, die spöttisch mit dem Finger auf mich deuten, pausbäckige Amoretten reiten auf den Lehnen meines Stuhles und auf meinen Knien, und ich muß unwillkürlich lächeln, ja laut lachen, indem ich meine Abenteuer niederschreibe, und doch schreibe ich nicht mit gewöhnlicher Tinte, sondern mit dem roten Blute, das aus meinem Herzen träufelt, denn alle seine längst vernarbten Wunden haben sich geöffnet und es zuckt und schmerzt, und hie und da fällt eine Träne auf das Papier.

Träge schleichen die Tage in dem kleinen Karpatenbade dahin. Man sieht niemand und wird von niemand gesehen. Es ist langweilig zum Idyllenschreiben. Ich hätte hier Muße, eine Galerie von Gemälden zu liefern, ein Theater für eine ganze Saison mit neuen Stücken, ein Dutzend Virtuosen mit Konzerten, Trios und Duos zu versorgen, aber – was spreche ich da – ich tue am Ende doch nicht viel mehr, als die Leinwand aufspannen, die Bogen zurechtglätten, die Notenblätter liniieren, denn ich bin – ach! nur keine falsche Scham, Freund Severin, lüge andere an; aber es gelingt dir nicht mehr recht, dich selbst anzulügen – also ich bin nichts weiter, als ein Dilettant; ein Dilettant in der Malerei, in der Poesie, der Musik und noch in einigen anderen jener sogenannten brotlosen Künste, welche ihren Meistern heutzutage das Einkommen eines Ministers, ja eines kleinen Potentaten sichern, und vor allem bin ich ein Dilettant im Leben.

Ich habe bis jetzt gelebt, wie ich gemalt und gedichtet habe, das heißt, ich bin nie weit über die Grundierung, den Plan, den ersten Akt, die erste Strophe gekommen. Es gibt einmal solche Menschen, die alles anfangen und doch nie mit etwas zu Ende kommen, und ein solcher Mensch bin ich.

Aber was schwatze ich da.

Zur Sache.

Ich liege in meinem Fenster und finde das Nest, in dem ich verzweifle, eigentlich unendlich poetisch, welcher Blick auf die blaue, von goldenem Sonnenduft umwobene hohe Wand des Gebirges, durch welche sich Sturzbäche wie Silberbänder schlingen, und wie klar und blau der Himmel, in den die beschneiten Kuppen ragen, und wie grün und frisch die waldigen Abhänge, die Wiesen, auf denen kleine Herden weiden, bis zu den gelben Wogen des Getreides hinab, in denen die Schnitter stehen und sich bücken und wieder emportauchen.

Das Haus, in dem ich wohne, steht in einer Art Park, oder Wald, oder Wildnis, wie man es nennen will, und ist sehr einsam.

Es wohnt niemand darin als ich, eine Witwe aus Lwow, die Hausfrau Madame Tartakowska, eine kleine alte Frau, die täglich älter und kleiner wird, ein alter Hund, der auf einem Beine hinkt, und eine junge Katze, welche stets mit einem Zwirnknäuel spielt, und der Zwirnknäuel gehört, glaube ich, der schönen Witwe.

Sie soll wirklich schön sein, die Witwe, und noch sehr jung, höchstens vierundzwanzig, und sehr reich. Sie wohnt im ersten Stock und ich wohne ebener Erde. Sie hat immer die grünen Jalousien geschlossen und hat einen Balkon, der ganz mit grünen Schlingpflanzen überwachsen ist; ich aber habe dafür unten meine liebe, trauliche Gaisblattlaube, in der ich lese und schreibe und male und singe, wie ein Vogel in den Zweigen. Ich kann auf den Balkon hinaufsehen. Manchmal sehe ich auch wirklich hinauf und dann schimmert von Zeit zu Zeit ein weißes Gewand zwischen dem dichten, grünen Netz.

Eigentlich interessiert mich die schöne Frau dort oben sehr wenig, denn ich bin in eine andere verliebt, und zwar höchst unglücklich verliebt, noch weit unglücklicher, als Ritter Toggenburg und der Chevalier in Manon l'Escault, denn meine Geliebte ist von Stein.

Im Garten, in der kleinen Wildnis, befindet sich eine graziöse kleine Wiese, auf der friedlich ein paar zahme Rehe weiden. Auf dieser Wiese steht ein Venusbild von Stein, das Original, glaube ich, ist in Florenz; diese Venus ist das schönste Weib, das ich in meinem Leben gesehen habe.

Das will freilich nicht viel sagen, denn ich habe wenig schöne Frauen, ja überhaupt wenig Frauen gesehen und bin auch in der Liebe nur ein Dilettant, der nie über die Grundierung, über den ersten Akt hinausgekommen ist.

Wozu auch in Superlativen sprechen, als wenn etwas, was schön ist, noch übertroffen werden könnte.

Genug, diese Venus ist schön und ich liebe sie, so leidenschaftlich, so krankhaft innig, so wahnsinnig, wie man nur ein Weib lieben kann, das unsere Liebe mit einem ewig gleichen, ewig ruhigen, steinernen Lächeln erwidert. Ja, ich bete sie förmlich an.

Oft liege ich, wenn die Sonne im Gehölze brütet, unter dem Laubdach einer jungen Buche und lese, oft besuche ich meine kalte, grausame Geliebte auch bei Nacht und liege dann vor ihr auf den Knien, das Antlitz gegen die kalten Steine gepreßt, auf denen ihre Füße ruhen, und bete zu ihr.

Es ist unbeschreiblich, wenn dann der Mond heraufsteigt – er ist eben im Zunehmen – und zwischen den Bäumen schwimmt und die Wiese in silbernen Glanz taucht, und die Göttin steht dann wie verklärt und scheint sich in seinem weichen Lichte zu baden.

Einmal, wie ich von meiner Andacht zurückkehrte, durch eine der Alleen, die zum Hause führen, sah ich plötzlich, nur durch die grüne Galerie von mir getrennt, eine weibliche Gestalt, weiß wie Stein, vom Mondlicht beglänzt; da war mir's, als hätte sich das schöne Marmorweib meiner erbarmt und sei lebendig geworden und mir gefolgt – mich aber faßte eine namenlose Angst, das Herz drohte mir zu springen, und statt –

Nun, ich bin ja ein Dilettant. Ich blieb, wie immer, beim zweiten Verse stecken, nein, im Gegenteil, ich blieb nicht stecken, ich lief, so rasch ich laufen konnte.

Welcher Zufall! ein Jude, der mit Photographien handelt, spielt mir das Bild meines Ideals in die Hände; es ist ein kleines Blatt, die »Venus mit dem Spiegel« von Titian, welch ein Weib! Ich will ein Gedicht machen. Nein! Ich nehme das Blatt und schreibe darauf: »*Venus im Pelz*«.

Du frierst, während du selbst Flammen erregst. Hülle dich nur in deinen Despotenpelz, wem gebührt er, wenn nicht dir, grausame Göttin der Schönheit und Liebe! –

Und nach einer Weile fügte ich einige Verse von Goethe hinzu, die ich vor kurzem in seinen Paralipomena zum Faust gefunden hatte.

An Amor!

»Erlogen ist das Flügelpaar,
Die Pfeile, die sind Krallen,
Die Hörnerchen verbirgt der Kranz,

Er ist ohn' allen Zweifel,
Wie alle Götter Griechenlands,
Auch ein verkappter Teufel.«

Dann stellte ich das Bild vor mich auf den Tisch, indem ich es mit einem Buche stützte und betrachtete es.

Die kalte Koketterie, mit der das herrliche Weib seine Reize mit den dunklen Zobelfellen drapiert, die Strenge, Härte, welche in dem Marmorantlitz liegt, entzücken mich und flößen mir zugleich Grauen ein.

Ich nehme noch einmal die Feder; da steht es nun:

»Lieben, geliebt werden, welch ein Glück! und doch wie verblaßt der Glanz desselben gegen die qualvolle Seligkeit, ein Weib anzubeten, das uns zu seinem Spielzeug macht, der Sklave einer schönen Tyrannin zu sein, die uns umbarmherzig mit Füßen tritt. Auch Simson, der Held, der Riese, gab sich Delila, die ihn verraten hatte, noch einmal in die Hand, und sie verriet ihn noch einmal und die Philister banden ihn vor ihr und stachen ihm die Augen aus, die er bis zum letzten Augenblicke von Wut und Liebe trunken auf die schöne Verräterin heftete.«

Ich nahm das Frühstück in meiner Gaisblattlaube und las im Buche Judith und beneidete den grimmen Heiden Holofernes um das königliche Weib, das ihm den Kopf herunterhieb, und um sein blutig schönes Ende.

»Gott hat ihn gestraft und hat ihn in eines Weibes Hände gegeben.« Der Satz frappierte mich.

Wie ungalant diese Juden sind, dachte ich, und ihr Gott, er könnte auch anständigere Ausdrücke wählen, wenn er von dem schönen Geschlechte spricht.

»Gott hat ihn gestraft und hat ihn in eines Weibes Hände gegeben«, wiederholte ich für mich. Nun, was soll ich etwa anstellen, damit er mich straft?

Um Gottes willen! da kommt unsere Hausfrau, sie ist über Nacht wieder etwas kleiner geworden. Und dort oben zwischen den grünen Ranken und Ketten wieder das weiße Gewand. Ist es Venus oder die Witwe?

Diesmal ist es die Witwe, denn Madame Tartakowska knickst und ersucht mich in ihrem Namen um Lektüre. Ich eile in mein Zimmer und raffe ein paar Bände zusammen.

Zu spät erinnere ich mich, daß mein Venusbild in einem derselben liegt, nun hat es die weiße Frau dort oben, samt meinen Ergüssen. Was wird sie dazu sagen?

Ich höre sie lachen.

Lacht sie über mich?

Vollmond! Da blickt er schon über die Wipfel der niederen Tannen, welche den Park einsäumen, und silberner Duft erfüllt die Terrasse, die Baumgruppen, die ganze Landschaft, so weit das Auge reicht, in der Ferne sanft verschwimmend, gleich zitternden Gewässern.

Ich kann nicht widerstehen, es mahnt und ruft mich so seltsam, ich kleide mich wieder an und trete in den Garten.

Es zieht mich hin zur Wiese, zu ihr, meiner Göttin, meiner Geliebten.

Die Nacht ist kühl. Mich fröstelt. Die Luft ist schwer von Blumen-und Waldgeruch, sie berauscht.

Welche Feier! Welche Musik ringsum. Eine Nachtigall schluchzt. Die Sterne zucken nur leise in blaßblauem Schimmer. Die Wiese scheint glatt, wie ein Spiegel, wie die Eisdecke eines Teiches.

Hehr und leuchtend ragt das Venusbild.

Doch – was ist das?

Von den marmornen Schultern der Göttin fließt bis zu ihren Sohlen ein großer dunkler Pelz herab – ich stehe starr und staune sie an, und wieder faßt mich jenes unbeschreibliche Bangen und ich ergreife die Flucht.

Ich beschleunige meine Schritte; da sehe ich, daß ich die Allee verfehlt habe, und wie ich seitwärts in einen der grünen Gänge einbiegen will, sitzt Venus, das schöne, steinerne Weib, nein, die wirkliche Liebesgöttin, mit warmem Blute und pochenden Pulsen, vor mir auf einer steinernen Bank. Ja, sie ist mir lebendig geworden, wie jene Statue, die für ihren Meister zu atmen begann; zwar ist das Wunder erst halb vollbracht. Ihr weißes Haar scheint noch von Stein und ihr weißes Gewand schimmert wie Mondlicht, oder ist es Atlas? und von ihren Schultern fließt der dunkle Pelz – aber ihre Lippen sind schon rot und ihre Wangen färben sich, und aus ihren Augen treffen mich zwei diabolische, grüne Strahlen und jetzt lacht sie.

Ihr Lachen ist so seltsam, so – ach! es ist unbeschreiblich, es benimmt mir den Atem, ich flüchte weiter und muß immer wieder nach wenigen Schritten Atem holen und dieses spöttische Lachen verfolgt mich durch die düsteren Laubgänge, über die hellen Rasenplätze, in das Dickicht, durch das nur einzelne Mondstrahlen brechen; ich finde den Weg nicht mehr, ich irre umher, kalte Tropfen perlen mir auf der Stirne.

Endlich bleibe ich stehen und halte einen kurzen Monolog.

Er lautet – nun – man ist ja immer sich selbst gegenüber entweder sehr artig oder sehr grob.

Ich sage also zu mir: Esel!

Dieses Wort übt eine großartige Wirkung, gleich einer Zauberformel, die mich erlöst und zu mir bringt.

Ich bin im Augenblicke ruhig.

Vergnügt wiederhole ich: Esel!

Ich sehe nun wieder alles klar und deutlich, da ist der Springbrunnen, dort die Allee von Buchsbaum, dort das Haus, auf das ich jetzt langsam zugehe.

Da – plötzlich noch einmal – hinter der grünen, vom Mondlicht durchleuchteten, gleichsam in Silber gestickten Wand, die weiße Gestalt, das schöne Weib von Stein, das ich anbete, das ich fürchte, vor dem ich fliehe.

Mit ein paar Sätzen bin ich im Hause und hole Atem und denke nach.

Nun, was bin ich jetzt eigentlich, ein kleiner Dilettant oder ein großer Esel?

Ein schwüler Morgen, die Luft ist matt, stark gewürzt, aufregend. Ich sitze wieder in meiner Gaisblattlaube und lese in der Odyssee von der reizenden Hexe, die ihre Anbeter in Bestien verwandelt. Köstliches Bild der antiken Liebe.

In den Zweigen und Halmen rauscht es leise und die Blätter meines Buches rauschen und auf der Terrasse rauscht es auch.

Ein Frauengewand –

Da ist sie – Venus – aber ohne Pelz – nein, diesmal ist es die Witwe und doch – Venus – oh! welch ein Weib!

Wie sie dasteht im leichten, weißen Morgengewande und auf mich blickt, wie poetisch und anmutig zugleich erscheint ihre feine Gestalt; sie ist nicht groß, aber auch nicht klein, und der Kopf, mehr reizend, pikant – im Sinne der Französischen Marquisenzeit – als streng schön, aber doch wie bezaubernd, welche Weichheit, welcher holde Mutwille umspielen diesen vollen, nicht zu kleinen Mund – die Haut ist so unendlich zart, daß überall die blauen Adern durchschimmern, auch durch den Mousselin, welcher Arm und Busen bedeckt, wie üppig ringelt sich das rote Haar – ja, es ist rot – nicht blond oder goldig – wie dämonisch und doch lieblich spielt es um ihren Nacken, und jetzt treffen mich ihre Augen wie grüne Blitze – ja, sie sind grün, diese Augen, deren sanfte Gewalt unbeschreiblich ist – grün, aber so wie es Edelsteine, wie es tiefe, unergründliche Bergseen sind.

Sie bemerkt meine Verwirrung, die mich sogar unartig macht, denn ich bin sitzen geblieben und habe noch meine Mütze auf dem Kopfe.

Sie lächelt schelmisch.

Ich erhebe mich endlich und grüße sie. Sie nähert sich und bricht in ein lautes, beinahe kindliches Lachen aus. Ich stottere, wie nur ein kleiner Dilettant oder großer Esel in einem solchen Augenblicke stottern kann.

So machen wir unsere Bekanntschaft.

Die Göttin fragt um meinen Namen und nennt mir den ihren. Sie heißt Wanda von Dunajew.

Und sie ist wirklich meine Venus.

»Aber Madame, wie kamen Sie auf den Einfall?«

»Durch das kleine Bild, das in einem Ihrer Bücher lag –«

»Ich habe es vergessen.«

»Die seltsamen Bemerkungen auf der Rückseite –«

»Warum seltsam?«

Sie sah mich an. »Ich habe immer den Wunsch gehabt, einmal einen ordentlichen Phantasten kennenzulernen – der Abwechslung wegen – nun, Sie scheinen mir nach allem einer der tollsten.«

»Meine Gnädige – in der Tat –« wieder das fatale, eselhafte Stottern und noch dazu ein Erröten, wie es für einen jungen Menschen von sechzehn Jahren wohl passen mag, aber für mich, der beinahe volle zehn Jahre älter –

»Sie haben sich heute nacht vor mir gefürchtet.«

»Eigentlich – allerdings – aber wollen Sie sich nicht setzen?«

Sie nahm Platz und weidete sich an meiner Angst – denn ich fürchtete mich jetzt, bei hellem Tageslichte, noch mehr vor ihr – ein reizender Hohn zuckte um ihre Oberlippe.

»Sie sehen die Liebe und vor allem das Weib«, begann sie, »als etwas Feindseliges an, etwas, wogegen Sie sich, wenn auch vergebens, wehren, dessen Gewalt Sie aber als eine süße Qual, eine prickelnde Grausamkeit fühlen; eine echt moderne Anschauung.«

»Sie teilen sie nicht.«

»Ich teile sie nicht«, sprach sie rasch und entschieden und schüttelte den Kopf, daß ihre Locken wie rote Flammen emporschlugen.

»Mir ist die heitere Sinnlichkeit der Hellenen Freude ohne Schmerz – ein Ideal, das ich in meinem Leben zu verwirklichen strebe. Denn an jene Liebe, welche das Christentum, welche die Modernen, die Ritter vom Geiste predigen, glaube ich nicht. Ja, sehen Sie mich nur an, ich bin weit schlimmer als eine Ketzerin, ich bin eine Heidin.

›Glaubst du, es habe sich lange die Göttin der Liebe besonnen,
Als im Idäischen Hain einst ihr Anchises gefiel?‹

Diese Verse aus Goethes römischer Elegie haben mich stets sehr entzückt.

In der Natur liegt nur jene Liebe der herrischen Zeit, ›da Götter und Göttinnen liebten‹. Damals

›folgte Begierde dem Blick, folgte Genuß der Begier‹

Alles andere ist gemacht, affektiert, erlogen. Durch das Christentum – dessen grausames Emblem – das Kreuz – etwas Entsetzliches für mich hat – wurde erst etwas Fremdes, Feindliches in die Natur und ihre unschuldigen Triebe hineingetragen.

Der Kampf des Geistes mit der sinnlichen Welt ist das Evangelium der Modernen. Ich will keinen Teil daran.«

»Ja, Ihr Platz wäre im Olymp, Madame«, entgegnete ich, »aber wir Modernen ertragen einmal die antike Heiterkeit nicht, am wenigsten in der Liebe; die Idee, ein Weib, und wäre es auch eine Aspasia, mit anderen zu teilen, empört uns, wir sind eifersüchtig wie unser Gott. So ist der Name der herrlichen Phryne bei uns zu einem Schimpfworte geworden.

Wir ziehen eine dürftige, blasse, Holbeinsche Jungfrau, welche uns allein gehört, einer antiken Venus vor, wenn sie noch so göttlich schön ist, aber heute den Anchises, morgen den Paris, übermorgen den Adonis liebt, und wenn die Natur in uns triumphiert, wenn wir uns in glühender Leidenschaft einem solchen Weibe hingeben, erscheint uns dessen heitere Lebenslust als Dämonie, als Grausamkeit, und wir sehen in unserer Seligkeit eine Sünde, die wir büßen müssen.«

»Also auch Sie schwärmen für die moderne Frau, für jene armen, hysterischen Weiblein, welche im somnambulen Jagen nach einem erträumten, männlichen Ideal den besten Mann nicht zu schätzen verstehen und unter Tränen und Krämpfen täglich ihre christlichen Pflichten verletzen, betrügend und betrogen, immer wieder suchen und wählen und verwerfen, nie glücklich sind, nie glücklich machen und das Schicksal anklagen, statt ruhig zu gestehen, ich will lieben und leben, wie Helena und Aspasia gelebt haben. Die Natur kennt keine Dauer in dem Verhältnis von Mann und Weib.«

»Gnädige Frau –«

»Lassen Sie mich ausreden. Es ist nur der Egoismus des Mannes, der das Weib wie einen Schatz vergraben will. Alle Versuche, durch heilige Zeremonien, Eide und Verträge Dauer in das Wandelbarste im wandelbaren menschlichen Dasein, in die Liebe hineinzutragen, sind gescheitert. Können Sie leugnen, daß unsere christliche Welt in Fäulnis übergegangen ist?«

»Aber –«

»Aber der einzelne, der sich gegen die Einrichtungen der Gesellschaft empört, wird ausgestoßen, gebrandmarkt, gesteinigt, wollen Sie sagen. Nun gut. Ich wage es, meine Grundsätze sind recht heidnisch, ich will mein Dasein ausleben. Ich verzichte auf euren heuchlerischen Respekt, ich ziehe es vor, glücklich zu sein. Die Erfinder der christlichen Ehe haben gut daran getan, auch gleich dazu die Unsterblichkeit zu erfinden. Ich denke jedoch nicht daran, ewig zu leben, und wenn mit dem letzten Atemzuge hier für mich als Wanda von Dunajew alles zu Ende ist, was habe ich davon, ob mein reiner Geist in den Chören der Engel mitsingt oder ob mein Staub zu neuen Wesen zusammenquillt? Sobald ich aber, so wie ich bin, nicht fortlebe, aus welcher Rücksicht soll ich dann entsagen? Einem Manne angehören, den ich nicht liebe, bloß deshalb, weil ich ihn einmal geliebt habe? Nein, ich entsage nicht, ich liebe jeden, der mir gefällt, und mache jeden glücklich, der mich liebt. Ist das häßlich? Nein, es ist mindestens weit schöner, als wenn ich mich grausam der Qualen freue, die meine Reize erregen, und mich tugendhaft von dem Armen abkehre, der um mich verschmachtet. Ich bin jung, reich und schön, und so, wie ich bin, lebe ich heiter dem Vergnügen, dem Genuß.«

Ich hatte, während sie sprach und ihre Augen schelmisch funkelten, ihre Hände ergriffen, ohne recht zu wissen, was ich mit ihnen anfangen wollte, aber als echter Dilettant ließ ich sie jetzt wieder eilig los.

»Ihre Ehrlichkeit«, sagte ich, »entzückt mich, und nicht diese allein –«

Wieder der verdammte Dilettantismus, der mir den Hals mit einem Hemmseil zuschnürt.

»Was wollten Sie doch sagen...«

»Was ich sagen wollte – ja, ich wollte – vergeben Sie – meine Gnädige – ich habe Sie unterbrochen.«

»Wie?«

Eine lange Pause. Sie hält gewiß einen Monolog, der, in meine Sprache übersetzt, sich in das einzige Wort »Esel« zusammenfassen läßt.

»Wenn Sie erlauben, gnädige Frau«, begann ich endlich, »wie sind Sie zu diesen – zu diesen Ideen gekommen?«

»Sehr einfach, mein Vater war ein vernünftiger Mann. Ich war von der Wiege an mit Abgüssen antiker Bildwerke umgeben, ich las mit zehn Jahren den Gil Blas, mit zwölf die Pucelle. Wie andere in ihrer Kindheit den Däumling, Blaubart, Aschenbrödel, nannte ich Venus und Apollo, Herkules und Laokoon meine Freunde. Mein Gatte war eine heitere, sonnige Natur; nicht einmal das unheilbare Leiden, das ihn nicht lange nach unserer Vermählung ergriff, konnte seine Stirne jemals für die Dauer umwölken. Noch die Nacht vor dem Tode nahm er mich in sein Bett und während der vielen Monate, wo er sterbend in seinem Rollsessel lag, sagte er öfter scherzend zu mir: ›Nun, hast du schon einen Anbeter?‹ Ich wurde schamrot. ›Betrüge mich nicht‹, fügte er einmal hinzu, ›das fände ich häßlich, aber suche dir einen hübschen Mann aus, oder lieber gleich mehrere. Du bist ein braves Weib, aber dabei noch ein halbes Kind, du brauchst Spielzeug.‹

Es ist wohl nicht nötig, Ihnen zu sagen, daß ich, solange er lebte, keinen Anbeter hatte, aber genug, er erzog mich zu dem, was ich bin, zu einer Griechin.«

»Zu einer Göttin«, fiel ich ein.

Sie lächelte. »Zu welcher etwa?«

»Zu einer Venus.«

Sie drohte mit dem Finger und zog die Brauen zusammen. »Am Ende gar zu einer ›Venus im Pelz‹, warten Sie nur – ich habe einen großen, großen Pelz, mit dem ich Sie ganz zudecken kann, ich will Sie darin fangen, wie in einem Netz.«

»Glauben Sie auch«, sagte ich rasch, denn mir kam etwas in den Sinn, was ich – so gewöhnlich und abgeschmackt es war – für einen sehr guten Gedanken hielt – »glauben Sie, daß Ihre Ideen sich in unserer Zeit durchführen lassen, daß Venus ungestraft in ihrer unverhüllten Schönheit und Heiterkeit unter Eisenbahnen und Telegraphen wandeln dürfte?«

»*Unverhüllt* gewiß nicht, aber im Pelz«, rief sie lachend, »wollen Sie den meinen sehen?«

»Und dann –«

»Was dann?«

»Schöne, freie, heitere und glückliche Menschen, wie es die Griechen waren, sind nur dann möglich, wenn sie *Sklaven* haben, welche für sie die unpoetischen Geschäfte des täglichen Lebens verrichten und vor allem für sie arbeiten.«

»Gewiß«, erwiderte sie mutwillig, »vor allem braucht aber eine olympische Göttin, wie ich, ein ganzes Heer von Sklaven. Hüten Sie sich also vor mir.«

»Warum?«

Ich erschrak selbst über die Kühnheit, mit der ich dieses »Warum« herausgebracht hatte; sie indes erschrak durchaus nicht, sie zog die Lippen etwas empor, so daß die kleinen, weißen Zähne sichtbar wurden, und sprach dann leichthin, als handle es sich um etwas, was nicht der Rede wert sei: »Wollen Sie mein Sklave sein?«

»In der Liebe gibt es kein Nebeneinander«, erwiderte ich mit feierlichem Ernst, »sobald ich aber die Wahl habe, zu herrschen oder unterjocht zu werden, scheint es mir weit reizender, der Sklave eines schönen Weibes zu sein. Aber wo finde ich das Weib, das nicht mit kleinlicher Zanksucht Einfluß zu erringen, sondern ruhig und selbstbewußt, ja streng zu herrschen versteht?«

»Nun, das wäre am Ende nicht so schwer.«

»Sie glauben –«

»Ich – zum Beispiel – –« sie lachte und bog sich dabei weit zurück – »ich habe Talent zur Despotin – die nötigen Pelze besitze ich auch – aber Sie haben sich heute nacht in allem Ernste vor mir gefürchtet!«

»In allem Ernste.«

»Und jetzt?«

»Jetzt – jetzt fürchte ich mich erst recht vor Ihnen!«

Wir sind täglich beisammen, ich und – Venus; viel beisammen, wir nehmen das Frühstück in meiner Gaisblattlaube und den Tee in ihrem kleinen Salon, und ich habe Gelegenheit, alle meine kleinen, sehr kleinen Talente zu entfalten. Wozu hätte ich mich in allen Wissenschaften unterrichtet, in allen Künsten versucht, wenn ich nicht imstande wäre, ein kleines hübsches Weib –

Aber dieses Weib ist durchaus nicht so klein und imponiert mir ganz ungeheuer. Heute zeichnete ich sie, und da fühlte ich erst so recht deutlich, wie wenig unsere moderne Toilette für diesen Kameenkopf paßt. Sie hat wenig Römisches, aber viel Griechisches in der Bildung ihrer Züge.

Bald möchte ich sie als Psyche, bald als Astarte malen, je nachdem ihre Augen den schwärmerisch seelischen, oder jenen halb verschmachtenden, halb versengenden, müd-wollüstigen Ausdruck haben, aber sie wünscht, daß es ein Porträt werden soll.

Nun, ich werde ihr einen Pelz geben.

Ach! wie konnte ich nur zweifeln, für wen gehört ein fürstlicher Pelz, wenn nicht für sie?

Ich war gestern abend bei ihr und las ihr die römischen Elegien. Dann legte ich das Buch weg und sprach einiges aus dem Kopfe. Sie schien zufrieden, ja noch mehr, sie hing förmlich an meinen Lippen und ihr Busen flog.

Oder habe ich mich getäuscht?

Der Regen pochte melancholisch an die Scheiben, das Feuer am Kamin prasselte winterlich traulich, mir wurde so heimatlich bei ihr, ich hatte einen Augenblick allen Respekt vor dem schönen Weibe verloren und küßte ihre Hand und sie ließ es geschehen.

Dann saß ich zu ihren Füßen und las ihr ein kleines Gedicht, das ich für sie gemacht habe.

Venus im Pelz

»Setz' den Fuß auf deinen Sklaven,
Teuflisch holdes Mythenweib,
Unter Myrten und Agaven
Hingestreckt den Marmorleib.«

Ja – nun weiter! Diesmal bin ich wirklich über die erste Strophe hinausgekommen, aber ich habe ihr an jenem Abend das Gedicht auf ihren Befehl gegeben und habe keine Abschrift, und heute, wo ich dies aus meinem Tagebuche herausschreibe, fällt mir nur diese erste Strophe ein.

Es ist eine merkwürdige Empfindung, die ich habe. Ich glaube nicht, daß ich in Wanda verliebt bin, wenigstens habe ich bei unserer ersten Begegnung nichts von jenem blitzartigen Zünden der Leidenschaft gefühlt. Aber ich empfinde, wie ihre außerordentliche, wahrhaft göttliche Schönheit allmählich magische Schlingen um mich legt. Es ist auch keine Neigung des Gemütes, die in mir entsteht, es ist eine physische Unterwerfung, langsam, aber um so vollständiger.

Ich leide täglich mehr, und sie – sie lächelt nur dazu.

Heute sagte sie mir plötzlich, ohne jede Veranlassung: »Sie interessieren mich. Die meisten Männer sind so gewöhnlich, ohne Schwung, ohne Poesie; in Ihnen ist eine gewisse Tiefe und Begeisterung, vor allem ein Ernst, der mir wohltut. Ich könnte Sie liebgewinnen.«

Nach einem kurzen, aber heftigen Gewitterregen besuchen wir zusammen die Wiese und das Venusbild. Die Erde dampft ringsum, Nebel steigen wie Opferdünste gegen den Himmel, ein zerstückter Regenbogen schwebt in der Luft, noch tropfen die Bäume, aber Sperlinge und Finken springen schon von Zweig zu Zweig und zwitschern lebhaft, wie wenn sie über etwas hoch erfreut wären, und alles ist mit frischem Wohlgeruch erfüllt. Wir können die Wiese nicht überschreiten, denn sie ist noch ganz naß und erscheint von der Sonne beglänzt, wie ein kleiner Teich, aus dessen bewegtem Spiegel die Liebesgöttin emporsteigt, um deren Haupt ein Mückenschwarm tanzt, welcher, von der Sonne beschienen, wie eine Aureole über ihr schwebt.

Wanda freute sich des lieblichen Anblicks, und da auf den Bänken in der Allee noch das Wasser steht, stützt sie sich, um etwas auszuruhen, auf meinen Arm, eine süße Müdigkeit liegt in ihrem ganzen Wesen, ihre Augen sind halb geschlossen, ihr Atem streift meine Wange.

Ich ergreife ihre Hand und – wie es mir gelingt, weiß ich wahrhaftig nicht – ich frage sie:

»Könnten Sie mich lieben?«

»Warum nicht«, erwidert sie und läßt ihren ruhigen, sonnigen Blick auf mir ruhen, aber nicht lange.

Im nächsten Augenblicke knie ich vor ihr und presse mein flammendes Antlitz in den duftigen Mousselin ihrer Robe.

»Aber Severin – das ist ja unanständig!« ruft sie.

Ich aber ergreife ihren kleinen Fuß und presse meine Lippen darauf.

»Sie werden immer unanständiger!« ruft sie, macht sich los und flieht in raschen Sätzen gegen das Haus, während ihr allerliebster Pantoffel in meiner Hand zurückbleibt.

Soll das ein Omen sein?

Ich wagte mich den ganzen Tag über nicht in ihre Nähe. Gegen Abend, ich saß in meiner Laube, blickte plötzlich ihr pikantes rotes Köpfchen durch die grünen Gewinde ihres Balkons. »Warum kommen Sie denn nicht« schrie sie ungeduldig herab.

Ich lief die Treppe empor, oben verlor ich wieder den Mut und klopfte ganz leise an. Sie sagte nicht herein, sondern öffnete und trat auf die Schwelle.

»Wo ist mein Pantoffel?«

»Er ist – ich habe – ich will«, stotterte ich.

»Holen Sie ihn und dann nehmen wir den Tee zusammen und plaudern.«

Als ich zurückkehrte, war sie mit der Teemaschine beschäftigt. Ich legte den Pantoffel feierlich auf den Tisch und stand im Winkel, wie ein Kind, das seine Strafe erwartet.

Ich bemerkte, daß sie die Stirne etwas zusammengezogen hatte und um ihren Mund etwas Strenges, Herrisches lag, das mich entzückte.

Auf einmal brach sie in Lachen aus.

»Also – Sie sind wirklich verliebt – in mich?«

»Ja, und ich leide dabei mehr, als Sie glauben.«

»Sie leiden?« sie lachte wieder.

Ich war empört, beschämt, vernichtet, aber alles ganz unnötig.

»Wozu?« fuhr sie fort, »ich bin Ihnen ja gut, von Herzen gut.« Sie gab mir die Hand und blickte mich überaus freundlich an.

»Und Sie wollen meine Frau werden?«

Wanda sah mich – ja, wie sah sie mich an? – ich glaube vor allem erstaunt und dann ein wenig spöttisch.

»Woher haben Sie auf einmal so viel Mut?« sagte sie.

»Mut?«

»Ja den Mut überhaupt, eine Frau zu nehmen, und insbesondere mich?« Sie hob den Pantoffel in die Höhe. »Haben Sie sich so schnell mit diesem da befreundet? Aber Scherz beiseite. Wollen Sie mich wirklich heiraten?«

»Ja.«

»Nun, Severin, das ist eine ernste Geschichte. Ich glaube, daß Sie mich lieb haben und auch ich habe Sie lieb, und was noch besser ist, wir interessieren uns füreinander, es ist keine Gefahr vorhanden, daß wir uns so bald langweilen, aber Sie wissen, ich bin eine leichtsinnige Frau, und eben deshalb nehme ich die Ehe sehr ernst, und wenn ich Pflichten übernehme, so will ich sie auch erfüllen können. Ich fürchte aber – nein – es muß Ihnen wehe tun.«

»Ich bitte Sie, seien Sie ehrlich gegen mich«, entgegnete ich.

»Also ehrlich gesprochen. Ich glaube nicht, daß ich einen Mann länger lieben kann – als –« sie neigte ihr Köpfchen anmutig zur Seite und sann nach.

»Ein Jahr.«

»Wo denken Sie hin – einen Monat vielleicht.«

»Auch mich nicht?«

»Nun Sie – Sie vielleicht zwei.«

»Zwei Monate!« schrie ich auf.

»Zwei Monate, das ist sehr lange.«

»Madame, das ist mehr als antik.«

»Sehen Sie, Sie ertragen die Wahrheit nicht.«

Wanda ging durch das Zimmer, lehnte sich dann gegen den Kamin zurück und betrachtete mich, mit dem Arme auf dem Sims ruhend.

»Was soll ich also mit Ihnen anfangen?« begann sie wieder.

»Was Sie wollen«, antwortete ich resigniert, »was Ihnen Vergnügen macht.«

»Wie inkonsequent!« rief sie, »erst wollen Sie mich zur Frau und dann geben Sie sich mir zum Spielzeug.«

»Wanda – ich liebe Sie.«

»Da wären wir wieder dort, wo wir angefangen haben. Sie lieben mich und wollen mich zur Frau, ich aber will keine neue Ehe schließen, weil ich an der Dauer meiner und Ihrer Gefühle zweifle.«

»Wenn ich es aber mit Ihnen wagen will?« erwiderte ich.

»Dann kommt es noch darauf an, ob ich es mit Ihnen wagen will«, sprach sie ruhig, »ich kann mir ganz gut denken, daß ich einem Mann für das Leben gehöre, aber es müßte ein voller Mann sein, ein Mann, der mir imponiert, der mich durch die Gewalt seines Wesens unterwirft, verstehen Sie? und jeder Mann – ich kenne das – wird, sobald er verliebt ist – schwach, biegsam, lächerlich, wird sich in die Hand des Weibes geben, vor ihr auf den Knien liegen, während ich nur jenen dauernd lieben könnte, vor dem ich knien würde. Aber Sie sind mir so lieb geworden, daß ich es mit Ihnen versuchen will.«

Ich stürze zu ihren Füßen.

»Mein Gott! da knien Sie schon«, sprach sie spöttisch, »Sie fangen gut an«, und als ich mich wieder erhoben hatte, fuhr sie fort: »Ich gebe Ihnen ein Jahr Zeit, mich zu gewinnen, mich zu überzeugen , daß wir füreinander passen, daß wir zusammen leben können. Gelingt Ihnen dies, dann bin ich Ihre Frau und dann, Severin, eine Frau, welche ihre Pflichten streng und gewissenhaft erfüllen wird. Während dieses Jahres werden wir wie in einer Ehe leben –«

Mir stieg das Blut zu Kopfe.

Auch ihre Augen flammten plötzlich auf. – »Wir werden zusammenwohnen«, fuhr sie fort, »alle unsere Gewohnheiten teilen, um zu sehen, ob wir uns ineinander finden können. *Ich räume Ihnen alle Rechte eines Gatten, eines Anbeters, eines Freundes ein.* Sind Sie damit zufrieden?«

»Ich muß wohl.«

»Sie müssen nicht.«

»Also ich will –«

»Vortrefflich. So spricht ein Mann. Da haben Sie meine Hand.«

Seit zehn Tagen war ich keine Stunde ohne sie, die Nächte ausgenommen. Ich durfte immerfort in ihre Augen sehen, ihre Hände halten, ihren Reden lauschen, sie überallhin begleiten. Meine Liebe kommt mir wie ein tiefer, bodenloser Abgrund vor, in dem ich immer mehr versinke, aus dem mich jetzt schon nichts mehr retten kann.

Wir hatten uns heute nachmittag auf der Wiese zu den Füßen der Venusstatue gelagert, ich pflückte Blumen und warf sie in ihren Schoß und sie band sie zu Kränzen, mit denen wir unsere Göttin schmückten.

Plötzlich sah mich Wanda so eigentümlich, so sinnverwirrend an, daß meine Leidenschaft gleich Flammen über mich zusammenschlug. Meiner nicht mehr mächtig, schlang ich meine Arme um sie und hing an ihren Lippen und sie – sie preßte mich an ihre wogende Brust.

»Sind Sie böse?« fragte ich dann.

»Ich werde nie über etwas böse, was natürlich ist –« antwortete sie, »ich fürchte nur, Sie leiden.«

»Oh, ich leide furchtbar.«

»Armer Freund«, sie strich mir die wirren Haare aus der Stirne, »ich hoffe aber, nicht durch meine Schuld.«

»Nein –« antwortete ich – »und doch, meine Liebe zu Ihnen ist zu einer Art Wahnsinn geworden. Der Gedanke, daß ich Sie verlieren kann, ja vielleicht in der Tat verlieren soll, quält mich Tag und Nacht.«

»Aber Sie besitzen mich ja noch gar nicht«, sagte Wanda und sah mich wieder an mit jenem vibrierenden, feuchten, verzehrenden Blicke, der mich schon einmal hingerissen hatte, dann erhob sie sich und legte mit ihren kleinen durchsichtigen Händen einen Kranz von blauen Anemonen auf das weiße Lockenhaupt der Venus. Halb gegen meinen Willen schlang ich den Arm um ihren Leib.

»Ich kann nicht mehr sein ohne dich, du schönes Weib«, sprach ich, »glaube mir, dies eine Mal nur glaube mir, es ist keine Phrase, keine Phantasie, ich fühle tief im Innersten, wie mein Leben mit dem deinen zusammenhängt; wenn du dich von mir trennst, werde ich vergehen, zugrunde gehen.«

»Aber das wird ja gar nicht nötig sein, denn ich liebe dich, Mann«, sie nahm mich beim Kinn, »dummer Mann!«

»Aber du willst nur mein sein unter Bedingungen, während ich dir bedingungslos gehöre –«

»Das ist nicht gut, Severin«, erwiderte sie beinahe erschreckt; »kennen Sie mich denn noch nicht, wollen Sie mich durchaus nicht kennenlernen? Ich bin gut, wenn man mich ernst und vernünftig behandelt, aber wenn man sich mir zu sehr hingibt, werde ich übermütig –«

»Sei's denn, sei übermütig, sei despotisch«, rief ich in voller Exaltation, »nur sei mein, sei mein für immer.« Ich lag zu ihren Füßen und umfaßte ihre Knie.

»Das wird nicht gut enden, mein Freund«, sprach sie ernst, ohne sich zu regen.

»Oh! es soll eben nie ein Ende nehmen«, rief ich erregt, ja heftig, »nur der Tod soll uns trennen. Wenn du nicht mein sein kannst, ganz mein und für immer, so *will ich dein Sklave sein*, dir dienen, alles von dir dulden, nur stoß mich nicht von dir.«

»Fassen Sie sich doch«, sagte sie, beugte sich zu mir und küßte mich auf die Stirne. »Ich bin Ihnen ja von Herzen gut, aber das ist nicht der Weg, mich zu erobern, mich festzuhalten.«

»Ich will ja alles, alles tun, was Sie wollen, nur Sie nie verlieren«, rief ich, »nur das nicht, den Gedanken kann ich nicht mehr fassen.«

»Stehen Sie doch auf.«

Ich gehorchte.

»Sie sind wirklich ein seltsamer Mensch«, fuhr Wanda fort, »Sie wollen mich also besitzen um jeden Preis?«

»Ja, um jeden Preis.«

»Aber welchen Wert hätte zum Beispiel mein Besitz für Sie,« – Sie sann nach, ihr Auge bekam etwas Lauerndes, Unheimliches – »wenn ich Sie nicht mehr liebe, wenn ich einem andern gehören würde?« –

Es überlief mich. Ich sah sie an, sie stand so fest und selbstbewußt vor mir und ihr Auge zeigte einen kalten Glanz.

»Sehen Sie«, fuhr sie fort, »Sie erschrecken bei dem Gedanken.« Ein liebenswürdiges Lächeln erhellte plötzlich ihr Antlitz.

»Ja, mich faßt ein Grauen; wenn ich mir lebhaft vorstelle, daß ein Weib, das ich liebe, das meine Liebe erwidert hat, sich ohne Erbarmen für mich einem anderen hingibt; aber habe ich dann noch eine Wahl? Wenn ich dieses Weib liebe, wahnsinnig liebe, soll ich ihm stolz den Rücken kehren und an meiner prahlerischen Kraft zugrunde gehen, soll ich mir eine Kugel durch den Kopf jagen? Ich habe zwei Frauenideale. Kann ich mein edles, sonniges, eine Frau, welche mir treu und gütig mein Schicksal teilt, nicht finden, nun dann nur nichts Halbes oder Laues! Dann will ich lieber einem Weibe ohne Tugend, ohne Treue, ohne Erbarmen hingegeben sein. Ein solches Weib in seiner selbstsüchtigen Größe ist auch ein Ideal. Kann ich nicht das Glück der Liebe voll und ganz genießen, dann will ich ihre Schmerzen, ihre Qualen auskosten bis zur Neige; dann will ich von dem Weibe, das ich liebe, mißhandelt, verraten werden, und je grausamer, um so besser. Auch das ist ein Genuß!«

»Sind Sie bei Sinnen!« rief Wanda.

»Ich liebe Sie so mit ganzer Seele«, fuhr ich fort, »so mit allen meinen Sinnen, daß Ihre Nähe, Ihre Atmosphäre mir unentbehrlich ist, wenn ich noch weiterleben soll. Wählen Sie also zwischen meinen Idealen. Machen Sie aus mir, was Sie wollen, Ihren Gatten oder Ihren Sklaven.«

»Gut denn«, sprach Wanda, die kleinen aber energisch geschwungenen Brauen zusammenziehend, »ich denke mir das sehr amüsant, einen Mann, der mich interessiert, der mich liebt, so ganz in meiner Hand zu haben; es wird mir mindestens nicht an Zeitvertreib fehlen. Sie waren so unvorsichtig, mir die Wahl zu lassen. Ich wähle also, ich will, daß Sie mein Sklave sind, ich werde mein Spielzeug aus Ihnen machen!«

»Oh! tun Sie das«, rief ich halb schauernd, halb entzückt, »wenn eine Ehe nur auf Gleichheit, auf Übereinstimmung gegründet sein kann, so entstehen dagegen die größten Leidenschaften durch Gegensätze. Wir sind solche Gegensätze, die sich beinahe feindlich gegenüberstehen, daher diese Liebe bei mir, die zum Teil Haß, zum Teil Furcht ist. In einem solchen Verhältnisse aber kann nur eines Hammer, das andere Amboß sein. Ich will Amboß sein. Ich kann nicht glücklich sein, wenn ich auf die Geliebte herabsehe. Ich will ein Weib anbeten können, und das kann ich nur dann, wenn es grausam gegen mich ist.«

»Aber, Severin«, entgegnete Wanda beinahe zornig, »halten Sie mich denn dessen für fähig, einen Mann, der mich so liebt wie Sie, den ich liebe, zu mißhandeln?«

»Warum nicht, wenn ich Sie dafür um so mehr anbete, *Man kann nur wahrhaft lieben, was über uns steht*, ein Weib, das uns durch Schönheit, Temperament, Geist, Willenskraft unterwirft, das unsere Despotin wird.«

»Also das, was andere abstößt, zieht Sie an?«

»So ist es. Es ist eben meine Seltsamkeit.«

»Nun, am Ende ist an allen Ihren Passionen nichts so Apartes oder Seltsames, denn wem gefällt nicht ein schöner Pelz und jeder weiß und fühlt, wie nahe Wollust und Grausamkeit verwandt sind.

»Bei mir ist dies alles aber auf das Höchste gesteigert«, erwiderte ich.

»Das heißt, die Vernunft hat wenig Gewalt über Sie, und Sie sind eine weiche hingebende sinnliche Natur.

»Waren die Märtyrer auch weiche sinnliche Naturen?«

»Die Märtyrer?«

»Im Gegenteil, es waren *übersinnliche Menschen*, welche im Leiden einen Genuß fanden, welche die furchtbarsten Qualen, ja den Tod suchten wie andere die Freude, und so ein *Übersinnlicher* bin ich, Madame.«

»Geben Sie nur acht, daß Sie dabei nicht auch zum Märtyrer der Liebe, zum *Märtyrer eines Weibes* werden.«

Wir sitzen auf Wandas kleinem Balkon in der lauen, duftigen Sommernacht, ein zweifaches Dach über uns, zuerst den grünen Plafond von Schlingpflanzen, dann die mit unzähligen Sternen besäte Himmelsdecke. Aus dem Park tönt der leise, weinerlich verliebte Lockton einer Katze, und ich sitze auf einem Schemel zu den Füßen meiner Göttin und erzähle von meiner Kindheit.

»Und damals schon waren alle diese Seltsamkeiten bei Ihnen ausgeprägt?«, fragte Wanda.

»Gewiß, ich erinnere mich keiner Zeit, wo ich sie nicht hatte, ja schon in der Wiege, so erzählte mir meine Mutter später, war ich *übersinnlich*, verschmähte die gesunde Brust der Amme, und man mußte mich mit Ziegenmilch nähren. Als kleiner Knabe zeigte ich eine rätselhafte Scheu vor Frauen, in welcher sich eigentlich nur ein unheimliches Interesse für dieselben ausdrückte. Das graue Gewölbe, das Halbdunkel einer Kirche beängstigten mich, und vor den glitzernden Altären und Heiligenbildern faßte mich eine förmliche Angst. Dagegen schlich ich heimlich, wie zu einer verbotenen Freude, zu einer Venus aus Gips, welche in dem kleinen Bibliothekszimmer meines Vaters stand, kniete nieder und sprach zu ihr die Gebete, die man mir eingelernt, das Vaterunser, das Gegrüßt seist du Maria und das Credo.

Einmal verließ ich nachts mein Bett, um sie zu besuchen, die Mondsichel leuchtete mir und ließ die Göttin in einem fahlblauen kalten Licht erscheinen. Ich warf mich vor ihr nieder, küßte ihre kalten Füße, wie ich es bei unsern Landleuten gesehen hatte, wenn sie die Füße des toten Heilands küßten.

Eine unbezwingliche Sehnsucht ergriff mich.

Ich stieg empor und umschlang den schönen kalten Leib und küßte die kalten Lippen, da sank ein tiefer Schauer auf mich herab und ich entfloh, und im Traume war es mir, als stünde die Göttin vor meinem Lager und drohe mir mit erhobenem Arm.

Man schickte mich frühzeitig in die Schule und so kam ich bald an das Gymnasium und ergriff alles mit Leidenschaft, was mir die antike Welt zu erschließen versprach. Ich war bald mit den Göttern Griechenlands vertrauter als mit der Religion Jesu, ich gab mit Paris Venus den verhängnisvollen Apfel, ich sah Troja brennen und folgte Odysseus auf seinen Irrfahrten. Die Urbilder alles Schönen senkten sich tief in meine Seele, und so zeigte ich zu jener Zeit, wo andere Knaben sich roh und unflätig gebärden, einen unüberwindlichen Abscheu gegen alles Niedere, Gemeine, Unschöne.

Als etwas ganz besonders Niederes und Unschönes erschien jedoch dem reifenden Jüngling die Liebe zum Weibe, so wie sie sich ihm zuerst in ihrer vollen Gewöhnlichkeit zeigte. Ich mied jede Berührung mit dem schönen Geschlechte, kurz, ich war übersinnlich bis zur Verrücktheit.

Meine Mutter bekam – ich war damals etwa vierzehn Jahre alt – ein reizendes Stubenmädchen, jung, hübsch, mit schwellenden Formen. Eines Morgens, ich studierte meinen Tacitus und begeisterte mich an den Tugenden der alten Germanen, kehrte die Kleine bei mir aus; plötzlich hielt sie inne, neigte sich, den Besen in der Hand, zu mir, und zwei volle frische köstliche Lippen berührten die meinen. Der Kuß der verliebten kleinen Katze durchschauerte mich, aber ich erhob meine ›Germania‹ wie ein Schild gegen die Verführerin und verließ entrüstet das Zimmer.«

Wanda brach in lautes Lachen aus. »Sie sind in der Tat ein Mann, der seinesgleichen sucht, aber fahren Sie nur fort.«

»Eine andere Szene aus jener Zeit bleibt mir unvergeßlich«, erzählte ich weiter, »Gräfin Sobol, eine entfernte Tante von mir, kam zu meinen Eltern auf Besuch, eine majestätische schöne Frau mit einem reizenden Lächeln; ich aber haßte sie, denn sie galt in der Familie als eine Messalina, und benahm mich so unartig, boshaft und täppisch, wie nur möglich gegen sie.

Eines Tages fuhren meine Eltern in die Kreisstadt. Meine Tante beschloß ihre Abwesenheit zu benützen und Gericht über mich zu halten. Unerwartet trat sie in ihrer pelzgefütterten Kazabaika herein, gefolgt von der Köchin, Küchenmagd und der kleinen Katze, die ich verschmäht hatte. Ohne viel zu fragen, ergriffen sie mich und banden mich, trotz meiner heftigen Gegenwehr, an Händen und Füßen, dann schürzte meine Tante mit einem bösen Lächeln den Ärmel empor und begann mich mit einer großen Rute zu hauen, und sie hieb so tüchtig, daß Blut floß und ich zuletzt, trotz meinem Heldenmut, schrie und weinte und um Gnade bat. Sie ließ mich hierauf losbinden, aber ich mußte ihr kniend für die Strafe danken und die Hand küssen.

Nun sehen Sie den übersinnlichen Toren! Unter der Rute der schönen üppigen Frau, welche mir in ihrer Pelzjacke wie eine zürnende Monarchin erschien, erwachte in mir zuerst der Sinn für das Weib, und meine Tante erschien mir fortan als die reizendste Frau auf Gottes Erdboden.

Meine katonische Strenge, meine Scheu vor dem Weibe war eben nichts, als ein auf das Höchste getriebener Schönheitssinn; die Sinnlichkeit wurde in meiner Phantasie jetzt zu einer Art Kultur, und ich schwur mir, ihre heiligen Empfindungen ja nicht an ein gewöhnliches Wesen zu verschwenden, sondern für eine ideale Frau, womöglich für die Liebesgöttin selbst aufzusparen.

Ich kam sehr jung an die Universität und in die Hauptstadt, in welcher meine Tante wohnte. Meine Stube glich damals jener des Doktor Faust. Alles stand in derselben wirr und kraus, hohe Schränke mit Büchern vollgepfropft, welche ich um Spottpreise bei einem jüdischen Antiquar in der Servanica erhandelte, Globen, Atlanten, Phiolen, Himmelskarten, Tiergerippe, Totenköpfe, Büsten großer Geister. Hinter dem großen grünen Ofen konnte jeden Augenblick Mephistopheles als fahrender Scholast hervortreten.

Ich studierte alles durcheinander, ohne System, ohne Wahl, Chemie, Alchimie, Geschichte, Astronomie, Philosophie, die Rechtswissenschaften, Anatomie und Literatur; las Homer, Virgil, Ossian, Schiller, Goethe, Shakespeare, Cervantes, Voltaire, Molière, den Koran, den Kosmos, Casanovas Memoiren. Ich wurde jeden Tag wirrer, phantastischer und übersinnlicher. Und immer hatte ich ein schönes ideales Weib im Kopfe, das mir von Zeit zu Zeit gleich einer Vision auf Rosen gebettet, von Amoretten umringt, zwischen meinen Lederbänden und Totenbeinen erschien, bald in olympischer Toilette, mit dem strengen weißen Antlitz der gipsernen Venus, bald mit den üppigen braunen Flechten, den lachenden blauen Augen und in der rotsamtenen hermelinbesetzten Kazabaika meiner schönen Tante.

Eines Morgens, nachdem sie mir wieder in vollem lachenden Liebreiz aus dem goldenen Nebel meiner Phantasie aufgetaucht war, ging ich zu Gräfin Sobol, welche mich freundlich, ja herzlich empfing und mir zum Willkomm einen Kuß gab, der alle meine Sinne verwirrte. Sie war jetzt wohl nahe an vierzig Jahre, aber wie die meisten jener unverwüstlichen Lebefrauen noch immer begehrenswert, sie trug auch jetzt stets eine pelzbesetzte Jacke, und zwar diesmal von grünem Samt mit braunem Edelmarder, aber von jener Strenge, die mich damals an ihr entzückt hatte, war nichts zu entdecken.

Im Gegenteil sie war so wenig grausam gegen mich, daß sie mir ohne viel Umstände die Erlaubnis gab, sie anzubeten.

Sie hatte meine übersinnliche Torheit und Unschuld nur zu bald entdeckt, und es machte ihr Vergnügen, mich glücklich zu machen. Und ich – ich war in der Tat selig wie ein junger Gott. Welcher Genuß war es für mich, wenn ich, vor ihr auf den Knien liegend, ihre Hände küssen durfte, mit denen sie mich damals gezüchtigt hatte. Ach! was für wunderbare Hände! von so schöner Bildung, so fein und voll und weiß, und mit welch' allerliebsten Grübchen. Ich war eigentlich nur in diese Hände verliebt. Ich trieb mein Spiel mit ihnen, ließ sie in dem dunklen Pelz auf-und abtauchen, ich hielt sie gegen die Flamme und konnte mich nicht satt sehen an ihnen.«

Wanda betrachtete unwillkürlich ihre Hände, ich bemerkte es und mußte lächeln.

»Wie zu jeder Zeit das Übersinnliche bei mir überwog, sehen Sie daraus, daß ich bei meiner Tante in die grausamen Rutenhiebe, welche ich von ihr empfangen hatte und bei einer jungen Schauspielerin, welcher ich etwa zwei Jahre später den Hof machte, nur in ihre Rollen verliebt war. Ich habe dann auch für eine sehr achtbare Frau geschwärmt, welche die unnahbare Tugend spielte, um mich schließlich an einen reichen Juden zu verraten. Sehen Sie, weil ich von einer Frau, welche die strengsten Grundsätze, die idealsten Empfindungen heuchelte, betrogen, verkauft wurde: deshalb hasse ich diese Sorte poetischer, sentimentaler Tugenden so sehr; geben Sie mir ein Weib, das ehrlich genug ist, mir zu sagen: ich bin eine Pompadour, eine Lucretia Borgia, und ich will sie anbeten.«

Wanda stand auf und öffnete das Fenster.

»Sie haben eine eigentümliche Manier, die Phantasie zu erhitzen, einem alle Nerven aufzuregen, alle Pulse höher schlagen zu machen. Sie geben dem Laster eine Aureole, wenn es nur ehrlich ist. Ihr Ideal ist eine kühne geniale Kurtisane; oh! Sie sind mir der Mann, eine Frau von Grund aus zu verderben!«

Mitten in der Nacht klopfte es an mein Fenster, ich stand auf, öffnete und schrak zusammen. Draußen stand Venus im Pelz, genau so wie sie mir das erstemal erschienen war.

»Sie haben mich mit Ihren Geschichten aufgeregt, ich wälze mich auf meinem Lager und kann nicht schlafen«, sprach sie, »kommen Sie jetzt nur, mir Gesellschaft leisten.«

»Im Augenblicke.«

Als ich eintrat, kauerte Wanda vor dem Kamin, in dem sie ein kleines Feuer angefacht hatte.

»Der Herbst meldet sich«, begann sie, »die Nächte sind schon recht kalt. Ich fürchte, Ihnen zu mißfallen, aber ich kann meinen Pelz nicht abwerfen, ehe das Zimmer nicht warm genug ist.«

»Mißfallen – Schalk! – Sie wissen doch –« ich schlang den Arm um sie und küßte sie.

»Freilich weiß ich, aber woher haben Sie diese große Vorliebe für den Pelz?«

»Sie ist mir angeboren«, erwiderte ich, »ich zeigte sie schon als Kind. Übrigens übt Pelzwerk auf alle nervösen Naturen eine aufregende Wirkung, welche auf ebenso allgemeinen als natürlichen Gesetzen beruht. Es ist ein physischer Reiz, welcher wenigstens ebenso seltsam prickelnd ist, und dem sich niemand ganz entziehen kann. Die Wissenschaft hat in neuester Zeit eine gewisse Verwandtschaft zwischen Elektrizität und Wärme nachgewiesen, verwandt sind ja jedenfalls ihre Wirkungen auf den menschlichen Organismus. Die heiße Zone erzeugt leidenschaftlichere Menschen, eine warme Atmosphäre Aufregung. Genauso die Elektrizität. Daher der hexenhaft wohltätige Einfluß, welchen die Gesellschaft von *Katzen* auf reizbare geistige Menschen übt und diese langgeschwänzten Grazien der Tierwelt, diese niedlichen, funkensprühenden, elektrischen Batterien zu den Lieblingen eines Mahomed, Kardinal Richelieu, Crebillon, Rousseau, Wieland, gemacht hat.«

»Eine Frau, die also einen Pelz trägt«, rief Wanda, »ist also nichts anderes als eine große Katze, eine verstärkte elektrische Batterie?«

»Gewiß«, erwiderte ich, »und so erkläre ich mir auch die symbolische Bedeutung, welche der Pelz als Attribut der Macht und Schönheit bekam. In diesem Sinne nahmen ihn in früheren Zeiten Monarchen und ein gebietender Adel durch Kleiderordnungen ausschließlich für sich in Anspruch und große Maler für die Königinnen der Schönheit. So fand ein Raphael für die göttlichen Formen der Fornarina, Titian für den rosigen Leib seiner Geliebten keinen köstlicheren Rahmen als dunklen Pelz.«

»Ich danke für die gelehrt erotische Abhandlung«, sprach Wanda, »aber Sie haben mir nicht alles gesagt, Sie verbinden noch etwas ganz Apartes mit dem Pelz.«

»Allerdings«, rief ich, »ich habe Ihnen schon wiederholt gesagt, daß im Leiden ein seltsamer Reiz für mich liegt, daß nichts so sehr imstande ist, meine Leidenschaft anzufachen als die Tyrannei, die Grausamkeit, und vor allem die Treulosigkeit eines schönen Weibes. Und dieses Weib, dieses seltsame Ideal aus der Ästhetik des Häßlichen, die Seele eines Nero im Leibe einer Phryne, kann ich mir nicht ohne Pelz denken.«

»Ich begreife«, warf Wanda ein, »er gibt einer Frau etwas Herrisches, Imponierendes.«

»Es ist nicht das allein«, fuhr ich fort, »Sie wissen, daß ich ein ›Übersinnlicher‹ bin, daß bei mir alles mehr in der Phantasie wurzelt und von dort seine Nahrung empfängt. Ich war früh entwickelt und überreizt, als ich mit zehn Jahren etwa die Legenden der Märtyrer in die Hand bekam; ich erinnere mich, daß ich mit einem Grauen, das eigentlich Entzücken war, las, wie sie im Kerker schmachteten, auf den Rost gelegt, mit Pfeilen durchschossen, in Pech gesotten, wilden Tieren vorgeworfen, an das Kreuz geschlagen wurden, und das Entsetzlichste mit einer Art Freude litten. Leiden, grausame Qualen erdulden, erschien mir fortan als ein Genuß, und ganz besonders durch ein schönes Weib, da sich mir von jeher alle Poesie, wie alles Dämonische im Weibe konzentrierte. Ich trieb mit demselben einen förmlichen Kultus.

Ich sah in der Sinnlichkeit etwas Heiliges, ja das einzig Heilige, in dem Weibe und seiner Schönheit etwas Göttliches, indem die wichtigste Aufgabe des Daseins: die Fortpflanzung der Gattung vor allem ihr Beruf ist; ich sah im Weibe die Personifikation der Natur, die *Isis*, und in dem Manne ihren Priester, ihren Sklaven und sah sie ihm gegenüber grausam wie die Natur, welche, was ihr gedient hat, von sich stößt, sobald sie seiner nicht mehr bedarf, während ihm noch ihre Mißhandlungen, ja der Tod durch sie zur wollüstigen Seligkeit werden.

Ich beneidete König Gunther, den die gewaltige Brunhilde in der Brautnacht band; den armen Troubadour, den seine launische Herrin in Wolfsfelle nähen ließ, um ihn dann gleich einem Wild zu jagen; ich beneidete den Ritter Ctirad, den die kühne Amazone Scharka durch List im Walde bei Prag gefangennahm, auf die Burg Divin schleppte, und nachdem sie sich einige Zeit mit ihm die Zeit vertrieben hatte, auf das Rad flechten ließ –«

»Abscheulich!« rief Wanda, »ich würde Ihnen wünschen, daß Sie einem Weibe dieser wilden Rasse in die Hände fielen, im Wolfsfell, unter den Zähnen der Rüden oder auf dem Rade würde Ihnen schon die Poesie vergehen.«

»Glauben Sie, ich glaube nicht.«

»Sie sind wirklich nicht ganz gescheit.«

»Möglich. Aber hören Sie weiter, ich las fortan mit einer wahren Gier Geschichten, in denen die furchtbarsten Grausamkeiten geschildert, und sah mit besonderer Lust Bilder, Stiche, auf denen sie zur Darstellung kamen, und alle die blutigen Tyrannen, die je auf einem Throne saßen, die Inquisitoren, welche die Ketzer foltern, braten, schlachten ließen, alle jene Frauen, welche in den Blättern der Weltgeschichte als wollüstig, schön und gewalttätig verzeichnet sind, wie Libussa, Lucretia Borgia, Agnes von Ungarn, Königin Margot, Isabeau, die Sultanin Roxolane, die russischen Zarinnen des vorigen Jahrhunderts, alle sah ich in Pelzen oder hermelinverbrämten Roben.«

»Und so erweckt Ihnen jetzt der Pelz Ihre seltsamen Phantasien«, rief Wanda, und sie begann zu gleicher Zeit sich mit ihrem prächtigen Pelzmantel kokett zu drapieren, so daß die dunklen glänzenden Zobelfelle entzückend um ihre Büste, ihre Arme spielten. »Nun, wie ist Ihnen jetzt zumute, fühlen Sie sich schon halb gerädert?«

Ihre grünen durchdringenden Augen ruhten mit einem seltsamen, höhnischen Behagen auf mir, als ich mich von Leidenschaften übermannt vor ihr niederwarf und die Arme um sie schlang.

»Ja – Sie haben in mir meine Lieblingsphantasie erweckt«, rief ich, »die lange genug geschlummert.«

»Und diese wäre?« sie legte die Hand auf meinen Nacken.

Mich ergriff unter dieser kleinen warmen Hand, unter ihrem Blick, der zärtlich forschend durch die halbgeschlossenen Lider auf mich fiel, eine süße Trunkenheit.

»Der Sklave eines Weibes, eines schönen Weibes zu sein, das ich liebe, das ich anbete!«

»Und das Sie dafür mißhandelt!« unterbrach mich Wanda lachend.

»Ja, das mich bindet und peitscht, das mir Fußtritte gibt, während es einem andern gehört.«

»Und das, wenn Sie durch Eifersucht wahnsinnig gemacht, dem beglückten Nebenbuhler entgegentreten, in seinem Übermute so weit geht, Sie an denselben zu verschenken und seiner Roheit preiszugeben. Warum nicht? Gefällt Ihnen das Schlußtableau weniger?«

Ich sah Wanda erschreckt an.

»Sie übertreffen meine Träume.«

»Ja, wir Frauen sind erfinderisch«, sprach sie, »geben Sie acht, wenn Sie Ihr Ideal finden, kann es leicht geschehen, daß es Sie grausamer behandelt als Ihnen lieb ist.«

»Ich fürchte, ich habe mein Ideal bereits gefunden!« rief ich, und preßte mein glühendes Antlitz in ihren Schoß.

»Doch nicht mich?« rief Wanda, warf den Pelz ab und sprang lachend im Zimmer herum; sie lachte noch, als ich die Treppe hinabstieg, und als ich nachdenkend im Hofe stand, hörte ich noch oben ihr mutwilliges ausgelassenes Gelächter.

»Soll ich Ihnen also Ihr Ideal verkörpern?« sprach Wanda schelmisch, als wir uns heute im Parke trafen.

Anfangs fand ich keine Antwort. In mir kämpften die widersprechendsten Empfindungen. Sie ließ sich indes auf eine der steinernen Bänke nieder und spielte mit einer Blume.

»Nun – soll ich?«

Ich kniete nieder und faßte ihre Hände.

»Ich bitte Sie noch einmal, werden Sie meine Frau, mein treues, ehrliches Weib; können Sie das nicht, dann seien Sie mein Ideal, aber dann ganz, ohne Rückhalt, ohne Milderung.«

»Sie wissen, daß ich in einem Jahre Ihnen meine Hand reichen will, wenn Sie der Mann sind, den ich suche«, entgegnete Wanda sehr ernst, »aber ich glaube, Sie würden mir dankbarer sein, wenn ich Ihnen Ihre Phantasie verwirkliche. Nun, was ziehen Sie vor?«

»Ich glaube, daß alles das, was mir in meiner Einbildung vorschwebt, in Ihrer Natur liegt.«

»Sie täuschen sich.«

»Ich glaube«, fuhr ich fort, »daß es Ihnen Vergnügen macht, einen Mann ganz in Ihrer Hand zu haben, zu quälen –«

»Nein, nein!« rief sie lebhaft, »oder doch« – sie sann nach. »Ich verstehe mich selbst nicht mehr«, fuhr sie fort, »aber ich muß Ihnen ein Geständnis machen. Sie haben meine Phantasie verdorben, mein Blut erhitzt, ich fange an, an allem dem Gefallen zu finden, die Begeisterung, mit der Sie von einer Pompadour, einer Katharina II. und von all den anderen selbstsüchtigen, frivolen und grausamen Frauen sprechen, reißt mich hin, senkt sich in meine Seele und treibt mich, diesen Frauen ähnlich zu werden, welche trotz ihrer Schlechtigkeit, so lange sie lebten, sklavisch angebetet wurden und noch im Grabe Wunder wirken.

Am Ende machen Sie aus mir noch eine Miniaturdespotin, eine Pompadour zum Hausgebrauche.«

»Nun denn«, sprach ich erregt, »wenn dies in Ihnen liegt, dann geben Sie sich dem Zuge Ihrer Natur hin, nur nichts Halbes; können Sie nicht ein braves, treues Weib sein, so seien Sie ein Teufel.«

Ich war übernächtig, aufgeregt, die Nähe der schönen Frau ergriff mich wie ein Fieber, ich weiß nicht mehr, was ich sprach, aber ich erinnere mich, daß ich ihre Füße küßte und zuletzt ihren Fuß aufhob und auf meinen Nacken setzte. Sie aber zog ihn rasch zurück und erhob sich beinahe zornig. »Wenn Sie mich lieben, Severin«, sprach sie rasch, ihre Stimme klang scharf und gebieterisch, »so sprechen Sie nicht mehr von diesen Dingen. Verstehen Sie mich, nie mehr. Ich könnte am Ende wirklich –« Sie lächelte und setzte sich wieder.

»Es ist mein voller Ernst«, rief ich halb phantasierend, »ich bete Sie so sehr an, daß ich alles von Ihnen dulden will um den Preis, mein ganzes Leben in Ihrer Nähe sein zu dürfen.«

»Severin, ich warne Sie noch einmal.«

»Sie warnen mich vergebens. Machen Sie mit mir, was Sie wollen, nur stoßen Sie mich nicht ganz von sich.«

»Severin«, entgegnete Wanda, »ich bin ein leichtsinniges, junges Weib, es ist gefährlich für Sie, sich mir so ganz hinzugeben, Sie werden am Ende in der Tat mein Spielzeug, wer schützt Sie dann, daß ich Ihren Wahnsinn nicht mißbrauche?«

»Ihr edles Wesen.«

»Gewalt macht übermütig.«

»So sei übermütig«, rief ich, »tritt mich mit Füßen.«

Wanda schlang ihre Arme um meinen Nacken, sah mir in die Augen und schüttelte den Kopf. »Ich fürchte, ich werde es nicht können, aber ich will es versuchen, dir zulieb, denn ich liebe dich, Severin, wie ich noch keinen Mann geliebt habe.«

Sie nahm heute plötzlich Hut und Schal und ich mußte sie in den Bazar begleiten. Dort ließ sie sich Peitschen zeigen, lange Peitschen an kurzem Stiel, wie man sie für Hunde hat.

»Diese dürften genügen«, sprach der Verkäufer.

»Nein, sie sind viel zu klein«, erwiderte Wanda mit einem Seitenblick auf mich, »ich brauche eine große –«

»Für eine Bulldogge wohl?« meinte der Kaufmann.

»Ja«, rief sie, »in der Art, wie man sie in Rußland hatte für widerspenstige Sklaven.«

Sie suchte und wählte endlich eine Peitsche, bei deren Anblick es mich etwas unheimlich beschlich.

»Nun adieu, Severin«, sagte sie, »ich habe noch einige Einkäufe, bei denen Sie mich nicht begleiten dürfen.«

Ich verabschiedete mich und machte einen Spaziergang, auf dem Rückwege sah ich Wanda aus dem Gewölbe eines Kürschners heraustreten. Sie winkte mir.

»Überlegen Sie sich's noch«, begann sie vergnügt, »ich habe Ihnen nie ein Geheimnis daraus gemacht, daß mich vorzüglich Ihr ernstes, sinnendes Wesen gefesselt hat; es reizt mich nun freilich, den ernsten Mann mir ganz hingegeben, ja geradezu verzückt zu meinen Füßen zu sehen – ob aber dieser Reiz auch anhalten wird? Das Weib liebt den Mann, den Sklaven mißhandelt es und stößt ihn zuletzt noch mit dem Fuße weg.«

»Nun, so stoße mich mit dem Fuße fort, wenn du mich satt hast«, entgegnete ich, »ich will dein Sklave sein.«

»Ich sehe, daß gefährliche Anlagen in mir schlummern«, sagte Wanda, nachdem wir wieder einige Schritte gegangen waren, »du weckst sie und nicht zu deinem Besten, du verstehst es, die Genußsucht, die Grausamkeit, den Übermut so verlockend zu schildern was wirst du sagen, wenn ich mich darin versuche und wenn ich es zuerst an dir versuche, wie Dionys, welcher den Erfinder des eisernen Ochsen zuerst in demselben braten ließ, um sich zu überzeugen, ob sein Jammern, sein Todesröcheln auch wirklich wie das Brüllen eines Ochsen klinge.

Vielleicht bin ich so ein weiblicher Dionys?«

»Sei es«, rief ich, »dann ist meine Phantasie erfüllt. Ich gehöre dir im Guten oder Bösen, wähle du selbst. Mich treibt das Schicksal, das in meiner Brust ruht – dämonisch – übermächtig.«

»Mein Geliebter!
Ich will dich heute und morgen nicht sehen und übermorgen erst am Abend, und dann *als meinen Sklaven*.
Deine Herrin
Wanda.«

»Als meinen Sklaven« war unterstrichen. Ich las das Billett, das ich früh am Morgen erhielt, noch einmal, ließ mir dann einen Esel, ein echtes Gelehrtentier, satteln und ritt in das Gebirge, um meine Leidenschaft, meine Sehnsucht in der großartigen Karpatennatur zu betäuben.

Da bin ich wieder, müde, hungrig, durstig und vor allem verliebt. Ich kleide mich rasch um und klopfe wenige Augenblicke darnach an ihre Türe.

»Herein!«

Ich trete ein. Sie steht mitten im Zimmer, in einer weißen Atlasrobe, welche wie Licht an ihr herunterfließt, und einer Kazabaika von scharlachrotem Atlas mit reichem, üppigem Hermelinbesatz, in dem gepuderten, schneeigen Haar ein kleines Diamantendiadem, die Arme auf der Brust gekreuzt, die Brauen zusammengezogen.

»Wanda! »Ich eile auf sie zu, will den Arm um sie schlingen, sie küssen; sie tritt einen Schritt zurück und mißt mich von oben bis unten.

»Sklave!«

»Herrin!« Ich knie nieder und küsse den Saum ihres Gewandes.

»So ist es recht.«

»Oh! wie schön du bist.«

»Gefall’ ich dir?« Sie trat vor den Spiegel und betrachtete sich mit stolzem Wohlgefallen.

»Ich werde noch wahnsinnig!«

Sie zuckte verächtlich mit der Unterlippe und sah mich mit halbgeschlossenen Lidern spöttisch an.

»Gib mir die Peitsche.«

Ich blickte im Zimmer umher.

»Nein«, rief sie, »bleib nur knien!« Sie schritt zum Kamine, nahm die Peitsche vom Sims und ließ sie, mich mit einem Lächeln betrachtend, durch die Luft pfeifen, dann schürzte sie den Ärmel ihrer Pelzjacke langsam auf.

»Wunderbares Weib!« rief ich.

»Schweig, Sklave!« sie blickte plötzlich finster, ja wild und hieb mich mit der Peitsche; im nächsten Augenblicke schlang sie jedoch den Arm zärtlich um meinen Nacken und bückte sich mitleidig zu mir. »Habe ich dir weh getan?« fragte sie halb verschämt, halb ängstlich.

»Nein!« entgegnete ich, »und wenn es wäre, mir sind Schmerzen, die du mir bereitest, ein Genuß. Peitsche mich nur, wenn es dir ein Vergnügen macht.«

»Aber es macht mir kein Vergnügen.«

Wieder ergriff mich jene seltsame Trunkenheit.

»Peitsche mich«, bat ich, »peitsche mich ohne Erbarmen.«

Wanda schwang die Peitsche und traf mich zweimal. »Hast du jetzt genug?«

»Nein.«

»Im Ernste, nein?«

»Peitsche mich, ich bitte dich, es ist mir ein Genuß.«

»Ja, weil du gut weißt, daß es nicht Ernst ist«, erwiderte sie, »daß ich nicht das Herz habe, dir weh zu tun. Mir widerstrebt das ganze rohe Spiel. Wäre ich wirklich das Weib, das seinen Sklaven peitscht, du würdest dich entsetzen.«

»Nein, Wanda«, sprach ich, »ich liebe dich mehr als mich selbst, ich bin dir hingegeben auf Tod und Leben, du kannst im Ernste mit mir anfangen, was dir beliebt, ja, was dir nur dein Übermut eingibt.«

»Severin!«

»Tritt mich mit Füßen!« rief ich und warf mich, das Antlitz zur Erde, vor ihr nieder.

»Ich hasse alles, was Komödie ist«, sprach Wanda ungeduldig.

»Nun, so mißhandle mich im Ernste.«

Eine unheimliche Pause.

»Severin, ich warne dich noch ein letztes Mal«, begann Wanda.

»Wenn du mich liebst, so sei grausam gegen mich«, flehte ich, das Auge zu ihr erhoben.

»Wenn ich dich liebe« wiederholte Wanda. »Nun gut!« sie trat zurück und betrachtete mich mit einem finsteren Lächeln. *So sei denn mein Sklave und fühle, was es heißt, in die Hände eines Weibes gegeben zu sein.* Und in demselben Augenblicke gab sie mir einen Fußtritt.

»Nun, wie behagt dir das, Sklave?«

Dann schwang sie die Peitsche.

»Richte dich auf!«

Ich wollte mich erheben. »Nicht so«, gebot sie, »auf die Knie.«

Ich gehorchte und sie begann mich zu peitschen.

Die Hiebe fielen rasch und kräftig auf meinen Rücken, meine Arme, ein jeder schnitt in mein Fleisch und brannte hier fort, aber die Schmerzen entzückten mich, denn sie kamen ja von ihr, die ich anbetete, für die ich jede Stunde bereit war, mein Leben zu lassen.

Jetzt hielt sie inne. »Ich fange an, Vergnügen daran zu finden«, sprach sie, »für heute ist es genug, aber mich ergreift eine teuflische Neugier, zu sehen, wie weit deine Kraft reicht, eine grausame Lust, dich unter meiner Peitsche beben, sich krümmen zu sehen und endlich dein Stöhnen, dein Jammern zu hören und so fort, bis du um Gnade bittest und ich ohne Erbarmen fortpeitsche, bis dir die Sinne schwinden. Du hast gefährliche Elemente in meiner Natur geweckt. Nun aber steh' auf.«

Ich ergriff ihre Hand, um sie an meine Lippen zu drücken.

»Welche Frechheit.«

Sie stieß mich mit dem Fuße von sich.

»Aus meinen Augen, Sklave!«

Nachdem ich die Nacht wie im Fieber in wirren Träumen gelegen, bin ich erwacht. Es dämmerte kaum.

Was ist wahr von dem, was in meiner Erinnerung schwebt? Was habe ich erlebt und was nur geträumt? Gepeitscht bin ich worden, das ist gewiß, ich fühle noch jeden einzelnen Hieb, ich kann die roten, brennenden Streifen an meinem Leib zählen. Und sie hat mich gepeitscht. Ja, jetzt weiß ich alles.

Meine Phantasie ist Wahrheit geworden. Wie ist mir? Hat mich die Wirklichkeit meines Traumes enttäuscht?

Nein, ich bin nur etwas müde, aber ihre Grausamkeit erfüllt mich mit Entzücken. Oh! wie ich sie liebe, sie anbete! Ach! dies alles drückt nicht im entferntesten aus, was ich für sie empfinde, wie ich mich ganz ihr hingegeben fühle. Welche Seligkeit, ihr Sklave zu sein.

Sie ruft mich vom Balkon. Ich eile die Treppe hinauf. Da steht sie auf der Schwelle und bietet mir freundlich die Hand. »Ich schäme mich«, sagte sie, während ich sie umschlinge und sie den Kopf an meiner Brust birgt.

»Wie?«

»Suchen Sie die häßliche Szene von gestern zu vergessen«, sprach sie mit bebender Stimme, »ich habe Ihnen Ihre tolle Phantasie erfüllt, jetzt wollen wir vernünftig sein und glücklich und uns lieben, und in einem Jahr bin ich Ihre Frau.«

»Meine Herrin«, rief ich, »und ich Ihr Sklave!«

»Kein Wort mehr von Sklaverei, von Grausamkeit und Peitsche«, unterbrach mich Wanda, »ich passiere Ihnen von dem allen nichts mehr, als die Pelzjacke; kommen Sie und helfen Sie mir hinein.«

Die kleine Bronzeuhr, auf welcher ein Amor steht, der eben seinen Pfeil abgeschossen hat, schlug Mitternacht.

Ich stand auf, ich wollte fort.

Wanda sagte nichts, aber sie umschlang mich und zog mich auf die Ottomane zurück und begann mich von neuem zu küssen, und diese stumme Sprache hatte etwas so Verständliches, so Überzeugendes –

Und sie sagte noch mehr, als ich zu verstehen wagte, eine solche schmachtende Hingebung lag in Wandas ganzem Wesen und welche wollüstige Weichheit in ihren halbgeschlossenen, dämmernden Augen, in der unter dem weißen Puder leicht schimmernden roten Flut ihres Haares, in dem weißen und roten Atlas, welcher bei jeder Bewegung um sie knisterte, dem schwellenden Hermelin der Kazabaika, in den sie sich nachlässig schmiegte.

»Ich bitte dich«, stammelte ich, »aber du wirst böse sein.«

»Mache mit mir, was du willst«, flüsterte sie.

»Nun, so tritt mich, ich bitte dich, ich werde sonst verrückt.«

»Habe ich dir nicht verboten«, sprach Wanda strenge, »aber du bist unverbesserlich.«

»Ach! ich bin so entsetzlich verliebt.« Ich war in die Knie gesunken und preßte mein glühendes Gesicht in ihren Schoß.

»Ich glaube wahrhaftig«, sagte Wanda, nachsinnend, »dein ganzer Wahnsinn ist nur eine dämonische, ungesättigte Sinnlichkeit. *Unsere Unnatur muß solche Krankheiten erzeugen.* Wärst du weniger tugendhaft, so wärst du vollkommen vernünftig.«

»Nun, so mach' mich gescheit«, murmelte ich. Meine Hände wühlten in ihrem Haare und in dem schimmernden Pelz, welcher sich, wie eine vom Mondlicht beglänzte Welle, alle Sinne verwirrend, auf ihrer wogenden Brust hob und senkte.

Und ich küßte sie – nein, sie küßte mich, so wild, so unbarmherzig, als wenn sie mich mit ihren Küssen morden wollte. Ich war wie im Delirium, meine Vernunft hatte ich längst verloren, aber ich hatte endlich auch keinen Atem mehr. Ich suchte mich loszumachen.

»Was ist dir?« fragte Wanda.

»Ich leide entsetzlich.«

»Du leidest?« – sie brach in ein lautes, mutwilliges Lachen aus.

»Du kannst lachen!« stöhnte ich, »ahnst du denn nicht –«

Sie war auf einmal ernst, richtete meinen Kopf mit ihren Händen auf und zog mich dann mit einer heftigen Bewegung an ihre Brust.

»Wanda!« stammelte ich

»Richtig, es macht dir ja Vergnügen, zu leiden«, sprach sie und begann von neuem zu lachen, »aber warte nur, ich will dich schon vernünftig machen.«

»Nein, ich will nicht weiter fragen«, rief ich, »ob du mir für immer oder nur für einen seligen Augenblick gehören willst, ich will mein Glück genießen; jetzt bist du mein und besser dich verlieren, als dich nie besitzen.«

»So bist du vernünftig«, sagte sie und küßte mich wieder mit ihren mörderischen Lippen, und ich riß den Hermelin, die Spitzenhülle auseinander und ihre bloße Brust wogte gegen die meine.

Dann vergingen mir die Sinne. –

Ich erinnere mich erst wieder auf den Augenblick, wo ich Blut von meiner Hand tropfen sah und sie apathisch fragte: »Hast du mich gekratzt?«

»Nein, ich glaube, ich habe dich gebissen.«

Es ist doch merkwürdig, wie jedes Verhältnis des Lebens ein anderes Gesicht bekommt, sobald eine neue Person hinzutritt.

Wir haben herrliche Tage zusammen verlebt, wir besuchten die Berge, die Seen, wir lasen zusammen und ich vollendete Wandas Bild. Und wie liebten wir uns, wie lächelnd war ihr reizendes Antlitz.

Da kommt eine Freundin, eine geschiedene Frau, etwas älter, etwas erfahrener und etwas weniger gewissenhaft als Wanda, und schon macht sich ihr Einfluß in jeder Richtung geltend.

Wanda runzelte die Stirne und zeigt mir gegenüber eine gewisse Ungeduld.

Liebt sie mich nicht mehr?

Seit beinahe vierzehn Tagen dieser unerträgliche Zwang. Die Freundin wohnt bei ihr, wir sind nie allein. Ein Kreis von Herren umgibt die beiden jungen Frauen. Ich spiele als Liebender mit meinem Ernste, meiner Schwermut eine alberne Rolle. Wanda behandelt mich wie einen Fremden.

Heute, bei einem Spaziergange, blieb sie mit mir zurück. Ich sah, daß es mit Absicht geschah und jubelte. Was sagte sie mir aber.

»Meine Freundin begreift nicht, wie ich Sie lieben kann, sie findet Sie weder schön noch sonst besonders anziehend, und dazu unterhält sie mich vom Morgen bis in die Nacht hinein mit dem glänzenden frivolen Leben in der Hauptstadt, mit den Ansprüchen, welche ich machen kannte, den großen Partien, welche ich finden, den vornehmen, schönen Anbetern, welche ich fesseln müßte. Aber was hilft dies alles, ich liebe Sie einmal.«

Mir verging einen Augenblick der Atem, dann sagte ich: »Ich wünsche bei Gott nicht, Ihrem Glück im Wege zu sein, Wanda. Nehmen Sie auf mich keine Rücksicht mehr.« Dabei zog ich meinen Hut ab und ließ sie vorangehen. Sie sah mich erstaunt an, erwiderte jedoch keine Silbe.

Als ich aber auf dem Rückwege wieder zufällig in ihre Näht kam, drückte sie mir verstohlen die Hand und ihr Blick traf mich so warm, so glückverheißend, daß alle Qualen dieser Tage im Augenblick vergessen, alle Wunden geheilt waren.

Jetzt weiß ich wieder so recht, wie ich sie liebe.

»Meine Freundin hat sich über dich beklagt«, sagte mir Wanda heute.

»Sie mag fühlen, daß ich sie verachte.«

»Weshalb verachtest du sie denn, kleiner Narr« rief Wanda und nahm mich mit beiden Händen bei den Ohren.

»Weil sie heuchelt«, sagte ich, »ich achte nur eine Frau, die tugendhaft ist, oder offen dem Genusse lebt.«

»So wie ich«, entgegnete Wanda scherzend, »aber siehst du, mein Kind, die Frau kann das nur in den seltensten Fällen. Sie kann weder so heiter sinnlich, noch so geistig frei sein, wie der Mann, ihre Liebe ist stets ein aus Sinnlichkeit und geistiger Neigung gemischter Zustand. Ihr Herz verlangt darnach, den Mann dauernd zu fesseln, während sie selbst dem Wechsel unterworfen ist, so kommt ein Zwiespalt, kommt Lüge und Trug, meist gegen ihren Willen, in ihr Handeln, in ihr Wesen und verdirbt ihren Charakter.«

»Gewiß ist es so«, sagte ich, »der transzendentale Charakter, welchen die Frau der Liebe aufdrücken will, führt sie zum Betrug.«

»Aber die Welt verlangt ihn auch«, fiel mir Wanda in das Wort, »sieh diese Frau an, sie hat in Lemberg ihren Mann und ihren Liebhaber und hier hat sie einen neuen Anbeter gefunden, und sie betrügt sie alle und ist doch von allen verehrt und von der Welt geachtet.«

»Meinetwegen«, rief ich, »sie soll dich nur aus dem Spiele lassen, aber sie behandelt dich ja wie eine Ware.«

»Warum nicht« unterbrach mich das schöne Weib lebhaft. »Jede Frau hat den Instinkt, die Neigung, aus ihren Reizen Nutzen zu ziehen, und es hat viel für sich, sich ohne Liebe, ohne Genuß hinzugeben, man bleibt hübsch kaltblütig dabei und kann seinen Vorteil wahrnehmen.«

»Wanda, du sagst das?«

»Warum nichtig, sprach sie, »merk' dir überhaupt, was ich dir jetzt sage: *fühle dich nie sicher bei dem Weibe, das du liebst,* denn die Natur des Weibes birgt mehr Gefahren, als du glaubst. Die

Frauen sind weder so *gut*, wie ihre Verehrer und Verteidiger, noch so *schlecht*, wie ihre Feinde sie machen. *Der Charakter der Frau ist die Charakterlosigkeit.* Die beste Frau sinkt momentan in den Schmutz, die schlechteste erhebt sich unerwartet zu großen, guten Handlungen und beschämt ihre Verächter. Kein Weib ist so gut oder so böse, daß es nicht jeden Augenblick sowohl der teuflischsten, als der göttlichsten, der schmutzigsten, wie der reinsten Gedanken, Gefühle, Handlungen fähig wäre. Das Weib ist eben, trotz allen Fortschritten der Zivilisation, so geblieben, wie es aus der Rand der Natur hervorgegangen ist, es hat den Charakter des *Wilden*, welcher sich treu und treulos, großmütig und grausam zeigt, je nach der Regung, die ihn gerade beherrscht. Zu allen Zeiten hat nur ernste, tiefe Bildung den sittlichen Charakter geschaffen; so folgt der Mann, auch wenn er selbstsüchtig, wenn er böswillig ist, stets *Prinzipien*, das Weib aber folgt immer nur *Regungen*. Vergiß das nie und fühle dich nie sicher bei dem Weibe, das du liebst.«

Die Freundin ist fort. Endlich ein Abend mit ihr allein. Es ist, als hätte Wanda alle Liebe, welche sie mir entzogen hat, für diesen einen seligen Abend aufgespart, so gütig, so innig, so voll der Gnaden ist sie.

Welche Seligkeit, an ihren Lippen zu hängen, in ihren Armen hinzusterben und dann, wie sie so ganz aufgelöst, so ganz mir hingegeben an meiner Brust ruht und unsere Augen wonnetrunken ineinander tauchen.

Ich kann es noch nicht glauben, nicht fassen, daß dieses Weib mein ist, ganz mein.

»In einem Punkte hat sie doch recht«, begann Wanda, ohne sich zu regen, ohne nur die Augen zu öffnen, wie im Schlaf.

»Wer?«

Sie schwieg.

»Deine Freundin?«

Sie nickte. »Ja, sie hat recht, du bist kein Mann, du bist ein Phantast, ein reizender Anbeter, und wärst gewiß ein unbezahlbarer Sklave, aber als Gatten kann ich dich mir nicht denken.«

Ich erschrak.

»Was hast du? du zitterst?«

»Ich bebe bei dem Gedanken, wie leicht ich dich verlieren kann«, erwiderte ich.

»Nun, bist du deshalb jetzt weniger glücklich?« entgegnete sie, »raubt es dir etwas von deinen Freuden, daß ich vor dir anderen gehört habe, daß mich andere nach dir besitzen werden, und würdest du weniger genießen, wenn ein anderer mit dir zugleich glücklich wäre?«

»Wanda!«

»Siehst du«, fuhr sie fort, »das wäre ein Ausweg. Du willst mich nie verlieren, mir bist du lieb und sagst mir geistig so zu, daß ich immer mit dir leben möchte, wenn ich neben dir —«

»Welch ein Gedanke!« schrie ich auf, »ich empfinde eine Art Grauen vor dir.«

»Und liebst du mich weniger?«

»Im Gegenteil.«

Wanda hatte sich auf ihren linken Arm aufgerichtet. »Ich glaube«, sprach sie, »daß man, um einen Mann für immer zu fesseln, ihm vor allem nicht treu sein darf. Welche brave Frau ist je so angebetet worden, wie eine Hetäre?«

»In der Tat liegt in der Treulosigkeit eines geliebten Weibes ein schmerzhafter Reiz, die höchste Wollust.«

»Auch für dich,« fragte Wanda rasch.

»Auch für mich.«

»Wenn ich dir also dies Vergnügen mache?« rief Wanda spöttisch.

»So werde ich entsetzlich leiden, dich aber um so mehr anbeten«, entgegnete ich, »nur dürftest du mich nie betrügen, sondern müßtest die dämonische Größe haben, mir zu sagen: ich werde dich allein lieben, aber jeden glücklich machen, der mir gefällt.«

Wanda schüttelte den Kopf. »Mir widerstrebt der Betrug, ich bin ehrlich, aber welcher Mann erliegt nicht unter der Wucht der Wahrheit. Wenn ich dir sagen würde: dies sinnlich heitere Leben, dies Heidentum ist mein Ideal, würdest du die Kraft haben, es zu ertragen?«

»Gewiß. Ich will alles von dir ertragen, nur dich nicht verlieren. Ich fühle ja, wie wenig ich dir eigentlich bin.«

»Aber Severin –«

»Es ist doch so«, sprach ich, »und eben deshalb –«

»Deshalb möchtest du –« sie lächelte schelmisch – »hab' ich es erraten?«

»Dein Sklave sein!« rief ich, »dein willenloses, unbeschränktes Eigentum, mit dem du nach Belieben schalten kannst, und das dir daher nie zur Last werden kann. Ich möchte, während du das Leben in vollen Zügen schlürfst, in üppigem Luxus gebettet das heitere Glück, die Liebe des Olymps genießest, dir dienen, dir die Schuhe an-und ausziehen.«

»Eigentlich hast du nicht so unrecht«, erwiderte Wanda, »denn nur als mein Sklave könntest du es ertragen, daß ich andere liebe, und dann, die Freiheit des Genusses der antiken Welt ist nicht denkbar ohne Sklaverei. Oh! es muß ein Gefühl von Gottähnlichkeit geben, wenn man Menschen vor sich knien, zittern sieht. Ich will Sklaven haben, hörst du, Severin?«

»Bin ich nicht dein Sklave?«

»Hör' mich also«, sprach Wanda aufgeregt, meine Hand fassend, »ich will dein sein, solange ich dich liebe.

»Einen Monat?«

»Vielleicht auch zwei.«

»Und dann?«

»Dann bist du mein Sklave.«

»Und du?«

»Ich? was fragst du noch? ich bin eine Göttin und steige manchmal leise, ganz leise und heimlich aus meinem Olymp zu dir herab.«

»Aber was ist dies alles«, sprach Wanda, den Kopf in beide Hände gestützt, den Blick in die Weite verloren, »eine goldene Phantasie, welche nie wahr werden kann.« Eine unheimliche, brütende Schwermut war über ihr ganzes Wesen ausgegossen; so hatte ich sie noch nie gesehen.

»Und warum unausführbar?« begann ich.

»Weil es bei uns keine Sklaverei gibt.«

»So gehen wir in ein Land, wo sie noch besteht, in den Orient, in die Türkei«, sagte ich lebhaft.

»Du wolltest – Severin – im Ernste«, entgegnete Wanda. Ihre Augen brannten.

»Ja, ich will im Ernste dein Sklave sein«, fuhr ich fort, »ich will, daß deine Gewalt über mich durch das Gesetz geheiligt, daß mein Leben in deiner Hand ist, nichts auf dieser Welt mich vor dir schützen oder retten kann. Oh! welche Wollust, wenn ich mich ganz nur von deiner Willkür, deiner Laune, einem Winke deines Fingers abhängig fühle. Und dann – welche Seligkeit, – wenn du einmal gnädig bist, wenn der Sklave die Lippen küssen darf, an der für ihn Tod und Leben hängt!« Ich kniete nieder und lehnte meint heiße Stirne an ihre Knie.

»Du fieberst, Severin«, sprach Wanda erregt, »und du liebst mich wirklich so unendlich?« Sie schloß mich an ihre Brust und bedeckte mich mit Küssen.

»Willst du also?« begann sie zögernd.

»Ich schwöre dir hier, bei Gott und meiner Ehre, ich bin dein Sklave, wo und wann du willst, sobald du es befiehlst«, rief ich, meiner kaum mehr mächtig.

»Und wenn ich dich beim Worte nehme?« rief Wanda.

»Tu' es.«

»Es hat einen Reiz für mich«, sprach sie hierauf, »der kaum seinesgleichen hat, einen Mann, der mich anbetet und den ich von ganzer Seele liebe, mir so ganz hingegeben, von meinem Willen, meiner Laune abhängig zu wissen, diesen Mann als Sklaven zu besitzen, während ich –«

Sie sah mich seltsam an.

»Wenn ich recht frivol werde, so bist du schuld –« fuhr sie fort – »ich glaube beinahe, du fürchtest dich jetzt schon vor mir, aber ich habe deinen Schwur.«

»Und ich werde ihn halten.«

»Dafür laß mich sorgen«, entgegnete sie. »Jetzt finde ich Genuß darin, jetzt soll es bei Gott nicht lange mehr beim Phantasieren bleiben. Du wirst mein Sklave, und ich – ich werde versuchen, ›*Venus im Pelz*‹ zu sein.«

Ich dachte diese Frau endlich zu kennen, zu verstehen, und ich sehe nun, daß ich wieder von vorne anfangen kann. Mit welchem Widerwillen nahm sie noch vor kurzem meine Phantasien auf und mit welchem Ernste betreibt sie jetzt die Ausführung derselben.

Sie hat einen Vertrag entworfen, durch den ich mich bei Ehrenwort und Eid verbinde, ihr Sklave zu sein, solange sie es will.

Den Arm um meinen Nacken geschlungen, liest sie mir das unerhörte, unglaubliche Dokument vor, nach jedem Satze macht ein Kuß den Schlußpunkt.

»Aber der Vertrag enthält nur Pflichten für mich«, sprach ich, sie neckend.

»Natürlich«, entgegnete sie mit großem Ernste, »du hörst auf, mein Geliebter zu sein, ich bin also aller Pflichten, aller Rücksichten gegen dich entbunden. Meine Gunst hast du dann als eine Gnade anzusehen, Recht hast du keines mehr und darfst daher auch keines geltend machen. Meine Macht über dich darf keine Grenzen haben. Bedenke, Mann, du bist ja dann nicht viel besser als ein Hund, ein lebloses Ding; du bist meine Sache, mein Spielzeug, das ich zerbrechen kann, sobald es mir eine Stunde Zeitvertreib verspricht. Du bist nichts und ich bin alles. Verstehst du?«

Sie lachte und küßte mich wieder und doch überlief mich eine Art Schauer.

»Erlaubst du mir nicht einige Bedingungen –« begann ich.

»Bedingungen?« sie runzelte die Stirne. »Ah! du hast bereits Furcht, oder bereust gar, doch das kommt alles zu spät, ich habe deinen Eid, dein Ehrenwort. Aber laß hören.«

»Zuerst möchte ich in unserem Vertrag aufgenommen wissen, daß du dich nie ganz von mir trennst, und dann, daß du mich nie der Roheit eines deiner Anbeter preisgibst –«

»Aber Severin«, rief Wanda mit bewegter Stimme, Tränen in den Augen, »du kannst glauben, daß ich dich, einen Mann, der mich so liebt, der sich so ganz in meine Hand gibt –« sie stockte.

»Nein! nein!« sprach ich, ihre Hände mit Küssen bedeckend, »ich fürchte nichts von dir, was mich entehren könnte, vergib mir den häßlichen Augenblick.«

Wanda lächelte selig, legte ihre Wange an die meine und schien nachzusinnen.

»Etwas hast du vergessene, flüsterte sie jetzt schelmisch, »das Wichtigste.«

»Eine Bedingung?«

»Ja, daß ich immer im Pelz erscheinen muß«, rief Wanda, »aber dies verspreche ich dir so, ich werde ihn schon deshalb tragen, weil er mir das Gefühl einer Despotin gibt, und ich will sehr grausam gegen dich sein, verstehst du?«

»Soll ich den Vertrag unterzeichnen?« fragte ich.

»Noch nicht«; sprach Wanda, »ich werde vorher deine Bedingungen hinzufügen, und überhaupt wirst du ihn erst an Ort und Stelle unterzeichnen.«

»In Konstantinopel?«

»Nein. Ich habe es mir überlegt. Welchen Wert hat es für mich, dort einen Sklaven zu haben, wo jeder Sklaven hat; ich will hier in unserer gebildeten, nüchternen, philisterhaften Welt, ich *allein will einen Sklaven haben,* und zwar einen Sklaven, den nicht das Gesetz, nicht mein Recht oder rohe Gewalt, sondern ganz allein die Macht meiner Schönheit und meines Wesens willenlos in meine Hand gibt. Das finde ich pikant. Jedenfalls gehen wir in ein Land, wo man uns nicht kennt, und wo du daher ohne Anstand vor der Welt als mein Diener auftreten kannst. Vielleicht nach Italien, nach Rom oder Neapel.«

Wir saßen auf Wandas Ottomane, sie in der Hermelinjacke, das offene Haar wie eine Löwenmähne über den Rücken, und sie hing an meinen Lippen und sog mir die Seele aus dem Leibe. Mir wirbelte der Kopf, das Blut begann mir zu sieden, mein Herz pochte heftig gegen das ihre.

»Ich will ganz in deiner Hand sein, Wanda«, rief ich plötzlich, von jenem Taumel der Leidenschaft ergriffen, in dem ich kaum mehr klar denken oder frei beschließen kann, »ohne jede Bedingung, ohne jede Beschränkung deiner Gewalt über mich, ich will mich auf Gnade und Ungnade deiner Willkür überliefern.« Während ich dies sprach, war ich von der Ottomane zu ihren Füßen herabgesunken und blickte trunken zu ihr empor.

»Wie schön du jetzt bist«, rief sie, »dein Auge wie in einer Verzückung halb gebrochen, entzückt mich, reißt mich hin, dein Blick müßte wunderbar sein, wenn du totgepeitscht würdest, im Verenden. Du hast das Auge eines Märtyrers.«

Manchmal wird mir doch etwas unheimlich, mich so ganz, so bedingungslos in die Hand eines Weibes zu geben. Wenn sie meine Leidenschaft, ihre Macht mißbraucht?

Nun dann erlebe ich, was seit Kindesbeinen meine Phantasie beschäftigte, mich stets mit süßem Grauen erfüllte. Törichte Besorgnis! Es ist ein mutwilliges Spiel, das sie mit mir treibt, mehr nicht. Sie liebt mich ja, und sie ist so gut, eine noble Natur, jeder Treulosigkeit unfähig; aber es liegt dann in ihrer Hand – *sie kann, wenn sie will* – welcher Reiz in diesem Zweifel, dieser Furcht.

Jetzt verstehe ich die Manon l'Escault und den armen Chevalier, der sie auch noch als die Maitresse eines anderen, ja auf dem Pranger anbetet.

Die Liebe kennt keine Tugend, kein Verdienst, sie liebt und vergibt und duldet alles, weil sie muß; nicht unser Urteil leitet uns, nicht die Vorzüge oder Fehler, welche wir entdecken, reizen uns zur Hingebung oder schrecken uns zurück. Es ist eine süße, wehmütige, geheimnisvolle Gewalt, die uns treibt, und wir hören auf zu denken, zu empfinden, zu wollen, wir lassen uns von ihr treiben und fragen nicht wohin?

Auf der Promenade erschien heute zum erstenmal ein russischer Fürst, welcher durch seine athletische Gestalt, seine schöne Gesichtsbildung, den Luxus seines Auftretens allgemeines Aufsehen erregte. Die Damen besonders staunten ihn wie ein wildes Tier an, er aber schritt finster, niemand beachtend, von zwei Dienern, einem Neger ganz in roten Atlas gekleidet und einem Tscherkessen in voller blitzender Rüstung begleitet, durch die Alleen. Plötzlich sah er Wanda, heftete seinen kalten durchdringenden Blick auf sie, ja wendete den Kopf nach ihr, und als sie vorüber war, blieb er stehen und sah ihr nach.

Und sie – sie verschlang ihn nur mit ihren funkelnden grünen Angen – und bot alles auf, ihm wieder zu begegnen.

Die raffinierte Koketterie, mit der sie ging, sich bewegte, ihn ansah, schnürte mir den Hals zusammen. Als wir nach Hause gingen, machte ich eine Bemerkung darüber. Sie runzelte die Stirne.

»Was willst du denn«, sprach sie, »der Fürst ist ein Mann, der mir gefallen könnte, der mich sogar blendet, und ich bin frei, ich kann tun, was ich will –«

»Liebst du mich denn nicht mehr –« stammelte ich erschrocken.

Ich liebe nur dich«, entgegnete sie, »aber ich werde mir von dem Fürsten den Hof machen lassen.«

»Wanda!«

»Bist du nicht mein Sklave?« sagte sie ruhig. »Bin ich nicht Venus, die grausame nordische Venus im Pelz?«

Ich schwieg; ich fühlte mich von ihren Worten förmlich zermalmt, ihr kalter Blick drang mir wie ein Dolch in das Herz.

»Du wirst sofort den Namen, die Wohnung, alle Verhältnisse des Fürsten erfragen, verstehst du?« fuhr sie fort.

»Aber –«

»Keine Einwendung. Gehorche!« rief Wanda mit einer Strenge, die ich bei ihr nie für möglich gehalten hätte. »Komme mir nicht unter die Augen, ehe du alle meine Fragen beantworten kannst.«

Erst Nachmittag konnte ich Wanda die gewünschten Auskünfte bringen. Sie ließ mich wie einen Bedienten vor sich stehen, während sie mir im Fauteuil zurückgelehnt lächelnd zuhörte. Dann nickte sie, sie schien zufrieden.

»Gib mir den Fußschemel!« befahl sie kurz.

Ich gehorchte und blieb, nachdem ich ihn vor sie gestellt und sie ihre Füße darauf gesetzt hatte, vor ihr knien.

»Wie wird dies enden?« fragte ich nach einer kurzen Pause traurig.

Sie brach in ein mutwilliges Gelächter aus. »Es hat ja noch gar nicht angefangen.«

»Du bist herzloser als ich dachte«, erwiderte ich verletzt.

»Severin«, begann Wanda ernst. »Ich habe noch nichts getan, nicht das Geringste, und du nennst mich schon herzlos. Wie wird das werden, wenn ich deine Phantasien erfülle, wenn ich ein lustiges, freies Leben führe, einen Kreis von Anbetern um mich habe, und ganz dein Ideal, dir Fußtritte und Peitschenhiebe gebe?«

»Du nimmst meine Phantasie zu ernst.«

»Zu ernst? Sobald ich sie ausführe, kann ich doch nicht beim Scherze stehen bleiben«, entgegnete sie, »du weißt, wie verhaßt mir jedes Spiel, jede Komödie ist. Du hast es so gewollt. War es meine Idee oder die deine? Habe ich dich dazu verführt oder hast du meine Einbildung erhitzt? Nun ist es mir allerdings Ernst.«

»Wanda«, erwiderte ich liebevoll, »höre mich ruhig an. Wir lieben uns so unendlich, wir sind so glücklich, willst du unsere ganze Zukunft einer Laune opfern?«

»Es ist keine Laune mehr!« rief sie.

»Was denn?« fragte ich erschrocken.

»Es lag wohl in mir«, sprach sie ruhig, gleichsam nachsinnend, »vielleicht wäre es nie an das Licht getreten, aber du hast es geweckt, entwickelt, und jetzt, wo es zu einem mächtigen Trieb geworden ist, wo es mich ganz erfüllt, wo ich einen Genuß darin finde, wo ich nicht mehr anders kann und will, jetzt willst du zurück – du – bist du ein Mann?«

»Liebe, teure Wanda!« ich begann sie zu streicheln, zu küssen.

»Laß mich – du bist kein Mann –«

»Und du!« brauste ich auf.

»Ich bin eigensinnig«, sagte sie, »das weißt du. Ich bin nicht im Phantasieren stark und im Ausführen schwach wie du; wenn ich mir etwas vornehme, führe ich es aus, und um so gewisser, je mehr Widerstand ich finde. Laß mich!«

Sie stieß mich von sich und stand auf.

»Wanda!« Ich erhob mich gleichfalls und stand ihr Aug' in Auge gegenüber.

»Du kennst mich jetzt«, fuhr sie fort, »ich warne dich noch einmal. Du hast noch die Wahl. Ich zwinge dich nicht, mein Sklave zu werden.«

»Wanda«, antwortete ich bewegt, mir traten Tränen in die Augen, »du weißt nicht, wie ich dich liebe.«

Sie zuckte verächtlich die Lippen.

»Du irrst dich, du machst dich häßlicher, als du bist, deine Natur ist viel zu gut, zu nobel –«

»Was weißt du von meiner Natur«, unterbrach sie mich heftig, »du sollst mich noch kennen lernen.«

»Wanda!«

»Entschließe dich, willst du dich fügen, unbedingt?«

»Und wenn ich nein sage.«

»Dann –«

Sie trat kalt und höhnisch auf mich zu, und wie sie jetzt vor mir stand, die Arme auf der Brust verschränkt, mit dem bösen Lächeln um die Lippen, war sie in der Tat das despotische

Weib meiner Phantasie und ihre Züge erschienen hart, und in ihrem Blicke lag nichts, was Güte oder Erbarmen versprach. »Gut –« sprach sie endlich.

»Du bist böse«, sagte ich, »du wirst mich peitschen.«

»O nein!« entgegnete sie, »ich werde dich gehen lassen. Du bist frei. Ich halte dich nicht.«

»Wanda – mich, der dich so liebt –«

»Ja, Sie, mein Herr, der Sie mich anbeten«, rief sie verächtlich, »aber ein Feigling, ein Lügner, ein Wortbrüchiger sind. Verlassen Sie mich augenblicklich –«

»Wanda! –«

»Mensch!«

Mir stieg das Blut zum Herzen. Ich warf mich zu ihren Füßen und begann zu weinen.

»Noch Tränen!« sie begann zu lachen. Oh! Dieses Lachen war furchtbar. »Gehen Sie – ich will Sie nicht mehr sehen.«

»Mein Gott!« rief ich außer mir. »Ich will ja alles tun, was du befiehlst, dein Sklave sein, deine Sache, mit der du nach Willkür schaltest – nur stoße mich nicht von dir – ich gehe zugrunde – ich kann nicht leben ohne dich«, ich umfaßte ihre Knie und bedeckte ihre Hand mit Küssen.

»Ja, du mußt Sklave sein, die Peitsche fühlen – denn ein Mann bist du nicht«, sprach sie ruhig, und das war es, was mir so an das Herz griff, daß sie nicht im Zorne, ja nicht einmal erregt, sondern mit voller Überlegung zu mir sprach. »Ich kenne dich jetzt, deine Hundenatur, die anbetet, wo sie mit Füßen getreten wird und um so mehr, je mehr sie mißhandelt wird. Ich kenne dich jetzt, du aber sollst mich erst kennen lernen.«

Sie ging mit großen Schritten auf und ab, während ich vernichtet auf meinen Knien liegen blieb, das Haupt war mir herabgesunken. die Tränen rannen mir herab.

»Komm zu mir«, herrschte mir Wanda zu, sich auf der Ottomane niederlassend. Ich folgte ihrem Wink und setzte mich zu ihr. Sie sah mich finster an, dann wurde ihr Auge plötzlich, gleichsam von innen heraus erhellt, sie zog mich lächelnd an ihre Brust und begann mir die Tränen aus den Augen zu küssen.

Das eben ist das Humoristische meiner Lage, daß ich, wie der Bär in Lilis Park, fliehen kann und nicht will, daß ich alles dulde, sobald sie droht, mir die Freiheit zu geben.

Wenn sie nur einmal wieder die Peitsche in die Hand nehmen würde! Diese Liebenswürdigkeit, mit der sie mich behandelt, hat etwas Unheimliches für mich. Ich komme mir wie eine kleine, gefangene Maus vor, mit der eine schöne Katze zierlich spielt, jeden Augenblick bereit, sie zu zerreißen, und mein Mausherz droht mir zu zerspringen.

Was hat sie vor? Was wird sie mit mir anfangen?

Sie scheint den Vertrag, scheint meine Sklaverei vollkommen vergessen zu haben, oder war es wirklich nur Eigensinn, und sie hat den ganzen Plan in demselben Augenblicke aufgegeben, wo ich ihr keinen Widerstand mehr entgegensetzte, wo ich mich ihrer souveränen Laune beugte?

Wie gut sie jetzt gegen mich ist, wie zärtlich, wie liebevoll. Wir verleben selige Tage.

Heute liess sie mich die Szene zwischen Faust und Mephistopheles lesen, in welcher letzterer als fahrender Scholast erscheint; ihr Blick hing mit seltsamer Befriedigung an mir.

»Ich verstehe nicht«, sprach sie, als ich geendet hatte, »wie ein Mann große und schöne Gedanken im Vortrage so wunderbar klar, so scharf, so vernünftig auseinandersetzen und dabei ein solcher Phantast, ein übersinnlicher Schlemihl sein kann.«

»Warst du zufrieden«, sagte ich und küßte ihre Hand.

Sie strich mir freundlich über die Stirne. »Ich liebe dich, Severin«, flüsterte sie, »ich glaube, ich könnte keinen anderen Mann mehr lieben. Wir wollen vernünftig sein. willst du?«

Statt zu antworten, schloß ich sie in meine Arme; ein tief inniges, wehmütiges Glück erfüllte meine Brust, meine Augen wurden naß, eine Träne fiel auf ihre Hand herab.

»Wie kannst du weinen!« rief sie, »du bist ein Kind.«

Wir begegneten bei einer Spazierfahrt dem russischen Fürsten im Wagen. Er war offenbar unangenehm überrascht, mich an Wandas Seite zu sehen und schien sie mit seinen elektrischen, grauen Augen durchbohren zu wollen, sie aber – ich hätte in diesem Augenblicke vor ihr niederknien und ihre Füße küssen mögen – sie schien ihn nicht zu bemerken, sie ließ ihren Blick gleichgültig über ihn gleiten, wie über einen leblosen Gegenstand, einen Baum etwa, und wendete sich dann mit ihrem liebreizenden Lächeln zu mir.

Als ich ihr heute gute Nacht sagte, schien sie mir plötzlich ohne jeden Anlaß zerstreut und verstimmt. Was sie wohl beschäftigen mochte?

»Mir ist leid, daß du gehst«, sagte sie, als ich schon auf der Schwelle stand.

»Es liegt ja nur bei dir, die schwere Zeit meiner Prüfung abzukürzen, gib es auf, mich zu quälen –« flehte ich.

»Du nimmst also nicht an, daß dieser Zwang auch für mich eine Qual ist«, warf Wanda ein.

»So ende sie«, rief ich, sie umschlingend, »werde mein Weib.«

»*Nie, Severin*«, sprach sie sanft, aber mit großer Festigkeit.

»Was ist das?«

Ich war bis an das Innerste meiner Seele erschrocken.

»*Du bist kein Mann für mich.*«

Ich sah sie an, zog meinen Arm, welcher noch immer um ihre Taille lag, langsam zurück und verließ das Gemach, und sie – sie rief mich nicht zurück.

Eine schlaflose Nacht, ich habe soundso viel Entschlüsse gefaßt und wieder verworfen. Am Morgen schrieb ich einen Brief, worin ich unser Verhältnis für gelöst erklärte. Mir zitterte die Hand dabei, und wie ich ihn siegelte, verbrannte ich mir die Finger.

Als ich die Treppe emporstieg, um ihn dem Stubenmädchen zu übergeben, drohten mir die Knie zu brechen.

Da öffnete sich die Türe und Wanda steckte den Kopf voll Papilloten heraus.

»Ich bin noch nicht frisiert«, sprach sie lächelnd. »Was haben Sie da?«

»Einen Brief –«

»An mich?« Ich nickte.

»Ah! Sie wollen mit mir brechen«, rief sie spöttisch.

»Haben Sie nicht gestern erklärt, daß ich kein Mann für Sie bin?«

»*Ich wiederhole es Ihnen*«, sprach sie.

»Also«, ich zitterte am ganzen Leibe, die Stimme versagte mir, ich reichte ihr den Brief.

»Behalten Sie ihn«, sagte sie, mich kalt betrachtend, »Sie vergessen, daß ja gar nicht mehr davon die Rede ist, ob sie mir als *Mann* genügen oder nicht, und zum *Sklaven* sind Sie jedenfalls gut genug.«

»Gnädige Frau!« rief ich empört.

»Ja, so haben Sie mich in Zukunft zu nennen«, erwiderte Wanda, den Kopf mit unsäglicher Geringschätzung emporwerfend, »ordnen Sie Ihre Angelegenheiten binnen vierundzwanzig Stunden, ich reise übermorgen nach Italien, und Sie begleiten mich als mein Diener.«

»Wanda –«

»Ich verbitte mir jede Vertraulichkeit«, sagte sie, mir scharf das Wort abschneidend, »ebenso, daß Sie, ohne daß ich rufe oder klingle, bei mir eintreten und zu mir sprechen, ohne von mir angeredet zu sein. Sie heißen von nun an nicht mehr Severin, sondern *Gregor*.«

Ich bebte vor Wut und doch – ich kann es leider nicht leugnen – auch vor Genuß und prickelnder Aufregung.

»Aber, Sie kennen doch meine Verhältnisse, gnädige Frau«, begann ich verwirrt, »ich bin noch von meinem Vater abhängig und zweifle, daß er mir eine so große Summe als ich zu dieser Reise brauche –«

»Das heißt, du hast kein Geld, Gregor«, bemerkte Wanda vergnügt, »um so besser, dann bist du vollkommen von mir abhängig und in der Tat mein Sklave.«

»Sie bedenken nicht«, versuchte ich einzuwenden, »daß ich als Mann von Ehre unmöglich –«

»Ich habe wohl bedacht«, erwiderte sie fast im Tone des Befehls, »daß Sie als Mann von Ehre vor allem Ihren Schwur, Ihr Wort einzulösen haben, mir als Sklave zu folgen, wohin ich es gebiete, und mir in allem zu gehorchen, was ich auch befehlen mag. Nun geh', Gregor!«

Ich wendete mich zur Türe.

»Noch nicht – du darfst mir vorher die Hand küssen«, damit reichte sie mir dieselbe mit einer gewissen stolzen Nachlässigkeit zum Kusse, und ich – ich Dilettant – ich Esel – ich elender Sklave – preßte sie mit heftiger Zärtlichkeit an meine von Hitze und Erregung trockenen Lippen.

Noch ein gnädiges Kopfnicken. Dann war ich entlassen.

Ich brannte noch spät am Abend Licht, und Feuer im großen, grünen Ofen, denn ich hatte noch manches an Briefen und Schriften zu ordnen, und der Herbst war, wie es gewöhnlich bei uns der Fall ist, auf einmal mit voller Gewalt hereingebrochen.

Plötzlich klopfte sie mit dem Stiel der Peitsche an mein Fenster.

Ich öffnete und sah sie draußen stehen in ihrer mit Hermelin besetzten Jacke und einer hohen, runden Kosakenmütze von Hermelin, in der Art, wie sie die große Katharina zu tragen liebte.

»Bist du bereit, Gregor?« fragte sie finster.

»Noch nicht, Herrin«, entgegnete ich.

»Das Wort gefällt mir«, sagte sie hierauf, »du darfst mich immer Herrin nennen, verstehst du? Morgen früh um 9 Uhr fahren wir hier fort. Bis zur Kreisstadt bist du mein Begleiter, mein Freund, von dem Augenblicke, wo wir in den Waggon steigen, – mein Sklave, mein Diener. Nun schließe das Fenster und öffne die Türe.«

Nachdem ich getan, wie sie geheißen, und sie hereingetreten war, fragte sie, die Brauen spöttisch zusammenziehend, »nun, wie gefall' ich dir?«

»Du –«

»Wer hat dir das erlaubt«, sie gab mir einen Hieb mit der Peitsche.

»Sie sind wunderbar schön, Herrin.«

Wanda lächelte und setzte sich in meinen Lehnstuhl. »Knie hier nieder – hier neben meinem Sessel.«

Ich gehorchte.

»Küss' mir die Hand.«

Ich faßte ihre kleine kalte Hand und küßte sie.

»Und den Mund –«

Ich schlang meine Arme in leidenschaftlicher Aufwallung um die schöne, grausame Frau und bedeckte ihr Antlitz, Mund und Büste mit glühenden Küssen, und sie gab sie mir mit gleichem Feuer zurück – die Lider wie im Traum geschlossen – bis nach Mitternacht.

Pünktlich um 9 Uhr morgens, wie sie es befohlen hatte, war alles zur Abreise bereit, und wir verließen in einer bequemen Kalesche das kleine Karpatenbad, in dem sich das interessanteste Drama meines Lebens zu einem Knoten geschürzt hatte, dessen Auflösung damals kaum von jemandem geahnt werden konnte.

Noch ging alles gut. Ich saß an Wandas Seite, und sie plauderte auf das Liebenswürdigste und Geistreichste mit mir, wie mit einem guten Freunde, über Italien, über Pisemskis neuen Roman und Wagnerische Musik. Sie trug auf der Reise eine Art Amazone, ein Kleid von schwarzem Tuche und eine kurze Jacke von gleichem Stoffe mit dunklem Pelzbesatz, welche sich knapp an ihre schlanken Formen schlossen und dieselben prächtig hoben, darüber einen dunklen Reisepelz. Das Haar, in einen antiken Knoten geschlungen, ruhte unter einer kleinen dunklen Pelzmütze, von welcher ein schwarzer Schleier ringsum herabfiel. Wanda war sehr gut aufgelegt, steckte mir Bonbons in den Mund, frisierte mich, löste mein Halstuch und schlang es in eine reizende, kleine Masche, deckte ihren Pelz über meine Knie, um dann verstohlen die Finger meiner Hand zusammenzupressen, und wenn unser jüdischer Kutscher einige Zeit konsequent vor sich hinnickte, gab sie mir sogar einen Kuß und ihre kalten Lippen hatten dabei jenen frischen, frostigen Duft einer jungen Rose, welche im Herbste einsam zwischen kahlen Stauden und gelben Blättern blüht, und deren Kelch der erste Reif mit kleinen, eisigen Diamanten behangen hat.

Das ist die Kreisstadt. Wir steigen vor dem Bahnhofe aus. Wanda wirft ihren Pelz ab und mir mit einem reizenden Lächeln über den Arm, dann geht sie die Karten lösen.

Wie sie zurückkehrt, ist sie vollkommen verändert.

»Hier ist dein Billett, Gregor«, spricht sie in dem Tone, in welchem hochmütige Damen zu ihren Lakaien sprechen.

»Ein Billett dritter Klasse«, erwiderte ich mit komischem Entsetzen.

»Natürlich«, fährt sie fort, »nun gib aber acht, du steigst erst dann ein, wenn ich im Coupé bin und deiner nicht mehr bedarf. Auf jeder Station hast du zu meinem Waggon zu eilen und nach meinen Befehlen zu fragen. Versäume dies ja nicht. Und nun gib mir meinen Pelz.«

Nachdem ich ihr demütig wie ein Sklave hineingeholfen, suchte sie, von mir gefolgt, ein leeres Coupé erster Klasse auf, sprang auf meine Schulter gestützt hinein und ließ sich von mir die Füße in Bärenfelle einhüllen und auf die Wärmflasche setzen.

Dann nickte sie mir zu und entließ mich. Ich stieg langsam in einen Waggon dritter Klasse, der mit dem niederträchtigsten Tabaksqualm, wie die Vorhölle mit dem Nebel des Acheron gefüllt war, und hatte nun Muße, über die Rätsel des menschlichen Daseins nachzudenken, und über das größte dieser Rätsel – *das Weib*.

SOOFT DER Zug hält, springe ich heraus, laufe zu ihrem Waggon und erwarte mit abgezogener Mütze ihre Befehle. Sie wünscht bald einen Kaffee, bald ein Glas Wasser, einmal ein kleines Souper, ein anderesmal ein Becken mit warmem Wasser, um sich die Hände zu waschen, so geht es fort, sie läßt sich von ein paar Kavalieren, die in ihr Coupé gestiegen sind, den Hof machen; ich sterbe vor Eifersucht und muß Sätze machen wie ein Springbock, um jedesmal das Verlangte rasch zur Stelle zu schaffen und den Zug nicht zu versäumen. So bricht die Nacht herein. Ich kann weder einen Bissen essen noch schlafen, atme dieselbe verzwiebelte Luft mit polnischen Bauern, Handelsjuden und gemeinen Soldaten, und sie liegt, wenn ich die Stufen ihres Coupé ersteige, in ihrem behaglichen Pelz auf den Polstern ausgestreckt, mit den Tierfellen bedeckt, eine orientalische Despotin, und die Herren sitzen gleich indischen Göttern aufrecht an der Wand und wagen kaum zu atmen.

In Wien, wo sie einen Tag bleibt, um Einkäufe zu machen, und vor allem eine Reihe luxuriöser Toiletten anzuschaffen, fährt sie fort, mich als ihren Bedienten zu behandeln. Ich gehe hinter ihr, respektvoll zehn Schritte entfernt, sie reicht mir, ohne mich nur eines freundlichen Blickes zu würdigen, die Pakete und läßt mich zuletzt wie einen Esel beladen nachkeuchen.

Vor der Abfahrt nimmt sie alle meine Kleider, um sie an die Kellner des Hotels zu verschenken, und befiehlt mir, ihre Livree anzuziehen, ein Krakusenkostüm in ihren Farben, hellblau mit rotem Aufschlag und viereckiger, roter Mütze, mit Pfauenfedern verziert, das mir gar nicht übel steht.

Die silbernen Knöpfe tragen ihr Wappen. Ich habe das Gefühl, als wäre ich verkauft oder hätte meine Seele dem Teufel verschrieben.

Mein schöner Teufel führte mich in einer Tour von Wien bis Florenz, statt der leinenen Masuren und fettlockigen Juden leisten mir jetzt krausköpfige Contadini, ein prächtiger Sergeant des ersten italienischen Grenadierregiments und ein armer deutscher Maler Gesellschaft. Der Tabakdampf riecht jetzt nicht mehr nach Zwiebel, sondern nach Salami und Käse.

Es ist wieder Nacht geworden. Ich liege auf meinem hölzernen Ruhebette auf der Folter, Arme und Beine sind mir wie zerbrochen. Aber poetisch ist die Geschichte doch, die Sterne funkeln ringsum, der Sergeant hat ein Gesicht wie Apollo von Belvedere, und der deutsche Maler singt ein wunderbares deutsches Lied:

»Nun alle Schatten dunkeln
Und Stern auf Stern erwacht,
Welch' Hauch der heißen Sehnsucht
Flutet durch die Nacht!«

»Durch das Meer der Träume
Steuert ohne Ruh',
Steuert meine Seele
Deiner Seele zu.«

Und ich denke an die schöne Frau, die königlich ruhig in ihren weichen Pelzen schläft.

Florenz! Getümmel, Geschrei, zudringliche Fachini und Fiaker. Wanda wählt einen Wagen und weist die Träger ab.

»Wozu hätte ich denn einen Diener«, spricht sie, »Gregor – hier ist der Schein – hole das Gepäck.«

Sie wickelt sich in ihren Pelz und sitzt ruhig im Wagen, während ich die schweren Koffer, einen nach dem anderen herbeitrage. Unter dem letzten breche ich einen Augenblick zusammen, ein freundlicher Carabiniere mit intelligentem Gesicht steht mir bei. Sie lacht.

»Der muß schwer sein«, sagte sie, »denn in dem sind alle meine Pelze.«

Ich steige auf den Bock und wische mir die hellen Tropfen von der Stirne. Sie nennt das Hotel, der Fiaker treibt sein Pferd an. In wenigen Minuten halten wir vor der glänzend erleuchteten Einfahrt.

»Sind Zimmer da?« fragt sie den Portier.

»Ja, Madame.«

»Zwei für mich, eines für meinen Diener, alle mit Öfen.«

»Zwei elegante, Madame, beide mit Kaminen für Sie«, entgegnete der Garçon, der herbeigeeilt ist, »und eines ohne Heizung für den Bedienten.«

»Zeigen Sie mir die Zimmer.«

Sie besichtigt sie, dann sagt sie kurzweg: »Gut. Ich bin zufrieden, machen Sie nur rasch Feuer, der Diener kann im ungeheizten Zimmer schlafen.«

Ich sehe sie nur an.

»Bringe die Koffer herauf, Gregor«, befiehlt sie, ohne meine Blicke zu beachten, »ich mache indes Toilette und gehe in den Speisesaal hinab. Du kannst dann auch etwas zu Nacht essen.«

Während sie in das Nebenzimmer geht, schleppe ich die Koffer herauf, helfe dem Garçon, der mich über meine »Herrschaft« in schlechtem Französisch auszufragen versucht, in ihrem Schlafzimmer Feuer machen und sehe einen Augenblick mit stillem Neide den flackernden Kamin, das duftige, weiße Himmelbett, die Teppiche, mit denen der Boden belegt ist. Dann steige ich müde und hungrig eine Treppe hinab und verlange etwas zu essen. Ein gutmütiger Kellner, der österreichischer Soldat war und sich alle Mühe gibt, mich deutsch zu unterhalten, führt mich in den Speisesaal und bedient mich. Eben habe ich nach sechsunddreißig Stunden den ersten frischen Trunk getan, den ersten warmen Bissen auf der Gabel, als sie hereintritt.

Ich erhebe mich.

»Wie können Sie mich in ein Speisezimmer führen, in dem mein Bedienter ißt«, fährt sie den Garçon an, vor Zorn flammend, dreht sich um und geht hinaus.

Ich danke indes dem Himmel, daß ich wenigstens ruhig weiteressen kann. Hierauf steige ich vier Treppen zu meinem Zimmer empor, in dem bereits mein kleiner Koffer steht und ein schmutziges Öllämpchen brennt, es ist ein schmales Zimmer ohne Kamin, ohne Fenster, mit einem kleinen Luftloch. Es würde mich – wenn es nicht so hundekalt wäre – an die venetianischen Bleikammern erinnern. Ich muß unwillkürlich laut lachen, so daß es widerhallt und ich über mein eigenes Gelächter erschrecke.

Plötzlich wird die Türe aufgerissen und der Garçon mit einer theatralischen Geste, echt italienisch, ruft: »Sie sollen zu Madame hinabkommen, augenblicklich! – Ich nehme meine Mütze, stolpere einige Stufen hinab, komme endlich glücklich im ersten Stockwerke vor ihre Türe an und klopfe.

»Herein!«

Ich trete ein, schließe und bleibe an der Türe stehen.

Wanda hat es sich bequem gemacht, sie sitzt im Negligé von weißer Mousseline und Spitzen, auf einem kleinen, roten Samtdiwan, die Füße auf einem Polster von gleichem Stoffe und hat ihren Pelzmantel umgeworfen, denselben, in dem sie mir zuerst als Göttin der Liebe erschien.

Die gelben Lichter der Armleuchter, die auf dem Trumeau stehen, ihre Reflexe in dem großen Spiegel und die roten Flammen des Kaminfeuers spielen herrlich auf dem grünen Samt, dem dunkelbraunen Zobel des Mantels, auf der weißen, glatt gespannten Haut, und in dem roten, flammenden Haare der schönen Frau, welche mir ihr helles, aber kaltes Antlitz zukehrt, und ihre kalten, grünen Augen auf mir ruhen läßt.

»Ich bin mit dir zufrieden, Gregor«, begann sie.

Ich verneigte mich.

»Komm näher.«

Ich gehorchte.

»Noch näher«, sie blickte hinab und strich mit der Hand über den Zobel. »Venus im Pelz empfängt ihren Sklaven. »Ich sehe, daß Sie doch mehr sind als ein gewöhnlicher Phantast, Sie bleiben mindestens hinter Ihren Träumen nicht zurück, Sie sind der Mann, was Sie sich auch einbilden mögen, und wäre es das Tollste, auszuführen; ich gestehe, das gefällt mir, das imponiert mir. Es liegt Stärke darin, und nur die Stärke achtet man. Ich glaube sogar, Sie würden in ungewöhnlichen Verhältnissen, in einer großen Zeit, das was Ihre Schwäche scheint, als eine wunderbare Kraft offenbaren. Unter den ersten Kaisern wären Sie ein Märtyrer, zur Zeit der Reformation ein Anabaptist, in der französischen Revolution einer jener begeisterten Girondisten geworden, die mit der Marseillaise auf den Lippen die Guillotine bestiegen. So aber sind Sie mein Sklave, mein –«

Sie sprang plötzlich auf, so daß der Pelz herabsank, und schlang die Arme mit sanfter Gewalt um meinen Hals.

»Mein geliebter Sklave, Severin, oh! wie ich dich liebe, wie ich dich anbete, wie schmuck du in dem Krakauerkostüme aussiehst, aber du wirst heute nacht frieren in dem elenden Zimmer da oben ohne Kamin, soll ich dir meinen Pelz geben, mein Herzchen, den großen da –«

Sie hob, ihn rasch auf, warf ihn mir auf die Schultern und hatte mich, ehe ich mich versah, vollkommen darin eingewickelt.

»Ah! Wie gut das Pelzwerk dir zu Gesichte steht, deine noblen Züge treten erst recht hervor. Sobald du nicht mehr mein Sklave bist, wirst du einen Samtrock tragen mit Zobel, verstehst du, sonst ziehe ich nie mehr eine Pelzjacke an –«

Und wieder begann sie mich zu streicheln, zu küssen und zog mich endlich auf den kleinen Samtdiwan nieder.

»Du gefällst dir, glaube ich, in dem Pelze«, sagte sie, »gib ihn mir, rasch, rasch, sonst verliere ich ganz das Gefühl meiner Würde.«

Ich legte den Pelz um sie, und Wanda schlüpfte mit dem rechten Arme in den Ärmel.

»So ist es auf dem Bilde von Titian. Nun aber genug des Scherzes. Sieh doch nicht immer so unglücklich drein, das macht mich traurig, du bist ja vorläufig nur für die Welt mein Diener, mein Sklave bist du noch nicht, du hast den Vertrag noch nicht unterzeichnet, du bist noch frei, kannst mich jeden Augenblick verlassen; du hast deine Rolle herrlich gespielt. Ich war entzückt, aber hast du es nicht schon satt, findest du mich nicht abscheulich? Nun, so sprich doch – ich befehle es dir.«

»Muß ich es dir gestehen, Wanda?« begann ich.

»Ja, du mußt.«

»Und wenn du es dann auch mißbrauchst«, fuhr ich fort, »ich bin verliebter als je in dich, und ich werde dich immer mehr, immer fanatischer verehren, anbeten, je mehr du mich mißhandelst, so wie du jetzt gegen mich warst, entzündest du mein Blut, berauschest du alle meine Sinne« – ich preßte sie an mich und hing einige Augenblicke an ihren feuchten Lippen – »du schönes Weib«, rief ich dann, sie betrachtend, und riß in meinem Enthusiasmus den Zobelpelz von ihren Schultern und preßte meinen Mund auf ihren Nacken.

»Du liebst mich also, wenn ich grausam bin«, sprach Wanda, »geh jetzt! – du langweilst mich – hörst du nicht –«

Sie gab mir eine Ohrfeige, daß es mir in dem Auge blitzte und im Ohr läutete.

»Hilf mir in meinen Pelz, Sklave.«

Ich half, so gut ich konnte.

»Wie ungeschickt«, rief sie, und kaum hatte sie ihn an, schlug sie mich wieder ins Gesicht. Ich fühlte es, wie ich mich entfärbte.

»Habe ich dir weh getan?« fragte sie und legte die Hand sanft auf mich.

»Nein, nein«, rief ich.

»Du darfst dich allerdings nicht beklagen, du willst es ja so; nun, gib mir noch einen Kuß.«

Ich schlang die Arme um sie, und ihre Lippen sogen sich an den meinen fest, und wie sie in dem großen, schweren Pelze an meiner Brust lag, hatte ich ein seltsames, beklemmendes Gefühl, wie wenn mich ein wildes Tier, eine Bärin umarmen würde, und mir war es, als müßte ich jetzt ihre Krallen in meinem Fleische fühlen. Aber für diesmal entließ mich die Bärin gnädig.

Die Brust von lachenden Hoffnungen erfüllt, stieg ich in mein elendes Bedientenzimmer und warf mich auf mein hartes Bett.

»Das Leben ist doch eigentlich urkomisch«, dachte ich mir, »vor kurzem hat noch das schönste Weib, Venus selbst, an deiner Brust geruht, und jetzt hast du Gelegenheit, die Hölle der Chinesen zu studieren, welche die Verdammten nicht, gleich uns, in die Flammen werfen, sondern durch die Teufel auf Eisfelder treiben lassen.

Wahrscheinlich haben ihre Religionsstifter auch in ungeheizten Zimmern geschlafen.«

Ich bin heute nacht mit einem Schrei aus dem Schlafe aufgeschreckt, ich habe von einem Eisfelde geträumt, auf dem ich mich verirrt hatte und vergebens den Ausweg suchte. Plötzlich kam ein Eskimo in einem mit Rentier bespannten Schlitten und hatte das Gesicht des Garçons, der mir das ungeheizte Zimmer angewiesen.

»Was suchen Sie hier, Monsieur?« rief er, »hier ist der Nordpol.«

Im nächsten Augenblicke war er verschwunden, und Wanda flog auf kleinen Schlittschuhen über die Eisfläche heran, ihr weißer Atlasrock flatterte und knisterte, der Hermelin ihrer Jacke und Mütze, vor allem aber ihr Antlitz schimmerte weißer, als der weiße Schnee, sie schoß auf mich zu, schloß mich in ihre Arme und begann mich zu küssen, plötzlich fühlte ich mein Blut warm an mir herabrieseln.

»Was tust du?« fragte ich entsetzt.

Sie lachte, und wie ich sie jetzt ansah, war es nicht mehr Wanda, sondern eine große weiße Bärin, welche ihre Tatzen in meinen Leib bohrte.

Ich schrie verzweifelt auf und hörte ihr teuflisches Gelächter noch, als ich erwacht war und erstaunt im Zimmer herumsah.

Früh am Morgen stand ich bereits an Wandas Türe, und als der Garçon den Kaffee brachte, nahm ich ihm denselben und servierte ihn meiner schönen Herrin. Sie hatte bereits Toilette gemacht und sah prächtig aus, frisch und rosig, lächelte mir freundlich zu und rief mich zurück, als ich mich respektvoll entfernen wollte.

»Nimm auch rasch dein Frühstück, Gregor«, sprach sie, »wir gehen dann sofort Wohnungen suchen, ich will so kurz als möglich im Hotel bleiben, hier sind wir furchtbar geniert, und wenn ich etwas länger mit dir plaudre, heißt es gleich: die Russin hat mit ihrem Bedienten ein Liebesverhältnis, man sieht, die Rasse der Katharina stirbt nicht aus.«

Eine halbe Stunde später gingen wir aus, Wanda in ihrem Tuchkleide, ihrer russischen Mütze, ich in meinem Krakauerkostüm. Wir erregten Aufsehen. Ich ging etwa zehn Schritte entfernt hinter ihr und machte ein finsteres Gesicht, während ich jede Sekunde in lautes Lachen auszubrechen fürchtete. Es gab kaum eine Straße, in der nicht an einem der hübschen Häuser eine kleine Tafel mit dem »Camere ammobiliate« prangte. Wanda sendete mich jedesmal die Treppe hinauf, und nur wenn ich die Meldung machte, daß die Wohnung ihren Absichten zu entsprechen scheine, stieg sie selbst empor. So war ich um Mittag herum bereits so müde, wie ein Jagdhund nach einer Parforcejagd.

Wieder traten wir in ein Haus und wieder verließen wir es, ohne eine passende Wohnung gefunden zu haben. Wanda war bereits etwas ärgerlich. Plötzlich sagte sie zu mir: »Severin, der Ernst, mit dem du deine Rolle spielst, ist reizend, und der Zwang, den wir uns auferlegt haben, regt mich geradezu auf, ich halte es nicht mehr aus, du bist zu lieb, ich muß dir einen Kuß geben. Komm in ein Haus hinein.«

»Aber gnädige Frau –« wendete ich ein.

»Gregor!« sie trat in die nächste offene Flur, ging einige Stufen der dunklen Stiege hinauf, schlang dann mit heißer Zärtlichkeit die Arme um mich und küßte mich.

»Ach! Severin, du warst sehr klug, du bist als Sklave weit gefährlicher, als ich dachte, ja, ich finde dich unwiderstehlich, ich fürchte, ich werde mich noch einmal in dich verlieben.«

»Liebst du mich denn nicht mehr?« fragte ich, von einem jähen Schrecken ergriffen.

Sie schüttelte ernsthaft den Kopf, küßte mich aber wieder mit ihren schwellenden, köstlichen Lippen.

Wir kehrten in das Hotel zurück. Wanda nahm das Gabelfrühstück und gebot mir, ebenfalls rasch etwas zu essen.

Ich wurde aber selbstverständlich nicht so rasch bedient, wie sie, und so geschah es, daß ich eben den zweiten Bissen meines Beefsteaks zum Munde führte, als der Garçon eintrat und mit seiner theatralischen Geste rief. »Augenblicklich zu Madame.«

Ich nahm einen raschen und schmerzlichen Abschied von meinem Frühstück und eilte müde und hungrig Wanda nach, welche bereits in der Straße stand.

»Für so grausam habe ich Sie doch nicht gehalten, Herrin«, sagte ich vorwurfsvoll, »daß Sie mich nach allen diesen Fatiguen nicht einmal ruhig essen lassen.«

Wanda lachte herzlich. »Ich dachte, du bist fertig«, sprach sie, »aber es ist auch so gut. Der Mensch ist zum Leiden geboren und du ganz besonders. Die Märtyrer haben auch keine Beefsteaks gegessen.«

Ich folgte ihr grollend, in meinen Hunger verbissen.

»Ich habe die Idee, eine Wohnung in der Stadt zu nehmen, aufgegeben«, fuhr Wanda fort, »man findet schwer ein ganzes Stockwerk, in dem man abgeschlossen ist und tun kann, was man will. Bei einem so seltsamen, phantastischen Verhältnisse, wie es das unsere ist, muß alles zusammenstimmen. Ich werde eine ganze Villa mieten und – nun, warte nur, du wirst staunen. Ich erlaube dir jetzt, dich satt zu essen und dich dann etwas in Florenz umzusehen. Vor dem Abend komme ich nicht nach Hause. Wenn ich dich dann brauche, werde ich dich schon rufen lassen.«

Ich habe den Dom gesehen, den Palazzo vecchio, die Loggia di Lanzi und bin dann lange am Arno gestanden. Immer wieder ließ ich meinen Blick auf dem herrlichen, altertümlichen Florenz ruhen, dessen runde Kuppeln und Türme sich weich in den blauen, wolkenlosen Himmel zeichneten, auf den prächtigen Brücken, durch deren weite Bogen der schöne, gelbe Fluß seine lebhaften Wellen trieb, auf den grünen Hügeln, welche, schlanke Zypressen und weitläufige Gebäude, Paläste oder Klöster tragend, die Stadt umgeben.

Es ist eine andere Welt, in der wir uns befinden, eine heitere, sinnliche und lachende. Auch die Landschaft hat nichts von dem Ernst, der Schwermut der unseren. Da ist weithin, bis zu den letzten weißen Villen, die im hellgrünen Gebirge zerstreut sind, kein Fleckchen, das die Sonne nicht in das hellste Licht setzen würde, und die Menschen sind weniger ernst, wie wir, und mögen weniger denken, sie sehen aber alle aus, wie wenn sie glücklich wären.

Man behauptet auch, daß man im Süden leichter stirbt.

Mir ahnt jetzt, daß es eine Schönheit gibt ohne Stachel und eine Sinnlichkeit ohne Qual.

Wanda hat eine allerliebste kleine Villa auf einem der reizenden Hügel an dem linken Ufer des Arno, gegenüber der Cascine, entdeckt und für den Winter gemietet. Dieselbe liegt in einem hübschen Garten mit reizenden Laubgängen, Grasplätzen und einer herrlichen Camelienflur. Sie hat nur ein Stockwerk und ist im italienischen Stile im Viereck erbaut; die eine Front entlang läuft eine offene Galerie, eine Art Loggia mit Gipsabgüssen antiker Statuen, von der steinerne Stufen in den Garten hinabführen. Aus der Galerie gelangt man in ein Badezimmer mit einem herrlichen Marmorbassin, aus dem eine Wendeltreppe in das Schlafgemach der Herrin führt.

Wanda bewohnt das erste Stockwerk allein.

Mir wurde ein Zimmer ebener Erde angewiesen, es ist sehr hübsch und hat sogar einen Kamin.

Ich habe den Garten durchstreift und auf einem runden Hügel einen kleinen Tempel entdeckt, dessen Tor ich verschlossen fand; aber das Tor hat eine Ritze, und wie ich das Auge an dieselbe lege, sehe ich auf weißem Piedestal die Liebesgöttin stehen. Mich ergreift ein leiser Schauer. Mir ist, als lächle sie mir zu: »Bist du da? Ich habe dich erwartet.«

Es ist Abend. Eine hübsche kleine Zofe bringt mir den Befehl, vor der Herrin zu erscheinen. Ich steige die breite Marmortreppe empor, gehe durch den Vorsaal, einen großen mit verschwenderischer Pracht eingerichteten Salon und klopfe an die Türe des Schlafgemachs. Ich klopfe sehr leise, denn der Luxus, den ich überall entfaltet sehe, beängstigt mich, und so werde ich nicht gehört und stehe einige Zeit vor der Türe. Mir ist zumute, als stände ich vor dem Schlafgemach der großen Katharina und als müßte sie jeden Augenblick im grünen Schlafpelz mit dem roten Ordensbande auf der bloßen Brust und mit ihren kleinen, weißen, gepuderten Löckchen heraustreten.

Ich klopfe wieder. Wanda reißt ungeduldig den Flügel auf.

»Warum so spät?« fragt sie.

»Ich stand vor der Türe, du hast mein Klopfen nicht gehört«, entgegnete ich schüchtern. Sie schließt die Türe, hängt sich in mich ein und führt mich zu der rotdamastenen Ottomane, auf der sie geruht hat. Die ganze Einrichtung des Zimmers, Tapeten, Vorhänge, Portieren, Himmelbett, alles ist von rotem Damast, und die Decke bildet ein herrliches Gemälde, Simson und Delila.

Wanda empfängt mich in einem betörenden Deshabillee, das weiße Atlasgewand fließt leicht und malerisch an ihrem schlanken Leib herab und läßt Arme und Büste bloß, welche sich weich und nachlässig in die dunklen Felle des großen grünsamtenen Zobelpelzes schmiegen. Ihr rotes Haar fällt, halb offen, von Schnüren schwarzer Perlen gehalten, über den Rücken bis zur Hüfte herab.

»Venus im Pelz«, flüstre ich, während sie mich an ihre Brust zieht und mit ihren Küssen zu ersticken droht. Dann spreche ich kein Wort mehr und denke auch nicht mehr, alles geht unter in einem Meere niegeahnter Seligkeit.

Wanda macht sich endlich sanft los und betrachtete sich, auf den einen Arm gestützt. Ich war zu ihren Füßen herabgesunken, sie zog mich an sich und spielte mit meinem Haare.

»Liebst du mich noch?« fragte sie, ihr Auge verschwamm in süßer Leidenschaft.

»Du fragst!« rief ich.

»Erinnerst du dich noch deines Schwures«, fuhr sie mit einem reizenden Lächeln fort, »nun, da alles eingerichtet, alles bereit ist, frage ich dich noch einmal: ist es wirklich dein Ernst, mein Sklave zu werden?«

»Bin ich es denn nicht bereits?« fragte ich erstaunt.

»Du hast die Dokumente noch nicht unterschrieben.«

»Dokumente – was für Dokumente?«

»Ah! ich sehe, du denkst nicht mehr daran«, sagte sie, »also lassen wir es bleiben.«

»Aber Wanda«, sprach ich, »du weißt ja, daß ich keine größere Seligkeit kenne, als dir zu dienen, dein Sklave zu sein, und daß ich alles um das Gefühl geben würde, mich ganz in deiner Hand zu wissen, mein Leben sogar –«

»Wie du schön bist«, flüsterte sie, »wenn du so begeistert bist, wenn du so leidenschaftlich sprichst. Ach! ich bin mehr als je in dich verliebt und da soll ich herrisch sein gegen dich und strenge und grausam, ich fürchte, ich werde es nicht können.«

»Mir ist nicht bange darum«, entgegnete ich lächelnd, »wo hast du also die Dokumente?«

»Hier«, sie zog sie halb verschämt aus ihrem Busen hervor und reichte sie mir.

»Damit du das Gefühl hast, ganz in meiner Hand zu sein, habe ich noch ein zweites Dokument aufgesetzt, in welchem du erklärst, daß du entschlossen bist, dir das Leben zu nehmen. Ich kann dich dann sogar töten, wenn ich will.«

»Gib.«

Während ich die Dokumente entfaltete und zu lesen begann, holte Wanda Tinte und Feder, dann setzte sie sich zu mir, legte den Arm um meinen Nacken und blickte über meine Schultern in das Papier.

Das erste lautete:

»Vertrag zwischen Frau Wanda von Dunajew
und Herrn Severin von Kusiemski

Herr Severin von Kusiemski hört mit dem heutigen Tage auf, der Bräutigam der Frau Wanda von Dunajew zu sein und verzichtet auf alle seine Rechte als Geliebter; er verpflichtet sich dagegen mit seinem Ehrenworte als Mann und Edelmann, fortan der *Sklave* derselben zu sein und zwar solange sie ihm nicht selbst die Freiheit zurückgibt.

Er hat als der Sklave der Frau von Dunajew den Namen Gregor zu führen, unbedingt jeden ihrer Wünsche zu erfüllen, jedem ihrer Befehle zu gehorchen, seiner Herrin mit Unterwürfigkeit zu begegnen, jedes Zeichen ihrer Gunst als eine außerordentliche Gnade anzusehen.

Frau von Dunajew darf ihren Sklaven nicht allein bei dem geringsten Versehen oder Vergehen nach Gutdünken strafen, sondern sie hat auch das Recht, ihn nach Laune oder nur zu ihrem Zeitvertreib zu mißhandeln, wie es ihr eben gefällt, ja sogar zu töten, wenn es ihr beliebt, kurz, er ist ihr unbeschränktes Eigentum.

Sollte Frau von Dunajew ihrem Sklaven je die Freiheit schenken, so hat Herr Severin von Kusiemski alles, was er als Sklave erfahren oder erduldet, zu vergessen und *nie und niemals, unter keinen Umständen und in keiner Weise an Rache oder Wiedervergeltung zu denken.*

Frau von Dunajew verspricht dagegen, als seine Herrin so oft als möglich im Pelz zu erscheinen, besonders wenn sie gegen ihren Sklaven grausam sein wird.«

Unter dem Vertrage stand das Datum des heutigen Tages. Das zweite Dokument enthielt nur wenige Worte.

»Seit Jahren des Daseins und seiner Täuschungen überdrüssig, habe ich meinem wertlosen Leben freiwillig ein Ende gemacht.«

Mich faßte ein tiefes Grauen, als ich zu Ende war, noch war es Zeit, noch konnte ich zurück, aber der Wahnsinn der Leidenschaft, der Anblick des schönen Weibes, das aufgelöst an meiner Schulter lehnte, rissen mich fort.

»Dieses hier mußt du zuerst abschreiben, Severin«, sprach Wanda, auf das zweite Dokument deutend, »es muß vollkommen in deinen Schriftzügen abgefaßt sein, bei dem Vertrage ist das natürlich nicht nötig.«

Ich kopierte rasch die wenigen Zeilen, in denen ich mich als Selbstmörder bezeichnete, und gab sie Wanda. Sie las und legte sie dann lächelnd auf den Tisch.

»Nun, hast du den Mut, das zu unterzeichnen?« fragte sie, den Kopf neigend, mit einem feinen Lächeln.

Ich nahm die Feder.

»Laß mich zuerst«, sprach Wanda, »dir zittert die Hand, fürchtest du dich so sehr vor deinem Glück?«

Sie nahm den Vertrag und die Feder – ich blickte im Kampfe mit mir selbst einen Augenblick empor und jetzt erst fiel mir, wie auf vielen Gemälden italienischer und holländischer Schule, der durchaus unhistorische Charakter des Deckengemäldes auf, der demselben ein seltsames, für mich geradezu unheimliches Gepräge gab. Delila, eine üppige Dame mit flammendem roten Haare, liegt halb entkleidet in einem dunklen Pelzmantel auf einer roten Ottomane und beugt sich lächelnd zu Simson herab, den die Philister niedergeworfen und gebunden haben. Ihr Lächeln ist in seiner spöttischen Koketterie von wahrhaft infernalischer Grausamkeit, ihr Auge, halb geschlossen, begegnet jenem Simsons, das noch im letzten Blicke mit wahnsinniger Liebe an dem ihren hängt, denn schon kniet einer der Feinde auf seiner Brust, bereit, ihm das glühende Eisen hineinzustoßen.

»So –« rief Wanda, »du bist ja ganz verloren, was hast du nur, es bleibt ja doch alles beim alten, auch wenn du unterschrieben hast, kennst du mich denn noch immer nicht, Herzchen?«

Ich blickte in den Vertrag. Da stand in großen kühnen Zügen ihr Name. Noch einmal schaute ich in ihr zauberkräftiges Auge, dann nahm ich die Feder und unterschrieb rasch den Vertrag.

»Du hast gezittert«, sprach Wanda ruhig, »soll ich dir die Feder führen?«

Sie faßte in demselben Augenblick sanft meine Hand, und da stand mein Name auch auf dem zweiten Papier. Wanda sah beide Dokumente noch einmal an und schloß sie dann in den Tisch, welcher zu Häupten der Ottomane stand.

»So – nun gib mir noch deinen Paß und dein Geld.«

Ich ziehe meine Brieftasche hervor und reiche sie ihr, sie blickt hinein, nickt und legt sie zu dem Übrigen, während ich vor ihr knie und mein Haupt in süßer Trunkenheit an ihrer Brust ruhen lasse.

Da stößt sie mich plötzlich mit dem Fuße von sich, springt auf und zieht die Glocke, auf deren Ton drei junge, schlanke Negerinnen, wie aus Ebenholz geschnitzt und ganz in roten Atlas gekleidet, hereintreten, jede einen Strick in der Hand.

Jetzt begreife ich auf einmal meine Lage und will mich erheben, aber Wanda, welche, hoch aufgerichtet, ihr kaltes, schönes Antlitz mit den finsteren Brauen, den höhnischen Augen mir zugewendet, als Herrin gebietend vor mir steht, winkt mit der Hand, und ehe ich noch recht weiß, was mit mir geschieht, haben mich die Negerinnen zu Boden gerissen, mir Beine und Hände fest zusammengeschnürt und die Arme wie einem, der hingerichtet werden soll, auf den Rücken gebunden, so daß ich mich kaum bewegen kann.

»Gib mir die Peitsche, Haydée«, befiehlt Wanda mit unheimlicher Ruhe.

Die Negerin reicht sie kniend der Gebieterin.

»Und nimm mir den schweren Pelz ab«, fährt diese fort, »er hindert mich.«

Die Negerin gehorchte.

»Die Jacke dort!« befahl Wanda weiter.

Haydée brachte rasch die hermelinbesetzte Kazabaika, welche auf dem Bette lag, und Wanda schlüpfte mit zwei unnachahmlich reizenden Bewegungen hinein.

»Bindet ihn an die Säule hier.«

Die Negerinnen heben mich auf, schlingen ein dickes Seil um meinen Leib und binden mich stehend an eine der massiven Säulen, welche den Himmel des breiten italienischen Bettes tragen.

Dann sind sie auf einmal verschwunden, wie wenn die Erde sie verschlungen hätte.

Wanda tritt rasch auf mich zu, das weiße Atlasgewand fließt ihr in langer Schleppe wie Silber, wie Mondlicht nach, ihre Haare lodern gleich Flammen auf dem weißen Pelz der Jacke; jetzt steht sie vor mir, die linke Hand in die Seite gestemmt, in der Rechten die Peitsche, und stößt ein kurzes Lachen aus.

»Jetzt hat das Spiel zwischen uns aufgehört«, spricht sie mit herzloser Kälte, »jetzt ist es Ernst, du Tor! den ich verlache und verachte, der sich *mir*, dem übermütigen, launischen Weibe, in wahnsinniger Verblendung als Spielzeug hingegeben. Du bist nicht mehr mein Geliebter, sondern *mein Sklave,* auf Tod und Leben meiner Willkür preisgegeben.

Du sollst mich kennen lernen!

Vor allem wirst du mir jetzt einmal im Ernste die Peitsche kosten, ohne daß du etwas verschuldet hast, damit du begreifst, was dich erwartet, wenn du dich ungeschickt, ungehorsam oder widerspenstig zeigst.«

Sie schürzte hierauf mit wilder Grazie den pelzbesetzten Ärmel auf und hieb mich über den Rücken.

Ich zuckte zusammen, die Peitsche schnitt wie ein Messer in mein Fleisch.

»Nun, wie gefällt dir das?« rief sie.

Ich schwieg.

»Wart' nur, du sollst mir noch wie ein Hund wimmern unter der Peitsche«, drohte sie und begann mich zugleich zu peitschen.

Die Hiebe fielen rasch und dicht, mit entsetzlicher Gewalt auf meinen Rücken, meine Arme, meinen Nacken, ich biß die Zähne zusammen, um nicht aufzuschreien. Jetzt traf sie mich ins Gesicht, das warme Blut rann mir herab, sie aber lachte und peitschte fort.

»Jetzt erst verstehe ich dich«, rief sie dazwischen, »es ist wirklich ein Genuß, einen Menschen so in seiner Gewalt zu haben und noch dazu einen Mann, der mich liebt – du liebst mich doch? – Nicht – Oh! ich zerfleische dich noch, so wächst mir bei jedem Hiebe das Vergnügen; nun krümme dich doch ein wenig, schreie, wimmere! Bei mir sollst du kein Erbarmen finden.«

Endlich scheint sie müde.

Sie wirft die Peitsche weg, streckt sich auf der Ottomane aus und klingelt.

Die Negerinnen treten ein.

»Bindet ihn los.«

Wie sie mir das Seil lösen, schlage ich wie ein Stück Holz zu Boden. Die schwarzen Weiber lachen und zeigen die weißen Zähne.

»Löst ihm die Stricke an den Füßen.«

Es geschieht. Ich kann mich erheben.

»Komm zu mir, Gregor.«

Ich nähere mich dem schönen Weibe, das mir noch nie so verführerisch erschien wie heute in seiner Grausamkeit, in seinem Hohne.

»Noch einen Schritt«, gebietet Wanda, »knie nieder und küsse mir den Fuß.«

Sie streckt den Fuß unter dem weißen Atlassaum hervor und ich übersinnlicher Tor presse meine Lippen darauf.

»Du wirst mich jetzt einen ganzen Monat nicht sehen, Gregor«, spricht sie ernst, »damit ich dir fremd werde, du dich leichter in deine neue Stellung mir gegenüber findest; du wirst während dieser Zeit im Garten arbeiten und meine Befehle erwarten. Und nun marsch, Sklave!«

Ein Monat ist in monotoner Regelmäßigkeit, in schwerer Arbeit, in schwermütiger Sehnsucht vergangen, in Sehnsucht nach ihr, die mir alle diese Leiden bereitet. Ich bin dem Gärtner zugewiesen, helfe ihm die Bäume, die Hecken stutzen, die Blumen umsetzen, die Beete umgraben, die Kieswege kehren, teile seine grobe Kost und sein hartes Lager, bin mit den Hühnern auf und gehe mit den Hühnern zur Ruhe, und höre von Zeit zu Zeit, daß unsere Herrin sich amüsiert, daß sie von Anbetern umringt ist, und einmal höre ich sogar ihr mutwilliges Lachen bis in den Garten hinab.

Ich komme mir so dumm vor. Bin ich es bei diesem Leben geworden oder war ich es schon vorher? Der Monat geht zu Ende, übermorgen – was wird sie nun mit mir beginnen, oder hat sie mich vergessen, und ich kann bis zu meinem seligen Ende Hecken stutzen und Bukette binden?

Ein schriftlicher Befehl.

»Der Sklave Gregor wird hiermit zu meinem persönlichen Dienst befohlen.

Wanda Dunajew.«

Mit klopfendem Herzen teile ich am nächsten Morgen die damastene Gardine und trete in das Schlafgemach meiner Göttin, das noch von holdem Halbdunkel erfüllt ist.

»Bist du es, Gregor?« fragt sie, während ich vor dem Kamin knie und Feuer mache. Ich erzitterte bei dem Tone der geliebten Stimme. Sie selbst kann ich nicht sehen, sie ruht unnahbar hinter den Vorhängen des Himmelbettes.

»Ja, gnädige Frau«, antworte ich.

»Wie spät?«

»Neun Uhr vorbei.«

»Das Frühstück.«

Ich eile es zu holen und knie dann mit dem Kaffeebrett vor ihrem Bette nieder.

»Hier ist das Frühstück, Herrin.«

Wanda schlägt die Vorhänge zurück und seltsam, wie ich sie in ihren weißen Kissen mit dem aufgelösten flutenden Haare sehe, erscheint sie mir im ersten Augenblick vollkommen fremd, ein schönes Weib; aber die geliebten Züge sind es nicht, dieses Antlitz ist hart und hat einen unheimlichen Ausdruck von Müdigkeit, von Übersättigung.

Oder habe ich für dies alles früher kein Auge gehabt?

Sie heftet die grünen Augen mehr neugierig als drohend oder etwa mitleidig auf mich und zieht den dunklen Schlafpelz, in dem sie ruht, träge über die entblößte Schulter herauf.

In diesem Augenblicke ist sie so reizend, so sinnverwirrend, daß ich mein Blut zu Kopf und Herzen steigen fühle, und das Brett in meiner Hand zu schwanken beginnt. Sie bemerkt es und greift nach der Peitsche, die auf ihrem Nachttisch liegt.

»Du bist ungeschickt, Sklave«, sagte sie, die Stirne runzelnd.

Ich senke den Blick zur Erde und halte das Brett, so fest ich nur kann, und sie nimmt ihr Frühstück und gähnt und dehnt ihre üppigen Glieder in dem herrlichen Pelz.

Sie hat geklingelt. Ich trete ein.

»Diesen Brief an den Fürsten Corsini.«

Ich eile in die Stadt, übergebe den Brief dem Fürsten, einem jungen schönen Mann mit glühenden schwarzen Augen und bringe ihr von Eifersucht verzehrt die Antwort.

»Was ist dir?« fragt sie hämisch lauernd, »du bist so entsetzlich bleich.«

»Nichts, Herrin, ich bin nur etwas rasch gegangen.«

Beim Dejeuner ist der Fürst an ihrer Seite; und ich bin verurteilt, sie und ihn zu bedienen, während sie scherzen und ich für beide gar nicht auf der Welt bin. Einen Augenblick wird es mir schwarz vor den Augen, ich schenke eben Bordeaux in sein Glas und schütte ihn über das Tischtuch, über ihre Robe.

»Wie ungeschickt«, ruft Wanda und gibt mir eine Ohrfeige, der Fürst lacht und sie lacht gleichfalls und mir schießt das Blut ins Gesicht.

Nach dem Dejeuner fährt sie in die Cascine. Sie kutschiert selbst den kleinen Wagen mit den hübschen englischen Braunen, ich sitze hinter ihr und sehe wie sie kokettiert und lächelnd dankt, wenn sie von einem der vornehmen Herren gegrüßt wird.

Wie ich ihr aus dem Wagen helfe, stützt sie sich leicht auf meinen Arm, die Berührung durchzuckt mich elektrisch. Ach! das Weib ist doch wunderbar und ich liebe sie mehr als je.

Zum Diner um sechs abends ist eine kleine Gesellschaft von Damen und Herren da. Ich serviere und diesmal schütte ich keinen Wein über das Tischtuch.

Eine Ohrfeige ist doch eigentlich mehr als zehn Vorlesungen, man begreift so schnell, besonders wenn es eine kleine volle Frauenhand ist, die uns belehrt.

Nach dem Diner fährt sie in die Pergola; wie sie die Treppe hinabkommt in ihrem schwarzen Samtkleide, mit dem großen Kragen von Hermelin, ein Diadem aus weißen Rosen im Haare, sieht sie wahrhaft blendend aus. Ich öffne den Schlag, helfe ihr in den Wagen. Vor dem Theater springe ich vom Bock, sie stützt sich beim Aussteigen auf meinen Arm, welcher unter der süßen Last erbebt. Ich öffne ihr die Türe der Loge und warte dann im Gange. Vier Stunden dauert die Vorstellung, während welcher sie die Besuche ihrer Kavaliere empfängt und ich die Zähne vor Wut zusammenbeiße.

Es ist weit über Mitternacht, als die Klingel der Herrin zum letzten Male tönt.

»Feuer!« befiehlt sie kurz, und wie es im Kamine prasselt, »Tee«.

Als ich mit dem Samowar zurückkehre, hat sie sich bereits entkleidet und schlüpft eben mit Hilfe der Negerin in ihr weißes Negligé.

Haydée entfernt sich hierauf.

»Gib mir den Schlafpelz«, sagt Wanda, ihre schönen Glieder schläfrig dehnend. Ich hebe ihn vom Fauteuil und halte ihn, während sie langsam träge in die Ärmel schlüpft. Dann wirft sie sich in die Polster der Ottomane.

»Ziehe mir die Schuhe aus und dann die Samtpantoffeln an.«

Ich knie nieder und ziehe an dem kleinen Schuh, welcher mir widersteht. »Rasch! rasch!« ruft Wanda, »du tust mir weh! warte nur – ich werde dich noch abrichten.« Sie schlägt mich mit der Peitsche, schon ist es gelungen!

»Und jetzt marsch!« noch ein Fußtritt – dann darf ich zur Ruhe gehen.

Heute habe ich sie zu einer Soirée begleitet. Im Vorzimmer befahl sie mir, ihr den Pelz abzunehmen, dann trat sie mit einem stolzen Lächeln, ihres Sieges gewiß, in den glänzend erleuchteten Saal, und ich konnte wieder Stunde auf Stunde in trüben einförmigen Gedanken verrinnen sehen; von Zeit zu Zeit tönte Musik zu mir heraus, wenn die Türe einen Augenblick geöffnet blieb. Ein paar Lakaien versuchten ein Gespräch mit mir einzuleiten, da ich aber nur wenige Worte italienisch spreche, gaben sie es bald auf.

Ich schlafe endlich ein und träume, daß ich Wanda in einem wütenden Anfall von Eifersucht morde und zum Tode verurteilt werde, ich sehe mich an das Brett geschnallt, das Beil fällt, ich fühle es im Nacken, aber ich lebe noch –

Da schlägt mich der Henker ins Gesicht –

Nein, es ist nicht der Henker, es ist Wanda, welche zornig vor mir steht und ihren Pelz verlangt. Ich bin im Augenblick bei ihr und helfe ihr hinein.

Es ist doch ein Genuß, einem schönen üppigen Weibe einen Pelz umzugeben, zu sehen, zu fühlen, wie ihr Nacken, ihre herrlichen Glieder sich in die köstlichen weichen Felle schmiegen, und die wogenden Locken aufzuheben und über den Kragen zu legen, und dann wenn sie ihn abwirft und die holde Wärme und ein leichter Duft ihres Leibes hängen an den goldenen Haarspitzen des Zobels – es ist um die Sinne zu verlieren!

Endlich ein Tag ohne Gäste, ohne Theater, ohne Gesellschaft. Ich atme auf. Wanda sitzt in der Galerie und liest, für mich scheint sie keinen Auftrag zu haben. Mit der Dämmerung, dem silbernen Abendnebel zieht sie sich zurück. Ich bediene sie beim Diner, sie speist allein, aber sie hat keinen Blick, keine Silbe für mich, nicht einmal – eine Ohrfeige.

Ach! wie sehne ich mich nach einem Schlag von ihrer Hand.

Mir kommen die Tränen, ich fühle, wie tief sie mich erniedrigt hat, so tief, daß sie es nicht einmal der Mühe wert findet, mich zu quälen, zu mißhandeln.

Ehe sie zu Bette geht, ruft mich ihre Klingel.

»Du wirst heute nacht bei mir schlafen, ich habe die vorige Nacht abscheuliche Träume gehabt und fürchte mich, allein zu sein. Nimm dir ein Polster von der Ottomane und lege dich auf das Bärenfell zu meinen Füßen. –

Hierauf verlöschte Wanda die Lichter, so daß nur eine kleine Ampel von der Decke herab das Zimmer beleuchtete, und stieg in das Bett. »Rühre dich nicht, damit du mich nicht weckst.«

Ich tat, wie sie befohlen hatte, aber ich konnte lange nicht einschlafen; ich sah das schöne Weib, schön wie eine Göttin, in ihrem dunklen Schlafpelz ruhen, auf dem Rücken liegend, die Arme unter dem Nacken, von ihren roten Haaren überflutet; ich hörte, wie sich ihre herrliche Brust in tiefem regelmäßigen Atemholen hob, und jedesmal, wenn sie sich nur regte, war ich wach und lauschte, ob sie meiner bedürfe.

Aber sie bedurfte meiner nicht.

Ich hatte keine andere Aufgabe zu erfüllen, keine höhere Bedeutung für sie, als ein Nachtlicht oder ein Revolver, den man sich zum Bette legt.

Bin ich toll oder ist sie es? Entspringt dies alles in einem erfinderischen mutwilligen Frauengehirne, in der Absicht, meine übersinnlichen Phantasien zu übertreffen, oder ist dies Weib wirklich eine jener neronischen Naturen, welche einen teuflischen Genuß darin finden, Menschen, welche denken und empfinden und einen Willen haben wie sie selbst, gleich einem Wurme unter dem Fuße zu haben?

Was habe ich erlebt!

Als ich mit dem Kaffeebrett vor ihrem Bette niederkniete, legte Wanda plötzlich die Hand auf meine Schulter und tauchte ihre Angen tief in die meinen.

»Was du für schöne Augen hast«, sprach sie leise, »und jetzt erst recht, seitdem du leidest. Bist du recht unglücklich?«

Ich senkte den Kopf und schwieg.

»Severin! liebst du mich noch«, rief sie plötzlich leidenschaftlich, »kannst du mich noch lieben?« und sie riß mich mit solcher Gewalt an sich, daß das Brett umklappte, die Kannen und Tassen zu Boden fielen und der Kaffee über den Teppich lief.

»Wanda – meine Wanda«, schrie ich auf und preßte sie heftig an mich und bedeckte ihren Mund, ihr Antlitz, ihre Brust mit Küssen. »Das ist ja mein Elend, daß ich dich immer mehr, immer wahnsinniger liebe, je mehr du mich mißhandelst, je öfter du mich verratest! oh! ich werde noch sterben vor Schmerz und Liebe und Eifersucht.«

»Aber ich habe dich ja noch gar nicht verraten, Severin«, erwiderte Wanda lächelnd.

»Nicht? Wanda! Um Gottes willen! scherze nicht so unbarmherzig mit mir«, rief ich. »Habe ich nicht selbst den Brief zum Fürsten –«

»Allerdings, eine Einladung zum Dejeuner.«

»Du hast, seitdem wir in Florenz sind –«

»Dir die Treue vollkommen bewahrt«, entgegnete Wanda, »ich schwöre es dir bei allem, was mir heilig ist. Ich habe alles nur getan, um deine Phantasie zu erfüllen, nur deinetwegen.

Aber ich werde mir einen Anbeter nehmen, sonst ist die Sache nur halb, und du machst mir am Ende noch Vorwürfe, daß ich nicht grausam genug gegen dich war. Mein lieber, schöner Sklave! Heute aber sollst du wieder einmal Severin, sollst du ganz nur mein Geliebter sein. Ich habe deine Kleider nicht fortgegeben, du findest sie hier im Kasten, ziehe dich so an, wie du damals warst in dem kleinen Karpatenbade, wo wir uns so innig liebten; vergiß alles, was seitdem geschehen ist, o, du wirst es leicht vergessen in meinen Armen, ich küsse dir allen Kummer weg.«

Sie begann mich wie ein Kind zu zärteln, zu küssen, zu streicheln. Endlich bat sie mit holdem Lächeln: »Zieh’ dich jetzt an, auch ich will Toilette machen; soll ich meine Pelzjacke nehmen? Ja, ja, ich weiß schon, geh nur!«

Als ich zurückkam, stand sie in ihrer weißen Atlasrobe, der roten mit Hermelin besetzten Kazabaika, das Haar weiß gepudert, ein kleines Diamantendiadem über der Stirne, in der Mitte des Zimmers. Einen Augenblick erinnerte sie mich unheimlich an Katharina II., aber sie ließ mir keine Zeit zu Erinnerungen, sie zog mich zu sich auf die Ottomane und wir verbrachten zwei selige Stunden; sie war jetzt nicht die strenge, launische Herrin, sie war ganz nur die feine Dame, die zärtliche Geliebte. Sie zeigte mir Photographien, Bücher, welche eben erschienen waren, und sprach mit mir über dieselben mit so viel Geist und Klarheit und Geschmack, daß ich mehr als einmal entzückt ihre Hand an die Lippen führte. Sie ließ mich dann ein paar Gedichte von Lermontow vortragen, und als ich recht im Feuer war – legte sie die kleine Hand liebevoll auf die meine und fragte, während ein holdes Vergnügen auf ihren weichen Zügen, in ihrem sanften Blicke lag, »bist du glücklich?«

»Noch nicht.«

Sie legte sich hierauf in die Polster zurück und öffnete langsam ihre Kazabaika.

Ich aber deckte den Hermelin rasch wieder über ihre halbentblößte Brust. »Du machst mich wahnsinnig«, stammelte ich.

»So komm.«

Schon lag ich in ihren Armen, schon küßte sie mich wie eine Schlange mit der Zunge; da flüsterte sie noch einmal: »Bist du glücklich?«

»Unendlich!« rief ich.

Sie lachte auf; es war ein böses, gellendes Gelächter, bei dem es mich kalt überrieselte.

»Früher träumtest du, der Sklave, das Spielzeug eines schönen Weibes zu sein, jetzt bildest du dir ein, ein freier Mensch, ein Mann, mein Geliebter zu sein, du Tor! Ein Wink von mir, und du bist wieder Sklave. – Auf die Knie.«

Ich sank von der Ottomane herab zu ihren Füßen, mein Auge hing noch zweifelnd an dem ihren.

»Du kannst es nicht glauben«, sprach sie, mich mit auf der Brust verschränkten Armen betrachtend, »ich langweile mich, und du bist eben gut genug, mir ein paar Stunden die Zeit zu vertreiben. Sieh mich nicht so an –«

Sie trat mich mit dem Fuße.

»Du bist eben, was ich will, ein Mensch, ein Ding, ein Tier –« Sie klingelte. Die Negerinnen traten ein.

»Bindet ihm die Hände auf den Rücken.«

Ich blieb knien und ließ es ruhig geschehen. Dann führten sie mich in den Garten hinab bis zu dem kleinen Weinberg, der ihn gegen den Süden begrenzt. Zwischen den Traubengeländen war Mais angebaut gewesen, da und dort ragten noch einzelne dürre Stauden. Seitwärts stand ein Pflug.

Die Negerinnen banden mich an einen Pflock und unterhielten sich damit, mich mit ihren goldenen Haarnadeln zu stechen. Es dauerte jedoch nicht lange, so kam Wanda, die Hermelinmütze auf dem Kopf, die Hände in den Taschen ihrer Jacke, sie ließ mich losbinden, mir die Arme auf den Rücken schnüren, mir ein Joch auf den Nacken setzen und mich in den Pflug spannen.

Dann stießen mich ihre schwarzen Teufelinnen in den Acker, die eine führte den Pflug, die andere lenkte mich mit dem Seil, die dritte trieb mich mit der Peitsche an, und Venus im Pelz stand zur Seite und sah zu.

Wie ich ihr am nächsten Tage das Diner serviere, sagt Wanda: »Bringe noch ein Gedeck, ich will, daß du heute mit mir speisest«, und als ich ihr gegenüber Platz nehmen will: »Nein, zu mir, ganz nahe zu mir.«

Sie ist in bester Laune, gibt mir Suppe mit ihrem Löffel, füttert mich mit ihrer Gabel, legt dann den Kopf wie ein spielendes Kätzchen auf den Tisch und kokettiert mit mir. Es will das Unglück, daß ich Haydée, welche statt mir die Gerichte bringt, etwas länger ansehe, als es vielleicht nötig ist; mir fällt erst jetzt ihre edle, beinahe europäische Gesichtsbildung, die herrliche, statuenhafte Büste, wie aus schwarzem Marmor gemeißelt, auf. Die schöne Teufelin bemerkt, daß sie mir gefällt, und blökt lächelnd die Zähne – kaum hat sie das Gemach verlassen, so springt Wanda vor Zorn flammend auf.

»Was, du wagst es, vor mir ein anderes Weib so anzusehen! Sie gefällt dir am Ende besser wie ich, sie ist noch dämonischer.«

Ich erschrecke, so habe ich sie noch nie gesehen, sie ist plötzlich bleich bis in die Lippen und zittert am ganzen Leibe – Venus im Pelz ist eifersüchtig auf ihren Sklaven – sie reißt die

Peitsche vom Nagel herab und haut mich ins Gesicht, dann ruft sie die schwarzen Dienerinnen, läßt mich durch sie binden und in den Keller herabschleppen, wo sie mich in ein dunkles, feuchtes, unterirdisches Gewölbe, einen förmlichen Kerker werfen.

Dann fällt die Türe in das Schloß, Riegel werden vorgeschoben, ein Schlüssel singt im Schloß. Ich bin gefangen, begraben.

Da liege ich nun, ich weiß nicht wie lange, gebunden wie ein Kalb, das zur Schlachtbank geschleppt wird, auf einem Bund feuchten Strohs, ohne Licht, ohne Speise, ohne Trank, ohne Schlaf – sie ist imstande und läßt mich verhungern, wenn ich nicht früher erfriere. Die Kälte schüttelt mich. Oder ist es das Fieber. Ich glaube, ich fange an, dieses Weib zu hassen.

Ein roter Streifen, wie Blut, schwimmt über dem Boden, es ist Licht, das durch die Tür fällt, jetzt wird sie geöffnet.

Wanda erscheint an der Schwelle, in ihren Zobelpelz gehüllt, und leuchtet mit einer Fackel hinein.

»Lebst du noch?« fragt sie.

»Kommst du, mich zu töten?« antworte ich mit matter, heiserer Stimme.

Mit zwei hastigen Schritten ist Wanda bei mir, kniet an meinem Lager nieder und nimmt meinen Kopf in ihren Schoß. – »Bist du krank – wie deine Augen glühen, liebst du mich? Ich will, daß du mich liebst.«

Sie zieht einen kurzen Dolch hervor, ich schrecke zusammen, wie seine Klinge mir vor den Augen blitzt, ich glaube wirklich, daß sie mich töten will. Sie aber lacht und durchschneidet die Stricke, die mich fesseln.

Sie lässt mich jetzt jeden Abend nach dem Diner kommen, läßt sich von mir vorlesen und bespricht mit mir allerhand anziehende Fragen und Gegenstände. Dabei scheint sie ganz verwandelt, es ist, als schäme sie sich der Wildheit, die sie mir verraten, der Roheit, mit welcher sie mich behandelt hat. Eine rührende Sanftmut verklärt ihr ganzes Wesen, und wenn sie mir zum Abschied die Hand reicht, dann liegt in ihrem Auge jene übermenschliche Gewalt der Güte und Liebe, welche uns Tränen entlockt, bei der wir alle Leiden des Daseins vergessen und alle Schrecken des Todes.

Ich lese ihr die Manon l'Escault. Sie fühlt die Beziehung, sie spricht zwar kein Wort, aber sie lächelt von Zeit zu Zeit, und endlich klappt sie das kleine Buch zu.

»Wollen Sie nicht weiterlesen, gnädige Frau?«

»Heute nicht. Heute spielen wir selbst Manon l'Escault. Ich habe ein Rendezvous in den Cascinen und Sie, mein lieber Chevalier, werden mich zu demselben begleiten; ich weiß, Sie tun es, nicht?«

»Sie befehlen.«

»Ich befehle nicht, ich bitte Sie darum«, spricht sie mit unwiderstehlichem Liebreiz, dann steht sie auf, legt die Hände auf meine Schultern und sieht mich an. »Diese Augen!« ruft sie aus, »ich liebe dich so, Severin, du weißt nicht, wie ich dich liebe.«

»Ja«, entgegne ich bitter, »so sehr, daß Sie einem anderen ein Rendezvous geben.«

»Das tue ich ja nur, um dich zu reizen«, antwortet sie lebhaft, »ich muß Anbeter haben, damit ich dich nicht verliere, ich will dich nie verlieren, niemals, hörst du, denn ich liebe nur dich, dich allein.

Sie hing leidenschaftlich an meinen Lippen.

»Oh! könnte ich dir, wie ich möchte, meine ganze Seele im Kusse hingeben – so – nun aber komme.«

Sie schlüpfte in einen einfachen, schwarzen Samtpaletot und umhüllte ihr Haupt mit einem dunklen Baschlik. Dann ging sie rasch durch die Galerie und stieg in den Wagen.

»Gregor wird mich fahren«, rief sie dem Kutscher zu, der sich befremdet zurückzog.

Ich stieg auf den Bock und peitschte zornig in die Pferde.

In den Cascinen, dort, wo die Hauptallee zu einem dichten Laubgang wird, stieg Wanda aus. Es war Nacht, nur einzelne Sterne blickten durch die grauen Wolken, welche über den Himmel zogen. Am Arno stand ein Mann in einem dunklen Mantel und einem Räuberhut und blickte in die gelben Wellen. Wanda schritt rasch durch das Gebüsch zur Seite und schlug ihn auf die Achsel. Ich sah noch, wie er sich zu ihr wendete, ihre Hand faßte – dann verschwanden sie hinter der grünen Wand.

Eine qualvolle Stunde. Endlich raschelt es seitwärts im Laube, sie kehrten zurück.

Der Mann begleitet sie an den Wagen. Das Licht der Laterne fällt voll und grell auf ein unendlich jugendliches, sanftes und schwärmerisches Gesicht, das ich nie gesehen habe, und spielt in langen, blonden Locken.

Sie reicht ihm die Hand, die er ehrfurchtsvoll küßt, dann winkt sie mir und im Nu fliegt der Wagen längs der langen Laubwand, die wie eine grüne Tapete gegen den Fluß zu steht, davon.

Man läutet an der Gartenpforte. Ein bekanntes Gesicht. Der Mann aus den Cascinen.

»Wen darf ich melden?« frage ich französisch. Der Angeredete schüttelt beschämt den Kopf.

»Verstehen Sie vielleicht etwas deutsch?« fragte er schüchtern.

»Jawohl. Ich bitte also um Ihren Namen.«

»Ah! ich habe leider noch keinen«, antwortet er verlegen – »sagen Sie Ihrer Herrin nur, der deutsche Maler aus den Cascinen wäre da und bäte – doch da ist sie selbst.«

Wanda war auf den Balkon herausgetreten und nickte dem Fremden zu.

»Gregor, führe den Herrn zu mir«, rief sie mir zu.

Ich wies dem Maler die Treppe.

»Ich bitte, ich finde jetzt schon; ich danke, danke sehr«, damit sprang er die Stufen empor. Ich blieb unten stehen und sah dem armen Deutschen mit tiefem Mitleid nach.

Venus im Pelz hat seine Seele in ihren roten Haarschlingen gefangen. Er wird sie malen und dabei verrückt werden.

Ein sonniger Wintertag, auf den Blättern der Baumgruppen, auf dem grünen Plan der Wiese zittert es wie Gold. Die Kamelien am Fuße der Galerie prangen im reichsten Knospenschmuck. Wanda sitzt in der Loggia und zeichnet, der deutsche Maler aber steht ihr gegenüber, die Hände wie anbetend ineinander gelegt und sieht ihr zu, nein, er blickt in ihr Antlitz und ist ganz versunken in ihren Anblick, wie entrückt.

Sie aber sieht es nicht, sie sieht auch mich nicht, wie ich mit dem Spaten in der Hand die Blumenbeete umgrabe, nur um sie zu sehen, ihre Nähe zu fühlen, die wie Musik, wie Poesie auf mich wirkt.

Der Maler ist fort. Es ist ein Wagnis, aber ich wage es. Ich trete zur Galerie hin, ganz nahe und frage Wanda: »Liebst du den Maler, Herrin?«

Sie sieht mich an, ohne mir zu zürnen, schüttelt den Kopf, und endlich lächelt sie sogar.

»Ich habe Mitleid mit ihm«, antwortet sie, »aber ich liebe ihn nicht. Ich liebe niemand. *Dich habe ich geliebt, so innig, so leidenschaftlich, so tief wie ich nur lieben konnte,* aber jetzt liebe ich auch dich nicht mehr, mein Herz ist öde, tot, und das macht mich wehmütig.«

»Wanda!« rief ich schmerzlich ergriffen.

»Auch du wirst mich bald nicht mehr lieben«, fuhr sie fort, »sag' es mir, wenn es einmal so weit ist, ich will dir dann die Freiheit zurückgeben.«

»Dann bleibe ich mein ganzes Leben dein Sklave, denn ich bete dich an und werde dich immer anbeten«, rief ich, von jenem Fanatismus der Liebe ergriffen, der mir schon wiederholt so verderblich war.

Wanda betrachtete mich mit einem seltsamen Vergnügen. »Bedenke es wohl«, sprach sie, »ich habe dich unendlich geliebt und war despotisch gegen dich, um deine Phantasie zu erfüllen, jetzt zittert noch etwas von jenem süßen Gefühl als innige Teilnahme für dich in meiner Brust, wenn auch dies verschwunden ist, wer weiß, ob ich dich dann frei gebe, ob ich dann nicht wirklich grausam, unbarmherzig, ja roh gegen dich werde, ob es mir nicht eine diabolische Freude macht, während ich gleichgültig bin oder einen anderen liebe, den Mann, der mich abgöttisch anbetet, zu quälen, zu foltern, und an seiner Liebe für mich sterben zu sehen. Bedenke das wohl!«

»Ich habe alles längst bedacht«, erwiderte ich, wie im Fieber glühend, »ich kann nicht sein, nicht leben ohne dich; ich sterbe, wenn du mir die Freiheit gibst, laß mich dein Sklave sein, töte mich, aber stoße mich nicht von dir.«

»Nun, so sei mein Sklave«, erwiderte sie, »aber vergiß nicht, daß ich dich nicht mehr liebe, und daß deine Liebe daher keinen größeren Wert für mich hat, wie die Ähnlichkeit eines Hundes, und Hunde tritt man.«

Heute habe ich die mediceische Venus besucht.

Es war noch zeitig, der kleine achteckige Saal der Tribuna wie ein Heiligtum mit Dämmerlicht gefüllt, und ich stand, die Hände gefaltet, in tiefer Andacht vor dem stummen Götterbilde.

Aber ich stand nicht lange.

Es war noch kein Mensch in der Galerie, nicht einmal ein Engländer, und da lag ich auf meinen Knien und blickte auf den holden, schlanken Leib, die knospende Brust, in das jungfräulich wollüstige Angesicht mit den halbgeschlossenen Augen, auf die duftigen Locken, welche zu beiden Seiten kleine Hörner zu verbergen scheinen

Die Klingel der Gebieterin.

Es ist Mittag. Sie aber liegt noch im Bett, die Arme im Nacken verschlungen.

»Ich werde baden«, spricht sie, »und du wirst mich bedienen. Schließe die Türe.«

Ich gehorchte.

»Nun geh hinab und versichere dich, daß auch unten gesperrt ist.«

Ich stieg die Wendeltreppe hinab, die aus ihrem Schlafgemache in das Badezimmer führte, die Füße brachen mir, ich mußte mich auf das eiserne Geländer stützen. Nachdem ich die Türe, welche in die Loggia und den Garten mündete, verschlossen fand, kehrte ich zurück. Wanda saß jetzt mit offenem Haar, in ihrem grünen Sammetpelz auf dem Bett. Bei einer raschen Bewegung, welche sie machte, sah ich, daß sie nur mit dem Pelze bekleidet war und erschrak, ich weiß nicht warum, so furchtbar, wie ein zum Tode Verurteilter, welcher weiß, daß er dem Schafott entgegen geht, doch beim Anblick desselben zu zittern beginnt.

»Komm, Gregor, nimm mich auf die Arme.«

»Wie, Herrin?«

»Nun, du sollst mich tragen, verstehst du nicht?«

Ich hob sie auf, so daß sie auf meinen Armen saß, während die ihren sich um meinen Nacken schlangen, und wie ich so mit ihr die Treppe langsam, Stufe für Stufe, hinabstieg und ihr Haar von Zeit zu Zeit an meine Wange schlug und ihr Fuß sich leicht auf mein Knie stemmte, da erbebte ich unter der schönen Last und dachte, ich müßte jeden Augenblick unter ihr zusammenbrechen.

Das Badezimmer bestand aus einer weiten und hohen Rotunde, welche ihr weiches, ruhiges Licht von oben durch die rote Glaskuppel bekam. Zwei Palmen breiteten ihre großen Blätter als grünes Dach über ein Ruhebett aus roten, sammetnen Polstern, von dem mit türkischen Teppichen belegte Stufen in das weite Marmorbassin hinabführten, welches die Mitte einnahm.

»Oben auf meinem Nachttisch liegt ein grünes Band«, sagte Wanda, während ich sie auf dem Ruhebett niederließ, »bringe es mir und bringe mir auch die Peitsche.«

Ich flog die Treppe hinauf und zurück und legte beides kniend in die Hand der Gebieterin, welche sich hierauf das schwere elektrische Haar von mir in einen großen Knoten binden und mit dem grünen Sammetband befestigen ließ. Dann bereitete ich das Bad und zeigte mich recht ungeschickt dabei, da mir Hände und Füße den Dienst versagten, und jedesmal, wenn ich das schöne Weib, das auf den rotsammetnen Polstern lag und dessen holder Leib von Zeit zu Zeit, da und dort, aus dem dunklen Pelzwerk hervorleuchtete, betrachten mußte – denn es war nicht mein Wille, es zwang mich eine magnetische Gewalt – empfand ich, wie alle Wollust, alle Lüsternheit nur in dem Halbverhüllten, pikant Entblößten liegt, und ich empfand es noch lebhafter, als endlich das Bassin gefüllt war und Wanda mit einer einzigen Bewegung den Pelzmantel abwarf, und wie die Göttin in der Tribuna vor mir stand.

In diesem Augenblick erschien sie mir in ihrer unverhüllten Schönheit so heilig, so keusch, daß ich vor ihr, wie damals vor der Göttin, in die Knie sank und meine Lippen andächtig auf ihren Fuß preßte.

Meine Seele, welche vor kurzem noch so wilde Wogen geschlagen, floß auf einmal ruhig, und Wanda hatte jetzt auch nichts Grausames mehr für mich.

Sie stieg langsam die Stufen hinab, und ich konnte mit einer stillen Freude, der kein Atom von Qual oder Sehnsucht beigemischt war, sie betrachten, wie sie in der kristallenen Flut auf- und abtauchte, und wie die Wellen, welche sie selbst erregte, gleichsam verliebt um sie spielten.

Unser nihilistischer Ästhetiker hat doch recht: ein wirklicher Apfel ist schöner als ein gemalter, und ein lebendiges Weib ist schöner als eine Venus aus Stein.

Und als sie dann aus dem Bade stieg, und die silbernen Tropfen und das rosige Licht rieselten nur so an ihr herab – eine stumme Verzückung umfing mich. Ich schlug die Linnen um sie, ihren herrlichen Leib trocknend, und jene ruhige Seligkeit blieb mir jetzt auch, als sie wieder, den einen Fuß auf mich, wie auf einen Schemel setzend, in dem großen Sammetmantel auf den Polstern ruhte, die elastischen Zobelfelle sich begehrlich an ihren kalten Marmorleib schmiegten, und der linke Arm, auf den sie sich stützte, wie ein schlafender Schwan, in dem dunklen Pelz des Ärmels lag, während ihre Rechte nachlässig mit der Peitsche spielte.

Zufällig glitt mein Blick über den massiven Spiegel an der Wand gegenüber, und ich schrie auf, denn ich sah uns in seinem goldenen Rahmen wie im Bilde, und dieses Bild war so wunderbar schön, so seltsam, so phantastisch, daß mich eine tiefe Trauer bei dem Gedanken faßte, daß seine Linien, seine Farben zerrinnen sollen wie Nebel.

»Was hast du?« fragte Wanda.

Ich deutete auf den Spiegel.

»Ah! Es ist in der Tat schön«, rief sie aus, »schade, daß man den Augenblick nicht festhalten kann.«

»Und warum nicht?« fragte ich, »wird nicht jeder Künstler, auch der berühmteste, stolz darauf sein, wenn du ihm gestattest, dich durch seinen Pinsel zu verewigen?«

»Der Gedanke, daß diese außerordentliche Schönheit«, fuhr ich, sie mit Begeisterung betrachtend, fort, »diese herrliche Bildung des Gesichtes, dieses seltsame Auge mit seinem grünen Feuer, dieses dämonische Haar, diese Pracht des Leibes für die Welt verloren gehen sollen, ist entsetzlich, und faßt mich mit allen Schauern des Todes, der Vernichtung an; dich aber soll die Hand des Künstlers ihr entreißen, du darfst nicht wie wir anderen ganz und für immer untergehen, ohne eine Spur deines Daseins zurückzulassen, dein Bild muß leben, wenn du selbst schon längst zu Staub zerfallen bist, deine Schönheit muß über den Tod triumphieren!«

Wanda lächelte.

»Schade, daß das heutige Italien keinen Titian oder Raphael hat«, sprach sie, »indes vielleicht ersetzt die Liebe das Genie, wer weiß, unser kleiner Deutscher?« Sie sann nach.

»Ja – er soll mich malen – und ich werde dafür sorgen, daß ihm Amor die Farben mischt.«

Der junge Maler hat in ihrer Villa sein Atelier aufgeschlagen, sie hat ihn vollkommen im Netz. Er hat eben eine Madonna angefangen, eine Madonna mit rotem Haare und grünen Augen! Aus diesem Rasseweibe ein Bild der Jungfräulichkeit machen, das kann nur der Idealismus eines Deutschen. Der arme Bursche ist wirklich beinahe noch ein größerer Esel als ich. Das Unglück ist nur, daß unsere Titania unsere Eselohren *zu früh* entdeckt hat.

Nun lacht sie über uns, und wie sie lacht, ich höre ihr übermütiges, melodisches Lachen in seinem Studio, unter dessen offenem Fenster ich stehe und eifersüchtig lausche.

»Sind Sie toll, mich – ah! es ist nicht zu glauben, mich als Mutter Gottes!« – rief sie und lachte wieder, »warten Sie nur, ich will Ihnen ein anderes Bild von mir zeigen, ein Bild, das ich selbst gemalt habe, sie sollen es mir kopieren.«

Ihr Kopf, im Sonnenlichte flammend, erschien am Fenster.

»Gregor!«

Ich eilte die Stufen hinauf, durch die Galerie in das Atelier.

»Führe ihn in das Badezimmer«, befahl Wanda, während sie selbst davoneilte.

Wenige Augenblicke und Wanda kam, nur mit dem Zobelpelz bekleidet, die Peitsche in der Hand, die Treppe herab und streckte sich wie damals auf den Sammetpolstern aus; ich lag zu ihren Füßen und sie setzte den Fuß auf mich, und ihre Rechte spielte mit der Peitsche. »Sieh mich an«, sprach sie, »mit deinem tiefen, fanatischen Blick – so – so ist es recht.«

Der Maler war entsetzlich bleich geworden, er verschlang die Szene mit seinen schönen, schwärmerischen, blauen Augen, seine Lippen öffneten sich, aber blieben stumm.

»Nun, wie gefällt Ihnen das Bild?«

»Ja – so will ich Sie malen«, sprach der Deutsche, aber es war eigentlich keine Sprache, es war ein beredtes Stöhnen, das Weinen einer kranken, sterbenskranken Seele.

Die Zeichnung mit der Kohle ist fertig, die Köpfe, die Fleischpartien sind grundiert, ihr diabolisches Antlitz tritt bereits in einigen kecken Strichen hervor, in dem grünen Auge blitzt Leben.

Wanda steht, die Arme auf der Brust verschränkt, vor der Leinwand.

»Das Bild soll, wie viele der venetianischen Schule, zugleich ein Porträt und eine Historie werden«, erklärt der Maler, der wieder totenbleich ist.

»Und wie wollen Sie es dann nennen?« fragt sie; »aber was ist Ihnen, sind Sie krank?«

»Ich fürchte –« antwortete er, mit einem verzehrenden Blicke auf das schöne Weib im Pelz, »aber sprechen wir von dem Bilde.«

»Ja, sprechen wir von dem Bilde.«

»Ich denke mir die Liebesgöttin, welche zu einem sterblichen Manne aus dem Olymp herabgestiegen ist und auf dieser modernen Erde frierend ihren hehren Leib in einem großen, schweren Pelz und ihre Füße in dem Schoße des Geliebten zu wärmen sucht; ich denke mir den Günstling einer schönen Despotin, welche den Sklaven peitscht, wenn sie müde ist, ihn zu küssen, und von ihm um so wahnsinniger geliebt wird, je mehr sie ihn mit Füßen tritt, und so werde ich das Bild ›Venus im Pelz‹ nennen.«

Der Maler malt langsam. Um so rascher wächst seine Leidenschaft. Ich fürchte, er nimmt sich am Ende noch das Leben. Sie spielt mit ihm und gibt ihm Rätsel auf, und er kann sie nicht lösen und fühlt sein Blut rieseln – sie aber unterhält sich dabei.

Während der Sitzung nascht sie Bonbons, dreht aus den Papierhülsen kleine Kugeln und bewirft ihn damit.

»Es freut mich, daß Sie so gut aufgelegt sind, gnädige Frau«, spricht der Maler, »aber Ihr Gesicht hat ganz jenen Ausdruck verloren, den ich zu meinem Bilde brauche.«

»Jenen Ausdruck, den Sie zu Ihrem Bilde brauchen«, erwiderte sie lächelnd, »gedulden Sie sich nur einen Augenblick.«

Sie richtet sich auf und versetzt mir einen Hieb mit der Peitsche; der Maler blickt sie starr an, in seinem Antlitz malt sich ein kindliches Staunen, mischt sich Abscheu und Bewunderung.

Während sie mich peitscht, gewinnt Wandas Antlitz immer mehr jenen grausamen, höhnischen Charakter, der mich so unheimlich entzückt.

»Ist das jetzt jener Ausdruck, den Sie zu Ihrem Bilde brauchen?« ruft sie. Der Maler senkt verwirrt den Blick vor dem kalten Strahl ihres Auges.

»Es ist der Ausdruck –« stammelt er, »aber ich kann jetzt nicht malen –«

»Wie?« spricht Wanda spöttisch, »kann ich Ihnen vielleicht helfen?«

»Ja –« schreit der Deutsche wie im Wahnsinn auf – »peitschen Sie mich auch.«

»Oh! mit Vergnügen«, erwidert sie, die Achseln zuckend, »aber wenn ich peitschen soll, so will ich im Ernste peitschen.«

»Peitschen Sie mich tot«, ruft der Maler.

»Lassen Sie sich also von mir binden?« fragt sie lächelnd.

»Ja« – stöhnt er –

Wanda verließ für einen Augenblick das Gemach und kehrte mit den Stricken zurück.

»Also – haben Sie noch den Mut, sich Venus im Pelz, der schönen Despotin, auf Gnade und Ungnade in die Hände zu geben?« begann sie jetzt spöttisch.

»Binden Sie mich«, antwortete der Maler dumpf. Wanda band ihm die Hände auf den Rücken, zog ihm einen Strick durch die Arme und einen zweiten um seinen Leib und fesselte ihn so an das Fensterkreuz, dann schlug sie den Pelz zurück, ergriff die Peitsche und trat vor ihn hin.

Für mich hatte die Szene einen schauerlichen Reiz, den ich nicht beschreiben kann, ich fühlte mein Herz schlagen, als sie lachend zum ersten Hiebe ausholte und die Peitsche durch die Luft pfiff und er unter ihr leicht zusammenzuckte, und dann, als sie mit halb geöffnetem Munde, so daß ihre Zähne zwischen den roten Lippen blitzten, auf ihn lospeitschte, und ehe er sie mit seinen rührenden, blauen Augen um Gnade zu bitten schien – es ist nicht zu beschreiben.

Sie sitzt ihm jetzt allein. Er arbeitet an ihrem Kopfe.

Mich hat sie im Nebenzimmer hinter dem schweren Türvorhang postiert, wo ich nicht gesehen werden kann und alles sehe.

Was sie nur hat.

Fürchtet sie sich vor ihm? Wahnsinnig genug hat sie ihn gemacht, oder soll es eine neue Folter für mich werden? Mir zittern die Knie.

Sie sprechen zusammen. Er dämpft seine Stimme so sehr, daß ich nichts verstehen kann, und sie antwortet ebenso. Was soll das heißen? Besteht ein Einverständnis zwischen ihnen?

Ich leide furchtbar, mir droht das Herz zu springen.

Jetzt kniet er vor ihr, er umschlingt sie und preßt seinen Kopf an ihre Brust – und sie – die Grausame – sie lacht – und jetzt höre ich, wie sie laut ausruft:

»Ah! Sie brauchen wieder die Peitsche.«

»Weib! Göttin! hast du denn kein Herz – kannst du nicht lieben«, ruft der Deutsche, »weißt du nicht einmal, was das heißt, lieben, sich in Sehnsucht, in Leidenschaft verzehren, kannst du dir nicht einmal denken, was ich leide? Hast du denn kein Erbarmen für mich?«

»Nein!« erwidert sie stolz und spöttisch, »aber die Peitsche.« Sie zieht sie rasch aus der Tasche ihres Pelzes und schlägt ihn mit dem Stiel ins Gesicht. Er richtet sich auf und weicht um ein paar Schritte zurück.

»Können Sie jetzt wieder malen?« fragt sie gleichgültig. Er antwortet ihr nicht, sondern tritt wieder vor die Staffelei und ergreift Pinsel und Palette.

Sie ist wunderbar gelungen, es ist ein Porträt, das an Ähnlichkeit seinesgleichen sucht, und scheint zugleich ein Ideal, so glühend, so übernatürlich, so teuflisch, möchte ich sagen, sind die Farben. Der Maler hat eben alle seine Qualen, seine Anbetung und seinen Fluch in das Bild hineingemalt.

Jetzt malt er mich, wir sind täglich einige Stunden allein. Heute wendet er sich plötzlich zu mir mit seiner vibrierenden Stimme und sagt:

»Sie lieben dieses Weib?«

»Ja.«

»Ich liebe sie auch.« Seine Augen schwammen in Tränen. Er schwieg einige Zeit und malte weiter.

»Bei uns in Deutschland ist ein Berg, in dem sie wohnt«, murmelte er dann vor sich hin, »sie ist eine Teufelin.«

Das Bild ist fertig. Sie wollte ihm dafür zahlen, großmütig, wie Königinnen zahlen.

»Oh! Sie haben mich bereits bezahlt«, sprach er ablehnend mit einem schmerzlichen Lächeln.

Ehe er ging, öffnete er geheimnisvoll seine Mappe und ließ mich hineinblicken – ich erschrak. Ihr Kopf sah mich gleichsam lebendig wie aus einem Spiegel an.

»Den nehme ich mit«, sprach er, »der ist mein, den kann sie mir nicht entreißen, ich habe ihn mir sauer genug verdient.«

»Mir ist eigentlich doch leid um den armen Maler«, sagte sie heute zu mir, »es ist albern, so tugendhaft zu sein, wie ich es bin. Meinst du nicht auch?«

Ich wagte nicht, ihr eine Antwort zu geben.

»Oh, ich vergaß, daß ich mit einem Sklaven spreche, ich muß hinaus, ich will mich zerstreuen, will vergessen.

Schnell, meinen Wagen!«

Eine neue phantastische Toilette, russische Halbstiefel von veilchenblauem Samt, mit Hermelin besetzt, eine Robe von gleichem Stoff, durch schmale Streifen und Kokarden desselben Pelzwerkes emporgehalten und geschürzt, ein entsprechender, anliegender kurzer Paletot, gleichfalls reich mit Hermelin ausgeschlagen und gefüttert; eine hohe Mütze von Hermelinpelz im Stile Katharinas II., mit kleinem Reiherbusch, der von einer Brillanten-Agraffe gehalten wird, das rote Haar aufgelöst über den Rücken. So steigt sie auf den Bock und kutschiert selbst, ich nehme den Platz hinter ihr ein. Wie sie in die Pferde peitscht. Das Gespann fliegt wie rasend dahin.

Sie will heute offenbar Aufsehen erobern, und das gelingt ihr vollständig. Heute ist sie die Löwin der Cascine. Man grüßt sie aus den Wagen; auf dem Pfade für die Fußgeher bilden sich Gruppen, welche von ihr sprechen. Doch niemand wird von ihr beachtet, hie und da der Gruß eines älteren Kavaliers mit einem leichten Kopfnicken erwidert.

Da sprengt ein junger Mann auf schlankem wilden Rappen heran; wie er Wanda sieht, pariert er sein Pferd und läßt es im Schritte gehen – schon ist er ganz nahe – er hält und läßt sie vorbei, und jetzt erblickt auch sie ihn – die Löwin den Löwen. Ihre Augen begegnen sich – und wie sie an ihm vorbeijagt, kann sie sich von der magischen Gewalt der seinen nicht losreißen und wendet den Kopf nach ihm.

Mir steht das Herz still bei diesem halb staunenden, halb verzückten Blick, mit dem sie ihn verschlingt, aber er verdient ihn.

Er ist bei Gott ein schöner Mann. Nein, mehr, er ist ein Mann, wie ich noch nie einen lebendig gesehen habe. Im Belvedere steht er in Marmor gehauen, mit derselben schlanken und doch eisernen Muskulatur, demselben Antlitz, denselben wehenden Locken, und was ihn so eigentümlich schön macht, ist, daß er keinen Bart trägt. Wenn er minder feine Hüften hätte, könnte man ihn für ein verkleidetes Weib halten, und der seltsame Zug um den Mund, die Löwenlippe, welche die Zähne etwas sehen läßt und dem schönen Gesichte momentan etwas Grausames verleiht –

Apollo, der den Marsyas schindet.

Er trägt hohe schwarze Stiefel, eng anliegende Beinkleider von weißem Leder, einen kurzen Pelzrock, in der Art, wie ihn die italienischen Reiteroffiziere tragen, von schwarzem Tuche mit Astrachanbesatz und reicher Verschnürung, auf den schwarzen Locken ein rotes Fez.

Jetzt verstehe ich den männlichen Eros und bewundere den Sokrates, der einem solchen Alcibiades gegenüber tugendhaft blieb.

So aufgeregt habe ich meine Löwin noch nie gesehen. Ihre Wangen loderten, als sie vor der Treppe ihrer Villa vom Wagen sprang, die Stufen hinaufeilte und mich mit einem gebieterischen Wink ihr folgen hieß.

Mit großen Schritten in ihrem Gemache auf und ab eilend, begann sie mit einer Hast, die mich erschreckte.

»Du wirst erfahren, wer der Mann in den Cascinen war, heute noch, sofort. –

O welch ein Mann! Hast du ihn gesehen? Was sagst du? Sprich.«

»Der Mann ist schön«, erwiderte ich dumpf.

»Er ist so schön –« sie hielt inne und stützte sich auf die Lehne eines Sessels – »daß es mir den Atem benommen hat.«

»Ich begreife den Eindruck, den er dir gemacht hat«, antworte ich; meine Phantasie riß mich wieder im wilden Wirbel fort – »ich selbst war außer mir, und ich kann mir denken –«

»Du kannst dir denken«, lachte sie auf, »daß dieser Mann mein Geliebter ist, und daß er dich peitscht, und es dir ein Genuß ist, von ihm gepeitscht zu werden.

Geh jetzt, geh.«

Ehe es Abend war, hatte ich ihn ausgekundschaftet.

Wanda war noch in voller Toilette, als ich zurückkehrte, sie lag auf der Ottomane, das Gesicht in den Händen vergraben, das Haar verwirrt, gleich einer roten Löwenmähne.

»Wie nennt er sich?« fragte sie mit unheimlicher Ruhe,

»Alexis Papadopolis.«

»Ein Grieche also.«

Ich nickte.

»Er ist sehr jung?«

»Kaum älter als du selbst. Man sagt, er sei in Paris gebildet und nennt ihn einen Atheisten. Er hat auf Candia gegen die Türken gekämpft und soll sich dort nicht weniger durch seinen Rassehaß und seine Grausamkeit, wie durch seine Tapferkeit ausgezeichnet haben.«

»Also alles in allem, ein Mann«, rief sie mit funkelnden Augen.

»Gegenwärtig lebt er in Florenz«, fuhr ich fort, »er soll enorm reich sein –«

»Um das habe ich nicht gefragt«, fiel sie mir rasch und schneidend ins Wort.

»Der Mann ist gefährlich. Fürchtest du dich nicht vor ihm? Ich fürchte mich vor ihm. Hat er eine Frau?«

»Nein.«

»Eine Geliebte?«

»Auch nicht.«

»Welches Theater besucht er?«

»Heute abend ist er im Theater Nicolini, wo die geniale Virginia Marini und Salvini, der erste lebende Künstler Italiens, vielleicht Europas, spielen.«

»Sieh, daß du eine Loge bekommst – rasch! rasch!« befahl sie.

»Aber Herrin –«

»Willst du die Peitsche kosten?«

»Du kannst im Parterre warten«, sprach sie, als ich ihr Opernglas und Affiche auf die Logenbrüstung gelegt hatte und eben den Schemel zurechtschob.

Da stehe ich nun und muß mich an die Wand lehnen, um nicht umzusinken vor Neid und Wut – nein, Wut ist nicht das Wort dafür, vor Todesangst.

Ich sehe sie im blauen Moirékleide, mit dem großen Hermelinmantel um die bloßen Schultern in ihrer Loge und ihn ihr gegenüber. Ich sehe, wie sie sich gegenseitig mit den Augen verschlingen, wie für sie beide heute die Bühne, Goldonis Pamela, Salvini, die Marini, das Publikum, ja die Welt untergegangen ist – und ich, was bin ich in diesem Augenblicke? –

Heute besucht sie den Ball bei dem griechischen Gesandten. Weiß sie, daß sie ihn dort trifft?

Sie hat sich wenigstens darnach angezogen. Ein schweres meergrünes Seidenkleid schließt sich plastisch an ihre göttlichen Formen und zeigt Büste und Arme unverhüllt; in dem Haare, das einen einzigen flammenden Knoten bildet, blüht eine weiße Seerose, von der grünes Schilf, mit einzelnen losen Flechten vermischt, auf den Nacken herabfällt. Keine Spur mehr von Erregung, von jener zitternden Fieberhaftigkeit in ihrem Wesen, sie ist ruhig, so ruhig, daß mir das Blut dabei erstarrt, und ich mein Herz unter ihrem Blicke kalt werden fühle. Langsam, mit müder träger Majestät, steigt sie die Marmorstufen hinauf, läßt ihre kostbare Umhüllung herabgleiten und tritt nachlässig in den Saal, den Rauch von hundert Kerzen mit silbernem Nebel gefüllt hat.

Einige Augenblicke sehe ich ihr wie verloren nach, dann hebe ich ihren Pelz auf, der, ohne daß ich es wußte, meinen Händen entsunken war. Er ist noch warm von ihren Schultern.

Ich küsse die Stelle, und Tränen füllen meine Augen.

Da ist er.

In seinem, mit dunklem Zobel verschwenderisch ausgeschlagenen schwarzen Samtrock, ein schöner, übermütiger Despot, der mit Menschenleben und Menschenseelen spielt. Er steht im Vorsaal, sieht stolz umher und läßt seine Augen unheimlich lange auf mir ruhen.

Mich faßt unter seinem eisigen Blick wieder jene entsetzliche Todesangst, die Ahnung, daß dieser Mann sie fesseln, sie berücken, sie unterjochen kann, und ein Gefühl von Scham seiner wilden Männlichkeit gegenüber, von Neid, von Eifersucht.

Wie ich mich so recht als den verschraubten schwächlichen Geistesmenschen fühle! Und was das Schmachvollste ist: ich möchte ihn hassen und kann es nicht. Und wie kommt es, daß auch er mich, gerade mich unter dem Schwarm von Dienern herausgefunden hat.

Er winkt mich mit einer unnachahmlichen vornehmen Kopfbewegung zu sich, und ich – ich folge seinem Winke – gegen meinen Willen –

»Nimm mir den Pelz ab«, befiehlt er ruhig.

Ich zittere am ganzen Leibe vor Empörung, aber ich gehorche, demütig wie ein Sklave.

Ich harre die ganze Nacht im Vorsaal, wie im Fieber phantasierend. Seltsame Bilder schweben meinem innern Auge vorbei, ich sehe, wie sie sich begegnen – den ersten langen Blick – ich sehe sie in seinen Armen durch den Saal schweben, trunken, mit halbgeschlossenen Lidern an seiner Brust liegen – ich sehe ihn im Heiligtum der Liebe, nicht als Sklaven, als Herrn auf der Ottomane liegend und sie zu seinen Füßen, ich sehe mich ihn kniend bedienen, das Teebrett in meiner Hand schwanken und ihn nach der Peitsche greifen. Jetzt sprechen die Diener von ihm.

Es ist ein Mann wie ein Weib, er weiß, daß er schön ist und benimmt sich danach; er wechselt vier- bis fünfmal im Tage seine kokette Toilette, gleich einer eitlen Kurtisane.

In Paris erschien er zuerst in Frauenkleidern, und die Herren bestürmten ihn mit Liebesbriefen. Ein durch seine Kunst und Leidenschaft gleich berühmter italienischer Sänger drang bis in seine Wohnung und drohte, vor ihm auf den Knien, sich das Leben zu nehmen, wenn er ihn nicht erhöre,

»Ich bedaure«, erwiderte er lächelnd, »ich würde Sie mit Vergnügen begnadigen, aber so bleibt nichts übrig, als Ihr Todesurteil zu vollstrecken, denn ich bin – ein Mann.«

Der Saal hat sich schon bedeutend geleert – sie aber denkt offenbar noch gar nicht daran, aufzubrechen.

Schon dringt der Morgen durch die Jalousien.

Endlich rauscht ihr schweres Gewand, das ihr gleich grünen Wellen nachfließt, sie kommt Schritt für Schritt im Gespräche mit ihm.

Ich bin für sie kaum mehr auf der Welt, sie nimmt sich nicht einmal mehr die Mühe, mir einen Befehl zu erteilen.

»Den Mantel für Madame«, befiehlt er, er denkt natürlich gar nicht daran, sie zu bedienen.

Während ich ihr den Pelz umgebe, steht er mit gekreuzten Armen neben ihr. Sie aber stützt, als ich ihr auf meinen Knien liegend die Pelzschuhe anziehe, die Hand leicht auf seine Schulter und fragt:

»Wie war das mit der Löwin?«

»Wenn der Löwe, den sie gewählt, mit dem sie lebt, von einem anderen angegriffen wird«, erzählte der Grieche, »legt sich die Löwin ruhig nieder und sieht dem Kampfe zu, und wenn ihr Gatte unterliegt, sie hilft ihm nicht – sie sieht ihn gleichgültig unter den Klauen des Gegners in seinem Blute enden und folgt dem Sieger, dein Stärkeren, das ist die Natur des Weibes.«

Meine Löwin sah mich in diesem Augenblicke rasch und seltsam an.

Mich schauerte es, ich weiß nicht warum, und das rote Frühlicht tauchte mich und sie und ihn in Blut.

Sie ging nicht zu Bette, sondern warf nur ihre Balltoilette ab und löste ihr Haar, dann befahl sie mir, Feuer zu machen, und saß beim Kamine und starrte in die Glut.

»Bedarfst du noch meiner, Herrin?« fragte ich, die Stimme versagte mir bei dem letzten Worte.

Wanda schüttelte den Kopf.

Ich verließ das Gemach, ging durch die Galerie und setzte mich auf die Stufen nieder, welche von derselben in den Garten hinabführen. Vom Arno her wehte ein leichter Nordwind frische feuchte Kühle, die grünen Hügel standen weithin in rosigem Nebel, goldner Duft schwebte um die Stadt, die runde Kuppel des Domes.

An dem blaßblauen Himmel zitterten noch einzelne Sterne.

Ich riß meinen Rock auf und preßte die glühende Stirne gegen den Marmor. Alles, was bis jetzt gewesen, erschien mir als ein kindisches Spiel; nun aber war es Ernst, furchtbarer Ernst.

Ich ahnte eine Katastrophe, ich sah sie vor mir, ich konnte sie mit Händen greifen, aber mir fehlte der Mut, ihr zu begegnen, meine Kraft war gebrochen. Und wenn ich ehrlich bin, nicht die Schmerzen, die Leiden, die über mich hereinbrechen konnten, nicht die Mißhandlungen, die mir vielleicht bevorstanden, schreckten mich.

Ich fühle nun eine Furcht, die Furcht, sie, die ich mit einer Art Fanatismus liebte, zu verlieren, diese aber so gewaltig, so zermalmend, daß ich plötzlich wie ein Kind zu schluchzen begann.

Den Tag über blieb sie in ihrem Zimmer eingeschlossen und ließ sich von der Negerin bedienen. Als der Abendstern in dem blauen Äther aufglühte, sah ich sie durch den Garten gehen, und da ich ihr behutsam von weitem folgte, in den Tempel der Venus treten. Ich schlich ihr nach und blickte durch die Ritze der Türe.

Sie stand vor dem hehren Bilde der Göttin, wie betend die Hände gefaltet, und das heilige Licht des Sternes der Liebe warf seine blauen Strahlen über sie.

Nachts auf meinem Lager faßte mich die Angst, sie zu verlieren, die Verzweiflung mit einer Gewalt, welche mich zum Helden, zum Libertiner machte. Ich entzündete die kleine, rote Öllampe, welche unter einem Heiligenbilde im Korridor hängt, und trat, das Licht mit einer Hand dämpfend, in ihr Schlafgemach.

Die Löwin war endlich matt gehetzt, zu Tode gejagt, in ihren Polstern eingeschlafen, sie lag auf dem Rücken, die Fäuste geballt, und atmete schwer. Ein Traum schien sie zu beängstigen. Langsam zog ich die Hand zurück und ließ das volle, rote Licht auf ihr wunderbares Antlitz fallen.

Doch sie erwachte nicht.

Ich stellte die Lampe sachte zu Boden, sank vor Wandas Bette nieder und legte meinen Kopf auf ihren weichen, glühenden Arm.

Sie bewegte sich einen Augenblick, doch sie erwachte auch jetzt nicht. Wie lange ich so lag, mitten in der Nacht, in entsetzlichen Qualen versteinert, ich weiß es nicht.

Endlich faßte mich ein heftiges Zittern und ich konnte weinen – meine Tränen flossen über ihren Arm. Sie zuckte mehrmals zusammen, endlich fuhr sie empor, strich mit der Hand über die Augen und blickte auf mich.

»Severin«, rief sie, mehr erschreckt als zornig.

Ich fand keine Antwort.

»Severin«, fuhr sie leise fort, »was ist dir? Bist du krank?«

Ihre Stimme klang so teilnehmend, so gut, so liebevoll, daß sie mir wie mit glühenden Zangen in die Brust griff und ich laut zu schluchzen begann.

»Severin!« begann sie von neuem, »du armer unglücklicher Freund.« Ihre Hand strich sanft über meine Locken. »Mir ist leid, sehr leid um dich; aber ich kann dir nicht helfen, ich weiß beim besten Willen keine Arznei für dich.«

»Oh! Wanda, muß es denn sein?« stöhnte ich in meinem Schmerze auf.

»Was, Severin? Wovon sprichst du?«

»Liebst du mich denn gar nicht mehr?« fuhr ich fort, »fühlst du nicht ein wenig Mitleid mit mir? Hat der fremde, schöne Mann dich schon ganz an sich gerissen?«

»Ich kann nicht lügen«, entgegnete sie sanft nach einer kleinen Pause, »er hat mir einen Eindruck gemacht, den ich nicht fassen kann, unter dem ich selbst leide und zittere, einen Eindruck, wie ich ihn von Dichtern geschildert gefunden habe, wie ich ihn auf der Bühne sah, aber für ein Gebilde der Phantasie hielt. Oh! das ist ein Mann wie ein Löwe, stark und schön und stolz und doch weich, nicht toll wie unsere Männer im Norden. Mir tut es leid um dich, glaub' mir, Severin; aber ich muß ihn besitzen, was sage ich? ich muß mich ihm hingeben, wenn er mich will.«

»Denk an deine Ehre, Wanda, die du bisher so makellos bewahrt hast«, rief ich, »wenn ich dir schon nichts mehr bedeute.«

»Ich denke daran«, erwiderte sie, »ich will stark sein, so lange ich kann, ich will –« sie barg ihr Gesicht verschämt in den Polstern – »ich will sein Weib werden – wenn er mich will.«

»Wanda!« schrie ich, wieder von jener Todesangst erfaßt, die mir jedesmal den Atem, die Besinnung raubte; »du willst sein Weib werden, du willst ihm gehören für immer, oh! stoße mich nicht von dir! Er liebt dich nicht –«

»Wer sagt dir das!« rief sie aufflammend.

»Er liebt dich nicht«, fuhr ich leidenschaftlich fort, »ich aber liebe dich, ich bete dich an, ich bin dein Sklave, ich will mich treten lassen von dir, dich auf meinen Armen durch das Leben tragen.«

»Wer sagt dir, daß er mich nicht liebt!« unterbrach sie mich heftig.

»Oh! sei mein«, flehte ich, »sei mein! Ich kann ja nicht mehr sein, nicht leben ohne dich. Hab doch Erbarmen, Wanda, Erbarmen!«

Sie sah mich an, und jetzt war es wieder jener kalte, herzlose Blick, jenes böse Lächeln.

»Du sagst ja, daß er mich nicht liebt«, sprach sie höhnisch; »nun gut, tröste dich also damit.« Zugleich wendete sie sich auf die andere Seite und kehrte mir schnöd' den Rücken.

»Mein Gott, bist du denn kein Weib aus Fleisch und Blut, hast du kein Herz wie ich!« rief ich, während sich meine Brust wie im Krampfe hob.

»Du weißt es ja«, entgegnete sie boshaft, »ich bin ein Weib aus Stein, ›Venus im Pelz‹, dein Ideal, knie nur und bete mich an.«

»Wanda!« flehte ich, »Erbarmen!«

Sie begann zu lachen. Ich drückte mein Gesicht in ihre Polster und ließ die Tränen, in denen sich mein Schmerz löste, herabströmen.

Lange Zeit war alles stille, dann richtete sich Wanda langsam auf.

»Du langweilst mich«, begann sie.

»Wanda!«

»Ich bin schläfrig, laß mich schlafen.«

»Erbarmen«, flehte ich, »stoß mich nicht von dir, es wird dich kein Mann, es wird dich keiner so lieben wie ich.«

»Laß mich schlafen«, – sie kehrte mir den Rücken.

Ich sprang auf, riß den Dolch, der neben ihrem Bette hing, aus der Scheide und setzte ihn auf meine Brust.

»Ich töte mich hier vor deinen Augen«, murmelte ich dumpf.

»Tu' was du willst«, erwiderte Wanda mit vollkommener Gleichgültigkeit, »aber laß mich schlafen.«

Dann gähnte sie laut. »Ich bin sehr schläfrig.«

Einen Augenblick stand ich versteinert, dann begann ich zu lachen und wieder laut zu weinen, endlich steckte ich den Dolch in meinen Gürtel und warf mich wieder vor ihr auf die Knie.

»Wanda – höre mich doch nur an, nur noch wenige Augenblicke«, bat ich.

»Ich will schlafen! hörst du nicht«, schrie sie zornig, sprang von ihrem Lager und stieß mich mit dem Fuße von sich, »vergißt du, daß ich deine Herrin bin?« und als ich mich nicht von der Stelle rührte, ergriff sie die Peitsche und schlug mich. Ich erhob mich sie traf mich noch einmal – und diesmal ins Gesicht.

»Mensch, Sklave!«

Mit geballter Faust gegen den Himmel deutend, verließ ich, plötzlich entschlossen; ihr Schlafgemach. Sie warf die Peitsche weg und brach in ein helles Gelächter aus – und ich kann mir auch denken, daß ich in meiner theatralischen Attitude recht komisch war.

Entschlossen, mich von dem herzlosen Weibe loszureißen, das mich so grausam behandelt hat und nun im Begriffe ist, mich zum Lohne für meine sklavische Anbetung, für alles, was ich von ihr geduldet, noch treulos zu verraten, packe ich meine wenigen Habseligkeiten in ein Tuch, dann schreibe ich an sie:

> *»Gnädige Frau!*
>
> Ich habe Sie geliebt wie ein Wahnsinniger, ich habe mich Ihnen hingegeben, wie noch nie ein Mann einem Weibe, Sie aber haben meine heiligsten Gefühle mißbraucht und mit mir ein freches, frivoles Spiel getrieben. Solange Sie jedoch nur grausam und unbarmherzig waren, konnte ich Sie noch lieben, jetzt aber sind Sie im Begriffe, *gemein* zu werden. Ich bin nicht mehr der Sklave, der sich von Ihnen treten und peitschen läßt. Sie selbst haben mich frei gemacht, und ich verlasse eine Frau, die ich nur noch hassen und *verachten* kann.
>
> *Severin Kusiemski.«*

Diese Zeilen übergebe ich der Mohrin und eile dann, so rasch ich nur kann, davon. Atemlos erreiche ich den Bahnhof, da fühle ich einen heftigen Stich im Herzen-ich halte – ich beginne zu weinen – Oh! es ist schmachvoll – ich will fliehen und kann nicht. Ich kehre um – wohin? – zu ihr – die ich verabscheue und anbete zu gleicher Zeit.

Wieder besinne ich mich. Ich kann nicht zurück. Ich darf nicht zurück.

Wie soll ich aber Florenz verlassen? Mir fällt ein, daß ich ja kein Geld habe, keinen Groschen. Nun also zu Fuß, ehrlich betteln ist besser, als das Brot einer Kurtisane essen.

Aber ich kann ja nicht fort.

Sie hat mein Wort, mein Ehrenwort. Ich muß zurück. Vielleicht entbindet sie mich dessen. Nach einigen raschen Schritten bleibe ich wieder stehen.

Sie hat mein Ehrenwort, meinen Schwur, daß ich ihr Sklave bin, solange sie es will, solange sie mir nicht selbst die Freiheit schenkt; aber ich kann mich ja töten.

Ich gehe durch die Cascine an den Arno hinab, ganz hinab, wo sein gelbes Wasser eintönig plätschernd ein paar verlorene Weiden bespült – dort sitze ich und schließe meine Rechnung mit dem Dasein ab – ich lasse mein ganzes Leben an mir vorüberziehen und finde es recht erbärmlich, einzelne Freuden, unendlich viel Gleichgültiges und Wertloses, dazwischen reich gesäte Schmerzen, Leiden, Beängstigungen, Enttäuschungen, gescheiterte Hoffnungen, Gram, Sorge und Trauer.

Ich dachte an meine Mutter, die ich so sehr geliebt und an entsetzlicher Krankheit dahinsiechen sah, an meinen Bruder, der voll Ansprüche auf Genuß und Glück in der Blüte seiner Jugend starb, ohne nur seine Lippen an den Becher des Lebens gesetzt zu haben – ich dachte an meine tote Amme, die Spielgenossen meiner Kindheit, die Freunde, welche mit mir gestrebt und gelernt, sie alle, welche die kalte, tote, gleichgültige Erde deckt; ich dachte an meinen Turteltäuber, der nicht selten mir, statt seinem Weibchen, gurrend Verbeugungen machte – alles Staub zum Staube zurückgekehrt.

Ich lachte laut auf und gleite in das Wasser – im selben Augenblicke aber halte ich mich an einer Weidenrute fest, die über den gelben Wellen hängt – und ich sehe das Weib, das mich elend gemacht hat, vor mir, sie schwebt über dem Wasserspiegel, von der Sonne durchleuchtet, als wäre sie durchsichtig, rote Flammen um Haupt und Nacken, und wendet mir ihr Antlitz zu und lächelt.

Da bin ich wieder, triefend, durchnäßt, glühend vor Scham und Fieber. Die Negerin hat meinen Brief übergeben, so bin ich gerichtet, verloren, in der Hand eines herzlosen, beleidigten Weibes.

Nun, sie soll mich töten, ich, ich kann es nicht, und doch will ich nicht länger leben.

Wie ich um das Haus herumgehe, steht sie in der Galerie, über die Brüstung gelehnt, das Gesicht im vollen Lichte der Sonne, mit den grünen Augen blinzelnd.

»Lebst du noch?« fragt sie, ohne sich zu bewegen. Ich stehe stumm, das Haupt auf die Brust gesenkt.

»Gib mir meinen Dolch zurück«, fährt sie fort, »dir nützt er so nichts. Du hast ja nicht einmal den Mut, dir das Leben zu nehmen.«

»Ich habe ihn nicht mehr«, erwiderte ich, zitternd, vom Frost geschüttelt.

Sie überfliegt mich mit einem stolzen, höhnischen Blick.

»Du hast ihn wohl im Arno verloren?« Sie zuckte die Achseln. »Meinetwegen. Nun und warum bist du nicht fort?«

Ich murmelte etwas, was weder sie noch ich selbst verstehen konnte.

»Oh! du hast kein Geld«, rief sie, »da!« und sie warf mir mit einer unsäglich geringschätzenden Bewegung ihre Börse zu.

Ich hob sie nicht auf.

Wir schwiegen beide geraume Zeit.

»Du willst also nicht fort?«

»Ich kann nicht.«

Wanda fährt ohne mich in die Cascine, sie ist im Theater ohne mich, sie empfängt Gesellschaft, die Negerin bedient sie. Niemand fragt nach mir. Ich irre unstet im Garten umher, wie ein Tier, das seinen Herrn verloren hat.

Im Gebüsch liegend, sehe ich ein paar Sperlingen zu, die um ein Samenkorn kämpfen.

Da rauscht ein Frauengewand.

Wanda nähert sich, in einem dunklen Seidenkleide, züchtig bis zum Halse geschlossen, mit ihr der Grieche. Sie sind im lebhaften Gespräche, doch kann ich kein Wort davon verstehen. Jetzt stampft er mit dem Fuße, daß der Kies ringsum auseinanderstäubt, und haut mit der Reitpeitsche in die Luft. Wanda schrickt zusammen.

Fürchtet sie, daß er sie schlägt?

Sind sie soweit?

Er hat sie verlassen, sie ruft ihn, er hört sie nicht, er will sie nicht hören.

Wanda nickt traurig mit dem Kopfe und setzt sich auf die nächste Steinbank; sie sitzt lange in Gedanken versunken. Ich sehe ihr mit einer Art boshafter Freude zu, endlich raffe ich mich gewaltsam auf und trete höhnisch vor sie hin. Sie fährt empor und zittert am ganzen Leibe.

»Ich komme, Ihnen nur Glück zu wünschen«, sage ich, mich verneigend, »ich sehe, gnädige Frau, Sie haben Ihren Herrn gefunden.«

»Ja, Gott sei gedankt!« ruft sie, »keinen neuen Sklaven, ich habe deren genug gehabt: einen Herrn. Das Weib braucht einen Herrn und betet ihn an.«

»Du betest ihn also an, Wanda!« schrie ich auf, »diesen rohen Menschen –«

»Ich liebe ihn so, wie ich noch niemand geliebt habe.«

»Wanda!« – ich ballte die Fäuste, aber schon kamen mir die Tränen und der Taumel der Leidenschaft ergriff mich, ein süßer Wahnsinn. »Gut, so wähle ihn, nimm ihn zum Gatten, er soll dein Herr sein, ich aber will dein Sklave bleiben, solange ich lebe.«

»Du willst mein Sklave sein, auch dann?« sprach sie, »das wäre pikant, ich fürchte aber, er wird es nicht dulden.«

»Er?«

»Ja, er ist jetzt schon eifersüchtig auf dich«, rief sie, »er auf dich! er verlangte von mir, daß ich dich sofort entlasse, und als ich ihm sagte, wer du bist –«

»Du hast ihm gesagt –« wiederholte ich starr.

»Alles habe ich ihm gesagt«, erwiderte sie, »unsere ganze Geschichte erzählt, alle deine Seltsamkeiten, alles – und er – statt zu lachen – wurde zornig und stampfte mit dem Fuße.«

»Und drohte, dich zu schlagen?«

Wanda sah zu Boden und schwieg.

»Ja, ja«, sprach ich mit höhnischer Bitterkeit, »du fürchtest dich vor ihm, Wanda!« – ich warf mich ihr zu Füßen und umschlang erregt ihre Knie – »ich will ja nichts von dir, nichts, als immer in deiner Nähe sein, dein Sklave! – ich will dein Hund sein –«

»Weißt du, daß du mich langweilst?« sprach Wanda apathisch.

Ich sprang auf. Alles kochte in mir.

»Jetzt bist du nicht mehr grausam, jetzt bist du gemein!« sprach ich, jedes Wort scharf und herb betonend.

»Das steht bereits in Ihrem Briefe«, entgegnete Wanda mit einem stolzen Achselzucken, »ein Mann von Geist soll sich nie wiederholen.«

»Wie handelst du an mir!« brach ich los, »wie nennst du das?«

»Ich könnte dich züchtigen«, entgegnete sie höhnisch, »aber ich ziehe vor, dir diesmal statt mit Peitschenhieben mit Gründen zu antworten. Du hast kein Recht, mich anzuklagen, war ich nicht jederzeit ehrlich gegen dich? Habe ich dich nicht mehr als einmal gewarnt? Habe ich dich nicht herzlich, ja leidenschaftlich geliebt und habe ich dir etwa verheimlicht, daß es gefährlich ist, sich mir hinzugeben, sich vor mir zu erniedrigen, daß ich beherrscht sein will? Du aber wolltest mein Spielzeug sein, mein Sklave! Du fandest den höchsten Genuß darin, den Fuß, die Peitsche eines übermütigen, grausamen Weibes zu fühlen. Was willst du also jetzt?

In mir haben gefährliche Anlagen geschlummert, aber du erst hast sie geweckt; wenn ich jetzt Vergnügen daran finde, dich zu quälen, zu mißhandeln, bist nur du schuld, du hast aus mir gemacht, was ich jetzt bin, und nun bist du noch unmännlich, schwach und elend genug, *mich* anzuklagen.«

»Ja, ich bin schuldig«, sprach ich, »aber habe ich nicht gelitten dafür? Laß es jetzt genug sein, ende das grausame Spiel.«

»Das will ich auch«, entgegnete sie mit einem seltsamen, falschen Blick!

»Wanda!« rief ich heftig, »treibe mich nicht auf das Äußerste, du siehst, daß ich wieder Mann bin.«

»Strohfeuer«, erwiderte sie, »das einen Augenblick Lärm macht und ebenso schnell verlöscht, wie es aufgeflammt ist. Du glaubst mich einzuschüchtern und bist mir nur lächerlich. Wärst du der Mann gewesen, für den ich dich anfangs hielt, ernst, gedankenvoll, streng, ich hätte dich treu geliebt und wäre dein Weib geworden. Das Weib verlangt nach einem Manne, zu dem es aufblicken kann, einen – der so wie du – freiwillig seinen Nacken darbietet, damit es seine Füße darauf setzen kann, braucht es als willkommenes Spielzeug und wirft ihn weg, wenn es seiner müde ist.«

»Versuch' es nur, mich wegzuwerfen«, sprach ich höhnisch, »es gibt Spielzeug, das gefährlich ist.«

»Fordere mich nicht heraus«, rief Wanda, ihre Augen begannen zu funkeln, ihre Wangen röteten sich.

»Wenn ich dich nicht besitzen soll«, fuhr ich mit von Wut erstickter Stimme fort, »so soll dich auch kein anderer besitzen.«

»Aus welchem Theaterstück ist diese Stelle?« höhnte sie, dann faßte sie mich bei der Brust; sie war in diesem Augenblicke ganz bleich vor Zorn, »fordere mich nicht heraus«, fuhr sie fort,

»ich bin nicht grausam, aber ich weiß selbst nicht, wie weit ich noch kommen kann, und ob es dann noch eine Grenze gibt.«

»Was kannst du mir Ärgeres tun, als ihn zu deinem Geliebten, deinem Gatten machen?« antwortete ich, immer mehr aufflammend.

»Ich kann dich zu seinem Sklaven machen«, entgegnete sie rasch, »bist du nicht in meiner Hand? habe ich nicht den Vertrag? Aber freilich, für dich wird es nur ein Genuß sein, wenn ich dich binden lasse und zu ihm sage: ›Machen Sie jetzt mit ihm, was Sie wollen.‹«

»Weib, bist du toll!« schrie ich auf.

»Ich bin sehr vernünftig«, sagte sie ruhig, »ich warne dich zum letzten Male. Leiste mir jetzt keinen Widerstand, jetzt, wo ich so weit gegangen bin, kann ich leicht noch weiter gehen. Ich fühle eine Art Haß auf dich, ich würde dich mit wahrer Lust von ihm totpeitschen sehen, aber noch bezähme ich mich, noch –«

Meiner kaum mehr mächtig, faßte ich sie beim Handgelenke und riß sie zu Boden, so daß sie vor mir auf den Knien lag.

»Severin!« rief sie, auf ihrem Gesichte malten sich Wut und Schrecken.

»Ich töte dich, wenn du sein Weib wirst«, drohte ich, die Töne kamen heiser und dumpf aus meiner Brust, »du bist mein, ich lasse dich nicht, ich habe dich zu lieb«, dabei umklammerte ich sie und drückte sie an mich und meine Rechte griff unwillkürlich nach dem Dolche, der noch in meinem Gürtel stak.

Wanda heftete einen großen, ruhigen, unbegreiflichen Blick auf mich.

»So gefällst du mir«, sprach sie gelassen, »jetzt bist du Mann, und ich weiß in diesem Augenblicke, daß ich dich noch liebe.«

»Wanda« – mir kamen vor Entzücken die Tränen, ich beugte mich über sie und bedeckte ihr reizendes Gesichtchen mit Küssen und sie – plötzlich in lautes, mutwilliges Lachen ausbrechend – rief: »Hast du jetzt genug von deinem Ideal, bist du mit mir zufrieden?«

»Wie?« – stammelte ich – »es ist nicht dein Ernst.«

»Es ist mein Ernst«, fuhr sie heiter fort, »daß ich dich lieb habe, dich allein, und du – du kleiner, guter Narr, hast nicht gemerkt, daß alles nur Scherz und Spiel war – und wie schwer es mir wurde, dir oft einen Peitschenhieb zu geben, wo ich dich eben gerne beim Kopfe genommen und abgeküßt hätte. Aber jetzt ist es genug, nicht wahr? Ich habe meine grausame Rolle besser durchgeführt, als du erwartet hast, nun wirst du wohl zufrieden sein, dein kleines, gutes, kluges und auch ein wenig hübsches Weibchen zu haben – nicht? – Wir wollen recht vernünftig leben und –«

»Du wirst mein Weib!« rief ich in überströmender Seligkeit.

»Ja – dein Weib – du lieber, teurer Mann«, flüsterte Wanda, indem sie meine Hände küßte.
Ich zog sie an meine Brust empor.

»So, nun bist du nicht mehr Gregor, mein Sklave«, sprach sie, »jetzt bist du wieder mein lieber Severin, mein Mann –«

»Und er? – du liebst ihn nicht?« fragte ich erregt.

»Wie konntest du nur glauben, daß ich den rohen Menschen liebe – aber du warst ganz verblendet – mir war bang um dich –«

»Ich hätte mir fast das Leben genommen um deinetwillen.«

»Wirklich?« rief sie, »ach! ich zittere noch bei dem Gedanken, daß du schon im Arno warst –«

»Du aber hast mich errettet«, entgegnete ich zärtlich, »du schwebtest über den Gewässern und lächeltest, und dein Lächeln rief mich zurück ins Leben.«

Es ist ein seltsames Gefühl, das ich habe, wie ich sie jetzt in meinen Armen halte, und sie ruht stumm an meiner Brust und läßt sich von mir küssen und lächelt; mir ist es, als wäre ich plötzlich aus Fieberphantasien erwacht, oder ein Schiffbrüchiger, der tagelang mit den Wogen gekämpft hat, die ihn jeden Augenblick zu verschlingen drohten, und endlich an das Land geworfen wurde.

»Ich hasse dieses Florenz, wo du so unglücklich warst«, sprach sie, als ich ihr gute Nacht sagte, »ich will sofort abreisen, morgen schon, du wirst die Güte haben, einige Briefe für mich zu schreiben, und während du damit beschäftigt bist, fahre ich in die Stadt und mache meine Abschiedsbesuche. Ist's dir so recht?«

»Gewiß, mein liebes, gutes, schönes Weib.«

Sie klopfte früh am Morgen an meine Türe und fragte, wie ich geschlafen. Ihre Liebenswürdigkeit ist wahrhaft entzückend, ich hätte nie gedacht, daß ihr die Sanftmut so gut läßt.

Nun ist sie mehr als vier Stunden fort, ich bin mit meinen Briefen längst fertig und sitze in der Galerie und blicke auf die Straße hinaus, ob ich nicht ihren Wagen in der Ferne entdecke. Mir wird ein wenig bange um sie, und doch habe ich weiß Gott keinen Anlaß mehr zu Zweifeln oder Befürchtungen; aber es liegt da auf meiner Brust und ich werde es nicht los. Vielleicht sind es die Leiden vergangener Tage, die noch ihren Schatten in meine Seele werfen.

Da ist sie, strahlend von Glück, von Zufriedenheit.

»Nun, ist alles nach Wunsch gegangen?« fragte ich sie, zärtlich ihre Hand küssend.

»Ja, mein Herz«, erwidert sie, »und wir reisen heute nacht, hilf mir meine Koffer packen.«

Gegen Abend bittet sie mich, selbst auf die Post zu fahren und ihre Briefe zu besorgen. Ich nehme ihren Wagen und bin in einer Stunde zurück.

»Die Herrin hat nach Ihnen gefragt«, spricht die Negerin lächelnd, als ich die breite Marmortreppe hinaufsteige.

»War jemand da?«

»Niemand«, erwiderte sie und kauert sich wie eine schwarze Katze auf den Stufen nieder.

Ich gehe langsam durch den Saal und stehe jetzt vor der Türe ihres Schlafgemaches.

Warum klopft mir das Herz? Ich bin doch so glücklich.

Leise öffnend, schlage ich die Portière zurück. Wanda liegt auf der Ottomane, sie scheint mich nicht zu bemerken. Wie schön ist sie in dem Kleide von silbergrauer Seide, das sich verräterisch an ihre herrlichen Formen anschließt und ihre wunderbare Büste und ihre Arme unverhüllt läßt. Ihr Haar ist mit einem schwarzen Sammetbande durchschlungen und aufgebunden. Im Kamin lodert ein mächtiges Feuer, die Ampel wirft ihr rotes Licht, das ganze Zimmer schwimmt im Blut.

»Wanda!« sage ich endlich.

»O Severin!« ruft sie freudig, »ich habe dich mit Ungeduld erwartet«, sie springt auf und schließt mich in ihre Arme; dann setzt sie sich wieder in die üppigen Polster und will mich zu sich ziehen, ich gleite indes sanft zu ihren Füßen nieder und lege mein Haupt in ihren Schoß.

»Weißt du, daß ich heute sehr verliebt in dich bin?« flüstert sie und streicht mir ein paar lose Härchen aus der Stirne und küßt mich auf die Augen.

»Wie schön deine Augen sind, sie haben mir immer am besten an dir gefallen, heute aber machen sie mich förmlich trunken. Ich vergehe« – sie dehnte ihre herrlichen Glieder und blinzelte mich durch die roten Wimpern zärtlich an.

»Und du – du bist kalt – du hältst mich wie ein Stück Holz; warte nur, ich will dich noch verliebt machen!« rief sie und hing wieder schmeichelnd und kosend an meinen Lippen.

»Ich gefalle dir nicht mehr, ich muß wieder einmal grausam gegen dich sein, ich bin heute offenbar zu gut gegen dich; weißt du was, Närrchen, ich werde dich ein wenig peitschen –«

»Aber Kind –«

»Ich will es.«

»Wanda!«

»Komm, laß dich binden«, fuhr sie fort und sprang mutwillig durch das Zimmer, »ich will dich recht verliebt sehen, verstehst du? Da sind die Stricke. Ob ich es noch kann?«

Sie begann damit, mir die Füße zu fesseln, dann band sie mir die Hände fest auf den Rücken und endlich schnürte sie mir die Arme wie einem Delinquenten zusammen.

»So«, sprach sie in heiterem Eifer, »kannst du dich noch rühren?«

»Nein.«

»Gut –«

Sie machte hierauf aus einem starken Seile eine Schlinge, warf sie mir über den Kopf und ließ sie bis zu den Hüften hinabgleiten, dann zog sie sie fest zusammen und band mich an die Säule.

Mich faßte in diesem Augenblicke ein seltsamer Schauer.

»Ich habe das Gefühl, wie wenn ich hingerichtet würde«, sagte ich leise.

»Du sollst auch heute einmal ordentlich gepeitscht werden!« rief Wanda.

»Aber nimm die Pelzjacke dazu«, sagte ich, »ich bitte dich.«

»Dies Vergnügen kann ich dir schon machen«, antwortete sie, holte ihre Kazabaika und zog sie lächelnd an, dann stand sie, die Arme auf der Brust verschränkt, vor mir und betrachtete mich mit halbgeschlossenen Augen.

»Kennst du die Geschichte vom Ochsen des Dionys?« fragte sie.

»Ich erinnere mich nur dunkel, was ist damit?«

»Ein Höfling ersann für den Tyrannen von Syrakus ein neues Marterwerkzeug, einen eisernen Ochsen, in welchen der zum Tode Verurteilte gesperrt und in ein mächtiges Feuer gesetzt wurde.

Sobald nun der eiserne Ochse zu glühen begann, und der Verurteilte in seinen Qualen aufschrie, klang sein Jammern wie das Gebrüll eines Ochsen.

Dionys lächelte dem Erfinder gnädig zu und ließ, um auf der Stelle einen Versuch mit seinem Werk zu machen, ihn selbst zuerst in den eisernen Ochsen sperren.

Die Geschichte ist sehr lehrreich.

So warst du es, der mir die Selbstsucht, den Übermut, die Grausamkeit eingeimpft hat, und *du sollst ihr erstes Opfer werden.* Ich finde jetzt in der Tat Vergnügen daran, einen Menschen, der denkt und fühlt und will, wie ich, einen Mann, der an Geist und Körper stärker ist, wie ich, in meiner Gewalt zu haben, zu mißhandeln, und ganz besonders einen Mann, der mich liebt.

Liebst du mich noch?«

»Bis zum Wahnsinn!« rief ich.

»Um so besser«, erwiderte sie, »um so mehr Genuß wirst du bei dem haben, was ich jetzt mit dir anfangen will.«

»Was hast du nur?« fragte ich, »ich verstehe dich nicht, in deinen Augen blitzt es heute wirklich wie Grausamkeit und du bist so seltsam schön – so ganz ›Venus im Pelz‹.«

Wanda legte, ohne mir zu antworten, die Arme um meinen Nacken und küßte mich. Mich ergriff in diesem Augenblicke wieder der volle Fanatismus meiner Leidenschaft.

»Nun, wo ist die Peitsche?« fragte ich.

Wanda lachte und trat zwei Schritte zurück.

»Du willst also durchaus gepeitscht werden?« rief sie, indem sie den Kopf übermütig in den Nacken warf.

»Ja.«

Auf einmal war Wandas Gesicht vollkommen verändert, wie vom Zorne entstellt, sie schien mir einen Moment sogar häßlich.

»Also peitschen Sie ihn!« rief sie laut.

In demselben Augenblicke steckte der schöne Grieche seinen schwarzen Lockenkopf durch die Gardinen ihres Himmelbettes. Ich war anfangs sprachlos, starr. Die Situation war entsetzlich komisch, ich hätte selbst laut aufgelacht, wenn sie nicht zugleich so verzweifelt traurig, so schmachvoll für mich gewesen wäre.

Das übertraf meine Phantasie. Es lief mir kalt über den Rücken, als mein Nebenbuhler heraustrat in seinen Reitstiefeln, seinem engen, weißen Beinkleid, seinem knappen Samtrock, und mein Blick auf seine athletischen Glieder fiel.

»Sie sind in der Tat grausam«, sprach er, zu Wanda gekehrt.

»Nur genußsüchtig«, entgegnete sie mit wildem Humor, »der Genuß macht allein das Dasein wertvoll, wer genießt, der scheidet schwer vom Leben, wer leidet oder darbt, grüßt den Tod wie einen Freund; wer aber genießen will, muß das Leben heiter nehmen, im Sinne der Antike, er muß sich nicht scheuen, auf Kosten anderer zu schwelgen, er darf nie Erbarmen haben, er muß andere vor seinen Wagen, vor seinen Pflug spannen, wie Tiere; Menschen, die fühlen, die genießen möchten, wie er, zu seinem Sklaven machen, sie ausnutzen in seinem Dienste, zu seinen Freuden, ohne Reue; nicht fragen, ob ihnen auch wohl dabei geschieht, ob sie zugrunde gehen. Er muß immer vor Augen haben: wenn sie mich so in der Hand hätten, wie ich sie, täten sie mir dasselbe, und ich müßte mit meinem Schweiße, meinem Blute, meiner Seele ihre Genüsse bezahlen. So war die Welt der Alten, Genuß und Grausamkeit, Freiheit und Sklaverei gingen von jeher Hand in Hand; Menschen, welche gleich olympischen Göttern leben wollen, müssen Sklaven haben, welche sie in ihre Fischteiche werfen, und Gladiatoren, die sie während ihres üppigen Gastmahls kämpfen lassen und sich nichts daraus machen, wenn dabei etwas Blut auf sie spritzt.«

Ihre Worte brachten mich vollends zu mir.

»Binde mich los!« rief ich zornig.

»Sind Sie nicht mein Sklave, mein Eigentum?« erwiderte Wanda, »Soll ich Ihnen den Vertrag zeigen?«

»Binde mich los!« drohte ich laut, »sonst –« ich riß an den Stricken.

»Kann er sich losreißen?« fragte sie, »denn er hat gedroht, mich zu töten.«

»Seien Sie ruhig«, sprach der Grieche, meine Fesseln prüfend.

»Ich rufe um Hilfe«, begann ich wieder.

»Es hört Sie niemand«, entgegnete Wanda, »und niemand wird mich hindern, Ihre heiligsten Gefühle wieder zu mißbrauchen und mit Ihnen ein frivoles Spiel zu treiben«, fuhr sie fort, mit satanischem Hohne die Phrasen meines Briefes an sie wiederholend.

»Finden Sie mich in diesem Augenblicke bloß grausam und unbarmherzig, oder bin ich im Begriffe, *gemein* zu werden? Was? Lieben Sie mich noch oder hassen und verachten Sie mich bereits? Hier ist die Peitsche« – sie reichte sie dem Griechen, der sich mir rasch näherte.

»Wagen Sie es nicht!« rief ich, vor Entrüstung bebend, »von Ihnen dulde ich nichts –«

»Das glauben Sie nur, weil ich keinen Pelz habe«, erwiderte der Grieche mit einem frivolen Lächeln und nahm seinen kurzen Zobelpelz vom Bette.

»Sie sind köstlich!« rief Wanda, gab ihm einen Kuß und half ihm in den Pelz hinein.

»Darf ich ihn wirklich peitschen?« fragte er.

»Machen Sie mit ihm, was Sie wollen«, entgegnete Wanda.

»Bestie!« stieß ich empört hervor.

Der Grieche heftete seinen kalten Tigerblick auf mich und versuchte die Peitsche, seine Muskeln schwollen, während er ausholte und sie durch die Luft pfeifen ließ, und ich war gebunden wie Marsyas und mußte sehen, wie sich Apollo anschickte, mich zu schinden.

Mein Blick irrte im Zimmer umher und blieb auf der Decke haften, wo Simson zu Delilas Füßen von den Philistern geblendet wird. Das Bild erschien mir in diesem Augenblicke wie ein Symbol, ein ewiges Gleichnis der Leidenschaft, der Wollust, der Liebe des Mannes zum Weibe. »Ein jeder von uns ist am Ende ein Simson«, dachte ich, »und wird zuletzt wohl oder übel von dem Weibe, das er liebt, verraten, sie mag ein Tuchmieder tragen oder einen Zobelpelz.«

»Nun sehen Sie zu«, rief der Grieche, »wie ich ihn dressieren werde.« Er zeigte die Zähne und sein Gesicht bekam jenen blutgierigen Ausdruck, der mich gleich das erste Mal an ihm erschreckt hatte.

Und er begann mich zu peitschen – so unbarmherzig, so furchtbar, daß ich unter jedem Hiebe zusammenzuckte und vor Schmerz am ganzen Leibe zu zittern begann, ja die Tränen liefen mir über die Wangen, während Wanda in ihrer Pelzjacke auf der Ottomane lag, auf den Arm gestützt, mit grausamer Neugier zusah und sich vor Lachen wälzte.

Das Gefühl, vor einem angebeteten Weibe von dem glücklichen Nebenbuhler mißhandelt zu werden, ist nicht zu beschreiben, ich verging vor Scham und Verzweiflung.

Und das Schmachvollste war, daß ich in meiner jämmerlichen Lage, unter Apollos Peitsche und bei meiner Venus grausamem Lachen anfangs eine Art phantastischen, übersinnlichen Reiz empfand, aber Apollo peitschte mir die Poesie heraus, Hieb für Hieb, bis ich endlich in ohnmächtiger Wut die Zähne zusammenriß und mich, meine wollüstige Phantasie, Weib und Liebe verfluchte.

Ich sah jetzt auf einmal mit entsetzlicher Klarheit, wohin die blinde Leidenschaft, die Wollust, seit Holofernes und Agamemnon den Mann geführt hat, in den Sack, in das Netz des verräterischen Weibes, in Elend, Sklaverei und Tod.

Mir war es, wie das Erwachen aus einem Traum.

Schon floß mein Blut unter seiner Peitsche, ich krümmte mich wie ein Wurm, den man zertritt, aber er peitschte fort ohne Erbarmen und sie lachte fort ohne Erbarmen, während sie die gepackten Koffer schloß, in ihren Reisepelz schlüpfte, und lachte noch, als sie an seinem Arme die Treppe hinab, in den Wagen stieg.

Dann war es einen Augenblick stille.

Ich lauschte atemlos.

Jetzt fiel der Schlag zu, die Pferde zogen an – noch einige Zeit das Rollen des Wagens – dann war alles vorbei.

Einen Augenblick dachte ich daran, Rache zu nehmen, ihn zu töten, aber ich war ja durch den elenden Vertrag gebunden, mir blieb also nichts übrig, als mein Wort zu halten und meine Zähne zusammenzubeißen

Die erste Empfindung nach der grausamen Katastrophe meines Lebens war die Sehnsucht nach Mühen, Gefahren und Entbehrungen. Ich wollte Soldat werden und nach Asien gehen oder Algier, aber mein Vater, der alt und krank war, verlangte nach mir.

So kehrte ich still in die Heimat zurück und half ihm zwei Jahre seine Sorgen tragen und die Wirtschaft führen und lernte, was ich bisher nicht gekannt, und mich jetzt gleich einem Trunk frischen Wassers labte, *arbeiten* und *Pflichten erfüllen*. Dann starb mein Vater, und ich wurde Gutsherr, ohne daß sich dadurch etwas geändert hätte. Ich habe mir selbst die spanischen Stiefel angelegt und lebe hübsch vernünftig weiter, wie wenn der Alte hinter mir stünde und mit seinen großen, klugen Augen über meine Schulter blicken würde.

Eines Tages kam eine Kiste an, von einem Briefe begleitet. Ich erkannte Wandas Schrift.

Seltsam bewegt öffnete ich ihn und las.

»Mein Herr!

Jetzt, wo mehr als drei Jahre seit jener Nacht in Florenz verflossen sind, darf ich Ihnen noch einmal gestehen, daß ich Sie sehr geliebt habe, Sie selbst aber haben mein Gefühl erstickt durch Ihre phantastische Hingebung, durch Ihre wahnsinnige Leidenschaft. Von dem Augenblicke an, wo Sie mein Sklave waren, fühlte ich, daß Sie nicht mehr mein Mann werden konnten, aber ich fand es pikant, Ihnen Ihr Ideal zu verwirklichen und Sie vielleicht – während ich mich köstlich amüsierte – zu heilen.

Ich habe den starken Mann gefunden, dessen ich bedurfte und mit dem ich so glücklich war, wie man es nur auf dieser komischen Lehmkugel sein kann.

Aber mein Glück war, wie jedes menschliche, nur von kurzer Dauer. Er ist, vor einem Jahre etwa, im Duell gefallen und ich lebe seitdem in Paris, wie eine Aspasia.

Und Sie? – Ihrem Leben wird es gewiß nicht an Sonnenschein fehlen, wenn Ihre Phantasie die Herrschaft über Sie verloren hat und jene Eigenschaften bei Ihnen hervorgetreten sind, welche mich anfangs so sehr anzogen, die Klarheit des Gedankens, die Güte des Herzens und vor allem – *der sittliche Ernst.*

Ich hoffe, Sie sind unter meiner Peitsche gesund geworden, die Kur war grausam aber radikal. Zur Erinnerung an jene Zeit und eine Frau, welche Sie leidenschaftlich geliebt hat, sende ich Ihnen das Bild des armen Deutschen.

Venus im Pelz.«

Ich musste lächeln, und wie ich in Gedanken versank, stand plötzlich das schöne Weib in der hermelinbesetzten Samtjacke, die Peitsche in der Hand, vor mir und ich lächelte weiter über das Weib, das ich so wahnsinnig geliebt, die Pelzjacke, die mich einst so sehr entzückt, über die Peitsche, und lächelte endlich über meine Schmerzen und sagte mir: die Kur war grausam, aber radikal, und die Hauptsache ist: ich bin gesund geworden.

»Nun, und die Moral von der Geschichte?« sagte ich zu Severin, indem ich das Manuskript auf den Tisch legte.

»Daß ich ein Esel war«, rief er, ohne sich zu mir zu wenden, er schien sich zu genieren. »Hätte ich sie nur gepeitscht!«

»Ein kurioses Mittel«, erwiderte ich, »das mag bei deinen Bäuerinnen –«

»Oh! die sind daran gewöhnt«, antwortete er lebhaft, »aber denke dir die Wirkung bei unsern feinen, nervösen, hysterischen Damen –«

»Aber die Moral?«

»Daß das Weib, wie es die Natur geschaffen und wie es der Mann gegenwärtig heranzieht, sein Feind ist und nur seine Sklavin oder seine Despotin sein kann, *nie aber seine Gefährtin.* Dies wird sie erst dann sein können, wenn sie ihm gleich steht an Rechten, wenn sie ihm ebenbürtig ist durch Bildung und Arbeit.

Jetzt haben wir nur die Wahl, Hammer oder Amboß zu sein, und ich war der Esel, aus mir den Sklaven eines Weibes zu machen, verstehst du?

Daher die Moral der Geschichte: Wer sich peitschen läßt, verdient, gepeitscht zu werden.

Mir sind die Hiebe, wie du siehst, sehr gut bekommen, der rosige, übersinnliche Nebel ist zerronnen und mir wird niemand mehr die heiligen Affen von Benares oder den Hahn des Plato für ein Ebenbild Gottes ausgeben.«

Don Juan von Kolomea

> »Alle Weisheit meines Lebens
> Hat das Eine mich gelehrt,
> Lieb' ist sterblich! Ganz vergebens
> Hoffst du, daß die Liebe währt!
> Bist du treu, sie lachen deiner,
> Aendern wie die Moden sich,
> Aenderst du dich, keift gemeiner
> Eifersücht'ger Neid um dich.
> Drum vermeide Hymens Falle,
> Hoffe nie: ein Weib sei dein!
> Aber lieb' und täusche alle,
>
> Um nicht selbst getäuscht zu sein.«
>
> *Karamsin.*

Wir fuhren aus der Kreisstadt Kolomea auf das Land. Es war Abend und am Freitag. Der Pole sagt: »Der Freitag ist ein guter Anfang,« aber mein deutscher Kutscher, ein Colonist aus Mariahilf, behauptete, der Freitag sei ein Unglückstag, denn an diesem Tage sei unser Herr am Kreuze gestorben und habe das Christenthum angefangen.

Diesmal behielt der Deutsche Recht, denn eine halbe Stunde von Kolomea wurden wir von einer Bauernwache angehalten.

»Steh! – den Paß!«

Wir standen. Aber der Paß! – Meine Papiere waren freilich in Ordnung, aber wer hatte an meinen Schwaben gedacht. Der saß auf seinem Kutschbock, als wenn die Erfindung des Passes noch zu machen wäre, schnalzte mit der Peitsche und legte frischen Schwamm in seine kurze Pfeife. Der konnte freilich ein Verschwörer sein. Sein unverschämt behagliches Gesicht forderte meine russischen Bauern heraus. Paß hatte er keinen, das war richtig; nun zuckten sie die Achseln, das war ebenso richtig.

»Ein Verschwörer,« hieß es.

»Aber Freunde bedenkt doch!« Alles umsonst.

»Ein Verschwörer!«

Mein Schwabe rückt verlegen auf seinem Brett und maltraitirt fruchtlos die russische Sprache. Alles umsonst. Die Bauernwache kennt ihre Pflichten. Wer wagt ihr eine Banknote anzubieten? Ich nicht. So werden wir denn zusammengepackt und einige hundert Schritte weit zu der nächsten Schenke geführt.

Von weitem schien es vor derselben von Zeit zu Zeit aufzublitzen. Es war die aufwärts genagelte Sense eines Bauers, der vor der Thüre Wache hielt, und gerade über dem Rauchfang der Schenke stand der Mond und blickte auf den Bauer und seine Sense. Er blickte durch das kleine Fenster der Schenke und warf seine Lichter wie Silbermünzen hinein, und füllte die Pfützen vor dem Hause mit Silber, um den geizigen Juden zu ärgern. Ich meine den Schenkwirth, der uns auf der Schwelle empfing und seine lebhafte Freude über die vornehmen Gäste dadurch ausdrückte, daß er eine Art monotones Jammergeschrei ausstieß.

Er wackelte mit dem Körper auf und ab wie eine Ente, küßte auf meinen rechten Aermel einen Schmutzfleck, und der Symmetrie wegen auch auf den linken, und schalt dabei die Bauern, daß sie »einen solchen Herren,« »einen solchen« – er wußte keine bezeichnendere Eigenschaft an mir zu finden – »einen solchen Herren arretirt, und einen solchen durch und durch schwarzgelben Herren, einen Herren, dessen Gesicht schon ganz schwarzgelb sei und dessen Seele ganz schwarzgelb sei, das möchte er auf die Thora beschwören«, und schalt und gebärdete sich, als hätten sie ihm das ärgste Unrecht zugefügt.

Ich ließ indeß meinen Schwaben bei den Pferden – die Bauern bewachten ihn – und rettete meine schwarzgelbe Seele in die Schenkstube, wo sie sich auf der hölzernen Bank ausstreckte, die um den großen Ofen lief.

Ich langweilte mich bald, denn Freund Moschu hatte vollauf zu thun, seinen Gästen Branntwein und Neuigkeiten auszuschenken, und hüpfte nur selten wie ein Floh über den breiten Schenktisch zu mir und saugte sich fest und versuchte ein gebildetes Gespräch von Politik und Literatur.

Auch ohne das. Ich langweilte mich und sah mich in der Schenke um.

Ihr Grundton war Grünspan.

Die spärlich genährte Erdöllampe erfüllte die Schenke mit grünlichem Lichte. Grüner Schimmel an den Wänden, der große viereckige Ofen wie mit Grünspan lackirt, grünes Moos wuchs aus den Feldstein-Parketen Israels. Grüner Bodensatz in den Schnapsgläsern, wirklicher Grünspan an den kleinen Blechmaßen, aus denen die Bauern tranken, wenn sie an den Schenktisch traten und ihre Kupfermünzen hinlegten. Eine grüne Vegetation bedeckte den Käse, den Moschku mir vorsetzte, und sein Weib saß im gelben Schlafrock mit großen Grünspanblumen hinter dem Ofen und schläferte ihr blaßgrünes Kind. Grünspan in dem abgehärmten Gesicht des Juden, Grünspan um seine kleinen unruhigen Augen, um seine dünnen, bewegungsvollen Nasenflügel, in seinen höhnisch verzogenen, sauren Mundwinkeln.

Es gibt Gesichter, die mit der Zeit Grünspan ansetzen, es gibt solche, und mein Jude hatte ein solches Gesicht.

Der Schenktisch stand zwischen mir und seinen Gästen. Sie saßen alle um einen schmalen langen Tisch, meist Bauern aus der Umgegend; sie unterhielten sich leise und steckten die zottigen, schwermüthigen grünen Köpfe zusammen. Einer schien mir ein Kirchensänger. Er führte das große Wort, hatte eine große Dose, aus der er aber allein schnupfte des nöthigen Respectes wegen, und las den Leuten aus einer halbvermoderten, grünen russischen Zeitung vor.

Alles leise, ernsthaft, würdevoll, und draußen sang die Bauernwache ein melancholisches Lied, dessen Töne schienen aus weiter Ferne zu kommen. Wie Geister schwebten sie um die Schenke und klagten und schienen sich nicht hinein zu wagen unter die lebenden, flüsternden Menschen. Die Melancholie floß zu allen Ritzen herein als Moder, Mondlicht und Lied.

Auch meine Langeweile wurde zur Melancholie, zu jener Melancholie, welche uns Kleinrussen so eigenthümlich ist, zu einer männlichen Ergebung in das Gefühl der Nothwendigkeit. Und meine Langeweile war so nothwendig, wie Schlaf und Tod.

Der Kirchensänger war in seiner grünen Zeitung eben bei den Verstorbenen, Angekommenen, dem Courszettel, der Eisenbahn-Fahrordnung angelangt, als draußen plötzlich Peitschenknallen, Pferdegetrappel, Menschenstimmen wirr durcheinander klangen.

Dann war es stille.

Dann hörte man eine fremde Stimme, welche sich mit jenen der Bauernwachen mischte. Es war eine lachende männliche Stimme, es war Musik in ihr, aber eine fröhliche, kecke, übermüthige Musik, die vor den Menschen in der Schenke nicht zurückschreckte. Sie tönte immer näher, bis ein fremder Mann über die Schwelle trat.

Ich richtete mich auf, aber ich sah nur seine hohe, schlanke Gestalt, denn er trat nach rückwärts in die Schenke, indem er noch immer lustig zu den Bauern sprach.

»Aber Freunde, thut mir doch nur den Gefallen und erkennt mich? Bin ich denn ein Emissär? Seht mich an? Fährt die Nationalregierung mit vier Pferden auf der Kaiserstraße ohne Paß? Geht die Nationalregierung mit einer Pfeife im Munde wie ich? Brüder! thut mir den Gefallen und seid gescheidt!«

Jetzt kamen ein paar Bauernköpfe zum Vorschein und eben so viel Hände, welche diese Bauernköpfe unter dem Kinn rieben, was so viel zu bedeuten hatte, als: »Den Gefallen thun wir dir nicht, Bruder.«

»Also wirklich nicht? Aber thut mir doch die Gnade und seid vernünftig –«

»Es geht nicht.«

»Bin ich denn ein Pole? Wollt ihr, daß meine Eltern sich auf dem russischen Kirchhofe zu Czernelica im Grabe umdrehen? Waren meine Ahnen nicht mit Bogdan Chmielnicki, dem Kosaken, gegen Polen? In wie viel Schlachten? Bei Pilawce, bei Korsun, bei Batow, bei den gelben Wässern; haben mit ihm Zbaraz belagert, worin auch die Polen lagen, standen oder saßen nach Belieben – aber thut mir nur den Gefallen und laßt mich fahren.«

»Es geht nicht.«

»Auch nicht wenn mein Großahn mit Hetman Dorozenko Lemberg belagert hat? Damals, sag' ich euch, waren die Köpfe der polnischen Edelleute billiger als Birnen, aber – bleibt gesund und laßt mich fahren.«

»Es geht nicht.«

»Es geht nicht! – Wirklich nicht?«

»Wirklich nicht.«

»Nun gut, dann bleibt gesund.« Der Fremde ergab sich männlich der Nothwendigkeit, ohne Klage. Er trat ein, immer noch das Gesicht von mir abgewendet, nickte zu den neuen Entenstößen des Juden und setzte sich vor den Schenktisch, den Rücken gegen mich.

Die Jüdin horchte, sah auf ihn, legte das schlafende Kind auf den Ofen und trat an den Schenktisch. Sie war schön, als Moschku sie heimführte, ich wette darauf. Jetzt ist alles so befremdend scharf in ihrem Gesichte. Schmerzen, Schande, Fußtritte, Peitschenhiebe haben lange in dem Antlitz ihres Volkes gewühlt, bis es diesen glühend welken, wehmüthig höhnischen, demüthig rachelustigen Ausdruck bekam. Sie krümmte ihren hohen Rücken, ihre feinen durchsichtigen Hände spielten mit dem Branntweinmaß, ihre Augen hefteten sich auf den Fremden. Eine glühende, verlangende Seele stieg aus diesen großen schwarzen, wollüstigen Augen, ein Vampyr aus dem Grabe einer verfaulten Menschennatur, und saugte sich in das schöne Antlitz des Fremden.

Es war wirklich ein schönes Antlitz, es neigte sich über den Schenktisch zu ihr herüber wie der Mond, aber warf wirkliche Silbermünzen auf den Tisch und verlangte eine Flasche Wein.

»Geh hinaus!« sagte der Jude zu seinem Weib.

Sie krümmte sich noch tiefer und ging mit geschlossenen Augen, wie eine die im Schlafe wandelt; Moschku aber flüsterte über den Tisch zu mir: »Er ist ein gefährlicher Mensch, ein gefährlicher Mensch,« und schüttelte das vorsichtige Köpfchen mit den dicken kleinen Stirnlöckchen.

Das machte den Fremden aufmerksam. Er wandte sich rasch herum, erblickte mich, stand auf, riß seine runde Schaffellmütze vom Kopfe und entschuldigte sich in verbindlichster Weise. Wir begrüßten uns. Die russische Menschenfreundlichkeit hat sich in Sprache und Sitte so verkörpert, daß der Einzelne die zärtlich schmeichelnde Redensart nicht mehr zu überbieten vermag. Aber in der That begrüßten wir uns noch artiger, als es gewöhnlich geschieht.

Nachdem wir uns gegenseitig unzählige Male als die elendesten Knechte bezeichnet hatten und zu den Füßen gefallen waren, setzte sich der Gefährliche mir gegenüber und bat, seine Pfeife stopfen zu dürfen. Es rauchten die Bauern, es rauchte der Diak, endlich rauchte auch der Ofen, aber er bat und ich bewilligte Alles »aus Erbarmen«. Er stopfte also seine lange türkische Pfeife.

»Diese Bauern!« sagte er heiter, »aber ich! – Sagen Sie selbst, würden Sie mir das auf hundert Schritte anthun und mich für einen Polen halten?«

»Gewiß nicht.«

»Nun sehen Sie, lieber Bruder!« setzte er in überströmender Dankbarkeit hinzu, »aber reden Sie mit denen da.« Er zog einen Feuerstein aus dem Sack, legte ein kleines Stückchen Schwamm darauf und schlug damit auf sein Messer.

»Nun, aber der Jude nennt Sie doch einen gefährlichen Menschen.«

»Ja so.« Er sah vor sich auf den Tisch und lächelte. »Mein Moschku meint – den Weibern. Haben Sie gesehen, wie er seine Frau hinausgeschickt hat? Das fängt so leicht Feuer.«

Auch der Schwamm fing Feuer. Er legte ihn in die Pfeife und hüllte uns bald in dichte blaue Wolken. Er hatte die Augen bescheiden niedergeschlagen und lächelte nur so.

Ich hatte Muße, ihn zu betrachten.

Er war offenbar ein Gutsbesitzer, denn er war sehr gut gekleidet; sein Tabaksbeutel reich gestickt, seine Art vornehm; aus der Nähe oder doch aus dem Kreise von Kolomea – denn der Jude kannte ihn. Ein Russe, das hatte er gleich gesagt, und war auch nicht schwatzhaft genug, um für einen Polen gelten zu können. Es war ein Mann, der den Frauen gefallen konnte. Er hatte nichts von jener plumpen Kraft, von jener rohen Schwerfälligkeit, welche andern Völkern als Männlichkeit gilt, er war durchaus edel, schlank und schön; aber seine elastische Energie, seine unverwüstliche Zähigkeit sprach aus jeder Bewegung. Das braune schlichte Haar, der etwas gekräuselte, kurz geschnittene Vollbart, warfen ihre vollen Schatten in ein wetterbraunes, aber wohlgebildetes Gesicht.

Er war nicht so ganz jung mehr, aber hatte fröhliche blaue Augen wie ein Knabe. Unauslöschliche, gütige Menschenliebe lag milde in diesem dunkeln Antlitz, dunkel in so viel Linien, welche das Leben tief hineingeschnitten.

Er stand auf und ging ein paarmal durch die Schenke. Die weiten Hosen in die faltigen gelben Stiefel gesteckt, den Leib unter dem offenen weiten Rocke mit einer bunten Binde gegürtet, die Pelzmütze auf dem Kopfe, sah er wie einer jener alten weisen, tapferen Bojaren aus, welche zu Rathe saßen mit Wladimir und Jaroslaw, in die Schlacht zogen mit Igor und Roman.

Den Frauen konnte er gefährlich sein; ich glaubte es ihm gerne, und wie er so auf-und abging und lächelte, war es auch mir ein Vergnügen, ihn anzusehen. Auch kam die Jüdin mit der Flasche Wein, setzte sie auf den Tisch und hockte wieder hinter den Ofen, das Auge unverwandt auf ihn gerichtet. Mein Bojar kam herbei, sah die Flasche an und schien etwas zu erwarten.

»Eine Flasche Tokai,« sagte er heiter, »ist noch der beste Ersatz für das heiße Blut eines Weibes.«

Er rieb sich mit der flachen Hand die Brust; es machte mir den Eindruck, als ob ihm etwas auf dem Herzen brenne.

»Sie haben gewiß« – ich fürchtete unzart zu sein, er aber fiel lebhaft ein: »Ein Rendezvous? Freilich!« schloß die Augen halb, stieß dichte Wolken aus der Pfeife und nickte mit dem Kopf »Ein Rendezvous, verstehen Sie mich, und was für ein Rendezvous. O ich habe Glück bei den Weibern, verstehen Sie mich, ganz außerordentliches Glück. Sie sollen mich in den Himmel lassen unter die heiligen Frauen und Jungfrauen, so wird allenfalls der Himmel so ein – Haus. Gott verzeih' mir die Sünde! Thun Sie mir die Gnade und glauben Sie es mir.«

»Ich glaube es Ihnen gerne.«

»Nun sehen Sie. Aber das soll wahr bleiben, wie das Sprichwort sagt: »»Was du dem besten Freunde nicht sagst und deinem Weibe nicht sagst, sagst du dem Fremden auf der Heerstraße.«« Mach' die Flasche auf, Moschku, gib zwei Gläser – und Sie erbarmen sich, trinken mit mir den Tokai und hören meine Liebesabenteuer an, köstliche, seltene Liebesabenteuer, Raritäten von Liebesabenteuern, wie ein Autograph von Goliath dem Philister, denn die Silberlinge, um die Judas Ischariot unsern Herrn verkauft hat, sind gar nicht selten. Das glauben Sie mir aufs Wort, ich habe schon so viele in Galizien und in Rußland in den Kirchen gesehen, daß er eigentlich keinen so schlechten Handel gemacht hat. Aber Moschku –«

Der Schenkwirth hüpfte heran, stieß ein paarmal nach rückwärts aus, holte einen Korkzieher aus der Tasche, klopfte das Siegellack herab, blies darauf, nahm dann die Flasche zwischen die mageren Beine und zog unter furchtbaren Verzerrungen des Gesichtes den Kork heraus. Blies dann zum Ueberfluß noch einmal in die Flasche und schenkte den gelben Tokai in die reinsten zwei Gläser, welche in Israel geduldet werden. Der Fremde hob sein Glas gegen mich. »Auf Ihre Gesundheit!«

Er meinte es aufrichtig, denn er leerte das große Glas auf einen Zug. Ein Trinker war er nicht, dazu hatte er den Wein zu wenig gekostet, auf die Zunge genommen, an den Gaumen emporgeschnalzt.

Der Jude sah ihm zu und sprach schüchtern: »Das ist eine Ehre, daß der Herr Wohlthäter wieder einmal bei mir einsprechen und wie gut aussehen, immer noch ganz am Fleck!« Moschku versuchte, sich bei dieser Bemerkung die Haltung eines Löwen zu geben, und dazu schien es ihm unentbehrlich, seine mürben Arme wie die zerbrochenen Henkel einer Vase von Pompeji auseinander zu spreizen und wie in der Tretmühle die Füße abwechselnd zu heben und wieder aufzustampfen.

»Nun, und wie befinden sich die gnädige Frau Wohlthäterin und die lieben Kinder?«

»Gut! Gut!« Mein Bojar schenkte sich das zweite Glas ein und trank es aus, aber Alles mit niedergeschlagenen Augen, wie beschämt. Und als der Jude längst fort war, blickte er schüchtern nach mir herüber und war über und über roth. Lange war er stille, rauchte so vor sich hin, schenkte mir ein, endlich sagte er ganz leise: »Ich muß Ihnen ziemlich lächerlich erscheinen. Sie denken gewiß, der alte Esel hat Weib und Kinder zu Hause und will mich da von seinen Romanen unterhalten und von Rendezvous und Liebesbriefen. Ich bitte Sie, sagen Sie gar nichts, ich weiß es ja doch. Aber sehen Sie, einmal ist es eine angenehme Pflicht, einen Fremden zu unterhalten, und da dachte ich – dann wieder – verzeihen Sie – es ist eigentlich recht sonderbar. Man begegnet sich, um sich vielleicht nie wieder zu sehen. Man könnte denken, was liegt daran, was der von dir meint. Aber es ist nicht so. Bei mir wenigstens nicht. Freilich, ich will mich nicht schön machen, wer so ein Verführer ist, der ist es gewiß halb nur aus Wollust und halb aus Eitelkeit. Wenn man von meinen Abenteuern nichts wüßte, wäre ich der unglücklichste Mensch von der Welt, und da erzähle ich sie so Jedem und sie beneiden mich Alle, aber heute hab' ich mich lächerlich gemacht.«

Ich wendete etwas ein.

»Bemühen Sie sich nicht, es ist einmal so, – lächerlich, denn Sie kennen ja meine Geschichte nicht. Der ganze Kreis weiß, was mir passirt ist, aber Sie wissen es nicht. Und dann wird man so lächerlich eitel, wenn man den Frauen gefällt, lächerlich eitel, will, jeder Mensch soll gut von uns denken, und verschenkt sein Geld an die Bettler auf der Straße und seine Geschichten an die Fremden in den Einkehrhäusern. O! es ist recht lächerlich. Aber nun muß ich Ihnen doch das Ganze erzählen. Haben Sie die Gnade und hören Sie mich an. Ich weiß nicht, ich habe so etwas Zutrauen zu Ihnen.«

Ich bedankte mich.

»Nun gut. Und dann, was fangen wir sonst an? Karten sind keine da! – Also will ich – aber nein! – und doch – Bedenken Sie – »»ein guter Vogel beschmutzt sein Nest nicht,«« das sagt jeder Bauer bei uns. Aber ich bin kein guter Vogel. Ich bin ein leichter Vogel, ein lustiger Vogel. Noch eine Flasche Tokai, Moschku! – Ich will Ihnen meine Geschichte erzählen.«

Er stützte seinen Kopf in die Hände und dachte nach. Es war stille. Wieder tönte das grauenhafte Lied der Bauernwache, bald wie eine Todtenklage aus weiter Ferne, bald ganz nahe und leise, als schwinge die Seele des fremden Mannes in verzweifelten, herzzerreißend süßen Melodien.

»Sie sind also verheirathet?« fragte ich endlich.

»Ja.«

»Glücklich?«

Er lachte. Sein Lachen klang eigentlich harmlos wie das Lachen eines Kindes; aber mich machte es schauern, ich weiß nicht warum.

»Glücklich?« sagte er, »was soll ich sagen? Thun Sie mir die Gnade und bedenken Sie einmal, was das ist: Glück! – Sind Sie Landwirth?«

»Nein.«

»Aber Sie verstehen etwas von der Landwirthschaft? Gewiß. Nun sehen Sie, das Glück, möchte ich so sagen, ist nicht wie ein Dorf oder Gut, das einem gehört, sondern wie eine Pacht. Ich bitte, verstehen Sie mich, wie eine Pacht. Wer sich da einrichten will für die Ewigkeit, wer brach liegen läßt nach der Ordnung, oder gar düngt, oder den Wald schont, oder junges Holz hegt, oder eine Straße baut« – er nahm sich wie verzweifelt beim Kopfe – »Herr Gott! der macht, als hätte er für seine Kinder zu sorgen. Da heißt es: was herausschlagen, das Jahr oder gar heute, ja nicht morgen. Da heißt es: das Feld aussaugen, den Wald verwüsten, die Weiden ruiniren, Gras wachsen lassen auf den Wegen, Scheunen, und wenn Alles zu Grunde gerichtet ist am Ende und der Stall jede Stunde einstürzen kann: gut, und auch der Speicher – um so besser! oder

gar das Wohngebäude – unübertrefflich! unübertrefflich! Der hat's genossen, der hat jubilirt. –
Da haben Sie das Glück! Lustig! Lustig!«

Die neue Flasche Tokai wurde entkorkt und er schenkte fleißig ein.

»Was ist das Glück?« rief er, »der Athemzug, den ich mache. Da, sehen Sie!« – er hauchte in
die Luft – »da haben Sie ihn! Sehen Sie! Sehen Sie ihn!« – er wies mit den Fingern hin – »Wo
ist er jetzt? – Ein Augenblick, eine Secunde auf der Uhr, einmal klopft der Zeiger – vorbei! Das
Lied, das die Wache singt! Hören Sie den letzten schwellenden Ton, wie er sich emporhebt
und fliegt – und schwimmt nur so in der Luft. Man meint er könnte kein Ende nehmen. Er
trägt uns fort, fort – immer fort! – da – da hat ihn die Nacht verschlungen – für immer – das ist
das Glück.«

Wir schwiegen beide einige Zeit.

Endlich fragte er ziemlich heiter: »Verzeihen Sie, darf ich Sie fragen: warum sind denn alle
Ehen unglücklich? oder doch die meisten! Was wollen Sie einwenden?«

»Ich? Nichts! gar nichts!«

»Also sehen Sie, es ist eine Thatsache! Aber ein Mensch, der das was so ist, annimmt, ohne
darüber nachzudenken, oder sich dagegen zu stemmen, der ist so ein schwacher Mensch in jeder
Beziehung. – Ich meine, man muß tragen, was nothwendig ist, was so bestimmt ist, oder was
so in der Natur liegt, wie allenfalls der Winter, oder die Nacht, oder der Tod. Aber ist es auch
nothwendig, daß die Ehen so in der Regel unglücklich sind? Ist da – nun Sie verstehen mich –
eine Nothwendigkeit, eine Regel, wenn ich mich so ausdrücken darf: ein Gesetz in der Natur?«

Mein Mann fragte mit dem Eifer eines Gelehrten, der seinen Gegenstand erörtert. Er war
offenbar seiner Sache gewiß und sah mich nicht im mindesten ernsthaft, sondern mit der lie-
benswürdigsten Neugierde an.

»Was macht so die meisten Ehen unglücklich?« wiederholte er, »verstehen Sie mich, Bruder?«

Ich sagte irgend Etwas, was man so gewöhnlich sagt.

Er unterbrach mich, entschuldigte sich und sprach weiter.

»Verzeihen Sie, aber das haben Sie aus den deutschen Büchern. Es ist so. Sie lesen sie gerne,
das möchte ich glauben, ich auch, aber man bekommt so Ideen, so Phrasen – nun Sie verstehen
mich ja. – Da könnte ich auch sagen: »Meine Frau war mir nicht genug,« oder »sie hat mich
nicht verstanden« und »wie das furchtbar ist, wenn man so nicht verstanden wird,« wie ich so
ein ganz origineller Mensch bin, so ein Original, wie ich so ganz originelle Gedanken habe und
so ganz originelle Gefühle und wie ich mich so enttäuscht sehe und keine Frau finde, die mich
versteht, aber doch immerfort suche – solche Phrasen wissen Sie – das ist aber Alles erlogen,
Alles erlogen! Ueberhaupt, mein Bester, haben Sie schon bemerkt, wie eigentlich jeder Mensch
ein Lügner ist? Nur gibt es zwei Arten und darnach kann man die Menschen eintheilen, in
solche, welche andere belügen, das sind die materiellen Menschen, von denen man so in den
Büchern liest und dann die Idealisten, wie die Deutschen sie nennen – die sich selbst belügen.«

Ich gestehe es, der Mann begann mich immer mehr zu interessieren.

Er trank noch ein Glas Tokai und war vollends im Fluß. Seine Augen schwammen, seine
Zunge schwamm, seine Worte floßen nur so.

»Nun Herr, was macht die Ehe unglücklich?« sagte er und legte seine Hände auf meine Achseln, als wolle er mich an sein Herz drücken – »denken Sie sich, Herr – die Kinder!«

Ich war überrascht.

»Aber lieber Freund,« sagte ich, »sehen Sie einmal diesen Juden an, wie elend er da lebt und
sein Weib – würden sie nicht auseinanderlaufen wie Hunde, wenn nicht die Kinder wären und
die Liebe zu den Kindern?«

Er nickte eifrig mit dem Kopfe und hob die Hände flach gegen mich empor, als wollte er
mich segnen. »So ist es, so ist es, Bruder! Das eben, das allein, – das, das! – Hören Sie nur
meine Geschichte.

Ich war so ein Bursche, was soll ich Ihnen sagen, ein Tölpel. Ich fürchtete mich vor den
Frauen. Wenn ich zu Pferde war, da war ich ein Mann. Oder ich nahm die Büchse und ging
durch das Feld, in den Wald, in das Gebirge – ich will Ihnen aber keine Anekdoten erzählen

von meinen Jagden – genug, wenn ich dem Bären begegnete, ließ ich ihn ganz nahe kommen und sagte nur: Hopp Bruder! – da stand er auf, daß ich seinen Athem fühlte und ich schoß ihn, gerade auf den weißen Fleck hin, in die Brust. Aber wenn ich ein Weib sah, ging ich aus dem Wege. Sprach sie mich an, wurde ich roth, stotterte – so ein Tölpel, wissen Sie. Ich meinte immer noch, ein Weib habe nur längeres Haar als wir und längere Kleider und das sei Alles. So ein Tölpel! Sie wissen ja, wie man bei uns ist. Nicht einmal die Dienstleute sprechen so von diesen Sachen, man wächst auf und es kommt einem der Bart beinahe und man weiß nicht warum einem das Herz schlägt, wenn man so ein Weib sieht. So ein Tölpel! sag’ ich Ihnen.

Da meinte ich, ich hätte Amerika entdeckt oder wenigstens einen neuen Planeten, wie ich endlich wußte. – Bedenken Sie nur, daß die Kinder nicht aus dem Wasser gezogen werden, wie die Krebse. Gut. Da verliebte ich mich auf einmal. Ich weiß selbst nicht wie. – Aber ich langweile Sie, gewiß?«

»Nein, ich bitte –«

»Gut. Ich verliebe mich. Da hatte mein seliger Vater, da hatte er so eine Idee, uns tanzen zu lassen, nämlich meine Schwester und mich. Da kam so ein kleiner Franzose mit seiner Geige und dann kamen die Gutsbesitzer aus der Nähe mit ihren Söhnen und Töchtern. Es war eine lustige Gesellschaft so von Nachbarn. Jeder kannte den andern und war guter Dinge, nur ich zitterte am ganzen Leibe. Mein kleiner Franzose aber besinnt sich nicht, stellt seine Paare auf wie’s ihm einfällt, erwischt mich beim Ermel und erwischt auch ein Fräulein von unserem Nachbarn, ein Kind sag ich Ihnen. Sie stolperte noch über ihr Kleid und hatte blonde Zöpfe bis hinab.

Da standen wir nun und sie hielt meine Hand – denn ich – ich war Ihnen todt; so tanzen wir. Aber ich sehe sie gar nicht an, nur unsere Hände brennen so ineinander. Bis zuletzt, da heißt es: »Messieurs!« – Man tritt vor seine Dame, klappt die Absätze zusammen, läßt den Kopf auf die Brust fallen, wie wenn er abgehackt wäre, macht seinen Arm krumm, nimmt sie bei den Fingerspitzen und küßt die Hand. Das Blut schoß mir zu Kopfe. Sie machte nur so einen Knix und wie ich meinen Kopf hob. da war sie ganz roth und hatte Augen – was für Augen!«

Er schloß die seinen und lehnte sich zurück.

»Bravo, Messieurs!« ich war erlöst. Von da an tanzte ich nicht mehr mit ihr.

Sie war die Tochter eines Nachbars. Schön! – was soll ich Ihnen sagen – schön! so vornehm, möchte ich sagen. – Jede Woche war eine Tanzstunde. Ich sprach nicht einmal mit ihr, aber wenn sie so den Kosak tanzte, den Arm zierlich eingestemmt, stachen meine Augen nur so in sie und sah sie dann auf mich, pfiff ich wohl und drehte mich auf dem Absatz um. Die anderen jungen Herren leckten ihre Finger wie Zucker, verrenkten sich Hände und Füße, um ihr Taschentuch zu erwischen, sie aber warf die Zöpfe zurück und blickte auf mich.

Wenn sie davonfuhr, da war ich ein Held, wenn ich die Treppe hinab leuchtete und unten stehen blieb. Da wickelte sie sich behaglich ein, zog den Schleier herab, nickte allen freundlich zu, daß mir der Neid im Magen brannte und wenn die Glöckchen nur noch so aus der Ferne klangen, stand ich noch da und hielt mein Licht in der Hand, ganz krumm, das tropfte nur. So ein Tölpel, sag’ ich Ihnen!

Dann waren die Tanzstunden zu Ende und ich sah sie lange nicht.

Da wachte ich Nachts auf und hatte geweint und wußte nicht warum, da lernte ich verliebte Gedichte auswendig und sagte sie tüchtig her, Alles meinem Kleiderstock; da hatte ich Muth und phantasirte, nahm die Guitarre und sang, daß unser alter Jagdhund unter dem Ofen hervorkroch, die Nase zum Himmel hob und heulte.

Dann kam mir im Frühjahr die Idee, auf die Jagd zu gehen. Streife so im Gebirge, lege mich über eine Schlucht und wie ich so liege, da brechen die Zweige und kommt das Dickicht herab ein großer Bär, langsam, ganz langsam. – Ich bin ganz stille und im Walde ist es stille – nur ein Rabe fliegt über mir und schreit. – Da faßt mich eine namenlose Angst, ich mache das Kreuz und athme nicht einmal und wie er hinab ist – laufe ich was ich laufen kann.

Da war dann der Jahrmarkt – Verzeihen Sie, ich erzähle Ihnen wohl Alles erbärmlich durcheinander. – Da fahr’ ich denn auf den Jahrmarkt und wie ich so gehe, ist sie auch da. – Richtig! ich vergesse zu sagen wie sie heißt: Nikolaja Senkow also. Einen Gang hatte sie jetzt wie eine

Fürstin und auch die Zöpfe hingen ihr nicht mehr herab, sondern lagen auf ihrem Haupte wie ein goldener Reif und ihr Gang war so frei, sie wiegte sich und die Falten ihres Kleides rauschten so anmuthig, man konnte sich in dieses Rauschen allein verlieben. – Da lärmt der Jahrmarkt, der Handel, rings herum, da traben die Bauern in ihren schweren Stiefeln, da schießen die Juden durch das Gedränge, das schreit und jammert und lacht, und die Buben haben kleine hölzerne Pfeifchen gekauft und pfeifen. Aber sie hat mich gleich gesehen.

Da faß ich mir ein Herz, sehe mich um und denke: »Halt! Du gibst ihr die Sonne! das wird sie freuen! was kannst du mehr geben?« – Verzeihen Sie, es war eine Sonne von Lebzelten, prächtig vergoldet, sag' ich Ihnen. Sie fiel mir von weitem auf und machte ein erstauntes Gesicht wie unser Pfarrer, wenn er Jemand umsonst begraben soll. Gut ich habe dießmal Courage wie der Teufel, gehe, werfe meinen Zwanziger hin – es war mein einziger – und kaufe die Sonne. Mache dann große Schritte und erwische mein Fräulein richtig bei einer Falte; was eigentlich recht unanständig war, aber so ist man, wenn man verliebt ist, ganz unanständig! – erwische sie und präsentire ihr die Sonne und was denken Sie, was thut meine Nikolaja?«

»Sie bedankt sich wohl.«

»Bedankt sich? – Sie – sie lacht mir ins Gesicht, lacht auch ihr Vater, lacht ihre Mutter, lachen ihre Schwestern und Basen, alle Senkows lachen! Mir ist zu Muthe wie an der Schlucht dort, wie der Bär so langsam kommt. Ich möchte laufen, aber ich schäme mich; die Senkows etwa lachen so fort. – Es sind reiche Leute und wir waren eben so – wir hatten unser Auskommen; da stecke ich beide Hände in die Taschen und spreche: »Das ist nicht schön, Pana Nikolaja, daß Sie so lachen. Mein Vater hat mir nichts gegeben als den Zwanziger für den Jahrmarkt, den hab' ich für Sie hingeworfen wie ein Fürst, wenn er seine zwanzig Dörfer nimmt und Ihnen so hinwirft. – Haben Sie die Gnade also –« – ich konnte nicht weiter – mir kamen die hellen Thränen. So ein ganzer Tölpel, sag' ich Ihnen. Aber die Pana Nikolaja nimmt meine Sonne so mit beiden Händen an die Brust und sieht mich an. Ihre Augen waren so groß, so weit – die ganze Welt schien mir nicht so weit – und so tief! es zog einen so hinein und sie bat mich, mit ihren Augen bat sie mich, ihre Lippen zuckten nur so –

Da schrie ich auf! »O! was für ein Tölpel bin ich, Pana Nikolaja! Die Sonne möchte ich jetzt herunterreißen vom Himmel, Gottes wahrhaftige, lichte Sonne und Ihnen zu Füßen legen, lache Sie mich nur aus, lachen Sie.« – Da kommt ein polnischer Graf gefahren. Sechs Pferde hat er vorgespannt und sitzt auf dem Bock mit der Peitsche, fliegt nur so hin, sag' ich Ihnen, auf seiner Britschka, mitten durch den Jahrmarkt. Ein Unsinn! fährt da so schnell. Das schreit nur, ein Jude kugelt sich am Boden, meine Senkows ergreifen die Flucht, nur Nikolaja steht starr, hebt nur die Hand gegen die Pferde. Ich sie um den Leib und trage sie. Nikolaja die Hände um meinen Hals. Alles schreit, ich aber möchte tanzen mit ihr auf dem Arme. Da ist der Graf auch vorbei mit seiner Britschka, das Mädchen aus meinen Armen, ein Moment, sag' ich Ihnen! Polak das! fährt da so schnell!

»Aber ich erzähle Ihnen das Alles wie ich es erlebt habe, ich will mich kurz fassen –«

»Nein! nein; wir Russen erzählen gerne und lassen uns gerne erzählen. Fahren Sie nur so fort.« Ich streckte mich auf meiner Bank aus. Er stopfte sich eine neue Pfeife.

»Es ist so Alles eins,« meinte er, »Arrestanten sind wir einmal, also hören Sie die Geschichte zu Ende.«

Da hat uns der polnische Graf getrennt von der tapferen Familie. Meine Senkows waren in alle vier Winde zerstreut. Glauben Sie, ich habe sie gesucht? Pana Nikolaja hängt sich in mich ein, ganz sanft und ich führe sie zu ihren Leuten, das heißt, ich sehe mich immer um, damit ich sie von weitem entdecke und noch zu rechter Zeit in eine andere Gasse von Marktbuden einbiegen kann. Ich hebe meinen Kopf stolz wie ein Kosak und wir plaudern. Was gleich? Da sitzt ein Weib und verkauft Kannen. Pana Nikolaja behauptet, die irdenen Kannen sind besser für das Wasser und ich die hölzernen, nur um so zu reden; sie lobt die französischen Bücher und ich die deutschen; sie die Hunde, ich die Katzen, und ich widersprach nur, um sie reden zu hören, so allerliebst! und wenn sie zornig wurde – diese Stimme! – wie Musik, sag' ich Ihnen! Endlich hatten mich die Senkows umstellt wie ein Wild, es war nicht mehr auszuweichen, da liefen wir denn Vater Senkow gerade in die Arme. Der wollte gleich nach Hause fahren. Gut. Ich hatte jetzt meine Courage beisammen, schrie den Kutscher recht an und sage ihm dann, wie er fahren soll. Hebe zuerst Madame Senkow in den Wagen, stoße dann Vater Senkow, der einsteigt, so hinterrucks – wissen Sie – hinein, Alles damit ich mich dann auf ein Knie niederlassen, Nikolaja auf das andere ihren Fuß setzen und auf ihren Sitz springen kann. Kommen noch die Schwestern und Basen, küsse noch ein halbes Dutzend Hände, der Kutscher peitscht in die Pferde, fort sind sie. –

– Es ist wirklich – Sie verzeihen – wenn ich nur könnte – so eine schlechte Gewohnheit – so zu erzählen. Aber ich fahre lieber fort, sonst halte ich noch mehr auf. Endlich sind wir ja Arrestanten.

Also der Jahrmarkt!

Da hab' ich mich verkauft, sag' ich Ihnen, mich wie ich da bin. Da ging ich herum wie ein Thier, das seinen Herrn verloren hat. Ganz verloren war ich.

Den nächsten Tag ritt ich hinaus auf das Dorf der Senkows, wurde gut empfangen. Nikolaja war ernster als sonst, ließ das Köpfchen etwas hängen. Auch ich wurde traurig, sah sie an und dachte »was bist du so? Ich bin dein, deine Sache, dein Geschöpf, mache mit mir was du willst, ich bin dein, lache doch!« – Ich dachte gar nicht, daß sie Etwas mehr wünschen könnte.

Ich ritt jetzt oft hinaus zu den Senkows.

Einmal sagte ich zu Nikolaja: »Erlauben Sie mir, daß ich nicht mehr lüge.« Sie sah mich erstaunt an. »Sie lügen?« – »Da sage ich Ihnen, ich bin Ihr Knecht, meine Seele gehört Ihnen; da falle ich Ihnen zu Füßen, küsse Ihre Fußstapfen und bin es nicht und thue es nicht. Erlauben Sie, daß ich nicht mehr lüge.« – Glauben Sie mir. ich – ich hörte noch in derselben Stunde auf zu lügen.

Nach einiger Zeit sagte unser alter Kosak so zu den Dienstleuten: »Unser junger Herr ist jetzt andächtig geworden, hat der förmliche Flecke auf den Knien.« – So. Jetzt muß ich Ihnen von einem Hunde erzählen.

Die Senkows hatten ihr Dorf näher dem Gebirge als wir. Sie hatten zahlreiche Schafe im Freien auf der Weide, nah dem tiefen Walde. Der Lagerplatz war von einem tüchtigen Zaun eingeschlossen. Da machten die Hirten Nachts ihre Feuer, hatten ihre Stöcke mit Eisen beschlagen, sogar eine alte Entenflinte mit einem Lauf und ein paar Wolfshunde. Alles wie gesagt, weil es nahe dem Gebirge war und die Wölfe und Bären liefen dort herum wie die Hühner und waren zahlreich und vermehrten sich in einer Weise wie die Juden.

Da war ein schwarzer Wolfshund.

Sie nannten ihn Kohle.

Er war auch kohlschwarz und seine Augen funkelten wie Kohlen.

Der war der Freund meiner –, verzeihen Sie – was sag' ich da –«

Er erröthete etwas und senkte den Blick.

»Also Kohle war der Freund der Pana Nikolaja. Wie sie noch ein kleines Eichen war, im warmen Sande lag, da kam Kohle – selbst ein Kind – zu ihr und leckte sie, so mit der Zunge gleich über das ganze Gesicht, und das Kindchen legte ihm die Fingerchen zwischen die großen Zähne und lachte und mein Hund lachte auch.

Dann wuchsen sie beide auf. Kohle wurde groß und stark wie ein Bär; Nikolaja konnte nicht so schnell nachkommen; aber lieb hatten sie sich immerfort. Und als Kohle zu den Schafen kam – nicht daß man ihn hingab. Lassen Sie sich das sagen. Er war so großmüthig von Natur, er mußte immer etwas zu beschützen haben. Auf Meilen war kein Thier wie er.

Wenn er einen Hund zerriß, so war es, weil er einen andern gebissen hatte. Ihm wich der Wolf aus und der Bär blieb aus, wenn er Wache hielt.

So fiel es meinem Kohle ein, die Schafe zu beschützen. Das waren so recht arme, ängstliche Thiere, so recht für meinen Kohle. Er kam also zu ihnen und machte fortan nur noch Besuche im Herrenhause; und wenn er zurückkam, da drängten sich die Lämmer um ihn und grüßten ihn und er leckte nur so nach links und rechts mit seiner rothen Zunge, als wollte er sagen: »Ist schon gut! ich weiß schon.« – Nikolaja machte also jetzt auch ihre Besuche in der Hürde und sie nahmen es beide genau. Wenn das Kind einmal ausblieb, schmollte der Hund und lief einmal statt in den Hof in den Wald, wo er sich den Spaß machte, dem Wolfe sein Weib zu verführen.

Es war ein majestätisches Thier. Wenn Nikolaja kam, trieb er ihr die kleinen Lämmchen zu. Sie setzte sich auf seinen Rücken und er trug sie so leicht, was leicht? – stolz! er wußte was er trug.

Wie ich Kohle kennen lernte, war er alt, hatte schlechte Zähne, ein lahmes Bein, schlief oft und es geschah, daß da und dort ein Lamm verloren ging.

Um diese Zeit sprach man in unserer Gegend viel von einem Bären, einem ungeheuren Bären, sag' ich Ihnen, der sich auch bei den Senkows sehen ließ.

Ich dachte gleich an meinen Bären in der Schlucht und schämte mich etwas.

Einmal reite ich wieder zu den Senkows; da laufen mir Bauern über den Weg, rennen gegen die Hürde – ein Tumult – ich sporne mein Pferd, von weitem höre ich – »der Bär! der Bär!« – Die Angst kommt mir, ich jage nur hin, springe vom Pferd, da steht ein Haufe Volk – Nikolaja liegt am Boden, den Wolfshund in den Armen und schluchzt. Die Leute stehen herum und flüstern nur.

Der Bär war da, der große Bär und holt ein Lamm. Die Hirten, die Hunde, rühren sich nicht, heulen nur aus Leibeskräften, das Fräulein schreit auf, Kohle schämt sich und springt mit seinem lahmen Bein über den Zaun, gerade hin auf den Bären.

Seine Zähne sind stumpf. Er packt den Bären, der Bär ihn – die Hirten rennen heraus mit der Flinte, der Bär flieht, das Lamm ist gerettet, Kohle aber schleppt sich nur einige Schritte und fällt, wie ein Held sag' ich Ihnen –. Nikolaja wirft sich über ihn, schließt den Wolfshund an ihre Brust. Ihre Thränen fließen bis auf seinen Kopf, er sieht hinauf zu ihr, zieht noch einmal Luft – es ist zu Ende.

Ich habe ein Gefühl wie wenn ich einen Mord begangen hätte. »Lassen Sie ihn Pana Nikolaja,« sag' ich. Sie aber hebt die Augen voll Thränen zu mir und sagt: »Sie sind ein harter Mensch, Demetrius,« – so heiße ich nämlich. »Ich ein harter Mensch! denken Sie!«

Ich gebe mein Pferd den Hirten, nehme mir ein langes Messer, schleife es noch, nehme die alte Flinte, ziehe die Ladung heraus, lade sie wieder selbst; noch eine Handvoll Pulver und gehacktes Blei in den Sack, und fort – in das Gebirge.

Ich wußte, daß er durch die Schlucht kommen werde.«

»Der Bär?«

»So ist es. Ihn erwartete ich ja. Ich stellte mich in die Schlucht, dort war an ein Ausweichen nicht zu denken. Die Wände fielen nur so gleich ab, steil, steinhart. Oben standen die Bäume, aber keiner ließ seine Wurzel so weit herab, daß man sie mit der Hand erreichen und sich hinaufschwingen konnte.

Er kann nicht ausweichen – und er kehrt auch nicht um – und ich auch nicht.

So stehe ich denn und erwarte ihn.

Waren Sie je einsam? – Wissen Sie, was das heißt, Jemand erwarten? – Eines peinlich genug, einen Menschen zu zerfleischen. Hier aber stand ich im einsamen Urwald und ein Bär war es, den ich erwartete.

Komische Vorsicht, kopflose Klugheit der Aufregung! Da stieß ich noch einmal meinen Ladstock in den Lauf, damit die Kugel festsitze.

Ich weiß nicht wie lange ich gewartet.

Es war einsam, unendlich einsam.

Da raschelt das Laub hoch oben in der Schlucht, Schritt für Schritt, wie die schweren Stiefel eines Bauers.

Jetzt brummt er so vor sich hin.

Da ist er.

Er sieht mich und hält stille.

Ich trete noch einen Schritt vor und spanne – was spanne? – will den Hahn spannen. Greif herum, finde nicht – kein Hahn an der Flinte! Ich mache nur das Kreuz, werfe den Rock ab, wickle ihn um den linken Arm – der Bär kommt auch schon.

»Hopp Bruder!« rufe ich. Aber er hört gar nicht auf mich, sieht mich auch nicht an. Halt Bruder, ich will dich russisch lernen!

Drehe meine Flinte um und haue mit aller Kraft über seine Schnauze. Der brüllt, steht auf, ich den linken Arm in seine Zähne, das Messer in sein Herz, er die Tatzen um mich –

Das Blut stürzt über mich wie eine Welle – die Welt geht unter.

Er saß eine Weile, stützte den Kopf, schwieg.

Dann schlug er mit der flachen Hand leicht auf den Tisch und sprach lächelnd: »Da hab' ich Ihnen richtig so eine Anekdote erzählt. Aber Sie sollen seine Tatzen sehen. Erlauben Sie, daß ich mein Hemd aufmache –« Er zog es auseinander und zeigte an jeder Seite seiner Brust eine Narbe wie die eingedrückte, weiße Hand eines riesigen Menschen.

»Er hat mich gut gefaßt.«

Die Gläser waren leer. Ich winkte Moschku, eine neue Flasche zu bringen.

»So fanden mich also die Bauern,« fuhr mein Bojar fort, »aber lassen wir das. Ich lag also lange im Hause bei den Senkows, im Fieber. Wenn ich bei Tage zu mir kam, saßen sie um mich, auch meine Leute, wie um einen Sterbenden, aber Vater Senkow sagte: »Nun es geht ja gut!« und Nikolaja lachte. Einmal erwache ich Nachts und sehe um mich. Da brennt nur eine einsame Lampe. Nikolaja liegt auf den Knien und betet.

Genug davon. Es ist vorbei, nur manchmal kommt es noch im Traum. Genug. Sie sehen, ich bin nicht gestorben.

Jetzt kam Vater Senkow oft zu uns auf seiner Britschka und mein Vater wieder hinüber. Die Frauen nicht selten mit. Die alten Leute flüsterten und kam ich dazu, so lächelte Senkow, zwinkerte mit den Augen und bot mir eine Prise.

Nikolaja – liebte mich. So herzlich! glauben Sie mir. Ich glaubte es wenigstens und auch – die alten Leute glaubten es.

So wurde sie denn mein Weib.

Mein Vater übergab mir die Wirthschaft. Senkow gab seiner Tochter ein ganzes Dorf.

Die Hochzeit war in Czernelica. Alles besoffen, sag' ich Ihnen, mein Vater tanzte mit Madame Senkow den Kosak.

Am nächsten Abend – sie suchten noch alle, wie die Todten am jüngsten Tage, ihre Glieder zusammen und fanden sie nicht – spannte ich selbst sechs Pferde, alle weiß wie Tauben, vor meinen Wagen. Das glänzende langhaarige Fell meines todten Bären lag über den Sitz gebreitet, die Tatzen mit vergoldeten Nägeln bis auf den Wagentritt herab von jeder Seite, der große Kopf mit funkelnden Augen wie lebendig zu den Füßen. Meine Leute, Bauern, Kosaken zu Pferde Fackeln, Brände in den Händen; ich mein Weib im rothen Hermelinpelz auf die Schulter und trage sie in den Wagen. Meine Leute jauchzen, sie sitzt wie eine Fürstin in dem Pelz des Bären, die kleinen Füße auf seinem großen Kopfe.

Mein Volk zu Pferde um uns – so führe ich die Herrin in ihr Haus. –

Es ist auch so eine große Dummheit, die man in den deutschen Büchern liest von dem Himmel der Liebe, und dann die Abgötterei, die man mit der Jungfrau treibt –«

»Wie etwa Schiller in der –«

»Ich bitte Sie, Sie werden mir doch nicht Etwas von Herrn von Schiller aufsagen? Erbarmen Sie sich

»Nur eine Stelle, wissen Sie

»Verzeihen Sie –«

>   »Mit dem Gürtel, mit dem Schleier
>   Reißt der schöne Wahn entzwei!«

deklamirte ich erbarmungslos.

»Da hat er einmal Recht der Herr von Schiller,« sagte der Landedelmann, »ein schöner Wahn das! Das wäre Etwas, wenn die Jungfrau so die Krone der Schöpfung wäre und die Liebe so das schöne dumme Gefühl, das man allenfalls für so ein Mädchen hat. Auch mir riß so der Wahn entzwei.

Wie sie mein Weib war, da hatte ich erst den Muth, sie zu lieben und sie mich. Da warf sie Sitte, Anstand, Alles von sich so mit Schnürleib und Strumpfband gleich auf den Boden und wie meine Liebe groß wurde an ihrer Liebe, und groß und immer größer. Meine Liebe und ihre Liebe wuchsen so wie Zwillinge.

Pana Nikolaja küßte ich die Hände, meinem Weib die Füße und biß oft nur so hinein, daß sie schrie und mich ins Gesicht trat.

Jetzt verstand ich, warum man niederkniet und anbetet das Weib mit dem Kinde, aber sie haben auch aus ihr eine Jungfrau gemacht, die Hausthiere unseres Herrgottes.

Sehen Sie, das Mädchen ist so eine Sklavin ihres Hauses. Mancher Vater rechnet sie so zu seinen Gütern. Aber die Frau – jeden Augenblick kann sie mich verlassen. Hab' ich Recht? Sie wählt wie ich wähle. Da stehen sie die Jungfrau auf den Altar. Große Dummheit. Dann sagen sie »Du holdes Kind!« Also ein so buttergelbes Entchen da, ist meines Gleichen. Thun Sie mir den Gefallen und bedenken Sie das.

Die Liebe von Mann und Weib ist die Ehe; ich meine die Ehe wie die Natur sie schließt.

Ueberhaupt, was hat man?

Belieben Sie nur, dieses Leben etwas zu betrachten. Ein seltsamer Text und – –.«

Er horchte einen Augenblick auf das Lied der Bauernwache.

»Und da die Melodie dazu.

Da haben die Deutschen ihren Faust; und auch die Engländer haben so ein Buch. – Bei uns weiß das jeder Bauer. Es ist wie eine Ahnung, die über ihn kommt, was das Leben ist.

Was macht unser Volk so melancholisch?

Die Ebene.

Sie gießt sich aus wie das Meer und wogt im Winde wie das Meer. Der Himmel taucht in sie – wie in das Meer – sie umgibt den Menschen schweigend wie die Unendlichkeit; fremd wie die Natur.

Er möchte zu ihr sprechen und von ihr Antwort bekommen. Wie ein Schrei des Schmerzes entringt sich das Lied seiner Brust und stirbt unbeantwortet wie ein Seufzer.

Da ist es dem Menschen so seltsam. Gehört er nicht zu ihr? Hat sie ihn nicht geschaffen? hat sie ihn unterworfen nur? – hat er sie verlassen? stößt sie ihn von sich?

Sie gibt ihm keine Antwort.

Aus seinem Grabe wächst ein Baum; Sperlinge schreien auf den Aesten – soll das eine Antwort sein?

Er sieht den Ameisen zu, wie sie in langen Karawanen, mit Eiern beladen, durch den warmen Sand ziehen und zurück; da hat er seine Welt. – Ein Wimmeln auf dem kleinsten Raum, ein rastloses Bemühen um – Nichts. Er fühlt sich verlassen, ihm ist als könnte er jeden Augenblick vergessen, daß er lebt.

Da spricht im Weibe die Natur zu ihm: »Du bist mein Kind. Du fürchtest mich wie den Tod, aber hier bin ich wie du. Küsse mich! Ich liebe dich, komm, schaffe mit an dem Räthsel des Lebens, das dich ängstigt. Komm! ich liebe dich!« –

Er schwieg eine Weile. Dann fuhr er fort.

»Ich und Nikolaja, wie glücklich waren wir. Wenn die Eltern kamen oder die Nachbaren, da hätten Sie sehen sollen, wie sie kommandirte im Haus und Alles gehorchte ihr. Die Dienstleute duckten so wie die Enten auf dem Wasser, wenn sie nur auf sie hinsah. Einmal wirft mein junger Kosak ein Dutzend Teller hin. Trägt sie richtig bis an das Kinn hinauf, wirft sie hin; mein Weib die Peitsche vom Nagel. Nun – wenn die Herrin ihn peitscht, sagt er, will er täglich ein Dutzend Teller zerbrechen – verstehen Sie; und beide fangen an zu lachen.

Da kamen auch die Nachbaren.

Zu mir waren sie alle heiligen Zeiten gekommen, das heißt etwa zu Ostern auf ein Geweihtes, aber jetzt suchten sie es etwa gut zu machen. Alle kamen sie, sag' ich Ihnen.

Da war der pensionirte Leutnant Mack, er kannte den Schiller auswendig, war aber sonst ein guter Mensch. Es war nur das Unglück mit ihm, daß er gerne trank. Wissen Sie, nicht daß er etwa so besoffen wurde und man ihn unter das Sopha werfen konnte. Was meinen Sie, da stellte er sich Ihnen mitten in das Zimmer der kleine dicke rothe Kerl und deklamirte Ihnen allenfalls den Kampf mit dem Drachen und wenn er nüchtern war – bedenken Sie – erzählte er uns so die ganzen französischen Kriege. Sagen Sie selbst, was war da zu machen.

Dann kam der Baron Schebicki. Kennen Sie ihn nicht? – Eigentlich hieß der Alte Schebig, Salomon Schebig. War ein Jude, ging mit dem Bündel, kaufte und verkaufte, machte den Lieferanten für das Aerar, kaufte ein Gut und nannte sich Schebigstein. Heißt einer Lichtenstein, sagte er, warum soll ich nicht heißen Schebigstein? Und der Sohn wurde Baron und nennt sich Raphael Schebicki. Lacht Ihnen immerfort. Sagen Sie ihm »Erweisen Sie mir die Ehre mich zu besuchen;« – lacht er so und sagen Sie ihm »Belieben da ist die Thüre Paschol!« – lacht er auch so. Und jeder hübschen Frau will er gleich Kleider bringen von Brody und einen Shawl von Paris; trinkt immer nur Wasser, geht täglich ins Dampfbad, trägt eine große goldene Kette auf der rothen Sammetweste und macht immer das Kreuz vor der Suppe und nach Tisch.

Dann der Edelmann Domboski; ein langer Pole mit rothen Augen, schwermüthigem Schnurrbart und leeren Taschen; der immer für die armen Emigranten sammelt, jeden den er das zweitemal sieht ungestüm an sein Herz drückt und zärtlich küßt; wenn er ein Glas zu viel hat ungezählte Thränen vergießt, »Noch ist Polen nicht verloren« singt, jeden einzeln unter den Arm nimmt, um ihm die ganze polnische Verschwörung anzuvertrauen; wenn er endlich lustig ist, ein »Vivat, lieben wir uns!« ausbringt und aus den schmutzigen Schuhen der Frauen trinkt.

Der hochwürdige Herr Maziek, so ein gerechter Landpfarrer, der fand für Alles einen Trost, für Geburt, Tod und Heirath. Am meisten pries er jedoch, die selig im Herrn entschlafen. Auch die Kirche habe sie durch das Symbol einer höheren Taxe ausgezeichnet. Wenn er etwas behaupten wollte, sagte er stets »Fegefeuer,« wie ein anderer »bei Gott!« oder »mein Ehrenwort.« Dann der gelehrte Thaddeus Kuternoga, der seit elf Jahren das Doktorat machen will und denken Sie, noch dazu der Philosophie. Der Gutsbesitzer Leon Bodoschkan, ein wahrer Freund und andere lustige Edelleute.

Lustig! Lustig wie ein Schwarm Bienen, aber vor ihr hatten sie Respekt.

Auch die Frauen kamen so zu ihr; gute Freundinnen, die schwatzen, süß lächeln, jede Minute schwören und dann – nun, wir kennen das. Also wir lebten so mit den Nachbaren und ich war stolz auf meine Frau, wenn sie so aus ihren Schuhen tranken und auf sie deklamirten; aber sie sah die Leute gleich so an: »was bemüht ihr Euch?« – Wir waren auch lieber allein.

So eine große Wirthschaft, wissen Sie, man hat seine Sorgen und seine Freuden. Sie nahm sich der Sache an. Wir wollen selbst regieren, sagte sie, und nicht unsere Minister. Da war der Minister der Mandatar Kradulinski, ein alter Pole. Ein Mensch von einer Consequenz, sag' ich Ihnen – er hatte nie ein Haar am Kopfe und nie eine Rechnung in Ordnung. Dann der Förster Kreidel. Ein Deutscher, wie Sie merken. Der war klein, hatte kleine Augen, große durchsichtige Ohren und einen großen durchsichtigen Windhund.

Meine Frau hielt ihnen das Gespann zusammen. Na! ich glaube, die Peitsche hätte sie ihnen gegeben, wenn sie nicht gefahren wären, wie sie es wollte.

Aber die Bauern dafür. Wenn wir so durch die Felder gingen. »Gelobt sei Jesus Christus!« – »In Ewigkeit. Amen!« so fröhlich sag' ich Ihnen. Beim Erntefest, da strömte es nur in unsern Hof, die Schnitter, das Volk. Meine Frau stand auf der Treppe und sie legten ihr den Erntekranz zu Füßen. Jauchzten, sangen, tanzten; sie nahm ein Glas Branntwein: »Bleibt gesund!« und trank es aus.

Die Füße, sag' ich Ihnen, küßten sie ihr nur.

Da ritt sie auch mit mir. Ich hielt ihr die Hand hin, sie trat nur hinein und war auch im Sattel. Zu Pferde hatte sie eine Kosakenmütze, die goldene Quaste tanzte auf ihrem Nacken, und das Pferd wieherte und blies die Nüstern auf, wenn sie es auf den Hals klopfte.

Dann lernte ich sie auch mit der Flinte umgehen. Ich hatte so eine kleine. Hatte Sperlinge damit geschossen, wie ich klein war. Sie warf sie über die Schulter, ging mit mir durch die Wiese und schoß Wachteln. Prächtig! sag' ich ihnen, prächtig! – Da fliegt ein Geier aus dem Walde her, nimmt mir meine Hühner, nimmt meiner Nikolaja gerade die schwarze Henne mit dem weißen Schopf. Ich passe ihm auf. Kannst warten!

Da komm' ich vom Erdäpfelgraben zurück, so eine Gerte in der Hand. Da ist er.

Schreit noch und kreist um den Hof Ich fluche nur. – Da fällt ein Schuß. Er schlägt nur einmal in der Luft und gleich zu Boden.

Wer hat geschossen?

Mein Weib. »Der nimmt mir keine Henne mehr,« sagt sie, und nagelt ihn an das Scheunenthor. Kommt der Faktor, packt mit großem Geschrei alle seine Ballen aus. Alles ächt, Alles neu, Alles billig. – Weiß die zu handeln!

Der Jude seufzt nur immer. »Eine gestrenge Frau,« sagt er, aber küßt ihr den Ellenbogen. Fahre ihnen in die Stadt.

Geht die Frau Starostin, hat ein blaues Kleid mit weißen Fliegen. Muß Mode sein. Kaufe ein blaues Kleid mit weißen Fliegen. Meine Nikolaja wird roth.

Fahre einmal nach Brody, bringe Sammet von allen Farben, Seidenstoffe, Pelze, was für Pelze! Alles geschwärzt! Das Herz schlägt ihr, sag' ich Ihnen.

Die war ihnen angezogen. Hinzuknieen!

Da hatte sie eine Kazabaika, saftgrün, ausgezeichnet saftgrün, und sibirische graue Eichhörnchen – die Kaiserin von Rußland hat keine besseren – Eichhörnchen daran, so handbreit gleich. Und ganz gefüttert mit dem silbergrauen Pelz, so weich, sag' ich Ihnen.

Da lag sie so an den langen Abenden auf dem Diwan, die Arme unter dem Kopf gekreuzt, und ich lese ihr vor.

Das Feuer knistert, der Samowar singt, das Heimchen zirpt, der Holzwurm klopft, das Mäuschen nagt, denn die weiße Katze liegt auf dem Vorsprung und spinnt.

Lese ihr alle Romane. In der Kreisstadt, wissen Sie, war ja schon die Leihbibliothek und dann die Nachbaren – hat Der ein Buch und Jener.

Sie liegt mit geschlossenen Augen und ich im Lehnstuhl und wir verschlingen die Bücher nur so. Schlafen oft lange nicht ein. Sprechen so, ob der die bekommen wird oder nicht. Wenn etwa so eine Edelmuthsgeschichte vorkommt, da kann meine Nikolaja bis in die kleinen Ohrläppchen dunkelroth werden vor Zorn. Da richtet sie sich etwas auf, stützt sich mit der Hand und sagt zu mir, als hätte ich das geschrieben: »Sie soll das nicht thun, hörst du?« – und weint beinahe.

Die Frauen, wissen Sie, die sind in den Romanen besonders edelmüthig. Da, wenn der Geliebte in Gefahr ist, sind sie gleich dabei, sich zu – opfern, denken Sie. Der Teufel könnt' einen holen. Einmal da kommt auch so eine Szene vor, wo eine Frau den Mann hingibt, um ihr Kind zu retten. Eine dumme Geschichte, sag' ich Ihnen; »die Macht der Mutterliebe,« glaub' ich, heißt das Buch. Eine dumme Geschichte, aber meine Nikolaja fiebert und will viele Wochen kein Buch sehen.

Oft springt sie auf, schlägt mir das Buch ins Gesicht und zeigt mir die Zunge. Hetzen dann wie Kinder. Ich verstecke mich hinter den Thüren und schrecke sie.

Oder sie führt mit mir ganze Märchen auf.

Geht in ihr Zimmer. »Wenn ich wieder komme, bist du mein Sklave.« Dann zieht sie sich als Sultanin an, schlingt einen Shawl um die Lenden, einen anderen um den Kopf wie einen Turban. Meinen Tscherkessendolch im Gürtel, ganz in einen weißen Schleier gehüllt, so kommt sie heraus. Ein Weib! – eine Gottheit von einem Weibe!

Wenn sie schlief, konnte ich Stunden lang sie nur ansehen, wie sie athmete, und wenn sie einmal seufzte, wurde es mir so weh um das Herz, als hätte ich ihr das schwerste Unrecht zugefügt, und eine Angst kam über mich, sie sei nicht mein, sie sei gestorben. Und rief ich sie beim Namen, dann setzte sie sich auf, sah mich groß an und lachte.

Aber die Sultanin konnte sie am besten machen. Sie verzog keine Miene. Wenn ich sagte: »Aber Nikolaja,« und spaßte, sie zog nur die Brauen in die Höhe und bohrte ihre Augen in mich, daß ich mich beinahe schon am Pfahle fühlte. »Bist du bei Sinnen, Sklave?« – Wirklich, da war nichts zu machen. Ich war ihr Sklave und sie gebot wie eine Sultanin.

So lebten wir denn wie ein paar Schwalben, saßen zusammen und zwitscherten.

Eine süße Hoffnung erhöhte unsere Freuden. Und doch, wie bange war mir um das Weib. Ich streichelte ihr oft nur so die Haare aus der Stirne und die Thränen traten mir in die Augen. Sie verstand mich, nahm mich um den Hals und weinte.

Aber es kam unerwartet wie das Glück. Ich fuhr nach Kolomea um den Arzt und wie ich hereintrete, hält sie mir das Kind entgegen.

Die Eltern floßen förmlich vor Freude, die Dienstleute – das schrie und lachte, und Alles besoffen, und auf der Scheune stand der Storch und hielt nachdenklich ein Bein in die Höhe.

Da gab es zu denken, zu sorgen, und jede schwere Stunde band uns nur noch fester zusammen.

Aber so blieb es nicht.«

Seine Stimme war unendlich sanft und leise geworden, sie zitterte nur so in der Luft, leise, wie der dünne Dampf seiner Pfeife.

»Es konnte nicht so bleiben – ich bitte Sie – und dann – so und so – verstehen Sie mich. Es ist so eine Regel. – Ich meine, es ist so die Natur. Ich habe oft darüber nachgedacht, was meinen Sie?

Ich habe einen Freund gehabt – Leon Bodoschkan. Er hat zu viel gelesen und ist darüber krank geworden. Der hat mir oft gesagt –

Aber wozu das? Ich kann Ihnen ja –«

Er zog einige vergilbte Streifen Papier aus der Brust.

»Viel geschrieben hat er auch. War so unbekannt, aber er kannte Alles, so – er sah so hinein wie in ein Gebirgswasser. Die Menschen machte er auf wie Uhren und sah hinein, ob Alles in Ordnung sei. Sagte gleich, wo es fehle. Er verstand Ihnen, wenn die Katzen z. B. zusammen sprachen, lachte und sagte gleich, was sie wollen. Da nahm er Ihnen eine Blume, schnitt sie auf und zeigte Ihnen, wie sie lebt, wie sie sich ernährt. Er sprach gerne von den Frauen.

Die Frauen und die Philosophie, wissen Sie, haben ihn ruinirt.

Da schrieb er oft was nieder und wenn er im Walde ging, warf er Alles von sich. Das Papier ängstigte ihn.

Aber das vergesse ich sonst.

Er sagte, wer seine Liebe auf einem Papier niederschreiben kann, liebt nicht.

Er konnte dicke Bücher lesen in Schweinsleder, den ganzen Nestor – aber vor einem Liebesbriefe lief er davon.

Also z. B.«

Damit legte er die schmutzigen Papierstreifen auf den Tisch.

»Nein! Das ist eine Rechnung.« Er steckte sie wieder ein. »Da ist es.« Er hustete und las dann:

»Was ist unser Leben? – Leiden, Zweifel, Angst, Verzweiflung.

Weißt du, woher du kommst? Wer du bist? Wohin du gehst?

Und keine Gewalt zu haben über die Natur, und keine Antwort zu bekommen auf diese arme verzweifelte Frage. Unsere ganze Weisheit ist zuletzt der Selbstmord.

Aber die Natur hat uns ein Leiden gegeben, noch entsetzlicher als das Leben – die Liebe.

Die Menschen nennen sie Freude, Wollust« –

Mein Freund pflegte bei diesen Worten immer bitterlich zu lachen. – »Sieh' den Wolf an,« sagte er mir, »wenn er sein Weib sucht; wie er durch das Dickicht bricht, das Wasser rinnt ihm nur vom Maul – er heult nicht einmal mehr, er winselt nur noch, und seine Liebe, ist das Genuß? – Das ist ein Kampf, ein Kampf wie um das Leben, das Blut rinnt ihr vom Nacken.

Mein Gott! möchte der Mann sich nicht auch auf das Weib werfen wie auf den Feind? Fühlt er sich nicht endlich wie unterworfen einem unbarmherzigen Feind?

Legt er dem Weibe nicht den stolzen Kopf vor die Füße und fleht: »Trete mich, trete mich mit deinem Fuße, ich will dein Sklave sein, dein Knecht, aber komm, erlöse mich!«

Ja, die Liebe ist ein Leiden, der Genuß – Erlösung! Aber es ist dann eine Gewalt, die Eines über das Andere übt, es ist ein Wettstreit, sich dem Andern zu unterwerfen. Liebe ist Sklaverei und man wird Sklave, wenn man liebt. Man fühlt sich vom Weibe mißhandelt, man schwelgt nur in der Wollust ihrer Despotie und Grausamkeit. Man küßt den Fuß, der uns tritt.

Ein Weib, das ich liebe, macht mir Angst. Ich zittere, wenn sie plötzlich durch das Zimmer geht und ihre Kleider rauschen; eine Bewegung, die mich überrascht, erschreckt mich.

Man möchte sich vermählen für die Ewigkeit, für diese und eine andere Welt, man möchte nur ineinander fließen. Man taucht seine Seele in die fremde Seele, man steigt hinab in die fremde, feindliche Natur und empfängt ihre Taufe. Es ist lächerlich, ganz lächerlich, daß man nicht immer zusammen war. Man zittert jeden Augenblick, sich zu verlieren. Man erschrickt, wenn der Andere das Auge schließt, wenn er seine Stimme verändert. Man möchte ganz nur Ein Wesen werden, alle Eigenschaften, Ideen, Heiligthümer eines Lebens möchte man aus seinem Wesen reißen, um ganz nur mit dem andern sich zu verschmelzen. Man gibt sich hin – wie eine Sache – wie einen Stoff. Mache aus mir, was du bist!

Wie zum Selbstmorde wirft man sich in die andere Natur, bis sich die eigene empört.

Da kommt der Schauer, ganz sich zu verlieren. Man fühlt wie einen Haß gegen die Gewalt des Andern. Man glaubt sich todt. Man will sich auflehnen gegen die Tyrannei des fremden Lebens, sich wiederfinden in sich selbst.

Das ist die Auferstehung der Natur.«

Er suchte einen zweiten Papierfetzen hervor.

»Der Mann hat seine Arbeit, seine Absichten, seine Unternehmung, seine Ideen!

Sie schweben um ihn mit Taubenflügeln, sie heben ihn mit Adlersfittichen. Sie lassen ihn nicht versinken.

Aber das Weib?

Das schreit nach Hülfe. Ihr Ich will nicht sterben, es will nicht! und keine Hülfe!

Da trägt sie noch sein Ebenbild unter dem Herzen, fühlt, wie es wächst und sich bewegt – lebt! – Da – da hält sie's endlich in den Armen. Sie hebt es auf –

Wie ist ihr nun?

Träumt sie? Da spricht das Kind zu ihr: »Ich bin du, und du lebst in mir. Sieh mich nur an, ich rette dich.«

Sie hält das Kind an ihre Brust und ist gerettet.

Nun pflegt sie sich, ihr Selbst, das sie verachtet und verstoßen in dem Kinde, und sieht es groß werden auf ihrem Schooß und gibt sich hin und hängt sich ganz daran.«

Damit legte er die Gedankenfetzen seines Freundes zusammen und verbarg sie an seiner Brust. Dann fühlte er noch einmal mit der flachen Hand darnach und knöpfte seinen Rock zu.

»So war es bei mir auch,« sagte er, »ganz so. Freilich versteh' ich das nicht so zu erklären, wie Leon Bodoschkan, wissen Sie, aber ich will es Ihnen doch erzählen. Was meinen Sie?«

»Natürlich, Bruder.«

»So war es also auch bei mir. Ganz so; ganz so. Glauben Sie mir, ganz so –«

Ich wollte meinen neuen Freund anregen und sagte kaltblütig: »Gewöhnlich nennt man das Kind ein Pfand der Liebe.«

Lola

Es giebt einen weiblichen Typus, welcher mich seit meiner Jugend her unaufhörlich in Anspruch genommen hat.

Es ist dies das Weib mit den Sphinxaugen, welches grausam durch die Lust und lüstern durch die Grausamkeit wird.

Das Weib mit dem Tigerkörper, welches von dem Manne angebetet wird, obwohl es ihn quält und erniedrigt; dieses Weib ist immer dasselbe, sei es im biblischen Kleide, wenn es das Lager des Holofernes theilt, sei es unter dem funkelnden Panzer der böhmischen Amazone, die ihren Verführer aufs Rad flechten läßt, oder sei es, daß es, geschmückt mit dem Hermelinpelz der Sultanin, ihre Liebhaber in den Wellen des Bosporus verschwinden läßt.

Als sie mir das erste Mal erschien, dachte ich, sie würde eine sehr angenehme Gefährtin abgeben.

Ihr Vater war höherer Offizier in Lemberg und ein Freund meiner Familie. Wir waren beide noch Kinder, als sie mir den ersten Schrecken verursachte. Es war im Garten, wo wir uns ein kleines grünes Häuschen aus verschlungenen Zweigen erbaut hatten. Sie hatte mich soeben verlassen, um sich einige Schritte weiter auf eine Bank niederzulassen, wo ich sie in tiefe Träumereien versenkt glaubte. Ich näherte mich ihr ganz leise, ohne daß sie meine Annäherung bemerken konnte. Ich wollte sie überfallen, in meine Arme drücken und ihr einen Kuß geben, denn ich war verliebt in sie, das heißt wie eben ein Junge von zehn Jahren in ein kaum zwei Jahre älteres Mädchen verliebt sein kann.

Da sah ich, wie sie einem halbdutzend noch lebender Fliegen die Flügel abriß und deren convulsivische Zuckungen aufmerksam beobachtete.

Sie hatte einen Blick, welcher mich schaudern machte.

Dieser Blick hatte etwas unbeschreibliches.

Es war wie ein wollüstiger Schmerz, eine teuflische Freude und ein lachender Schrecken zugleich.

Wer weiß es denn?

Ich fand diese Handlung abscheulich und dennoch fascinierte mich Lola, ich haßte sie in diesem Augenblick, und zu gleicher Zeit fesselte sie alle meine Sinne.

Ich war immer noch ein Kind, als sie schon eine große und schöne Jungfrau war. Demnach behandelte sie mich stets wie ein Kind. Sie ging so weit, mich zum Mitwisser ihrer kleinen Romane, ihrer Passionen und sogar ihrer Laster zu machen.

Sie liebte Pelzwerk leidenschaftlich und hatte ein fieberhaftes Bedürfnis, zu quälen.

Die Grausamkeit war ihr angeboren, wie bei anderen der Hang zum Putze oder romantischen Abenteuern.

Ich sah sie beinahe nie anders, als mit einer pelzgefütterten, geschmückten Kazabaïka.

Eines Tages, als wir vom Spaziergange zurückgekehrt waren, entledigte sie sich ihres Mantels und zog ihr Korsett aus. Noch einmal – ich war eben weiter nichts als ein Kind, und sie brauchte sich vor mir nicht zu genieren. Sie befahl mir, ihr beim Anziehen ihrer Kazabaïka behilflich zu sein.

Während sie sich mit nackten Armen, welche sie darnach über ihrer herrlichen Büste kreuzte, in den weichen Pelz gleiten ließ, durchlief ein wollüstiger Schauer ihren ganzen Körper. Als ich ihr einen Kuß auf den Nacken drückte, warf sie mir einen unbeschreiblichen Blick zu, einen Blick, den ich sofort wiedererkannte. Es war derselbe, den ich bei ihr einst, als sie die armen Fliegen peinigte, wahrgenommen hatte.

»Wenn ich mit meinem Pelze umhüllt bin, deucht es mir, daß ich eine große Katze wäre« – sagte sie mir eines Tages; – »und eine diabolische Lust ergreift mich, mit einer Maus zu spielen, aber es müßte eine große Maus sein.«

Dabei hatten ihre Augen in der Finsternis einen phosphorescirenden Glanz angenommen und ihre Haare gaben ein elektrisches Knistern von sich, wenn man sie zu streicheln, zu glätten anfing.

Wenn diese feine Taille sich mit seidenweicher Haut umgab, das mollige Pelzzeug ihre Brüste und Hüften liebreichst umkoste, so hatte Lola für mich einen unsagbaren Reiz.

Sie strahlte dann den Geruch eines wilden Thieres, vermengt mit jenem der blutigsten Wollust, aus.

Sie gefiel sich in Situationen, die es ihr ermöglichten, Sklaven zu martern, Männer zu unterjochen und zu peinigen. Nach einer Vorstellung von »Essex« in der Oper sagte sie mir: »Ich würde gerne 10 Jahre meines Lebens hingeben, wenn ich ein Todesurtheil unterschreiben und bei der Exekution anwesend sein könnte.«

Trotzdem war dieses Mädchen weder brutal noch excentrisch. Im Gegentheil, sie war vernünftig, mäßig, und schien so zart und fein organisiert, wie alle sentimentalen Geschöpfe. Da es ihr nicht erlaubt war, in die Kaserne zu gehen, um den körperlichen Züchtigungen der Soldaten, welche zur Bastonnade oder zum Spießruthenlaufen verurtheilt waren, beizuwohnen, wußte sie ein Freundschaftsbündniß mit der Frau eines Hüters, welcher der Präfektur zugetheilt war, zu knüpfen.

Dieser Frau lag es ob, die körperlichen Strafen an Kindern und Frauen zu vollstrecken. Sie erfüllte ihre Aufgabe ohne Mitleid, aber auch ohne Freude, ernst und ruhig, wie die Vollstreckung einer traurigen Pflicht.

Und dennoch stellte sie mehr als die nervöse Lola den Typus eines grausamen Weibes dar.

Sie war ein junges Weib mit mächtigen, derben Formen, entschlossener Miene, frischen Farben, einer herausfordernd stumpfen Nase, einem großen Mund mit vollen Lippen und grauen, kalten Augen.

Halb bürgerlich und halb bäuerisch gekleidet, zog sie meine Aufmerksamkeit stets auf sich, wenn sie in ihrer kurzen Bauernjacke aus Schafhaut, welche ihre breiten Hüften umflatterte, und dem kokett geknüpften rothen Halstuche über den Hof ging.

Oftmals schlich Lola zur Zeit der Exekution in einen Winkel, wo sie sich theilweise verdeckt hielt, um den schönen weiblichen Büttel zu bewundern, der, seine Ruthen schwingend, den linken Arm auf die Hüfte stützte. Sie schien sie um diese grausame Aktion zu beneiden.

Während der Unruhen von 1846 wurden viele Schüler, welche an den Verschwörungen theilgenommen hatten, verhaftet. Unter ihnen befand sich auch ein Gymnasialschüler, der kaum 16 Jahre zählte. Das Gesetz erlaubte nicht, ihn »auf die Festung« zu schicken und er wurde daher zu 30 Ruthenstreichen verurtheilt.

Da tauchte bei Lola der seltsame Gedanke auf, die Vollziehung der Exekution zu übernehmen.

Da sie weder mit Mädchen noch Knaben, welche gestohlen oder sich sonst gemeiner Vergehen schuldig gemacht hatten, etwas zu thun haben wollte, bat sie die Frau des Kerkermeisters inständigst, ihr den jungen Revolutionär zu überlassen.

»Warum nicht!« sagte das junge Weib, »wenn es Ihnen Vergnügen bereitet.«

»Oh! Ja – ein großes Vergnügen!«

»Gut! dieses Vergnügen werden Sie haben; aber mein Mann darf davon nichts wissen, weder er, noch sonst jemand.«

Der junge Schüler, welcher bereits ein männliches Aussehen hatte, wollte sich einer Abstrafung, welche er als schimpflich ansah, nicht unterwerfen. Er begann Widerstand zu leisten, warf sich der Kerkermeisterin zu Füßen, als sie sich in Begleitung zweier kräftiger Zuchthäuslerinnen nahte, um ihm die Hände und Füße zu binden.

»Schlage mich nicht«, bat er mit Thränen in den Augen. »Du würdest mich schimpflichst entehren!«

»Nicht *ich* werde Dich schlagen« sagte das junge Weib, nachdem sie die Assistentinnen wieder fortgeschickt hatte »ein schönes Fräulein, welches mich um diese Gunst lediglich zu seinem Vergnügen gebeten hat, wird es thun!«

Der arme Junge verstand anfänglich nicht, aber als die Kerkermeisterin ihn in ihre Arme geschlossen und über eine Bank gelegt hatte und Lola in ihrer Kazabaïka mit einer Ruthe in der Hand und einer Maske aus schwarzem Sammet über dem Gesichte vor ihm erschien und ihre Aermel hochschürzte, da bat er neuerdings um Gnade – jedoch vergebens.

Lola näherte sich ihm ganz nahe und begann ihn zu peitschen.

Die Kerkermeisterin sah ihr, die Hände auf die Hüften gestützt, zu.

Als die Streiche heftiger wurden und der Unglückliche jämmerlich zu klagen anfing, stieß Lolas Freundin ein helles, brutales Lachen aus.

»Es ist dies das erste Mal, wo ich daran so viel Vergnügen finde« rief sie aus.

Dann, als Lola geendet hatte, wollte die Kerkermeisterin noch einige Hiebe hinzufügen, bei welchen sie ihre ganze Energie entwickelte.

»– Sie sagen, daß Ihnen dies Vergnügen bereitet hat?« meinte Lola; »ich finde, daß dies zu wenig gesagt ist.« »Ich habe, während ich peitschte, ein köstliches Gefühl empfunden und es schien mir, als müßte ich vor Glückseligkeit sterben.«

Die Stadt Graz, an dem schönen Flusse »Mur« gelegen, die ein Witzwort des Königs von Holland, Vater Napoleon des III.: »die Stadt der Grazien an den Ufern der Liebe« (la ville des grâces sur les bords de l'Amour) benannt hat, ist der Zufluchtsort aller pensionirten Offiziere und Functionäre Österreichs. Dort war es, wo sich eines Tages mein Vater und Lolas Papa, der General geworden war, wiederfanden. Hier fand ich auch nach einer großen Zahl von Jahren das schöne und seltsame Mädchen wieder.

Sie war größer und stärker geworden, während ihr Charakter der gleiche geblieben war. Sie trug stets eine pelzverbrämte Kazabaïka bei sich und über ihrer Ottomane war eine Peitsche befestigt.

»Sind Sie noch so grausam, wie früher?« frug ich sie.

»Wollen Sie eine Probe machen?« antwortete sie lachend »so brauchen Sie sich nur von mir hinreißen zu lassen!«

Ich hütete mich wohl und trachtete, ihr nicht allzuoft zu begegnen.

Eines Morgens, im Winter, fuhr sie ganz allein in einem offenen Schlitten vorüber; als sie mich erkannte, ließ sie den Kutscher halten und rief mich. Sie hob ihren Schleier auf. Sie war bleich und ihre Augen hatten ein entsetzliches Feuer.

»Wissen Sie, von wo ich komme?« fragte sie mich.

»Es würde mir schwer sein, es zu errathen.«

»Gut! ich komme von der Hinrichtung des Mörders Baron Jominis, der ich beigewohnt.«

»Lola! Sie scherzen!« rief ich.

»Nein, wirklich, ich war dort; ich fühle noch in meinen gesammten Nerven die mystischen Wonnen dieses Schauspieles.«

Während sie dies sagte, kam ein Schütteln wie bei Frost über sie und sie preßte den großen Pelz enger an sich.

»Und haben Sie nicht ein wenig Mitleid empfunden?«

»Ich habe bloß etwas bedauert.«

»Und dies wäre?«

»Daß ich nicht das Recht habe, ihn zu begnadigen.«

»Nun und hätten Sie ihm Gnade angedeihen lassen?«

»Oh! nein wahrhaftig nicht, aber ich hätte mir gedacht, daß er auf meinen Befehl sterben müsse, und würde eine viel größere Lust gefühlt haben.«

»Lola«, schrie ich – »Sie sind verrückt.«

»Keineswegs, mein Freund; wenn ich sähe, daß meine Passionen mich den Männern verhaßt machen, würde ich sie verbergen; aber ich weiß, daß ich, selbe offen und freimütig kundgebend, die Männer viel mächtiger fessle, als die anderen Frauen mit ihrem sentimentalen Augenaufschlag. Eine Frau, welche den Mann peinigt, wird immer angebetet werden. Der Pelz ist ein Aufregungsmittel hierzu.«

Was den Pelz anbelangt, hatte Lola recht. In diesem Augenblicke erschien sie mir in dem schweren wohligen Mantel, welcher sie umhüllte, wie ein schönes wildes Thier; und unwillkürlich streichelte ich ihren Pelz, als wenn er die warme Haut einer schönen Tigerin gewesen wäre.

Einige Monate später hörte ich, daß Lola an einen Ulanen-Major verheirathet und mit ihrem Gatten nach Ungarn, wo sein Regiment in einige Dörfer und Städtchen vertheilt lag, abgereist war. Das junge Paar bewohnte das Schloß des Fürsten Bathyani, welches der Besitzer ihnen liebreichst zur Benützung überlassen hatte. Es war wieder Winter und Lola langweilte sich zum Sterben. Da sandte ihr das Schicksal ein fatales Spielzeug. Eines Abends hörte Lola im Kreise der Offiziere erzählen, daß ein junger Pole, welcher sich in die Politik gemischt hatte, wie das in Österreich öfters vorzukommen pflegt, als einfacher Soldat in das Regiment ihres Gatten gesteckt worden sei. Sie erbat sich den jungen Mann zur persönlichen Dienstleistung.

»Zu welchem Zweck?« frug sie ihr Gatte. »Wenn es geschieht, sein Schicksal zu erleichtern, so ist es von Dir nichts als eine romantische Laune. Ein Verräther verdient kein Mitleid.«

»Eben deswegen«, sagte Lola ruhig, »ich will ihn selbst für seinen Verrath bestrafen.«

Sie brachte es zu Stande, ihrer Laune Geltung zu verschaffen. Der Pole wurde dem Schlosse auf Befehl Lolas als Diener zugetheilt. Nun langweilte sie sich nicht mehr. Es war für sie ein teuflisches Vergnügen, den jungen Mann, welcher aus guter Familie stammte, zu demüthigen, zu quälen und zu peinigen; und dies alles ließ der Unglückliche über sich ergehen; es schien sogar, als ob er die Qualen, welche seine Herrin an ihm vollzog, mit einer gewissen Bereitwilligkeit auf sich nahm. Lola bemerkte dies. Eines Tages kehrte sie von einem Spazierritte heim. Nachdem sie ihre Kazabaïka angezogen hatte, befahl sie dem jungen Polen, ihr die Stiefel auszuziehen und ihre kleinen Seidenpantoffeln anzulegen. Indem er dieser angenehmen Pflicht knieend nachkam, konnte der Unglückliche der Versuchung nicht widerstehen, den eleganten kleinen Fuß seiner Herrin an seine Lippen zu drücken. Sie aber stieß ihn heftig zurück, ließ ihn in den Hof bringen und sah mit dem Ausdrucke einer grausamen Freude von ihrem Fenster aus der Bastonnade zu, die er auf ihren Befehl aufgemessen bekam.

Von diesem Augenblicke an war das Schicksal dieser zwei Geschöpfe entschieden. Einige Tage später verließ der Major seine Gattin, um eine kleine Inspektionsreise vorzunehmen.

Als er zurückkehrte, fand er die Thüre des Schlafzimmers geschlossen. Nach Sprengung der Thüre gewahrte er den Polen in Lolas Armen. Beide aber waren tot.

Einige Zeilen von der Hand des unglückseligen jungen Mannes gaben die nöthige Aufklärung. Er hatte Lola geliebt und ihr, um sich für die grausame Behandlung zu rächen, erst Gewalt angethan, sie dann ermordet und sich getötet.

So endete dieses grausame Weib. Seitdem habe ich oftmals Frauen dieses Typus wiedergesehen, denn die östlichen Gegenden sind die eigentlichen Geburtsstätten dieser schönen Tigerinnen in Sammet und Pelz, und ich habe immer mehr und mehr das mystische und erschreckliche Problem der wollüstigen Grausamkeit verstehen gelernt.

Die meisten Characterzüge dieses grausamen Typus, mit dem Zauber, welchen sie auf den Mann ausüben, scheinen mir nichts anderes zu sein, als die Kundgebungen von Atavismus. Die Natur hat, ihre Wesen erschaffend, ihnen die Erinnerungen der primitivsten Zeiten zurückgelassen. Überall in der Natur vertheidigt sich das Weibchen zuerst gegen die Liebkosungen des Mannes. Ohne Zweifel war der Mensch seit langem denselben Naturgesetzen unterworfen.

Jeder Eroberung war demnach ein Ringen vorangegangen. Deswegen wohl wird das Weib noch heute instinktmäßig dazu getrieben, den Mann zu quälen. Und deswegen auch rufen diese schlechten Behandlungen des Mannes von seiten des Weibes bei ersterem die Illusion der Weiblichkeit hervor.

Und so ist es jedes Mal. Der Pelz erinnert auch an die Vorzeiten, wo die Menschen zottig waren, und ruft die Empfindung einer wilden, bestialischen Kraft hervor, welche den schwachen modernen Mann völlig berauscht.

Die Verwandtschaft zwischen Grausamkeit und Wollust ist daher wohl ein atavistischer Zug. Die Bienen töten ihre Männchen nach der Begattung. Ebenso erzählt uns die Legende, daß die scythischen Amazonen die Männer wie Sklaven behandelten und sie nach dem Beischlafe töteten.

Ein anderes Beispiel. Es giebt Thiere, welche krepieren, indem sie sich vermehren. Ebenso berühren sich beim Menschen im Augenblicke des Liebesdeliriums die zwei Pole – der Tod und das Leben.

Wie oft stammeln die Liebenden in der Verzückung ihres Glückes: »Jetzt sterben!« Nichts erscheint bei Liebenden natürlicher und leichter, als Selbstmord.

Es ist wohl dieselbe Reminiscenz, welche bewirkte, daß in den Mysterien des Eleusis im Augenblicke der Geburt eines neuen Lebens sich die tolle Lust zeigte, zu quälen, zu verstümmeln, zu töten, gepeinigt und getötet zu werden.

Darum auch ist der Soldat, welcher jederzeit bereit ist, den Tod zu empfangen und ihn zu geben, der Günstling der Frauen.

Wjera Baranoff

Der Pfarrer Anastasius Dimitrowitsch Baranoff hatte elf Kinder, darunter sechs Mädchen, von denen Wjera die älteste war. Er hatte sich vorgenommen, im Geiste der Zeit seinen Töchtern eine wissenschaftliche Ausbildung zu geben und beschäftigte sich in der That viel mit Wjera, die er in allem Erdenklichen unterrichtete, etwas weniger schon mit ihrer zweiten Schwester Nadeschda, ein wenig mit Lubow, der dritten. Dann machte er Halt. Es wurden der kleinen Geschöpfe, die mit langen Zöpfen herumliefen, zu viele.

So wuchsen denn die übrigen Mädchen auf wie alle Landmädchen und zogen bald auch Nadeschda und Lubow in ihren Kreis; nur Wjera blieb außerhalb desselben stehen. Sie hatte schon zuviel von jenen Früchten gekostet, welche den Frauen verboten waren und zum Theil noch sind.

Wjera überholte bald ihren eigenen Vater. Sie hatte verschiedene alte und neuere Sprachen erlernt, so weit, daß sie die in denselben verfaßten Bücher verstand, und verschlang nun alles, was ihr unter die Hände fiel, wissenschaftliche Werke aller Art, Romane, Zeitschriften und Broschüren.

Sie war ein hübsches Mädchen, umso hübscher, als sich ein reges geistiges Leben in ihrem runden, frischen Gesicht malte und sie immerhin soviel weibliche Eitelkeit behalten hatte, sich nicht in ihrer Kleidung zu vernachlässigen. Ihre mittelgroße schlanke Gestalt, ihre raschen Bewegungen stimmten sehr gut zu den hellen ausdrucksvollen Augen und der kleinen Adlernase, welche ebensowohl auf großen Eigenwillen wie auf eine erregbare, jeder Energie und sogar des Enthusiasmus fähige Natur hindeutete.

Eines Tages erklärte sie ihren Eltern, daß sie Medizin studieren wollte. Die Mutter erschrak so sehr, daß sie sich niedersetzen mußte, der Vater seufzte auf. Beide wußten, daß Wjera nicht zu halten war, und so machte niemand einen Versuch, sie davon abzubringen. Sie packte ihre wenigen Habseligkeiten, fuhr zur nächsten Station, von dort nach Kiew, und hier begann sie mit jenem hartnäckigen Eifer, welcher eine besondere Gabe der russischen Rasse zu sein scheint, ihre Studien. Es waren noch andere Mädchen da, welche dasselbe Ziel verfolgten; alle zeigten denselben Ernst, aber Wjera überholte sie alle und errang sich rasch die Achtung der Professoren und Studenten.

Unter den letzteren nahm Sergius Nestorowitsch Krubin eine hervorragende Stellung ein. Er stand schon am Ende seiner Studien, wurde von dem Professor der Physiologie als eine Art Gehülfe behandelt und hatte bereits verschiedene interessante Beobachtungen gemacht und in medizinischen Zeitschriften veröffentlicht.

Er war, was die Studenten damals unter sich einen Pionier nannten. Und dieser überlegene, arbeitsame, nüchterne Mensch interessirte sich plötzlich für Wjera.

Es war wie ein Wunder, aber man mußte dran glauben. Er bemühte sich um sie, trug ihr die Kollegienmappe, bediente sie in jeder Weise und besuchte sie sogar, er, der Einladungen in den reichsten und angesehensten Familien abgelehnt hatte.

War er in Wjera verliebt? Machte er ihr den Hof? Nicht im mindesten. Was gab es also zwischen den Beiden? Denn auch sie zeichnete ihn aus. Nur ihm gab sie die Hand, und nur er konnte sich rühmen, von ihr zuweilen ein Lächeln erhascht zu haben.

Nur einmal erlaubte er sich eine Andeutung, da unterbrach ihn Wjera lächelnd: »Sergius Nestorowitsch, wollen Sie mich zum Besten haben, oder sich selbst? Ich denke, Ihre Braut ist die Wissenschaft, und was mich betrifft, so brauche ich Freiheit, um zu gedeihen. Nein, nein, kein Joch für mich und keines für Sie.«

Krubin zuckte die Achseln und lächelte. Zwei Jahre später fand er Wjera auf dem Lande, wo ihn eine Laune hingeführt hatte, als Krankenpflegerin. Sie verstand so viel von der Medizin als irgend ein Landarzt, ja mehr, da man ihr aber nicht gestattete, ihre Kenntnisse selbstständig zu verwerthen, so machte sich das tapfere Mädchen zur Gehülfin der Ärzte und war denselben bald unentbehrlich. Krubin zog sie häufig zu Rathe, und wenn sie an einem Krankenbett Wache hielt, pflegte er zu sagen: »Es ist ebenso gut, als wenn ich selbst da wäre, ja besser, denn sie hat eine weichere Hand.«

Und wieder einmal streckte er die seine verlangend nach diesem Sammethändchen aus, doch Wjera war und blieb die Alte. Sie lachte nur. »Aber, Sergius Nestorowitsch, was fällt Ihnen ein?« oder: »Mein Freund, ich hielt Sie für einen ernsthaften Mann«, oder endlich, und dies war das Schmerzlichste: »Herr Doktor, Sie irren sich, ich befinde mich, Gottlob, ganz wohl, Sie haben es gar nicht nöthig, mir den Puls zu fühlen.«

Krubin aber ließ seufzend die kleine, weiche Hand los und sprach von einem neuen Verband, oder einem frisch entdeckten Medikament.

Nochmals getrennt, fanden sie sich eines Tages in einer Ambulanz vor Plewna wieder.

Der Krieg gegen die Türken hatte in ganz Rußland eine fieberhafte Aufregung hervorgerufen, kein flüchtiges Aufflammen, eine starke, nachhaltige, eigensinnige Begeisterung, welche, einem unterirdischen Feuer vergleichbar, keinen Lärm macht, aber nicht so leicht erlischt. Auch Krubin, der Skeptiker, und Wjera, die Schöne mit dem Herzen aus Eis, waren von diesem heiligen Feuer ergriffen worden. Er hatte sich zur ärztlichen Dienstleistung gemeldet, sie war als Krankenpflegerin mitgezogen, und nun blickten sie sich plötzlich an dem Strohlager eines verwundeten Kanoniers in die Augen.

»Sie, Wjeruschka?«

»Sergius Nestorowitsch, das ist schön von Ihnen.«

»Was soll ich denn von Ihnen sagen, Wjera?«

Aber da gab es keine Zeit zu Komplimenten. Die furchtbaren Kämpfe hatten Tausende und wieder Tausende Verwundeter, Hülfsbedürftiger in den Lazarethen zusammengehäuft und das Elend war unbeschreiblich. Mit vieler Mühe nur gewann Krubin in der Nacht einen Augenblick, wo er den Ärmel von Wjera's Pelz zurückschieben und sie auf den Arm küssen konnte, denn ihre Hände waren voll Blut.

»Noch immer der Alte«, sprach sie lächelnd.

»Immer und ewig«, erwiderte Krubin, »so lange Sie so schön sein werden, Wjeruschka.«

»Sinnestäuschung, mein Freund«, damit entschlüpfte sie ihm wieder.

Zwei Tage später fand der denkwürdige heroische Sturm der Russen auf Goreji-Dubnik statt.

Krubin kommandirte eine Ambulanzkolonne und Wjera hatte sich ihm angeschlossen. Mitten auf dem Schlachtfelde thaten beide ihre Pflicht und mehr als das mit Ruhe, Umsicht und Aufopferung. Wiederholt schloß sich Wjera den Trägern an und brachte, unbeirrt durch die ringsum pfeifenden türkischen Kugeln, selbst Verwundete vom blutüberströmten Felde auf den Verbandplatz.

Um fünf Uhr Nachmittags bildeten sich die Sturmkolonnen. Die Soldaten waren alle von jener kalten, thatkräftigen Begeisterung erfüllt, welche so echt russisch ist. Wie auf dem Exerzierplatz gingen sie in das Feuer, erstiegen die Höhe und verschwanden hinter dem grauen Vorhang, der die feindliche Redoute umgab.

In diesem Augenblick pochte jedes Herz lebhafter, die in der Reserve stehenden Truppen nahmen die Mützen ab und bekreuzten sich.

Eine bange Pause, in der man nur den Donner der Geschütze und das Geknatter des Schnellfeuers hörte, dann ein Hurrah, und dann wußte man, daß das Bajonett zu arbeiten begann.

Als es dunkel wurde, war die Redoute gewonnen. Ein Pascha und 1600 Mann streckten die Waffen, vier Kanonen waren erobert, viertausend Russen und fast ebenso viel Türken deckten die Wahlstatt.

Die Nacht brach an. Die brennenden Häuser von Goreji-Dubnik beleuchteten weithin die Hügel und die Biwaks der russischen Soldaten. Ringsum tönten wie in einem friedlichen russischen Dörfchen die schönen melancholischen Weisen der Heimath. Wjera hörte sie, als sie einen Augenblick aus der Scheune trat, in der sie bis jetzt den armen Verwundeten Hilfe geleistet hatte. Sie ließ sich auf einen verlassenen Pflug nieder und blickte zu den Sternen empor. Es war ihr mit einem Male so gut, so weich, so seltsam zu Muth. Sie erwartete irgend etwas, ein großes, freudiges Ereigniß.

Da sagte ein Dragoner, der den Kopf verbunden hatte, leise zu ihr: »Mütterchen, erbarme Dich, da drinnen liegt mein Leutnant, rette ihn!«

Wjera stand auf. »Wo?«

»Dort, gerade gegenüber.«

Sie ging über die Straße und traf auf Krubin.

»Wohin?«

»In jene Hütte dort.«

»Was wollen Sie? Da liegen nur Todte oder solche, die es bald sein werden.«

Wjera machte eine ungeduldige Bewegung mit dem Kopf und ging an Krubin vorüber in die Hütte.

In einer großen niedrigen Stube lagen auf Stroh gebettet zehn oder zwölf Soldaten. Keiner regte sich, man hörte weder ein Röcheln, noch einen Seufzer. Hier schien in der That die Stille des Todes zu herrschen. Wjera zögerte einen Augenblick, dann nahm sie das Lämpchen, beleuchtete die im Schatten liegenden Winkel und blickte umher.

Der Thür gegenüber lag ein junger Offizier, ein Kind fast, mit einem rührend unschuldigen und schönen Gesicht. Auch er schien den Traum des Lebens, der Vaterlandsliebe, des Ruhmes ausgeträumt zu haben. Wjera näherte sich ihm und blieb dann über ihn gebeugt stehen. Was war es, was sie bei dem Anblick dieses jungen Mannes so tief bewegte? Dachte sie an seine Mutter, an das Elend des Krieges, das solche edle Opfer fordert?

Da schlug der Offizier die Augen auf, zwei große blaue, geisterhafte Augen, und sah sie an.

»Wer bist Du?« fragte er mit leiser Stimme.

»Eine Krankenpflegerin.«

»Wie nennst Du Dich?«

»Wjera.«

Er sah sie wieder an und lächelte endlich. »Ich habe Dich für einen Engel gehalten«, murmelte er, »es war ein schöner Traum.«

»Kann ich Ihnen helfen?« fragte Wjera, »sind Sie bereits verbunden?«

Er nickte. »Mir ist nicht zu helfen«, sagte er, »der Arzt hat es selbst gesagt, er muß es wissen. Wenn Sie aber ein paar Worte schreiben wollen – nach Haus…«

»Ihrer Mutter?«

»Ja.«

Wjera verließ den Verwundeten, suchte ihren kleinen Koffer, nahm Papier und Bleistift, sowie ein Couvert und kehrte zu dem jungen Offizier zurück. Auf ihren Knien, beim Scheine des Lämpchens schrieb sie, was er ihr diktirte, und dann setzte er mit bebender Hand seinen Namen darunter. Leon Kirilowitsch Melinoff.

Nachdem Wjera den Brief an ihrer Brust geborgen, blieb sie neben ihm auf ihren Knien, und beide sahen sich an. Plötzlich faßte sie mit einer heftigen Bewegung seine beiden Hände und rief: »Nein, Sie werden nicht sterben, Sie dürfen nicht sterben!«

»Doch – doch, Wjera«, erwiderte Leon Melinoff, »ich fühle es – der Tod ist nahe…«

»Es ist das Fieber.«

»Nein, ich sterbe«, fuhr er fort, »es war so bestimmt, so sei es denn. Daß ich so jung bin – daß ich so früh scheiden muß – auch das hat nicht viel zu bedeuten. – Aber – etwas verlieren – was man kaum gekannt – was uns so viel Schönes verhieß.«

»Wie meinen Sie das?«

»Sterben, ohne geliebt zu haben, ohne geliebt worden zu sein, ist das nicht traurig?«

»Ja, Leon Kirilowitsch, Sie werden am Leben bleiben, und die Liebe…«

»Betrügen Sie mich nicht.«

Beide schwiegen einige Zeit, dann wendete er das schöne Gesicht zur Wand und begann leise zu weinen. Wjera starrte ihn an, während ihre Brust heftig arbeitete und sie ihr Herz pochen hörte, dann plötzlich, fast zornig, erhob sie sich und schritt hinaus. Sie suchte Krubin und fand ihn. Mit ihm kehrte sie zu dem Verwundeten zurück. Als Krubin wieder die Hütte verließ, fragte sie ihn leise: »Keine Rettung?«

»Keine.«

»Wie lange kann er leben?«

»Bis zum Morgen.«

Krubin entfernte sich rasch in der durch den Feuerschein nur noch schrecklicheren Dunkelheit und Wjera stand einen Augenblick da und blickte zu den wenigen Sternen empor, die über der schlafenden Erde in ihrem blauen Lichte zuckten. Dann, langsam, ruhig und entschlossen kam sie zu dem Verwundeten zurück und setzte sich neben ihn auf das Stroh.

»Was hat der Arzt gesagt?«

Sie schwieg.

»Er hat gesagt, daß ich sterben muß.«

Sie schwieg noch immer.

»Sterben – ungeliebt –« murmelte er und seine Hand strich leise und bebend über Wjeras braune Haare, »wie schön – weich wie Seide – es glänzt auch so ...«

»Leon Kirilowitsch«, rief Wjera, indem sie ihre Arme mit einer ruhigen Begeisterung, die etwas Erhabenes an sich hatte, um ihn schlang, »ich liebe Sie.«

Der junge Offizier erhob sich, wie von neuem Leben entflammt, auf seinem Strohlager und sah sie an. »Du liebst mich? Ist das wahr? Ich auch, ich liebe Dich, Du schönes, gutes Mädchen.« Er zog ihren Kopf an seine Brust und preßte seine heißen, trockenen Lippen auf die ihren.

»Ich bin Dein«, sprach Wjera, »und ich bleibe Dein.« Sie erhob die Finger wie zum Schwur. »Niemals werde ich einem Anderen angehören, niemals.«

»So laß mich sterben«, erwiderte er mit einem glücklichen Lächeln, den Kopf an ihrer Brust gebettet, »jetzt hat der Tod nichts Schreckliches mehr für mich.«

Im bleichen Licht des Morgens lag ein Toter mehr in dem bulgarischen Bauernhof. Wjera trat auf die Schwelle, schloß die Haken ihres Pelzes, blickte um sich mit großen, weitgeöffneten Augen, als sehe sie die Welt zum ersten Mal und ging dann langsam hinüber in die Ambulanz.

Krubin wechselte einen seltsamen Blick mit ihr, das war alles. Kein Wort kam über seine Lippen, keines über die ihren.

Sie fuhr fort, ihre Pflichten zu erfüllen, eifrig und muthig wie bisher, ja, Krubin bemerkte wiederholt, daß sie mit einer Art Fatalismus die Gefahr aufsuchte. Dort wo die Kugeln die Erde aufwühlten und den Schnee in Silberstäubchen aufwarfen, war sie jedesmal unter den Trägern und faßte die Bahre, faßte die Verwundeten an wie jeder Andere.

Als der Plan des Ueberganges über den Balkan, zu dem Zweck, den Schipkapaß zu umgehen und die Türken im Rücken zu fassen, endlich nach dem Fall von Plewna zur Ausführung kam, schloß sich Wjera der Kolonne des Generals Skobeleff an.

Einen Tag vorher hatten Sappeurs den Schnee weggeschaufelt, doch lag er noch immer knietief da und bildete zu beiden Seiten der Straße mannshohe weiße Mauern. Das kümmerte indeß die Soldaten wenig, sie marschierten sogar lächelnd und scherzend bei der wahrhaft grausamen Kälte. Kaum halb so viel Grade unter Null hatten der »großen Armee« in Rußland ein rasches Ende bereitet.

Am frühen Morgen begrüßte Skobeleff seine Soldaten mit dem Ausruf: »Ich wünsche Euch Glück, Kinder, die Türken rücken an!«

Die Soldaten erwiderten: »Wir wollen uns bemühen, Excellenz!«

Es ging jetzt abwärts, die Pferde sanken manchmal bis an den Hals in den Schnee, die Soldaten glitten jauchzend hinab wie auf der Rutschbahn daheim. Bald begann das Feuer.

Am Abend nahm der General Skobeleff das Dorf Imotli. Dann trennte die Nacht die Kämpfenden. Tausende lagen ringsum auf dem Schnee. Die Einen schliefen um die prasselnden Wachfeuer, die Anderen in der Dunkelheit, um nicht mehr zu erwachen.

Den Verwundeten fehlte es an Allem. Man bot alles auf, mehr als Menschenkräfte vermögen, um sie zu verbinden, um sie auf Wagen zurückzubringen, aber noch immer gab es hunderte, die abseits in einer Schlucht, in einem Busch lagen und sich verbluteten oder langsam vom Schnee verschlungen wurden.

In dieser Nacht wurde Wjera in der That zum Engel. Das war kein Weib mehr, das war ein Wesen mit übernatürlichen Kräften, das hier mit den Elementen und dem Tode kämpfte.

Krubin traf sie einmal, als sie einen verwundeten Uralkosacken auf dem Rücken den Abhang hinauftrug.

»Was thun Sie, Wjera«, sprach er, »wollen Sie denn durchaus heute Ihr Ende finden?«

Ob sie es wollte, wer weiß es, aber sie fand es in dieser Nacht.

Fort nach Verwundeten im Schnee suchend, gleich einem treuen Hunde des Bernhardinerhospizes, gerieth sie immer tiefer und tiefer in die weißen, eisigen, schimmernden Massen, bis sie endlich in diesem Glanz und diesem beißenden Frost die Besinnung verlor.

Noch sah und hörte sie Alles, aber sie war mit einem Mal entsetzlich müde und träge; sie hatte keine Lust, die Füße zu heben, auch die Arme wurden ihr schwer ...der Kopf...

Sie glitt in den Schnee wie in weichen Flaum, wie in ein großes, schwellendes Fell.

Es wurde hell um sie, immer heller und die Glocken begannen ringsum zu läuten.

»Das ist der Sieg«, murmelte sie und legte den Kopf hin, um zu schlafen.

Unten begann von neuem das Knattern des Kleingewehrfeuers.

Die Russen rückten vor mit lautem Hurrah.

Theodora: Eine rumänische Geschichte

Es war an einem unfreundlichen Novembertag, genau so unfreundlich, wie die Botschaft, die er brachte, als Baron Andor bei Theodora Wasili eintrat und ihr verkündigte, daß er sie verheirathen werde.

Sie war ein Mädchen aus dem Dorfe und die schönste, stolzeste unter diesen Erscheinungen, die alle noch ihren römischen Ursprung verrathen. Der Baron sah sie einmal in der Schenke tanzen und gewann ihr Herz durch ein paar Schnüre großer, rother Korallen, die noch dazu falsch waren, und durch ein Schminktöpfchen, das er beim jüdischen Krämer für sie kaufte, denn diese Naturkinder schminken sich alle.

Später beschenkte sie der Baron allerdings reicher. Sie ging gleich einer Bojarin einher und nahm mehr und mehr die Gewohnheiten einer vornehmen, verwöhnten Dame an. Auch jetzt, wo seine Worte sie wie ein Blitzstrahl trafen, saß sie in der Ecke, auf dem türkischen Divan in rothen, goldgestickten, türkischen Pantoffeln und einer rothsammtenen, mit Marder besetzten Pelzjacke da, von der sich ihr strenges Antlitz mit den großen, dunklen Augen und dem schwarzen Haar fast dämonisch abhob.

Sie hatte ihre Hände in den weiten Aermeln verborgen und ihre Füße ruhten auf einem großen Bärenfell. Sie sah den Baron an und erwiderte kein Wort, ja sie regte sich nicht einmal. Sie war starr vor Entsetzen bei dem Gedanken, diese Räume zu verlassen und wieder Bäuerin zu werden.

»Bogulescu, den ich für Dich ausgesucht habe, ist der reichste Bauer im Dorfe«, fuhr der Baron fort, »und außerdem sollst Du Alles mitbekommen, was Du nöthig hast. Ich hoffe, Du wirst gescheidt sein, Theodora.«

Sie war in der That gescheidter, als der Baron es erwartet hatte. Keine Klage, keine Drohung kam über ihre Lippen, sie gehorchte stumm und ergeben. Sie war zu stolz, etwas zu erwidern. Als der Baron sich zu ihr herabneigte und sie auf die Stirne küßte, lächelte sie sogar, aber es war ein kaltes, häßliches Lächeln.

Erst als der Baron das Zimmer verlassen hatte, sprang sie auf, ging durch das Zimmer, trat an das Fenster, blickte lange hinaus in die herbstliche Landschaft und warf sich dann plötzlich vor dem Muttergottesbilde, unter dem ein blaues Lämpchen brannte, nieder, um unter heißen Thränen zu beten.

Bogulescu nahm sie, weil sie eine gute Partie war. Sie bekam ein paar schöne Pferde mit, ebensoviel Kühe, fünfzig Lämmer und auch baares Geld, eine Summe, die der Baron gewohnt war, in einer Nacht zu verspielen, die jedoch für den rumänischen Bauer ein Vermögen bedeutete.

Bei der Hochzeit spottete man ebenso gut über sie, wie über ihn. »Sie habe gemeint, Baronin zu werden«, hieß es, »und nun müsse sie ihre Gänse weiden, wie jede andere«, und er bekam noch bösere Dinge zu hören, aber Bogulescu war ein Philosoph, er setzte sich darüber hinweg.

Nachdem er den Pferden und Kühen den Rücken geklopft, sich an den Lämmern satt gesehen und das Geld geküßt hatte, nahm er die Frau, ohne einen Seufzer auszustoßen, mit in den Kauf. Von Liebe war zwischen den Beiden keine Rede, noch weniger von Achtung, und so gab es von Anfang an keine sonderlich glückliche Ehe, umsomehr, als bald darauf Baron Andor eine junge schöne Dame aus der Hauptstadt als Frau heimführte und Theodora noch mehr als früher den Kopf hängen ließ und die Hände in den Schoß legte.

Niemand verstand, was sie litt. Vor Allem war sie das schwere Leben, die harte Arbeit und die grobe Kost einer Bäuerin nicht mehr gewöhnt.

Sie duldete stumm und trotzig, aber sie wurde täglich bleicher und magerte sichtlich ab. Den Winter hindurch saß sie ganze Tage beim Feuer, starrte in die Flammen und brütete in dumpfem Sinnen.

Einige Zeit sah Bogulescu zu, als es aber Frühjahr geworden war, das Ackern und die Aussaat begonnen hatten und Theodora noch immer die Hände in den Ärmeln ihres Schafpelzes vergrub, da wurde er ungeduldig und endlich brach eines Tages sein Zorn gegen die Frau los. Allerdings war Bogulescu seiner sittlichen Empörung durch mehrere Gläschen kräftigen Kornbranntweins zu Hilfe gekommen, sonst hätte es ihm doch an Courage gefehlt, mit der »Baronin«, wie man seine Frau im Dorfe nannte, anzubinden.

Er kam plötzlich herein und begann laut zu schreien.

»Willst Du endlich aufhören, zu schlafen? Willst Du arbeiten, Faulenzerin, oder soll ich Dich dazu antreiben, wie ein blödes Vieh?«

»Ich glaube, Du bist betrunken«, erwiderte Theodora, ohne sich zu rühren.

Da ging ihr Mann auf sie zu und wollte sie schlagen, aber er kam an die Unrechte. Sie sprang auf und stellte sich ihm mit flammenden Augen, wogender Brust und geballten Fäusten entgegen.

Sie glich in diesem Augenblick einem schönen Raubthier und hätte wohl noch einem Muthigeren, als es Bogulescu war, Furcht einflößen können. Ihr Mann wich zurück, brummte einige unverständliche Worte und verließ endlich die Stube als Besiegter.

Von da an legte er Theodora nichts mehr in den Weg, nährte aber im Stillen die Hoffnung, daß der Tod ihn bald von ihr befreien werde, denn sie bekam hohle Wangen und alle Welt sagte, daß sie die Auszehrung habe.

Indes kam es anders, als die Leute im Dorfe es erwartet hatten. Eines Tages im Herbst brachte man Bogulescu auf seinem Wagen tot aus dem Walde. Eine riesige Tanne, die er für den Baron fällen sollte, hatte ihn erschlagen.

Plötzlich änderte sich Theodora vollständig. Das Träumen und Brüten war zu Ende, die unnütze Frau, die Faulenzerin, die Baronin zeigte sich plötzlich thatkräftig, arbeitsam, klug und umsichtig.

Sie führte fortan die Wirthschaft selbst, ging als die Erste hinaus auf das Feld, kehrte als die Letzte heim und arbeitete für drei. Die Dorfleute staunten sie nun an. Ja, während sie gemeint hatten, nun würde Alles verfallen, blühte im Gegentheil Alles auf, die Äcker gaben besseren Ertrag, das Vieh wurde fetter und auch Haus und Hof gewannen ein freundlicheres und reinlicheres Ansehen.

Die größte Veränderung ging aber mit Theodora selbst vor. Sie erholte sich nicht nur rasch, sondern wurde bald stark und gesund, ihre Wangen wetteiferten an Frische und Farbe mit jenen der jüngsten Dorfschönen, und ihre Augen leuchteten mehr als je.

Es währte nicht lange und die junge Wittwe galt in der ganzen Gegend als das fleißigste und schönste Weib und zahlreiche Bewerber fanden sich ein. Sie empfing jeden freundlich, aber sie erklärte, daß sie ihre Freiheit nicht wieder aufgeben und um keinen Preis zum zweitenmale heirathen werde. Endlich ließ man sie in Frieden. Während aber einerseits alle jungen Männer mit sehnsüchtigen Seufzern nach ihr blickten, wenn sie in ihrem buntgeflickten Lammpelz, Korallen und Goldmünzen um den Hals, rothe Stiefel an den Füßen, Sonntags zur Kirche ging, fürchteten sie doch zugleich den »schönen Satan«, wie man jetzt Theodora allgemein nannte.

Sie verstand es, ihre Wirthschaft und ihre Leute zu regieren. Wehe demjenigen, der nicht gehorchte oder irgend einen Fehltritt beging. Dann spaßte sie wahrhaftig nicht. Man betrachtete sie endlich als eine Art Besserungsanstalt. Wenn eine Dirne, ein junger Bursche nicht gut thun wollten und alle Mittel erschöpft schienen, gaben die Eltern den Ausbund zu Theodora Bogulescu in Dienst und sie zähmte jeden Wildfang in kürzester Frist.

In dieser Zeit weilte Baron Andor selten auf seinem Gute. Den Winter verbrachte das junge Paar in Wien oder in Paris, den Sommer in einem Modebade. Wenn sie je in die Heimath kamen, so sah man sie nur selten außerhalb des Herrenhauses, das ein großer Park umgab, und so kam es, daß der Baron und Theodora sich seit Jahren nicht begegnet waren.

Plötzlich wurde erzählt, der Baron habe in Folge seines glänzenden Auftretens im Auslande einen großen Theil seines Vermögens eingebüßt und sich entschlossen, einige Jahre auf seinem Gute zu leben, um das Verlorene einzubringen.

Theodora hörte die Kunde ohne jede Erregung, wie es schien, als sie aber eines Tages dem Baron auf der Landstraße begegnete, wurde sie purpurroth und fühlte ihr Herz gewaltig pochen.

Sie ritt in die Stadt, wo eben Jahrmarkt war, und saß wie ein Mann im Sattel, die Peitsche in der Hand, während der Baron ihr langsam auf seinem englischen Pferde entgegenkam. Er fixirte sie, erkannte sie aber erst, als sie vorüber war.

»Theodora!« rief er.

Sie hielt und wendete sich im Sattel um.

»Was wollen Sie von mir?«

»Dich fragen, wie es Dir geht.«

»Das kümmert Sie wohl wenig.«

»Du siehst ja prächtig aus.«

»Gottlob, ich bin gesund.«

Sie hatte dies Alles über die Schulter hinweg, mit einem kalten Lächeln gesprochen, und jetzt, ohne eine neue Frage abzuwarten, trieb sie ihr Pferd mit der Peitsche an und sprengte davon.

Im nächsten Frühjahre begann die Revolution. Die rumänischen Bauern, welche sich wiederholt gegen ihre Herren erhoben hatten und jedesmal mit Waffengewalt niedergeworfen worden waren, benützten die allgemeine Bewegung, welche ganz Europa ergriffen hatte, zu einem neuen Versuch, das verhaßte Joch abzuschütteln. Der allgemeinen Auflehnung folgten blutige Excesse, diesen die offene Empörung. Die waffenfähigen Männer eilten in die Berge, wo sie, meist unter der Führung ehemaliger Räuber, zahlreiche Banden bildeten, und bald wüthete in allen Thälern der Krieg; die Edelhöfe wurden überfallen, die Herren und ihre Beamten und Diener mißhandelt oder ermordet, alles bewegliche Eigenthum wurde geraubt und sodann in den verwüsteten Gebäuden Feuer angelegt.

Baron Andor machte sich eben bereit, nachdem er seine Frau vorangeschickt hatte, sein Gut zu verlassen, als auch bei ihm die Plünderer erschienen. Vergebens suchte er sich durch den Park zu retten, er wurde entdeckt, eingeholt und in den Hof zurückgeschleppt. Während die anderen raubten, berathschlagten die Führer, ob sie den Baron an das Scheunenthor annageln oder sich damit begnügen sollten, ihm eine Tracht Hiebe zu geben.

Da erschien Theodora unter ihnen.

»Was wollt Ihr mit dem Herrn?« fragte sie.

»Rache nehmen«, gab man ihr zur Antwort.

»Dann gebet ihn mir«, rief sie, »er hat Niemandem so großes Unrecht zugefügt, wie mir, ich werde ihn bestrafen, wie es ihm gebührt.«

Die Bauern aus dem Dorfe, welche gleichfalls die Waffen ergriffen und sich den Insurgenten angeschlossen hatten, stimmten ihr lachend bei.

»Ja, sie soll ihn haben«, riefen sie, »das ist noch schlimmer, als wenn wir ihm den Tod geben.«

»Nimm ihn also, er ist Dein«, entschied der Anführer.

Theodora löste rasch einen Strick, mit dem sie ihre Bunda gegürtet hatte, und band dem Baron die Arme auf den Rücken.

»So«, murmelte sie, »jetzt wollen wir die Hochzeit feiern!«

Dann stieß sie ihn mit der Faust in den Rücken und trieb ihn mit einer Gerte, die sie vom Zaun brach, vor sich her.

Andor ging, den Kopf gesenkt, stumm und verzweifelt vor ihr her. Er wußte, daß er verloren war, daß ihm bei diesem Weibe weder Flehen noch Drohungen etwas nützen würden. Womit wollte er ihr auch drohen? Für den Augenblick war die Rebellion Herrin des Landes, und womit wollte er sie rühren?

Vor der Thüre ihres Hauses blieb er stehen und sprach:

»Wenn Du mich töten willst, so töte mich gleich.«

»Hast Du mich gleich getötet?« fragte sie mit einem höhnischen Blick. »Nein, Du hast mich langsam morden wollen, und wenn ich heute noch lebe, so ist dies nicht Dein Verdienst. Sterben sollst Du, aber langsam, nachdem Du alle Qualen gelitten, die Du mir bereitet, Du Unmensch.«

Sie stieß ihn in den Hühnerstall und schob den Riegel vor. Hier blieb er auf dem Stroh liegen, bis die Insurgenten fortgezogen waren. Dann öffnete Theodora die Thüre und hieß ihn herauskommen. Während ihr Knecht einen Ochsen herausführte, zog sie selbst den Pflug hervor und spannte Andor vor denselben.

Er leistete keinen Widerstand, er wußte, daß er dadurch seine Lage verschlimmern würde. Es galt Zeit zu gewinnen, dann konnte ihn vielleicht noch ein Zufall, das Erscheinen von Soldaten, retten.

Nachdem sie den Ochsen neben ihn gespannt hatte, ergriff sie die Zügel und die Peitsche, und der Pflug setzte sich in Bewegung. Der Knecht folgte.

Auf dem Acker angelangt, trat er hinter den Pflug und Theodora trieb das seltsame Gespann an. Bald hatte sich eine neugierige Menge, meist Frauen und Kinder, versammelt, welche das unerhörte Schauspiel anstaunten und den unglücklichen Gutsherrn noch mit Schimpf und Spott verfolgten.

Nachdem Theodora noch drei Tage mit ihm gepflügt hatte, war Andors Kraft zu Ende. Am vierten Tag hielt er plötzlich mitten im Acker inne.

»Ich kann nicht mehr«, murmelte er, »beim besten Willen nicht.«

Sie trieb ihn kräftig an und wieder ging es einige Zeit, dann stürzte er zu Boden, aber Theodora gab nicht nach, und er erhob sich noch einmal und beendete sein Tagewerk.

Als sie ihn das nächstemal wieder einspannen wollte, sank er in die Knie und flehte um Mitleid.

»Hast Du mit mir Mitleid gehabt?« gab sie ihm zur Antwort. Statt ihn zu schonen, spannte sie ihn diesmal allein in den Pflug.

Nachdem Andor keuchend die dritte Furche gezogen hatte, brach er zusammen. Theodora riß ihn empor, er stürzte von neuem nieder.

»Erbarmen, Theodora!« rief er stöhnend, dann lief ihm ein Blutstrom aus dem Munde.

Sie betrachtete ihn, die Arme in die Hüften gestemmt, mit einer ruhigen Befriedigung.

Er war auf die schwarzen Schollen hingesunken, die er mit seinem Blute färbte.

»Ich sterbe«, murmelte er.

»Das sollst Du«, sprach sie, »wie ein Thier sollst Du unter freiem Himmel krepieren, dann wird Dir Gott verzeihen.«

»Weshalb haßt Du mich so?«

»Weil ich Dich zu sehr geliebt habe.«

Andor seufzte tief auf. Es war der letzte Ton, den er von sich gab.

Als er tot war, sah ihn Theodora noch ein letztes Mal an, dann kehrte sie langsam nach Hause zurück, lud die Flinte ihres verstorbenen Mannes und verließ das Dorf, um sich den Insurgenten anzuschließen.

Als der große Kampf zu Ende war, erzählte einer der Rebellen, der wieder zu seinem Pflug zurückgekehrt war, daß Theodora in einem Gefecht mit Truppen durch eine feindliche Kugel geendet hatte.

Man mußte es glauben, denn seither hat man nie wieder von ihr gehört.

Die schöne Wittwe Kapitanowitsch: Eine kroatische Geschichte

Barbara Kapitanowitsch war das schönste Weib in Zagorien, obgleich sie keine Gräfin war, die ihr Gesicht verschleiern, und ihre Hände pflegen kann. Sie war nur eine Bäuerin, gewohnt an derbe Kost und harte Arbeit, wenn auch eine reiche Bäuerin, welche sich ordentlich herausputzen konnte und dies auch trefflich verstand, trotz einer Schauspielerin. Sie schminkte sich gleich einer solchen und färbte sich die Augenbrauen, das ist einmal nicht zu ändern, es sind dies die Sitten, die unser Landvolk der nahen Nachbarschaft der Türken verdankt. Aber Barbara hatte solche Kunststücke wahrhaftig nicht nöthig. Sie war so schön, daß, wenn sie in ihrem gestickten Hemde, so weiß wie Schnee, ihrem kurzen Rocke, der mit dem Regenbogen wetteiferte, ihrer mit Pelz besetzten ärmellosen Jacke, von Korallen und Dukaten nur so funkelnd, Sonntags zur Messe ging und der Himmel allenfalls bewölkt war, die Sonne die himmlischen Vorhänge bei Seite zog, nur um auf Barbara Kapitanowitsch zu blicken, und wenn diese in die Kirche eingetreten war, sich sofort wieder mißmuthig verbarg.

Ihr Mann, der reiche Stanko Kapitanowitsch, hatte nicht mehr Verstand besessen, als der Türke, der vor dem Tabakladen aufgemalt war. Ein Weib merkt dies sofort und Barbara war ein überaus kluges Weib. Sie lenkte ihn ohne Schwierigkeit, wie etwa Kinder das Wägelchen, mit dem sie spielen. Alles regierte sie, das Haus, die Wirthschaft, die Leute, und doch wurde sie keineswegs übermüthig.

Die Weiber in Zagorien verstehen das süße Augenspiel, und sie verstehen auch manches Andere, man kann allerhand Süßigkeiten von ihnen erlangen. Barbara Kapitanowitsch fand an diesen Späßen, die dem Ehemann schwere Stunden bereiten, keinen Geschmack. So lange ihr Mann lebte, gönnte sie keinem Andern einen Blick, und als sie den ersteren begraben und wie es einer ordentlichen Wittwe geziemt, ein Jahr lang betrauert hätte, erst recht nicht.

An Bewerbern fehlte es zwar nicht, aber Barbara schenkte ihnen kein Gehör, »ich will keinen Herrn mehr haben«, sagte sie, wenn die Nachbarinnen ihr zuredeten, den oder jenen zu nehmen. Sie fuhr fort, ihr Haus, ihr Gärtchen in Ordnung zu halten, Weizen zu bauen und Wein zu keltern, und dabei blieb es.

Mitunter wurde ihr die Zeit zu lang, im Winter, wenn es weniger zu thun gab, aber da fehlte es nicht an schaurigen Geschichten, die man sich bei warmen Ofen erzählte, und das bot doch immerhin einige Zerstreuung. Vor Allem war es der kühne Räuber Danilo Gospoditsch, der damals dafür sorgte, daß den Leuten in Kroatien die Zeit nicht zu lang wurde.

Er war verwegen, wie es nur der Satan selbst sein kann, und auch witzig wie der Teufel. Heute machte er sich den Spaß, einem Juden siedendes Pech in den Hals zu gießen, morgen schlitzte er einem feisten Pfarrer mit seinem Yatagan den Bauch auf, oder schnitt einem Kaufmann Nase und Ohren ab und ließ ihn so laufen.

Es war im Winter und Barbara Kapitanowitsch saß eben recht verdrießlich mit der Spindel auf der Ofenbank, als Milada, ein Mädchen, das bei ihr im Dienste stand, mit der Nachricht hereinflog, daß Danilo Gospoditsch gefangen sei und schon an dem nächsten Tag gehängt werde. Das junge hübsche Gesicht strahlte dabei vor Freude und auch Barbara zeigte sich nicht wenig vergnügt. Eine Hinrichtung war damals ein Fest und nun war obendrein Jahrmarkt im Städtchen, es gab also zwei Belustigungen für eine.

Die Menschen in dem schmalen Grenzstreif zwischen Ungarn und dem Osmanenreiche, Tag für Tag im Kampfe mit den Türken, von denen sie geplündert wurden und bei denen sie in gleicher Weise zu sengen und zu rauben pflegten, waren hart geworden im Laufe der Jahrhunderte, ihre Farbe glich jener des Erzes und ihre Herzen waren ehern. Der Tod war in ihren Augen nichts, sie vergossen Blut, scherzend, als wäre es rother Wein, ja um den rothen Wein war es ihnen gewiß mehr leid.

Die beiden Frauen standen am nächsten Tage früh auf, so früh, daß noch die Sterne am Himmel standen, putzten sich wie zum Tanze auf, zogen ihre großen Schafpelze an, bestiegen den kleinen Schlitten und fuhren nach dem Städtchen. Barbara selbst lenkte die kleinen Pferde, die so rund glänzend waren, daß es aussah, als habe die schöne Wittwe Sonne und Mond eingespannt.

Es herrschte noch ein unheimliches Halbdunkel, zwischen Himmel und Erde lag eine Art graues Ungeheuer, das sich hin und her wälzte, halb Morgennebel, halb Morgendämmerung. Nach und nach färbte sich der Rand des Himmels im Osten, es rieselte wie rothes Blut über den Schnee. Schwarze Raben zeigten sich und begleiteten den Schlitten einige Zeit, bis sich mit den Thürmen der Stadt auf einem kleinen Hügel der steinerne Galgen zeigte. Bei seinem Anblick erhoben sie ein lustiges Geschrei, und nachdem sie ihn umflattert, ließen sie sich auf demselben nieder und putzten ihr wie Metall glänzendes Gefieder. Auch sie erwarteten hier ein Fest.

Die Hinrichtung sollte vor Sonnenuntergang stattfinden, wahrscheinlich um den Tausenden, die zum Jahrmarkt kamen, eine Unterhaltung mehr zu bieten. Nachdem man Alles, was man nöthig hatte, eingekauft und sich an Wachsfiguren, Tanzbären, auf Pudeln reitenden Affen und Riesenschlangen satt gesehen, sollte der Galgen die dramatische Schlußscene liefern.

Barbara Kapitanowitsch ließ ihren Schlitten bei einem bekannten Wirthe stehen, machte ihre Einkäufe, besuchte mit der neugierigen, über Alles lachenden Milada ein paar Buden und ging, nachdem sie gut gegessen und getrunken, mit ihr zur Richtstätte hinaus. Ein schwarzer Strom von Menschen zog mit ihnen, und Tausende erwarteten draußen den schrecklichen Karren. Um besser zu sehen, stieg Barbara auf die zerbröckelte, vom Rauch geschwärzte Mauer eines Hauses, das sengende Türken einst niedergebrannt und das seitdem Niemand aufgebaut hatte, und Milada stand neben ihr auf einem mit Schnee bedeckten Schutthaufen.

Man begann das Armensünderglöckchen zu läuten, die Husaren wurden sichtbar, in ihrer Mitte der Henker zu Pferde und der Karren, auf dem Gospoditsch, mit Blumen geschmückt, seine Pfeife rauchend, neben einem großen rothbärtigen Barfüßermönch saß. Da ging ein Geflüster durch die Menge und Viele winkten dem berühmten Räuber mit den Taschentüchern, während ihn Andere laut darum beneideten, daß man ihn so schön und feierlich zum Tode führe, beim hellen Klange der Trompeten. Gospoditsch, der nach allen Seiten hin freundlich grüßte, saß stolz wie ein Pascha da, der in eine eroberte Stadt einzieht.

Barbara wandte kein Auge von ihm, ihre Brust begann unter dem schwarzen Lammfell zu wogen, und als man ihn band und ihm den Strick um den Hals legte, schien sie mit offenem Munde, aus dem die großen Zähne hervorblitzten, ein Raubthier, das bereit ist, sich auf seine Beute zu stürzen. Erst als Gospoditsch am Galgen hing und die Menge sich zerstreute, kam sie zu sich. Ein tiefer Seufzer entrang sich ihrer Brust.

»Was ist Dir, Gospodina?« Herrin fragte das Mädchen, das die ganze Zeit an einem Pfefferkuchen geknuppert hatte.

»Ach! wie schade um ihn«, gab die schöne Wittwe zur Antwort, »wie muthig er starb und wie schön er war, Gott soll mir die Sünde verzeihen, aber ich hätte ihn nicht hängen lassen.«

Die beiden Frauen gingen mit den andern in die Stadt zurück. Barbara Kapitanowitsch ließ ihren Schlitten anspannen und während dies geschah, aßen sie Kuchen und tranken süßen Meth.

Es war spät am Abend, als sie aufbrachen, doch war es nicht besonders dunkel, dafür sorgte der Schnee, sorgten einzelne Sterne und der Mond, der sich jenseits der Hügel zeigte, etwa wie ein pausbackiger rothhaariger Bauernknabe, der vorwitzig über einen Zaun blickt.

Die Stadt war stille und als der Schlitten erst an den letzten einzeln stehenden Häusern vorübergeflogen war, zeigte sich weit und breit kein lebendes Wesen und kein Licht, die himmlischen Lichter ausgenommen.

Als sie sich dem Galgen näherten, sahen sie Gospoditsch zwischen Himmel und Erde an demselben hängen und sie sahen auch die Raben, die auf dem Hochgerichte saßen oder dasselbe umkreisten und hörten sie lustig krächzen.

Barbara Kapitanowitsch seufzte auf, und als sie nur noch fünfzig Schritte von der Richtstätte entfernt waren, hielt sie unwillkürlich die Pferde an.

»Was hast Du, Gospodina?« fragte Milada ängstlich, »laß doch die Pferde los, peitsch in sie hinein, daß wir von dem Unglücksorte wegkommen.«

Die schöne Wittwe sagte nichts, sie sprang aus dem Schlitten und band die Zügel an einen Weidenbaum, der an der Straße stand.

»Gospodina, erbarme Dich!«

»Fürchte Dich nicht, Mädchen«, erwiderte Barbara, »erwäge doch, ist es nicht jammerschade, einen Mann wie diesen von den Raben zerhacken zu lassen.«

»Was willst Du thun?«

»Ihn vom Galgen herabnehmen.«

»Zu welchem Zweck?«

»Um ihn ehrlich zu begraben.«

»Jesus Maria? Du bist von Sinnen, Barbara Kapitanowitsch«, schrie Milada auf und umklammerte sie ängstlich, »thu' es nicht, thu' es nicht.«

»Und wenn er noch lebt?«

»Wie kann ein Gehängter leben?«

»Der Räuber Bragatsch wurde dreimal gehängt und starb doch erst durch die Kugel eines Sereßaners.« Gensdarm.

Sie ging muthig auf das Hochgericht zu und das Mädchen folgte ihr, am ganzen Leibe zitternd. Neben ihnen zeigten sich zugleich zwei leuchtende Augen.

»Wer ist das?« fragte Milada, »ein großer Hund, gewiß ist er böse.«

»Ein Hund? wo?« Barbara Kapitanowitsch warf nur einen Blick hin und rief lachend! »Das ist ein Wolf!« Dann hob sie einen Stein auf und warf ihn nach dem Raubthier, das sofort die Flucht ergriff. Als sie zum Galgen kamen, erhoben die Raben ein lautes Geschrei. »Hörst Du sie«, sagte Barbara, »sie zanken mit mir, weil ich ihnen ihre Beute abjage. Macht, daß ihr fortkommt.«

Die Raben sogar hatten Respekt vor Barbara Kapitanowitsch, sie erhoben sich krächzend in die Lüfte, kreisten um ihr Haupt und flogen dann den Thürmen der Stadt zu.

Die schöne Wittwe reichte jetzt Milada das Messer, das sie aus dem Gürtel gezogen hatte, und hieß sie den Gehängten abschneiden.

»Alles, was Du willst, Gospodina, nur das nicht.«

»Ich hebe Dich empor, es geht ganz leicht.«

»Hab' Erbarmen, ich kann es nicht.«

Barbara Kapitanowitsch zuckte die Achseln. Milada hob sie empor, sie schnitt den Strick durch und der Gehängte fiel in den Schnee.

»Wie schön er ist«, sagte die Wittwe, nachdem sie ihn umgedreht und auch die Schlinge durchschnitten hatte.

»Wenn man uns erwischt?«

»Ich fürchte Gott – sonst Niemand.«

»Himmlischer Vater!« schrie jetzt das Mädchen auf.

»Was giebt es?«

»Sieh nur selbst – er – er athmet – er lebt!«

In der That hob sich die Brust des Räubers, und jetzt entrang sich ein Seufzer derselben. Von diesem Augenblick an wurde zwischen den beiden Frauen kein Wort mehr gewechselt. Barbara faßte Gospoditsch unter den Armen und Milada bei den Beinen. So trugen sie ihn rasch zum Schlitten, deckten das Stroh über ihn und dann ergriff Barbara die Zügel. Die Pferde jagten durch den Schnee, als ob sie Flügel hätten. In ihrem Gehöfte angelangt, hieß Barbara ihre Leute schlafen gehen, und als Stille im Hause herrschte, brachten die beiden Frauen den Geretteten in die große Stube.

Es währte nicht lange, so kam Gospoditsch zu sich, und als er theils selbst begriff, theils erfuhr, was sich zugetragen hatte, fiel er Barbara Kapitanowitsch zu Füßen und küßte ihr die Stiefel. Sie aber schnitt ihm auf der Stelle Haar und Bart ab und gab ihm die Kleider ihres seligen Mannes, während sie die seinen dem Feuer überantwortete.

Als die Dienstleute am nächsten Tag erstaunt ein fremdes Gesicht sahen, wurden ihnen gesagt, daß es ein Verwandter der Gospodina sei, den sie sich habe kommen lassen, um einen männlichen Beistand zu haben.

Es währte nicht lange, so hatte sich Danilo Gospoditsch vollständig erholt, und eines Abends sagte er zu seiner Retterin: »Du hast mich vom Tode errettet, Gospodina, ich will Dir zeitlebens dafür dankbar sein. Wenn Du mich brauchst, rufe mich, befiehl über mich. Nun ist es aber Zeit, Dein Haus zu verlassen. Man könnte mich entdecken und Dich zur Verantwortung ziehen.«

»Nein, Gospoditsch«, erwiderte die schöne Wittwe »wer etwas halb thut, soll es lieber gar nicht thun, Du bleibst bei mir, sobald Du nur willst. Ich verlange nur Eines. Du darfst hier nicht den Herrn spielen wollen.«

»Wie könnte ich dies mir nur beifallen lassen«, sprach Gospoditsch, »ich bin zufrieden, wenn ich Dein Knecht sein kann.«

So blieb denn der gefürchtete Räuber im Hause der reichen und schönen Wittwe, während es im ganzen Lande hieß, der Teufel habe ihn geradeaus vom Galgen geholt, mit Haut und Haaren.

Gospoditsch, gewohnt zu befehlen, schien seine Art ganz verläugnen zu wollen. Er zeigte sich sanft wie ein Lamm und folgsam wie ein Hund und ein gut abgerichteter dazu. Er arbeitete für Zweie, er war mit allem zufrieden und schien glücklich, wenn ihn die Gospodina nur freundlich ansah, ihm einen Schlag auf die Schulter gab oder ein Gläschen Wein reichte, an dem sie selbst zuvor genippt. Und immer freundlicher wurde die schöne Wittwe. Sie saß gerne mit ihm ganze Abende auf der Ofenbank und plauderte mit ihm, und als es Frühling wurde, unter dem blühenden Apfelbaum hinter dem Hause. Dabei sahen sie sich von Zeit zu Zeit an, mit Blicken, die ganz anders waren, als wie sie sonst zwischen Menschen gewechselt werden. Sie betrachtete ihn ruhig, aber mit einem tiefen Wohlgefallen, er dagegen zuckte unter dem feurigen Strahl ihres dunklen Auges, wie der verwundete Grenzer unter dem Messer des Feldscheers und wenn er seinen Blick an ihrem stolzen Gesicht haften, oder an ihrer herrlichen Gestalt herabgleiten ließ, schien es wahrhaftig, als empfinde er einen heftigen Schmerz.

Täglich fand Barbara Kapitanowitsch Blumen auf ihrem Fenster. Sie wußte, wer sie pflückte und band und in das mit Wasser gefüllte irdene Töpfchen stellte, ihre Stiefel glänzten jetzt stets wie himmlische Sterne, sie wußte, wer ihnen diesen Glanz verlieh, und sie wußte auch wer es war, der ihr das Bild der heiligen Barbara auf den Deckel ihrer Truhe geklebt hatte.

Einmal war sie in den Pfarrhof gegangen, ohne daß es Jemand bemerkt hatte, und als sie zurückkam, in der Dunkelheit des Abends, und durch das Fenster in die Stube blickte, in der die Lampe unter dem Bilde der heiligen Mutter Gottes brannte, sah sie Gospoditsch vor der Thür ihrer Kammer stehen und durch das Schlüsselloch in dieselbe blicken.

»Steht es so mit Dir mein Vöglein«, dachte sie, »klebst Du schon an der Leimruthe und flatterst und kannst nicht mehr davonfliegen.« und als sie hereinkam, war ein Lächeln um ihren vollen stolzen Mund, aus dem mindestens ebensoviel Glück als Spottsucht sprach.

»Nun, was thust Du, Bruder Gospoditsch«, begann sie, »warst Du fleißig? bist Du müde? willst Du essen?«

»Wie es Dir gefällt«, sagte er, während seine hellen durchdringenden Augen immer wieder die weichen Linien ihres schlanken schmiegsamen Leibes verschlangen.

»Du hast gepflügt?«

»Wie Du es befohlen hast, das große Feld jenseits des Kreuzes.«

»Gut, dann wollen wir jetzt zusammen essen und trinken.«

Sie rief Milada, ließ den Tisch decken und setzte sich an denselben. Gospoditsch stand mitten in der Stube, blickte auf seine Stiefel, drehte seinen Schnurrbart und seufzte.

»Haben die Leute schon zu Nacht gegessen?« fragte die Wittwe das Mädchen.

»Ich danke, wir haben gegessen.«

»Dann bringe uns das Kraut und den Speck und auch einen Krug mit Wein.«

Milada lief hinaus und Barbara Kapitanowitsch gab Gospoditsch einen Wink, sich zu ihr zu setzen. Beide fanden nicht das richtige Wort so lange das Mädchen hin und her ging und dann begannen sie zu essen. So blieb es lange Zeit still in der Stube, wie in einer Kirche, nachdem der Sakristan die Thüren gesperrt hat und nur noch die Mäuse um Altar und Beichtstuhl und Bänke herumspazieren. Doch der Wein löste die Zungen. Gospoditsch begann zu erzählen, er wußte, daß Barbara Kapitanowitsch ihm zuzuhören liebte, wenn er von den Heldenthaten berichtete, die er verrichtet. Heute war er aufgeräumt und erzählte einen gar lustigen Streich, den er dem hochwürdigsten Bischof von Dialowar gespielt hatte. Die schöne Wittwe trank so, daß ihre Wangen immer mehr erglühten und lachte, daß die Münzen, die sie um den Hals trug, auf ihrer Brust wie die Schellen eines Schlittens erklangen.

»Du bist ein so muthiger Mann«, sagte sie endlich, indem sie näher zu Gospoditsch rückte, »weshalb bist Du mir gegenüber so wenig herzhaft?«

»Weiß ich es?« gab Gospoditsch zur Antwort, zuckte die Achseln und blickte zur Seite.

Da rückte Barbara Kapitanowitsch noch näher, ganz nahe zu ihm hin und dann, indem sie laut zu lachen anfing, schlang sie den Arm um seinen Hals und küßte ihn.

Seit diesem Abend begann die schöne Wittwe Gospoditsch in einer Weise zu begünstigen und zu beschenken, daß nicht der Neid der Leute im Hause, sondern aller jungen Männer im Dorfe rege wurde. Was sie noch von ihrem Manne her besaß, wurde jetzt gut angewendet, sie gab Gospoditsch die Pfeife des Seligen, sein Messer, seinen Pelz, seine Uhr. Wenn ihr Mann noch gelebt hätte, so hätte sie ihm wahrscheinlich die Haut abgezogen und auch Gospoditsch gegeben.

»Ich will doch sehen, ob ich den elenden Zigeuner nicht ausstechen kann«, sagte Nikolitsch, der hübscheste Bursche im Dorfe, der beim Tanze vor der Schenke beiläufig so viel war, wie der Kaiser in Wien. Und als er dies sagte, war es auch schon beschlossene Sache bei ihm, die schöne Wittwe zu erringen und Gospoditsch nöthigenfalls das Messer zwischen die Rippen zu stecken. Er wartete am nächstfolgenden Sonntag, nach dem Segen, an der Kirchenthüre auf die schöne Wittwe und als sie heraustrat, lächelte er sie an und ging mit ihr, ohne erst um Erlaubnis zu fragen.

Gospoditsch war in die Stadt geritten, um Schießpulver zu kaufen, das sie einem kranken Rosse eingeben wollten. Als er zurückkam und hereintrat, fand er Barbara Kapitanowitsch in ihrem Sonntagsputz mit Nikolitsch an dem Tische sitzen und Wein trinken. Das gefiel ihm nicht, noch weniger gefiel ihm, daß die schöne Wittwe ihn nicht einlud, mitzutrinken, sondern geraden fortschickte, indem sie ihn nach dem kranken Pferde sehen ließ.

Es war spät am Abend, als Nikolitsch fortging. Gospoditsch, der hinter dem Zaun auf ihn wartete, hätte ihn gar nicht gesehen, wenn ihn nicht die brennende Pfeife verrathen hätte. Er sprang auf ihn los, packte ihn an der Brust und drückte an das Zaunthor, so daß dieses laut ächzte.

»Kommst Du daher, um den Weibern Komplimente zu machen«, sagte Gospoditsch leise, und mit den Zähen knirschend, »nimm Dich in Acht, daß nicht Jemand Deine Scherze mißversteht.«

Nikolitsch griff vorsichtig nach dem Messer, aber Gospoditsch errieth gleich, was er wollte, ließ ihn los und riß schnell einen Pfahl aus dem Zaune.

»Bete ein Vaterunser«, murmelte er, »denn es ist aus mit Dir.«

Nikolitsch begann um Hilfe zu rufen und zugleich so rasch er nur konnte zu laufen, Gospoditsch ihn verfolgend, fiel zum Glück über die Wurzel eines Lindenbaumes, und so entkam der Unglückliche in dem Augenblick, wo die schöne Wittwe mit einer Laterne in der Hand aus dem Hause kam.

»Was geschieht hier?« fragte sie.

»Nichts«, sagte Gospoditsch, der sich die Kniee mit der Hand abwischte, »aber es hätte nicht viel gefehlt, so hätte ich diesen Burschen, der wie ein Apfel aussieht und wie ein Hase läuft, erschlagen.«

Die schöne Wittwe begann zu lachen und je zorniger Gospoditsch wurde, um so lauter lachte sie, bis sie sich endlich zur Erde setzen mußte.

»Ah! – ah!« keuchte sie – »mir thun die Seiten weh – Du bist ja eifersüchtig, mein Täubchen, wie ich sehe, ich werde Dich wirklich heirathen müssen, sonst sehe ich Dich noch einmal hängen.«

»Lach' nicht«, sagte endlich Gospoditsch, »mir schießt das Blut zu Kopf – ich könnte vergessen –«

»Dummkopf«, rief Barbara Kapitanowitsch sich aufrichtend, »an einem Faden lenke ich Dich, wie einen Maikäfer. Was sprichst Du auf einmal so stolz? Die Liebe hat Dir alle Deine Sinne geraubt. Aber im Ernste. Ich muß Dich schon zum Manne nehmen, das sehe ich, und ich will es thun, wenn Du mir schwörst, dann nicht den Herrn herauszukehren. Denn ich habe lange genug das Joch ertragen. Ich habe es satt.«

»Ich schwöre Alles, was Du verlangst«, erwiderte Gospoditsch, »wenn Du mir versprichst, daß kein Anderer Dich mehr besuchen darf.«

»Brauche ich diese Laffen vielleicht? meinst Du, daß ich sie brauche?«

»Ich glaube es nicht.«

»Also komm, trinken wir zusammen«, rief Barbara, indem sie ihn mit der Faust in die Rippen stieß, »beim Wein kommen gute Gedanken. Komm nur, mein süßes Täubchen!«

Es währte nicht allzulange und man begann im Hause der reichen, schönen Wittwe zu scheuern, zu kochen, zu braten und zu backen, Barbara Kapitanowitsch feierte ihre Hochzeit mit Danilo Gospoditsch.

Es geschah dies im Sommer, kurz vor der Ernte.

Die Hochzeitskuchen waren noch nicht alle aufgegessen und schon zeigte Gospoditsch zu Aller Ueberraschung ein ganz anderes Gesicht, nur Barbara Kapitanowitsch war nicht im Mindesten davon betroffen.

»Ich habe es gewußt«, sagte sie zu Milada. »Ein Mann ist wie der andere, deshalb wollte ich mir nicht noch einmal den Ring an den Finger stecken lassen, er drückt gar sehr, der kleine Ring, aber da es so weit gekommen ist, muß man es mit Anstand tragen.«

War Gospoditsch bisher der fleißigste Mensch im Dorfe gewesen, so zeigte er sich nun ganz unerwartet träge wie ein Pascha. Jede noch so kleine Arbeit schien ihm Schrecken einzuflößen. Er saß den ganzen Tag da, und wenn er nicht aß und trank, rauchte er seine Pfeife. Es kam die Ernte. Alle gingen hinaus auf das Feld, Barbara Kapitanowitsch befehligte die Arbeiten, legte selbst Hand an, sie schnitt das Getreide mit der Sichel und band es in Garben, gleich den Anderen, Alles in der furchtbaren Sonnenhitze. Gospoditsch blieb zu Hause, im kühlen Schatten, und wenn er je hinausging, so war's nur, um seine Frau zu bespötteln oder die Leute, denen der Schweiß über das gebräunte Antlitz rann, zu tadeln.

Im Hause begann er auch mehr und mehr den Herrn zu spielen. Er verstand mit einem Male alles besser, Barbara war nicht im Stande, ihm irgend etwas recht zu machen, sei es das Hemd, das er anzog, sei es die Suppe oder das Sauerkraut, das sie ihm auf den Tisch stellte. Er beschuldigte sie sogar, daß sie ihm Wasser in den Wein schüttete. Sie begegnete seinen Vorwürfen anfangs stolz und ruhig, dann aber fing sie an, sich ernstlich zur Wehre zu setzen, und als sie erst einmal einen ordentlichen Wortwechsel gehabt hatten, nahm das Streiten kein Ende mehr.

Es kam der Herbst, die Weinlese begann. Wieder überließ Gospoditsch seinem Weibe Plage und Arbeit, als aber erst der junge Wein wie Feuer in die Fässer rann, da kam er in den Keller und trank so lange, bis sie ihn hinauftragen mußten, einem Sacke gleich.

Barbara sagte nichts, aber sie sperrte den Keller ab, und als Gospoditsch die Schlüssel verlangte, verweigerte sie ihm dieselben in einer Weise, daß er sie nicht zum zweiten Male verlangte. Dafür ging er jetzt in die Schenke und kam, einen Abend wie den anderen, betrunken nach Hause und schrie und tobte wie ein Wahnsinniger.

Und so wurde es wieder Winter. Ohne jeden Anlaß zeigte Gospoditsch mit einem Male einen förmlichen Haß gegen Milada, das arme Mädchen zitterte schon, wenn er nur einen Blick auf sie warf. Er fluchte, wenn sie die dampfende Schüssel auf den Tisch stellte, wenn sie ihm den Tabak brachte, den sie für ihn geschnitten hatte, oder den Weinkrug hinsetzte. Da war kein Tag, wo er die Unglückliche nicht bei seiner Frau verklagte, so daß sie, so lange die liebe Sonne schien, in ihre Schürze und Nachts in ihr Strohkissen hineinweinte und endlich mit rothen Augen umherging wie ein Kaninchen.

»Mit Dir werde ich noch fertig«, hieß es jedesmal, wenn Milada den Zorn ihres Herrn erregt hatte und den Nachbarn gegenüber äußerte er sich wiederholt: »Sie muß mir fort, ich jage sie aus dem Hause.«

»Ich weiß nicht, was Du mit Milada hast«, sagte einmal Barbara.

»Was ich mit ihr habe?« schrie Gospoditsch, »ist sie nicht träge, ungeschickt, frech? Kann man irgend etwas von ihr haben, so wie es in der Ordnung ist?«

»Ich war immer mit ihr zufrieden.«

»Du – aber ich – ich bin ganz und gar nicht zufrieden«, fuhr Gospoditsch fort, »wenn Du sie nicht bald fortschickst, ich weiß nicht, was ich thue, ich erschlage sie noch am Ende.«

Eines Sonntags, während die Frauen in der Messe waren, saß Gospoditsch schon am Morgen in der Schenke, bewirthete ein paar beurlaubte Soldaten, erzählte, sang und prahlte, kam betrunken nach Hause und fiel auf die Bank nieder, gerade als seine Frau zurückkehrte. Sie sah ihn nur an und ging in ihre Kammer, um sich umzukleiden. Zum Unglück kam Milada, noch in ihrem Feiertagsanzug, mit Korallen um den Hals und ein mit Spitzen besetztes Tuch auf dem Kopfe, herein und deckte den Tisch.

»Siehst Du denn nicht, daß mir meine Pfeife ausgegangen ist«, begann Gospoditsch, Milada zündete einen Kienspan an und gab ihm Feuer. Er dampfte eine Weile scheinbar ruhig vor sich hin, mit einem Male aber schlug er auf den Tisch, daß die irdenen Teller durcheinander tanzten. »Willst Du mich zum Besten haben, Du Faulenzerin, Du Gottvergessene, habe ich Dir nicht gesagt, daß meine Pfeife nicht brennt.« Wieder brachte das Mädchen einen brennenden Span, kniete vor Gospoditsch nieder und zündete ihm sorgsam die Pfeife an. »Sie brennt nicht, was ist das wieder, gewiß hast du sie verhext, Du Prinzessin«, rief er und riß ihr die Korallen herab, daß sie wie Blutstropfen über den Boden hinrollten.

Milada begann zu weinen.

»Heulst Du mir was vor«, fuhr Gospoditsch fort, »ich habe eben genug von dieser Musik gehört, schweige still.« Und ohne lange zu fragen schlug er sie derb auf den Mund.

»Nie hat mich noch ein Mensch geschlagen.« begann Milada zu klagen, »außer meiner Mutter, die Gospodina hat mich noch nie berührt, nicht mit dem kleinen Finger hat sie mich berührt, und Ihr –«

»Und ich? – was?« schrie Gospoditsch und sprang auf, »ich gebe Dir jetzt die Schläge, die Du bisher zu wenig erhalten hast.«

»Jesus Maria!«

»Und Joseph!« spottete Gospoditsch, während er auf die Arme losschlug, »geh hin, beklage Dich, es wird sich endlich zeigen, wer Herr im Hause ist, Du oder ich, packe Deine Sachen, Du gehst mir auf der Stelle, zu den Zigeunern gehst Du, dort gehörst Du hin.« Er stieß sie mit dem Fuße zur Thür hinaus wie einen Hund.

Milada weinte sich aus, dann schnürte sie ihr Bündel, zog ihren Schafspelz an, brach sich aus dem Zaun einen tüchtigen Stecken und kam zur Frau in die Kammer, um Abschied zu nehmen.

»Wohin gehst Du denn?« fragte Barbara betroffen.

»Der Herr schickt mich fort.«

»Wer?«

»Der Herr – Dein Mann.«

»So? und da packst Du gleich zusammen«, sagte Barbara, »ich aber lasse Dich nicht gehen, Du bleibst.«

»Ich kann nicht, Gospodina.«

»Und warum nicht?«

»Weil – weil ich es nicht mehr ertragen kann.«

»Was hast Du denn zu ertragen?«

»Daß der Herr mich immer schimpft«, erwiderte das Mädchen, seine Thränen trocknend, »das ginge noch, auch daß er mit nichts, was ich auch thue, zufrieden ist, aber er fängt schon an, mich zu schlagen.«

»Wann hat er Dich geschlagen?«

»Jetzt eben.«

»Weshalb ist er denn so böse auf Dich?«

»Wenn Du es durchaus wissen mußt...«

»Ja, ich muß es wissen.«

»Weil ich ihm kein Gehör schenke«, sagte Milada, »deshalb ist er böse, nur deshalb, und das kann ich doch nicht thun, was er von mir verlangt. ›Liebst Du denn nicht Deine Frau, die so schön ist‹, sagte ich zu ihm, ›die Schönste weit und breit.‹ Da lachte er. ›Gewiß ist sie schön‹, gab er zur Antwort, ›aber Du gefällst mir auch. Hat der Hahn etwa nur eine Henne? Und ich bin wahrhaftig kein Gimpel.‹ Ja, Gospodina, das hat er gesagt, so wahr ich lebe, ich will auf der Stelle verderben, wenn er es nicht gesagt hat.«

»Ich glaube Dir, Milada«, sagte Barbara, »und deshalb bleibst Du. Er soll Dir kein Härchen krümmen, das ist meine Sache.«

Milada ging hinaus, zog den Schafpelz ab, stellte den Stecken hin und packte ihre Sachen wieder aus.

Als Gospoditsch und seine Frau zu Tische gingen und das Mädchen die Suppe hereinbrachte, sprang der Erstere auf und schrie, während seine Augen schrecklich flammten: »Bist Du noch da, hab' ich Dir nicht befohlen, augenblicklich mein Haus zu verlassen?«

»Dieses Haus ist mein Haus«, sagte Barbara stolz, »und das Mädchen ist ein braves Mädchen und bleibt bei mir.«

»Wenn ich aber sage, daß sie fort muß«, schrie Gospoditsch und schlug auf den Tisch. –

»So bleibt sie doch«, entgegnete Barbara, »weil ich es will.«

»Das wollen wir sehen«, murmelte Gospoditsch, der Zorn erstickte ihn fast.

»Ärgere Dich nicht«, sagte Barbara, »es könnte Dir schaden.«

»Marsch! Hinaus!« befahl Gospoditsch, ergriff sein Pfeifenrohr und stürzte auf Milada los.

»Du rührst sie nicht an«, rief Barbara, »ich verbiete es.«

»Verbieten! mir! ich lasse mich nicht von einem Unterrock kommandiren, ich nicht.«

»Was hast Du mir geschworen?«

»Und Du mir? ist das Dein Gehorsam?« Er faßte Milada bei den langen Zöpfen und schlug auf sie los.

Gleich beim ersten Streiche floß ihr Blut, und als seine Frau ihm in den Arm fiel, ließ er zwar Milada los, stieß aber dafür Barbara an die Wand und begann sie mit dem Pfeifenrohr zu bearbeiten. Barbara wehrte sich, so gut sie konnte, mit den Fäusten und ohne einen Laut von sich zu geben, bis Milada den Wüthenden von hinten faßte. Jetzt stieß ihn Barbara mit dem Fuße von sich, so daß er wankte. »Weil sie Dich nicht will«, murmelte sie, »weil sie ehrlich ist, deshalb, ich weiß Alles.«

In diesem Augenblick war es, als stürze das Dach über Gospoditsch ein, er blickte entsetzt zuerst auf Milada, dann auf seine Frau und lief dann zur Thüre hinaus und geradeaus in die Schenke.

Barbara blieb einige Zeit mitten in der Stube stehen. Sie steckte die beiden braunen Zöpfe auf, die ihr bei dem Ringen mit ihrem Manne losgegangen waren und zog das Hemd herauf, das er ihr zerrissen hatte. Das arme Mädchen stand indeß stumm und regungslos bei Seite, nur ihre Augen versuchten ängstlich in dem kalten, finsteren Antlitz der Gospodina zu lesen und flehten um Hilfe, um Rettung bei ihr.

»Gut, sehr gut«, sagte endlich Barbara, nachdem sie sich auf der Bank beim Ofen niedergelassen hatte. »So mußte es kommen, man weiß doch jetzt, woran man ist.«

Diese Worte waren nebenbei an Milada gerichtet, aber sie hatte nicht das Herz, darauf zu antworten.

Barbara ergriff den Krug, setzte ihn an und trank den feurigen Wein, sie erhitzte er nicht, er fühlte sie vielmehr. »Da«, sprach sie, indem sie ihn dem Mädchen hinhielt, »trink, der Wein macht Muth.«

Milada trank und stellte dann den Krug nieder.

»Was thun?« begann Barbara von Neuem, sie starrte das Mädchen an, als stände eine geheimnißvolle Schrift auf dessen Gesicht, die sie zu enträthseln suchte.

Milada wischte sich den Mund mit dem Ärmel. »O!« sagte sie seufzend, »hättest Du ihn
doch lieber am Galgen gelassen.«

Barbara sah sie an, mit einem Blick, der so furchtbar war, wie der eines Richters über Leben
und Tod und dann senkte sie die Augen zu Boden und dachte nach.

Sie dachte lange und kummervoll nach, ohne sich zu regen, kaum daß die Wimper zuckte,
und endlich lächelte sie, aber es war das schreckliche Lächeln einer Löwin, die ein Opfer wittert,
daß ihr nicht mehr entrinnen kann.

Es war spät, als Gospoditsch heimkehrte, von zweien seiner Zechbrüder begleitet, die ihn lachend an die Thüre seines Hauses lehnten und sich dann eilig davonmachten. Als Barbara öffnete, fiel er wie ein Baum, den die Axt gefällt hat, zu ihren Füßen nieder. Sie zog ihn herein,
schloß die Thüre und ließ ihn dann liegen. Nach einer Weile wankte er in die Stube herein,
den Stecken, den Milada draußen angelehnt hatte, in der Hand. Seine Augen glotzten wie die
eines Ertrunkenen.

»Wo sind denn diese verdammten Weiber!« rief er und verlor dabei das Gleichgewicht, als
wäre die Stube ein Schiff auf hoher See, »ich will sie schon lehren, wer der Herr ist – guten
Abend, Frauchen – bist Du jetzt zahm – was? jetzt befehle ich hier, ich allein. Begreifst Du
das? Oder verlangt Dein Herz nach Schlägen, süßes Täubchen?« Er schlug mit dem Stecken
um sich, fiel zu Boden, suchte sich aufzuraffen, aber gab es endlich auf und schlief ein, sowie
er dalag auf der Diehle, halb unter dem Tisch.

Barbara warf nur einen Blick auf ihn, aber einen langen, zufriedenen Blick und ging dann
leise auf den Fußspitzen hinaus.

Ihre Leute waren eben in der Backstube versammelt. »Wo ist denn der Herr?« fragte sie
ruhig, »weiß Niemand, wo er ist?«

»Wo wird er sein?« erwiderte Milada mit einem häßlichen Blick voll Haß und Verachtung,
»in der Schenke.«

»Geht Alle aus, ihn zu suchen«, gebot Barbara, »und daß Ihr mir nicht nach Hause kommt,
ehe Ihr ihn gefunden habt. Nur Du bleibst bei mir, Milada.«

Alle gehorchten rasch und willig. Sie zogen sich an, nahmen Laternen und Kienfackeln und
gingen hinaus in die kalte, sternenhelle Winternacht.

»Suche mir jetzt die Stricke zusammen«, sagte Barbara leise zu Milada.

»Welche Stricke?«

»Die, auf denen wir die Wäsche trocknen.«

»Zu welchem Zweck?«

»Frage nicht lange.«

Barbara kehrte in die Stube zurück, setzte sich auf die Bank und wandte kein Auge von Gospoditsch, als fürchte sie, er könne ihr entkommen. Sie athmete auf, als das Mädchen mit den
Stricken hereinkam.

»So«, sagte sie, indem sie aufstand, »jetzt hilf mir ihn binden.«

»Wen?«

»Meinen Mann.«

»Wie Du es befiehlst, Gospodina.«

»Du thust es doch gern?«

»Gewiß von Herzen gern.«

»Also, nur flink«, flüsterte Barbara, »Du die Füße, ich – die Hände.« –

Sie warfen sich auf ihn, und obwohl Gospoditsch, ohne zu wissen, was mit ihm geschah,
halb im Traume, aufschrie und wüthend um sich schlug, hatten sie ihn doch in wenigen Au-
genblicken überwältigt und ihm die Füsse gefesselt und die Hände auf dem Rücken gebunden.

»Das wäre gelungen«, sagte Barbara, nachdem sie tief Athem geschöpft, »der thut uns nichts
mehr.«

Milada lachte, sie war so glücklich, sie drehte sich im Kreise herum, als gäbe es ein Tänzchen und küßte die Gospodina auf die Schulter.

Barbara gab ihr indeß einen Wink mit den Augen und sie gingen zusammen in den Hof hinaus.

»Was hast Du vor, Gospodina?« fragte das Mädchen neugierig.

»Du wirst es zeitig genug erfahren.«

Barbara zog jetzt mit Milada's Hilfe den Schlitten in den Hof. Es war dies ein kleiner Leiterwagen, den man für den Winter von den Rädern genommen. Die beiden Frauen füllten ihn mit Stroh an, bereiteten einen Sitz aus einer Fütterkiste, führten die Pferde heraus und spannten sie vor. Dann hing Milada die Zügel an den Brunnen und die Gospodina steckte die Peitsche in das Geschirr des Handpferdes.

»Mach fort jetzt«, sagte sie, »zieh Dich an.«

»Wie soll ich mich anziehen?«

»Du siehst ja, daß wir fortfahren.«

Milada sah die Gospodina blöde an und ging in die Backstube, während Barbara, ohne den gebunden Daliegenden weiter zu beachten, rasch durch die Stube in ihre Kammer schritt und nachdem sie den Pelz angezogen, ein Tuch um den Kopf schlang und ein zweites vor den Mund band. Da kam auch schon Milada, gleichfalls im langen Schafspelz und in gleicher Weise vermummt, des Frostes wegen. Die beiden Frauen glichen jetzt Türkinnen, nur ihre Augen blitzten wie aus Haremsschleiern hervor.

»Was nun?« fragte das Mädchen entschlossen.

»Du fragst zu viel«, erwiderte Barbara, »hilf mir, das ist Alles, was ich von Dir verlange.«

»Auf mich zähle, Gospodina, ich bin Dir treu, ich liebe Dich, ich gebe mein Blut für Dich.«

»Komm also!«

Kein Wort wurde mehr gesprochen, die Beiden verständigten sich ausschließlich durch Blicke und Winke. Sie ergriffen Gospoditsch, schleppten ihn in den Hof hinaus, warfen ihn auf den Schlitten und deckten das Stroh über ihn. Milada öffnete das Thor, dann stiegen sie in den Schlitten, Barbara ergriff Zügel und Peitsche und fort ging es in die Nacht hinaus. Sie flogen förmlich durch das Dorf, der Schlitten glitt über die Schneebahn, wie eine Flintenkugel die Luft durchschneidet. Die Hütten mit ihren Nachtmützen von Schnee, die Bäume mit ihren weißen Armen schössen vorüber, als reiße sie eine übernatürliche Gewalt vom Boden weg. Vor dem Dorfe, wo der Wald begann, zeigten sich Wölfe, verschwanden aber bald wieder, sie zogen offenbar einen Besuch in einem Stalle oder Hühnerhof, der Jagd nach dem windschnellen Gespann vor.

Es ging durch den Forst wie durch ein Heer steinerner Gestalten, die sich von den Mauern der Kirchen losgelöst und von den Sargdeckeln der Grüfte erhoben hatten. Barbara bekreuzte sich und das zitternde Mädchen an ihrer Seite begann laut zu beten. Sie erreichten glücklich das freie Feld.

Der Himmel war klar und mit Sternen besäet, in dem matten Lichte der letzteren erglänzten Schneefelder und Eiszapfen, gefrorene Bäche und bereifte Gesträuche.

Als sie sich der Stadt näherten, wurde es hell und heller, der Schnee leuchtete, und aus demselben stieg rasch der Hügel mit dem Galgen hervor und malte sich schwarz auf dem Winterhimmel ab.

Auf diesen Hügel zu trieb Barbara die Pferde.

Da war der Galgen.

Noch zweimal knallte die Peitsche und der Schlitten hielt unter dem Hochgericht, und die Raben, die auf demselben saßen, erhoben sich in die Lüfte und grüßten Barbara, ihr Haupt umkreisend, mit fröhlichem Krächzen. Sie nickte ihnen zu, sprang aus dem Schlitten, band die Pferde an einen Baum und begann die eine Leiter vom Schlitten loszumachen, während Milada das Stroh auseinander warf und Gospoditsch hervorzog.

»Was ist denn? Gebt Ihr mir keine Ruhe?« murmelte dieser, »teuflisches Weibsvolk.«

Die Leiter fiel, und schon riß Barbara ihren Mann bei den Beinen heraus, während Milada ihn vom Schlitten hinabstieß. Er fiel in den Schnee, erhob den Kopf und blickte erstaunt um sich. Indeß wurde die zweite Leiter losgemacht und Barbara band beide mit Stricken zusammen.

»Das ist doch zu dumm«, sagte Gospoditsch, »wo bin ich denn, und wer hat mich denn gebunden?«

Die frostige Luft brachte ihn schnell zu sich.

»Ich habe Dich gebunden«, erwiderte Barbara.

»Du – und was hast Du vor?« Gospoditsch erblickte den Galgen und schauderte.

»Ich werde Dich einfach dort wieder aufhängen, mein Täubchen«, sagte Barbara, »wo ich Dich herabgenommen habe.«

»Scherze nicht.«

»Ich scherze nicht«, gab seine Frau gelassen zur Antwort, »willst Du mir helfen, Milada?«

»Ihn hängen?« rief das Mädchen, »gewiß mit tausend Freuden.«

Sie lehnten die Leiter an den Galgen und ergriffen Gospoditsch, um ihn auf dieselbe zu stellen.

»Bei Gottes Barmherzigkeit«, stammelte der Räuber, »laß mich los, ich will in den Wald gehen und mich niemals wieder bei Dir blicken lassen, ich will nicht am Galgen hängen, ich will nicht.«

Vergebens flehte, vergebens drohte er. Sie hoben ihn auf die Leiter und banden ihn an derselben fest. Dann stieg Barbara über seine Schulter hinauf, machten den Strick an dem Galgen fest und legte ihm die Schlinge kunstgerecht um den Hals.

»Erbarmen!« bat Gospoditsch, »ich will Alles thun, was Du nur willst, schenk mir nur das Leben.«

»Nein, Du mußt hängen«, sagte Barbara. Sie stieg rasch hinab, band ihn von der Leiter los und zog diese weg.

Schon tanzte Gospoditsch den schrecklichen Tanz zwischen Himmel und Erde.

»Machst Du jetzt auch noch verliebte Augen auf mich?« rief Milada lachend, »was?«

»Bete lieber ein Vaterunser für seine arme Seele«, sagte Barbara.

Sie sprachen Beide ein kurzes Gebet, bekreuzten sich und verließen die schreckliche Stätte.

Noch einige Augenblicke und der Schlitten flog auf der Schneefläche dahin.

Gospoditsch hing wieder an derselben Stelle, wo ihn der Henker aufgehängt hatte und diesmal schnitt ihn Niemand ab.

Die Leute in Zagorien sagten, er sei sogar dem Teufel zu schlecht gewesen und so habe ihn dieser eines Tages wieder zurückgebracht, zur Freude der Raben, die sich lange genug an ihm belustigten.

Ein Mord in den Karpathen

Auf einem hohen Felsen, mitten im Urwalde hundertjähriger Tannen, liegt in den galizischen Karpathen das Schloß Tarow, zu der Zeit, wo unsere Geschichte spielt, der Familie der Grafen Tarowski gehörig. Eine eigenthümliche, melancholische Poesie umwebt das alte Starostennest, in welchem hoch oben in den runden Thürmen Raben, Falken und Eulen wohnen und die Luft mit ihrem unmelodischen Geschrei erfüllen, während unten in den weiten Prunkgemächern, wie das Volk behauptet, der alte eifersüchtige Graf seine junge und schöne Gemahlin gefangen hält und durch große Rüden, welche jeden, der dem Schlosse naht, zu zerreißen drohen, bewachen läßt.

Ein Körnlein Wahrheit ist übrigens in der Geschichte. Graf Thadeus Tarowski hat in zweiter Ehe ein Mädchen aus einer verarmten Adelsfamilie Volhyniens heimgeführt. Lodoiska von Kaminski, eine Schönheit ersten Ranges, zwanzig Jahre alt, während er selbst über sechzig zählt. Der Abstand des Alters mag dem menschenfeindlichen Greise Mißtrauen einflößen, er hat sich bald nach seiner Vermählung aus dem lärmenden Leben der Hauptstadt auf sein einsames Stammschloß zurückgezogen, in eine Gegend, welche außer von Bären und Wölfen nur hie und da von einem Wildschützen und Schmuggler betreten wird. Hier umgiebt er sein angebetetes Weib mit allem Luxus der modernen Welt, mit aller Pracht des Orients; Diener und Dienerinnen, stumm, demüthig und folgsam wie türkische Sklaven, bedienen sie, aber Niemand als er selbst darf ihr Gesellschaft leisten, das Wort an sie richten.

Nur wenn der alte Graf für einige Tage in Geschäftsangelegenheiten das Schloß verläßt, erweitern sich die Wände ihres Kerkers. Dann besteigt Lodoiska ihren ukrainischen Renner und sprengt in die Ebene, wo hie und da vereinzelte Hütten armer Landleute liegen, und ist zufrieden, wenn sie einem Hirten begegnet, der seine Schafe zur Weide treibt, oder sie wirft, gleich allen Polinnen eine Amazone, die Jagdflinte um die Schulter, durchstreift den wilden Forst und sendet das tödtliche Blei hier einem Geier, dort einer Wildkatze zu, und selten fehlt sie, denn sie hat ein Auge wie ein Adler und eine ruhige feste Hand, jene Hand, welche berufen ist, zu leben, zu herrschen, zu unterjochen.

Auch heute ist sie allein. Der alte Graf ist zur nächsten Eisenbahnstation gefahren, um seinen Sohn aus erster Ehe, *Leon*, zu erwarten, welcher in Wien studirt und seit der Wiedervermählung seines Vaters dem Elternhause ferne geblieben ist. Lodoiska verläßt, sobald die Staubwolke, welche seinem leichten Wagen folgt, sich zwischen den Wänden grünen Nadelholzes zu beiden Seiten des Weges verloren hat, das Schloß und eilt hinab, wo sie freie Luft athmen, wo sie Menschen sehen kann.

Zu gleicher Zeit schreitet ein junger schöner Mann in polnischer Tracht, nur einen leichten Spazierstock in der Hand, durch den finsteren Hochwald, sich von Zeit zu Zeit an dem Pochen eines Spechtes oder den tollen Sprüngen eines Eichhörnchens ergötzend. Plötzlich schallt wildes Gebelle, die Zweige brechen in der Nähe und zwei riesige graue Wolfshunde, den borstigen Rücken gleich Hyänen gesträubt, stürzen auf ihn los. Vergebens sucht er sie durch Zuruf, durch die leichten Hiebe seines Stöckchens abzuhalten, im Momente ist er von ihnen zu Boden gerissen – der Eine steht auf ihm mit funkelnden Augen und droht ihn zu zerreißen.

Da theilen sich nochmals die Zweige, ein junges, dämonisch schönes Weib tritt hervor und ruft die Hunde zurück, welche der hellen gebietenden Stimme sofort gehorchen. Der junge Mann kann sich aufrichten und hat, während sich die Jägerin bei ihm entschuldigt, Zeit, dieselbe zu betrachten.

Es ist eine hohe schlanke Gestalt, welche vor ihm steht, frei, unerschrocken, gebieterisch, sie trägt einen kurzen Seidenrock, welcher ihre kleinen Füße sehen läßt, und eine Kazabaika von Sammt. Ihre Hand schwingt eine Hetzpeitsche, unter der koketten Mütze quellen reiche blonde Locken hervor und umrahmen das reizende Gesicht, dem ein niedliches Stumpfnäschen den Ausdruck von Trotz und Herrschsucht verleiht, während die halbgeschlossenen blauen Augen milde, hold, ja schwärmerisch blicken.

»Schöne Frau, Fee, wilde Jägerin!« rief der junge Mann, »ich danke Ihnen mein Leben! Ohne zu ahnen, wer Sie sind, werde ich doch kaum irren, wenn ich in Ihnen die Gebieterin dieses Waldgebietes grüße.«

»Ich bin die Gräfin Tarowski«, erwiederte das schöne, stolze Weib, den Jüngling seltsam mit den Augen prüfend.

»Die Gräfin Tarowski – des Grafen Thadeus Frau?« schrie er auf.

»Ja – was ist denn da Entsetzliches dabei?« spottete Lodoiska.

»Sie sind also – ich kann es nicht fassen«, stammelte der junge Mann, »Sie sind – meine Mutter!«

»Leon –?!«

»Ja, ich bin Leon Graf Tarowski, Ihr Stiefsohn.«

Lodoiska bot ihm nun freundlich die Hand, welche er mehrmals leidenschaftlich küßte.

»Leon – was thun Sie?« flüsterte die schöne Frau, während ihr zugleich das Blut in die Wangen schoß.

»Ich grüße Sie als meine Mutter«, rief Leon; »nun aber führen Sie mich zu meinem Vater. Ich bin auf Seitenwegen hierher geeilt, um ihn zu überraschen, aber Ihre wilden Begleiter haben meinen Plan durchkreuzt.«

»Kommen Sie also«, sprach Lodoiska. Sie legte ihren Arm in den seinen und sie stiegen langsam zwischen Felsen und düsteren Tannen zum Schlosse empor.

Hier fanden sie den alten Grafen, welcher, nachdem er von dem Diener seines Sohnes erfahren, daß derselbe seinem Gepäcke vorausgeeilt war, auf der Stelle den Heimweg angetreten hatte.

Vater und Sohn begrüßten sich auf das Zärtlichste und der alte Magnat richtete seinen Leon, seinen Einzigen, seinen Heißgeliebten dann in dem linken Flügel des Schlosses ein, während er selbst mit seinem Weibe, den rechten bewohnte.

Wie überall, brachte auch auf dem einsamen Karpathenschlosse die Ankunft eines neuen Gastes und Familienmitgliedes für einige Zeit Leben, Bewegung und Frohsinn in den kleinen Kreis. Nur zu bald aber war der Unterhaltungsstoff, den Leon aus der Fremde mitgebracht, erschöpft, und die Stunden, die Tage begannen wieder träge und einförmig dahinzuschleichen.

Aber die schöne Schloßherrin schien diesmal entschlossen, der Langenweile nicht so ohne Weiteres das Feld zu räumen. Sie suchte nach irgend einem Spiele, um sich die Zeit zu vertreiben, und griff nach dem gefährlichsten, nach einem – Roman, und nicht etwa nach einem gedruckten, nein, sie begann selbst einen solchen und machte sich zur Heldin und Leon zum Helden desselben...

Lodoiska, welche bisher gleich einer Nonne gelebt, entpuppte sich plötzlich als vollendete Kokette, und so fein, so vorsichtig warf sie ihre Schlingen, daß ihr Gemahl dieselben nicht bemerkte und Leon selbst gefangen war, ehe er es ahnte, ja von der Einbildung getäuscht wurde, er habe aus sich selbst eine verzehrende Leidenschaft zu seiner Stiefmutter gefaßt, ohne daß Lodoiska ihn ermuntert habe. Der edle junge Mann wehrte sich tapfer gegen das Gefühl, das ihn stündlich zu übermannen drohte, er begann seiner schönen Mutter auszuweichen – aber es wurde ihr leicht, ihn auf dem kleinen Terrain, das sie Alle vereinigte, immer wieder aufzusuchen, ohne daß er nur geahnt hätte, daß in ihrem Benehmen eine Absicht lag. Leon wurde bleich und still, er litt unnennbare Qualen, aber er hatte noch immer volle Gewalt über sich. Da geschah es, daß sein Vater zur Kreisstadt fuhr, für mehrere Tage.

Leon wollte ihn begleiten, aber die kokette Frau gab es nicht zu, sie verlangte ausdrücklich, er sollte bleiben, um ihr Gesellschaft zu leisten. Der alte Graf war unvorsichtig genug, es ihm förmlich zu befehlen. Nun waren sie Beide verloren.

Gleich am ersten Abend, wo Leon mit seiner Stiefmutter beisammen war, sollte das stolze Gebäude seiner Grundsätze zusammenbrechen.

»Wir wollen zusammen lesen«, schlug das schöne berauschende Weib scheinbar unbefangen vor.

Leon ging, um einen neuen französischen Roman herbeizuholen. Als er wieder bei ihr eintrat, lag Lodoiska in einem reizenden Negligée mit halbaufgelöstem Haare auf einem Divan. Sie reichte ihm die kleine, kalte, bebende Hand und er führte sie heftig an seine Lippen, dann faßte er sich wieder und versuchte sich zu bezwingen, aber sie ließ ihm keine Zeit dazu.

»Du bleibst doch den Winter bei uns, Leon?« begann sie.

»Nein, ich will im Gegentheil so bald als möglich fort«, erwiederte er.

»Fort!« rief Lodoiska, »Du könntest uns verlassen, Du kannst Dir denken, ohne uns – ohne mich zu sein…Sieh, ich liebe Dich also mehr, als Du mich liebst, denn ich kann den Gedanken nicht fassen, ohne Dich zu sein!«

»Du bist zu gütig«, erwiederte Leon mit einem schmerzlichen Lächeln, »aber ich muß gehen, ich muß; glaube es mir, ich gehe nur, weil ich Dich liebe, weil ich Dich zu sehr liebe, und mit einer ganz anderen Liebe, als Du mich liebst.«

»Leon!« schrie Lodoiska auf, »Du – Du liebst mich?«

»O! ich bin der unseligste elendeste Mensch«, stammelte Leon, »ich liebe Dich und muß Dich fliehen, Dich, die ich anbete, ohne die ich nicht mehr leben kann. Laß mich sterben, auf der Stelle, hier zu Deinen Füßen!«

Er warf sich vor ihr auf die Kniee und preßte seine heißen Lippen auf den Saum ihres Gewandes.

Aber dies schon schien die stolze Frau zu beleidigen. Sie stieß ihn heftig mit dem Fuße von sich, wie man Hunde von sich stößt, und erhob sich. »Du sprichst von Empfindungen, welche mich verletzen, erzürnen«, sagte sie kalt, »verlasse mich auf der Stelle!«

Die Kokette hätte diesen grausamen Befehl nicht so ruhig ausgesprochen, wenn sie geahnt hätte, daß Leon gehorchen würde; sie erwartete einen neuen, heftigeren Sturm, während er, innerlich gebrochen, aufstand, sich demüthig vor ihr verneigte und dann das Gemach verließ.

Sie blieb allein und stampfte zornig mit dem Fuße, dann ging sie mit großen heftigen Schritten auf und ab und endlich setzte sie sich an das Klavier und begann zu phantasiren. Nach einer Weile aber, wie von einer Ahnung ergriffen, eilte sie an das Fenster und blickte hinaus in den von Mondsichel und Sternen halb erleuchteten Garten, dann warf sie rasch eine Mantille um und ging hinab.

Leon stand an eine alte Linde gelehnt und blickte in den Sturzbach, welcher ruhelos, gleich ihm, zur Ebene hinab toste. Da legte sich eine kleine Hand sanft auf seine Schulter, er zuckte, wie von einem elektrischen Schlage getroffen, unter der Berührung dieser Hand zusammen und preßte sie im nächsten Augenblicke an seine stummen Lippen, an seine nassen Augen.

Was die Beiden zusammen sprachen in jener sternenhellen Nacht in dem schweigenden Schloßgarten, Niemand hörte, Niemand ahnte es, aber Leon zeigte sich fortan finster, bekümmert, und aus seinem Auge blitzte die Resignation der Verzweiflung.

Der alte Graf kehrte zurück.

Leon theilte ihm mit, daß er Schloß Tarow in drei Tagen verlassen wolle. Vergebens suchte ihn sein Vater zurückzuhalten, vergebens vereinigte die schöne Stiefmutter ihre Bitten mit den seinen; der Sohn ließ sich in seinem Entschlusse nicht wankend machen.

»Ehe Du gehst«, sagte nun der Vater, »will ich Dir mein Testament zeigen; ich bin alt, Gott weiß, ob wir uns noch einmal sehen, ehe ich sterbe.« Er nahm das Dokument hierauf aus seinem Schreibtisch und zeigte es seinem Sohne.

Als dieser das Zimmer seines Vaters verließ, traf er Lodoiska, und es war kein Zufall, daß er sie traf. »Hast Du ihn bestimmt, ein Testament zu machen?« fragte sie rasch. »Es hat meiner Aufforderung nicht bedurft«, entgegnete Leon, »es ist fertig.«

»Und? –«

»Wir sind seine Erben.«

Es zuckte seltsam im Auge des jungen schönen Weibes auf, aber Leon, der dieses Weib anbetete, dem es bald ein Engel, bald wie ein Dämon erschien, bemerkte es nicht.

Ehe der Sohn abreiste, wünschte der Vater ihn einmal auf die Treibjagd zu führen. Der erste Schnee war gefallen, Bär und Wolf kamen aus dem Hochgebirge herab und versprachen die höchste Waidmannslust. An einem hellen Wintermorgen brachen sie auf. Lodoiska begleitete sie. Als die Jäger angestellt wurden, wünschte die kühne Amazone für sich allein einen Stand einzunehmen, aber der alte Graf gab es nicht zu und wollte an ihrer Seite bleiben, während Leon etwa zweihundert Schritte weit von ihnen Posto fassen sollte. Die Drei gingen, sich von dem übrigen Gefolge sondernd, vom Wege ab durch das Dickicht.

Die Jagd begann. Man hörte schon das Geheul der Treiber – da fiel etwas vorzeitig ein Schuß und bald darauf ertönten aus der Richtung, in welcher das gräfliche Paar sich aufgestellt hatte, Hilferufe. Der Förster eilte hin, andere Jäger folgten, sie fanden den alten Grafen mit einer Wunde von der rechten Seite her mitten durch die Brust, todt in seinem Blute schwimmend, die Gräfin verzweifelt, halb ohnmächtig auf seiner Leiche zusammengesunken. Noch war sie unfähig zu sprechen, zu erklären, was geschehen war. Jetzt kam auch Leon herbei, bleich, verstört, keines Wortes mächtig, blickte er auf den Todten.

Erst im Schlosse, wohin man Lodoiska halb mit Gewalt brachte, erfuhr man aus ihrem Munde, daß dem Grafen, als er, die Büchse in der Hand, sich durch das Gebüsch Bahn gebrochen habe, das Gewehr dadurch losgegangen sei, daß der Hahn sich an einem Zweige fing und auf- und zurückschnappte; der Graf sei auf der Stelle todt zusammengestürzt. Anfangs schien der Vorfall Allen nichts weiter als ein furchtbares Unglück; als aber Leon, nachdem er die Nacht in dem Gemache der Gräfin zugebracht und, wie die Dienstleute behaupteten, eifrig mit ihr gestritten habe, am nächsten Morgen plötzlich abreiste, begannen sich Mißtrauen und Verdacht zu regen und steigerten sich noch, als man erfuhr, daß der Sohn über den gewaltsamen, plötzlichen Tod des Vaters in Tiefsinn verfallen und in ein Kloster getreten sei. Lodoiska dagegen tröstete sich auffallend rasch. Leon hatte dem väterlichen Erbe entsagt. Sie war jetzt die Herrin der ausgedehnten Güter der Familie Tarowski und im Besitze eines imposanten Vermögens. Ehe noch das Trauerjahr zu Ende war, reiste sie nach Paris und stürzte sich dort in den vollen wilden Strom des Lebens.

Aber nicht zu lange war es ihr gegönnt, die Frucht ihrer That zu genießen. Aus dem Tiefsinn Leon's wurde bald vollkommener Wahnsinn. Er starb etwa ein Jahr nach dem blutigen Ende des alten Grafen; ehe er starb, kam er jedoch für wenige Stunden zu sich und klagte sich offen als den *Mörder seines Vaters* an. Lodoiska hatte ihn zu der That verführt, ihre Hand als den Preis derselben verheißen – aber schon in der Nacht nach dem Morde war sein Gewissen erwacht und er haßte das schreckliche Weib, das ihn zu dem Frevel getrieben.

Lodoiska Gräfin Tarowski wurde auf jene Enthüllung hin in Paris verhaftet. Aber sie war auf diese Katastrophe gefaßt, denn in dem Augenblick, wo der Polizeibeamte ihr Schlafgemach betrat, stieß sie ein gellendes dämonisches Lachen, das Lachen der Verdammten, aus und stürzte dann zu Boden. Sie hatte Gift genommen.

Das Todesurtheil einer Frau

In einem Gebirgslande lebten in einem stillen Bergwinkel zwei Nachbarfamilien auf ihren Gütern in guter Freundschaft und freundlichem Verkehre, obwohl die Verhältnisse derselben sehr verschieden waren. Die eine nämlich, welche wir Zoller nennen, war durch unsinnige Spekulationen und schlechte, verschwenderische Wirthschaft ihres Hauptes in materieller Beziehung stark heruntergekommen, von vier hübschen Besitzungen waren drei im Laufe der Jahre verkauft worden und die letzte, unansehnlichste, ziemlich verschuldet und überdieß noch verwahrlost. Zum Ueberflusse war dem Hause auch ein reicher Kindersegen zu Theil geworden, und es liefen drei eben so schöne als wilde Mädchen in dem Wirthschaftshofe und auf den mit Gras bewachsenen Wegen des weitläufigen Gartens umher, und vier kleine Zoller balgten sich barhaupt und bloßfüßig mit den Bauernbuben um die Wette. Ganz anders sah es bei dem Nachbarn aus. Herr von Kronenberg besaß eines der größten Güter der Provinz und verwaltete es mit lobenswerther Umsicht. In dem hübschen, im Zopfstyl erbauten Schlosse, welches von einem Hügel herab in die Landschaft blickte, herrschte ein gewisser feiner Luxus, ohne daß deshalb das Erträgniß des Kronberg'schen Eigenthums je vollkommen in Anspruch genommen worden wäre. Der alte Herr sparte sich ein hübsches Kapital zusammen, obwohl er nur einen einzigen Sohn hatte, der, den Traditionen der Familie entgegen, der Landwirtschaft den Rücken kehrte und sich der Diplomatie gewidmet hatte. Einst der Spielkamerad der zwei ältesten Fräulein Zoller, war er seit Jahren im Orient gewesen und kehrte jetzt plötzlich krank in das Elternhaus zurück, um in der heimathlichen Luft und der Pflege der Mutter bald zu genesen. In den ersten Wochen hatte er Niemanden gesehen, kaum hatte er sich aber so weit erholt, daß er das Zimmer verlassen und in dem schönen Schloßpark spazieren gehen konnte, ließ er eines Tages anspannen und fuhr zu den Zollers hinüber, um seine Jugendfreundinnen zu begrüßen. Als der elegante, offene Wagen vor dem wurmstichigen Thore des kleinen Gutshofes hielt, eilten zwei kleine Mädchen mit dunklen Zöpfen und Augen herbei, um Robert von Kronenberg mit ihren hellen Stimmen zu begrüßen und ihm ihre frischen, vollen Lippen zum Kusse darzubieten. Langsam, mit der ruhigen Hoheit einer gebietenden Frau, kam die dritte der jungen Damen, die älteste, dem einstigen Spielkameraden entgegen und bot ihm treuherzig die Hand; und Robert war von der holden Erscheinung im ersten Augenblicke so ergriffen, daß er nur die kleine Hand ein wenig zu drücken wagte und der schönen Leonore lange sprachlos in die blauen seelenvollen Augen sah. Das übermüthige Kind, mit dem er sich so toll herumgetrieben, das gleich ihm kühn über Hecken und Gräben gesprungen war, stand als hochgewachsene Jungfrau, das anmuthige Gesichtchen von hellblondem Haare lieblich eingefaßt, stolz und sittsam vor ihm und lächelte doch zugleich so innig mit den ihm wohlbekannten, treuen Kinderaugen.

»Und von Dir, Leonore«, sagte er endlich, »bekomme ich keinen Kuß?« Das holde Mädchen erröthete und trat einen Schritt zurück. »Die Eltern werden sich sehr freuen, Dich zu sehen«, sagte sie, das war die ganze Antwort. Sie gingen zusammen in das Haus, Herr Zoller und seine Frau schlossen Robert herzlich an ihre Brust, die beiden andern Mädchen zerrten hierauf den »Türken«, wie sie Robert nannten, in den Garten und begannen ihn zu necken und sich mit ihm herumzutreiben, aber Leonore blieb still und stand nur bei Seite und ließ ihre großen und ausdrucksvollen Augen auf dem Jugendfreunde haften, der ihr so ganz verändert schien, so groß und schön, und weltgewandt und männlich, und am besten gefiel ihr, daß er so von der Sonne verbrannt war.

Robert, dessen Herz nicht weniger von den Flammenaugen der schönen Georgierinnen und Griechinnen versengt worden war, fühlte in der Nähe des sanften, blonden, deutschen Mädchens auch in seiner Seele sich etwas wie Genesung vollziehen, er kam täglich, er lebte endlich förmlich mit dem Hause Zoller, er half den Mädchen Vormittags im Garten und in der Küche, er ging mit ihnen in den Stall, in die Milchkammer, er speiste bei Zoller und führte nach dem Essen die ganze wilde Bande der Zoller'schen Kinder durch Felder und Hochwald weit in das Gebirge hinein, oder ritt mit Leonore aus.

Bald wußte es die ganze Umgebung, daß Robert von Kronenberg Fräulein Leonore Zoller liebte und daß sie ihn wieder liebte, nur die Beiden schienen es nicht zu wissen, wenigstens hatten sie sich es noch nicht gesagt.

Es kam die Stunde, wo der »Türke« das stolze Mädchen allein traf im Garten, sie nahm Blumenkohl aus, eine sehr prosaische Situation, aber ihm gefiel sie in ihrer weißen Latzschürze besser als die Odalisken in ihren goldgestickten Kaftanen, und er ergriff ihre Hand und gestand ihr, was er auf dem Herzen hatte.

Sie hörte ihn ruhig an, dann sagte sie ihm, daß sie ihn liebe, daß er der erste Mann sei, dem ihr Herz gehöre, und der letzte, dem es gehören werde, aber sie glaube nicht, daß eine Verbindung möglich sei; sie schilderte ihm mit rückhaltloser Offenheit die mißlichen Verhältnisse ihrer Eltern und schloß damit, daß sie sich als ein *armes* Mädchen bezeichnete. Robert schwur, daß ihm dies gleichgültig sei, er erklärte, daß er als der einzige Erbe reicher Eltern nicht im Entferntesten daran denke, eine Parthie im Sinne der Welt zu machen, er suche ein braves Weib, das er achten, das er lieben könne, dies habe er in ihr gefunden und zugleich das höchste Glück, das es für ihn auf Erden gebe.

Er zog Leonore sanft an seine Brust. Sie gehörte ihm.

Wochen, Monate vergingen den Liebenden im süßen Taumel, Leonore nahm in ihrem reinen unschuldigen Herzen keinen Anstand, Robert Zusammenkünfte ohne Zeugen zu gewähren, welche im Walde bei einem Felsen, welcher die grünen Wipfel der Tannen hoch überragte, stattfanden. Als der erste Schnee sie vertrieb, ging das ahnungslose Mädchen in seinem Vertrauen noch weiter, es öffnete auf Roberts Drängen ihm Nachts das Fenster und warf eine Strickleiter hinab, welche es am Fensterkreuz befestigt hatte.

So verging der Winter, Leonore erwartete von Tag zu Tag, von Monat zu Monat, daß Robert sich ihren Eltern erkläre, daß er um ihre Hand anhalten würde. Vergebens. Je zarter sie sich in dieser Angelegenheit zeigte, um so mehr schien Robert seine Absichten zu vergessen.

Und als sie ihn endlich unter Erröthen und Thränen zu erinnern wagte, begann er zerstreut und verdrießlich zu werden und seine Besuche wurden seltener.

Es war im Frühjahre, als Leonore, die sanfte, verschämte Leonore, im Schloß Kronenberg erschien und plötzlich in Roberts Zimmer stand. »Du kommst nicht mehr zu mir«, begann sie mit einem höhnischen Lächeln, »ich bin also gezwungen, zu Dir zu kommen. Übrigens wird mein Besuch sehr kurz sein. Ich habe Dir nur eine Mittheilung zu machen« – hier stockte sie – »ich fühle mich Mutter.«

Robert erblaßte.

»Du weißt wohl als Mann von Ehre, was Du jetzt zu thun hast«, fügte das tiefgekränkte Mädchen hinzu. Robert trat an das Fenster und schwieg. Er war Leonorens müde, aber in diesem Augenblicke trat die Schuld, welche er ihr gegenüber auf sein Gewissen geladen hatte, so lebhaft vor seine Seele, daß er keine Worte fand. Leonore verließ ihn hierauf, und als sie am nächsten Tage eine vertraute Dienerin zu ihm sandte, war er nach der Residenz gefahren. Von dort schrieb er ihr, er sei abgereist, um seine Angelegenheiten zu ordnen, er werde seine Pflicht gegen sie zu erfüllen wissen. Er schrieb noch einmal, dann nicht mehr.

Leonore hatte lange genug gezweifelt, gelitten, geschwiegen, jetzt kam auf einmal eine unglaubliche Thatkraft über das bescheidene, sanfte Mädchen. Sie verkaufte heimlich ihren Schmuck und reiste ohne Wissen ihrer Eltern ihrem Verführer nach. In der Residenz traf sie ihn mitten unter seinen Freunden, von einer Orgie zur andern eilend, und stellte ihn zur Rede, sie verlangte Nichts mehr als ihr Recht, sie mahnte ihn an sein Wort und als er Ausflüchte nahm und seine Eltern vorschützte, schrieb sie an diese und setzte ihnen Alles auseinander, ihre Unschuld, seine Verführung, ihre Leiden, ihre verzweifelte Lage, aber ohne Erfolg. Sie bekam statt des Trostes, den sie erwartete, nur Anklagen und Vorwürfe zur Antwort, ja der Vater Roberts ging so weit, ihr die unwürdigste Spekulation zuzumuthen, sie habe seinen Sohn durch ihre Koketterie umgarnt, schrieb er, und sich ihm nur in der Absicht hingegeben, ihn dadurch zu einer Heirath zu zwingen und auf diese unerlaubte Weise sich einen reichen Gatten zu erobern.

Zugleich erfuhr sie, daß Robert die Bekanntschaft einer eleganten, schönen Frau, der Wittwe eines sehr reichen Fabrikanten, gemacht habe, und im Begriffe sei, derselben seine Hand zu reichen. Leonore überwand nun den letzten Rest von Scheu und Schamhaftigkeit und ging zu ihrer Nebenbuhlerin, welche sie in sichtlicher Verlegenheit empfing. Das arme, geängstigte Mädchen öffnete der Frau, welche im Begriffe war, ihr zugleich Glück und Ehre zu rauben, ihr ganzes Herz, sie bat, sie beschwor, sie drohte, aber sie fand statt der erwarteten Theilnahme nur kühle Entschuldigungen. »Sie lieben Robert und sehen durch ihn Ihre Ehre in Gefahr«, sagte die reiche Wittwe endlich, »nun auch ich liebe ihn, und auch ich bin kompromittirt, wenn er sich jetzt zurückzieht. Sie sehen, wir stehen ganz gleich, und ich bin durchaus nicht die Frau, mein Recht und meinen Vortheil aufzugeben.«

Mit gebrochenen Knieen wankte Leonore die Treppe hinab. Noch einmal ging sie zu Robert, aber sie fand seine Thüre geschlossen.

Resignirt, dem Leben, seinen Freuden und seiner Schönheit den Rücken kehrend, auf das Ärgste gefaßt, kam sie nach Hause zurück und eröffnete den Ihren ohne jede Erregung, beinahe kalt, was sich mit ihr zugetragen, ihr Unglück und ihr Schicksal. Die Liebe der Eltern half ihr über die traurige Katastrophe hinweg. Sie wurde Mutter. Die Verwandten, die Freunde, die Nachbarn wendeten sich von dem gefallenen Mädchen ab. Das sonst so gesellige, heitere Haus glich einem Kloster. Niemand kam, Niemand ging aus demselben hinaus.

Leonore trug stumm, was ihre Schuld so gut war wie die Roberts, sie klagte nicht, sie weinte nicht, sie verbarg sich nur, und sie brütete, aber kein Mensch ahnte, worüber sie brütete. Sie sah sich ausgestoßen aus der Gesellschaft, der Schande preisgegeben, gebrandmarkt, dies konnte die stolze Seele dieses Weibes nicht für die Dauer ertragen.

Zu seinem Unglück kehrte Robert nach Kronenberg zurück. Er kam mit seiner Braut, um sie den Eltern vorzustellen, und der eitle Mann begnügte sich nicht damit; er mußte sich an der Seite der schönen Frau der Welt zeigen, sie fuhr mit ihm im Phaeton, selbst die Pferde lenkend in extravaganter Toilette, zu den Nachbarn, oder galoppirte mit ihm durch die Felder. So geschah es, daß sie einmal ein bleiches junges Weib trafen, das, als es sie erblickte, sich bebend hinter einem Baume verbarg. Dieses Weib, dem die Thränen der Empörung und der Wuth über die verhärmten Wangen herabflossen und das die geballten Fäuste drohend gen Himmel hob, war Leonore.

Den nächsten Tag erhielt Robert das folgende Billet von ihr: »Ich habe sie gesehen, die Du liebst, die Deine Frau wird. Ich begreife vollkommen, daß ein armes Geschöpf wie ich vor einer so strahlenden Schönheit zurückstehen muß, ich bin nicht einmal eines Neides fähig. Ich wünsche Dir und ihr das höchste Glück auf Erden und für mich nichts weiter als eine letzte Unterredung mit Dir, welche Du mir nicht verweigern kannst. Ich will Abschied nehmen von Dir! Deine – Leonore.«

Robert glaubte diesen seltsamen Zeilen. Während er sich selbst der unedelsten Handlungsweise einem Mädchen gegenüber anklagen mußte, das ihm Alles geopfert, hielt er es für möglich, daß dasselbe Mädchen seine Infamieen mit Segenswünschen vergelten könne. Verblendet von einem maßlosen Eigendünkel, sagte er Leonoren die verlangte Zusammenkunft zu und wählte für dieselbe den Felsen im Walde bei dem sie ihre ersten Rendezvous gehabt hatten.

Es war ein trauriges Wiedersehen. Leonore saß, als Robert kam, das Haupt in die Hände gestützt, auf einem Stein und erhob langsam das große Auge zu ihm. Der treulose Mann erschrak vor dem finstern, entschlossenen Ausdruck dieses Auges und eine böse Ahnung überkam ihn.

»Was willst Du, Leonore?« begann er.

»Abschied nehmen –« sagte sie kalt.

»Ich habe Dir wehe, ich habe Dir Unrecht gethan«, fuhr er fort.

»Von Recht ist zwischen uns nicht die Rede«, fiel Leonore ein, indem sie sich stolz und drohend erhob, »Du hast mich verführt, entehrt. Willst Du das gut machen?«

»Wie soll ich?« stammelte Robert.

»Ich frage Dich zum letzten Male«, rief Leonore »willst Du mein Gatte werden?«

»Ich kann nicht, Leonore.«

»Gut. Dann bin ich gezwungen, selbst meine Ehre herzustellen, oder wenn ich dies nicht kann, Rache an Dir zu nehmen«, sprach das tief beleidigte junge Weib, indem es zugleich zwei Pistolen hervorzog und die eine ihrem Verführer vor die Füße warf.

»Was beginnst Du?« rief er erschreckt.

»Ich nehme für mich dasselbe Recht in Anspruch, das der Mann hat, um seine verlorene Ehre herzustellen. Schieße Du zuerst, denn ich will meines Schusses sicher sein.«

»Du willst mich morden?«

»Ist Derjenige, der seinem Feinde die Waffe zur Vertheidigung in die Hand giebt, ein Mörder?« fragte sie empört. »Schieß!«

»Nein, ich schieße nicht«, erwiederte Robert, am ganzen Leibe bebend.

»Dann bereite Dich zum Tode«, sagte Leonore kalt.

»Du wärst im Stande –« schrie er.

»Ich tödte Dich, verlaß Dich darauf«, entgegnete sie, spannte den Hahn der Pistole und richtete die Mündung auf ihn.

Halb instinktiv ergriff Robert in diesem Augenblicke die Waffe, die zu seinen Füßen lag, und indem er mit derselben Leonore abzuwehren suchte, wich er einige Schritte zurück.

»Versuche nicht zu entfliehen«, rief sie, »ich schieße Dich nieder, sobald Du Dich noch einen Schritt weiter bewegst.«

»Leonore!« flehte der Verführer.

»Schieß!«

Er senkte den Lauf der Pistole. Da trat sie rasch auf ihn zu und murmelte: »Bete!« – und jetzt in der Todesangst schoß er, aber er traf sie nicht.

»Nun bist Du in meiner Hand«, sagte sie, »ich halte Gericht über Dich und verurtheile Dich zum Tode. Bete!«

Er versuchte mit einer raschen, wahnsinnigen Bewegung ihr die Pistole zu entreißen; in demselben Augenblick traf ihn die Kugel. Er sank lautlos zu Boden.

Sie verschwand nach der That.

Man behauptete in der Gegend, sie habe sich in den Fluß gestürzt; nach anderen Nachrichten soll sie unter fremdem Namen jenseits des Ozeans leben, geachtet und geliebt.

Im Venusberg

Es ist nicht lange her, daß ich in Wien die Bekanntschaft eines Malers machte, recht zufällig und doch nicht ohne Absicht von meiner Seite. Wir tranken seit Monaten unseren Nachmittagskaffee an demselben Tisch und lasen unsere Zeitungen Rücken gegen Rücken. Der bleiche junge Mann mit dem kurzen, krausen, schwarzen Haare, den großen düster brennenden dunklen Augen zog mich an, ganz besonders interessirte mich der schwermüthige Zug von Fatalismus in seinem beinahe schönen Gesichte, er schien mir einer von Jenen, die ihr Unheil, ihr Schicksal mit sich herumtragen in der eigenen Brust und welche stumm resignirt den Kampf dagegen aufgegeben haben.

Ein recht apartes Bild in den fliegenden Blättern vermittelte unsere Annäherung, es war dies eine abscheuliche Äffin in der bekannten Atitude der hehren Göttin der Tribuna mit der Unterschrift: Das Urbild der medicäischen Venus nach Karl Vogt.

So sehr das Bild mein Gefühl, meine Sinne beleidigte, ich mußte doch dabei laut auflachen. Mein Nachbar wurde aufmerksam. Ich legte das Blatt vor ihm auf den Tisch, er ergriff es hastig, warf einen Blick auf dasselbe und schleuderte es eben so hastig von sich.

»Wie können Sie über so etwas lachen«, sagte er beleidigt.

»Es mag infam sein«, erwiderte ich, »aber es ist unwiderstehlich komisch.«

»Ich kann über nichts lachen, was mir heilig ist«, warf er hin, »man mag Alles karrikiren, was ein thörichter Wahn mit dem Strahlenkranze umkleidet hat, nur nicht das Heiligste, was es überhaupt gibt, die Liebe, das Weib als Symbol der Menschheit, als das Mysterium des Daseins.«

So waren wir bekannt geworden und bald vertraut.

Es dauerte nicht lange, so lud er mich ein, ihn in seinem Atelier zu besuchen, oder besser gesagt in der Dachstube, in welcher seine Staffelei stand und ein paar angefangene Bilder hingen.

»Heute sollen Sie eine andere Venus sehen«, sagte er, nachdem ich alle seine Mappen und Skizzenbücher durchgestöbert hatte. Er sperrte die Thüre, öffnete einen Wandschrank und nahm eine Leinwand heraus, welche er von mir abgekehrt hielt und vorsichtig auf die Staffelei stellte. Er blieb vor ihr stehen und versank in ihre Betrachtung so vollständig, daß er die Welt und mich ganz vergessen zu haben schien.

»Eine Venus?« sagte ich, in der Absicht, ihn aus seinem Traum zu wecken.

Er schrak zusammen, sah mich an, wie Einer der nicht bei sich ist, und lächelte endlich.

Dann winkte er mir, vor das Bild zu treten.

Ich gehorchte und stand sprachlos.

Die Szene, welche in kühner Zeichnung, herrlicher Farbenpracht aus der Leinwand quoll, gewann Leben vor mir, und ich begann etwas wie Angst zu fühlen vor dem teuflisch holden Weibe, das sich auf seinem Lager aufgerichtet hatte, um den geliebten Mann, der ihr entfliehen wollte, von Neuem zu berücken, von Neuem in ihren goldweichen Locken zu fangen, ich erschrak bis in das Innerste meiner Seele vor diesen wunderbaren pompejanischen Formen, vor diesen sanften, verzehrenden dunklen Augen, welche unter halbgeschlossenen Lidern hervorblitzten, vor diesem kleinen halboffenen Munde mit den kleinen weißen Zähnen, vor diesem siegreichen Lächeln, das ihn umspielte, ich fühlte selbst die seidene Haarschlinge um den Hals, mit welcher sie den Tannhäuser zu erwürgen drohte.

»So ein Bild« sagte ich endlich, »kann nur Einer malen, der selbst im Venusberge war.«

Der bleiche Maler nickte. »Ich war im Venusberge«, erwiderte er traurig, »und dort habe ich es gemalt. Das Bild ist mein, ich gebe es Niemand. Ich gebe es nicht um diese Erde!« – Er nahm es hastig und verbarg es wieder.

»Kennen Sie sie?« fragte er nach einiger Zeit.

»Nein«, erwiderte ich, »lebt dieses Weib?«

Statt einer Antwort schlug der Maler ein großes Photographien-Album auf und hielt es mir hin. Es war dieselbe schöne blonde Frau wie auf seinem Gemälde, aber in einer weißen Sommerrobe, einen mit Rosen geschmückten Strohhut in der Hand.

»Also ein Geheimniß«, sprach ich dann.

»Wie Sie wollen«, antwortete mir mein Freund. »Ein Geheimniß und auch kein Geheimniß, die Dame ist nicht von Jenen, welche die Öffentlichkeit scheuen.«

»Wie?«

»Ich meine, ich darf Ihnen die seltsame Geschichte dieses Bildes erzählen.«

»Ich brenne vor Neugierde.«

»Also –« er setzte sich auf sein armseliges Bett und blickte vor sich hin, wie Einer, der im Fieber spricht. –

»Das Bild lag in meiner Seele wie ein Keim, der heraus muß an das Licht. Es lag in meiner Natur, es war mein Schicksal, das es mir zuerst gleich einer Ahnung im Nebel der Phantasie aufsteigen ließ, mein Schicksal, das mich dazu trieb und sich darin verkörperte. Ich entwarf eine Skizze und suchte zunächst ein Modell für die Liebesgöttin. Sie wissen, was ein Modell ist, aber sie wissen kaum, wie schwer es hält, ein schönes Modell zu erobern, sogar bei uns in Wien, wo doch die Frauen aller Stände ganz besonders schön sind und es durch die verschiedenen Stämme, welche in der Residenz vertreten sind, wie durch die große Racenkreuzung an keinem der vielen Typen fehlt. Aber ein schlechtes Weib ist in der Regel auch ein schlechtes Modell. Halten Sie das für keine idealistische Schrulle. Es gibt aber in Wien sehr brave Mädchen, welche Modell stehen, um ihre armen Eltern zu erhalten, anständige Frauen, welche es vorziehen, aus Liebe zu ihrem Gatten, ihren Kindern, eher ihre Schönheit als ihre Tugend preis zu geben. Ich suchte also unter diesen, ich bot jede Summe, aber ich fand nicht, was ich suchte. Ich bildete mir ein, meine Venus müsse blond sein und dunkle Augen haben.

Endlich wählte ich den absonderlichen Weg eines Inserates.

Es kam lange kein Antrag, endlich doch ein Brief, aber in eben so seltsamer Form wie meine Aufforderung.

Er lautete: »Eine Dame, jung, schön, blond mit dunklen Augen, will Ihnen zu Ihrer Liebesgöttin Modell stehen, aber Sie haben es als eine Gunst anzunehmen, welche Ihnen Ihre Venus erweisen wird, und weder zu fragen, noch nachzuforschen. Und wehe Ihnen, wenn Sie undankbar genug sind, den Verräther zu spielen, wo man Ihnen mit beispiellosem Vertrauen naht. Man erwartet Sie den nächsten Sonnabend elf Uhr Nachts im Pratersterne.«

»Und Sie folgten der Aufforderung?«

»Fragen Sie noch? Ja, ich ging hin, mit klopfendem Herzen. Es war eine stürmische Winternacht. Ein Wagen erwartete mich, ein alter Diener in unbekannter Livree, eine Freiherrenkrone auf den Knöpfen, hob mich hinein, setzte sich zu mir, verband mir die Augen und dann rollten wir davon.

Offenbar fuhr der Kutscher absichtlich hin und her, um mich zu täuschen, denn es währte gut eine Stunde, ehe wir ankamen. In dem verdeckten Thorweg eines, wie es schien, villenartigen Gebäudes ließ man mich aussteigen und der alte Diener, welcher mir jetzt die Binde abnahm, führte mich eine mit Blumen geschmückte Treppe empor und ließ mich dann in einem mit verschwenderischer Pracht eingerichteten, angenehm durchwärmten und glänzend erleuchteten Salon allein.

Aber nicht zu lange. –

Die Portière rauschte und eine fließende Seidenschleppe stimmte in das melodische Rauschen ein.

Vor mir stand ein Weib, die Liebesgöttin selbst!

Aber wozu soll ich sie beschreiben, ich habe sie gemalt, Sie kennen sie also. Denken Sie sich meine Venus, welche Tannhäuser mit ihren Locken fängt, nur verhüllt von einem dunklen Gewande, die goldene Fluth ihres Haares über den Rücken fließend, mit einem Lächeln um die Lippen, das halb neugierig, halb spöttisch war.

Ein sanfter Blick ihrer dämonischen Augen traf mich, ein einziger Blick und ich war berückt, verzaubert, und erst als sie mit der schalkhaften Frage: »Aber bin ich Ihnen auch schön genug«, ihr Gewand fallen ließ und auf einmal vor mir stand, wie die Göttin selbst –

Wenn ich nach Innen blicke, in meine Seele, sehe ich das teuflische Weib noch vor mir stehen wie damals – damals aber lag ich vor ihr auf den Knieen und küßte ihre kleinen bloßen Füße – Sie behielt mich bei sich –

Ich war ihr Hausgenosse, oder besser gesagt, ihr Gefangener. Ich durfte nicht nach ihrem Namen fragen, mein Zimmer nicht verlassen, ohne daß sie mich rief. Ich malte sie und liebte sie, und sie – sie ließ sich von mir malen und lieben.

Über sie nachzudenken hatte sie mir nicht verboten. Wenn ich also allein war, beschäftigte ich mich unaufhörlich mit ihr. Ich hielt sie für eine Dame, welche eine Laune in meine Arme geführt hatte, vielleicht eine Russin, ihr hartes Deutsch sprach wenigstens dafür. Reich war sie, beispiellos reich, das verriethen mir ihre stets ebenso kostbaren wie poesievollen Toiletten.

Ich hatte mein Bild vollendet und ihr eine Copie davon gemacht. Noch immer wollte sie sich mir nicht zu erkennen geben, aber ebensowenig mich entlassen. Und ich – ich liebte sie endlich so wahnsinnig – daß ich nicht mehr verstand, wie ich ohne sie leben sollte.

»Du bist mein«, rief ich einmal, »ich will Dich aber ganz und für immer besitzen.«

»Das ist unmöglich«, sagte sie erbleichend.

»Du willst also nicht?« stammelte ich.

»Ich kann nicht.«

Ich lachte auf. »Du kannst nicht? Nun dann muß ich mich von Dir trennen können.«

»Aber höre mich doch, ich liebe nur Dich«, rief sie voll Angst, »aber ich kann Dir nicht gehören.«

»Du bist also das Weib eines Andern.«

»Nein –«

»Was also?«

»Seine – Maitresse.«

Ich sah sie vernichtet an: »Maitresse!« murmelte ich. »Weib, was habe ich Dir gethan, daß Du mich so elend gemacht hast, so entsetzlich elend, um Dir vielleicht ein paar Stunden zu vertreiben?«

»O! Ich kenne Dich lange schon«, rief sie, »und ich liebe Dich, das ist meine Schuld, das allein.«

Ich entfloh in derselben Nacht, aber ich habe seitdem keine Ruhe, keinen guten Augenblick gehabt, ich kann auch nicht malen, die Liebesgöttin verfolgt mich mit ihren dunklen Augen, sie wirft ihre goldenen Haarschlingen nach mir aus, und ich muß zu ihr zurückkehren in den Venusberg, und dann wird auch mein dürrer Malerstock wieder grünen und vielleicht noch einmal blühende Rosen tragen.«

Unter der Peitsche

Es ist mir von vielen Seiten gesagt worden, in Kritiken, in Briefen, von bedeutenden Männern und geistreichen Frauen, daß meine »Venus im Pelz« Das Vermächtniß Kains, Novellen von Sacher-Masoch. Erster Theil: Die Liebe. eine Abnormität behandle, daß sie mehr ein pathologisches als poetisches Interesse errege. Ich muß gestehen, daß ich auf jeden anderen Vorwurf gefaßt war, nur nicht auf diesen. Indem ich in einer Reihe von Novellen die Liebe, ihre verschiedenen typischen Erscheinungen behandelte, konnte ich an der rein sinnlichen Liebe nicht prüde vorübergehen; sobald ich aber einmal diesen Vorwurf erfaßt hatte, mußte ich sofort auf einen zweiten, auf ein noch ungelöstes Problem stoßen: auf die innige Verwandtschaft von Wollust und Grausamkeit.

Die Handlung, welche ich mit diesem Problem in meiner »Venus im Pelz« in Verbindung gebracht habe, mag etwas sehr Apartes haben, abnorm ist der Vertrag, durch welchen ein gebildeter Mann in unserer nüchternen Zeit freiwillig und in allem Ernst der Sklave seiner Geliebten wird, abnorm sind viele der Szenen, der Wendungen, aber der Kern der Geschichte ist normal, denn es ist ein Gesetz der Natur, nicht erklärt noch, aber festgestellt, daß Wollust Grausamkeit erzeugt und umgekehrt. Und gerade in der weichen, sinnlichen Natur des Weibes ist dieser Proceß ein ganz gewöhnlicher, wenn er sich auch nicht immer so phantastisch äußert wie bei meiner Heldin.

Auch den Pelz, mit dem ich meine Heldin umkleide, hat man mir übel genommen, und doch ist er das normale Attribut der Herrschaft und Schönheit, der Tyrannei, der Wollust und Grausamkeit.

Übrigens beruht meine »Venus im Pelz« vollkommen auf Thatsachen, so zwar, daß aus einer Reihe wirklicher Geschichten die eine poetische – meine Novelle – heranwuchs. Ich will heute eine davon erzählen, welche ganz speziell den Satz illustriren soll, daß das Weib gut ist, wo es liebt und wieder geliebt wird, grausam jedoch, wo es nicht liebt, sich aber geliebt weiß.

Die Heldin meiner Geschichte ist heute in Wien und ist eine der schönsten Frauen der österreichischen Aristokratie. Ihren Namen darf ich selbstverständlich nicht nennen, ja nicht einmal andeuten, aber statt des Namens will ich ihr Porträt geben und so wahr und getreu malen, wie ich nur vermag.

Sie ist Baronin und ist heute noch jung und schön; als die Geschichte spielte, war sie um etwa fünf Jahre jünger und – nicht bloß im Verhältniß zu anderen Frauen – sondern überhaupt das verführerischste Weib, das die Phantasie eines Poeten ersinnen, das der Pinsel eines Mackart malen kann.

Sie war ideal bis zu ihren kleinen rosigen Zehen herab, bis in die kleinsten Haarspitzen, welche lose auf ihre ewig heitere olympische Stirne fielen. In vollendeter Harmonie der Proportionen war sie weder groß noch klein, zugleich schlank und üppig; sie hatte den Bau einer griechischen Statue und den zugleich plastischen und pikanten Kopf einer Marquise aus der Rokokozeit, einer Pompadour, und in diesem wunderbaren Antlitz hatte sie ein Paar grüne Augen von einem Ausdruck, der sich nicht schildern läßt, dämonisch innig und eisig kalt zugleich, die Augen einer Sphynx; und eine Flut dunkler Haare, welche über den Nacken bis auf den Rücken herabfiel, denn es war im Sommer auf dem Lande bei Wien, und sie war immer sehr decolletirt.

Das Hinreißendste an dieser Frau war aber ihr Gang; sie ging mit Esprit, mit aller Poesie der Wollust; das Herz blieb Einem stille stehen im Leibe, wenn man sie das erste Mal gehen sah.

Und sie konnte lieben, lieben wie eine Löwin, und sie liebte einen Mann, den ihr Besitz so wahnsinnig machte, daß er die höchste Seligkeit darin fand, nichts weiter zu sein als ihr Sklave.

In einer heiligen Liebesnacht lag er zu ihren Füßen und bat in höchster Verzückung: »Mißhandle mich, damit ich mein Glück ertragen kann; sei schlecht mit mir, gib mir Fußtritte statt Küsse –«

Das schöne Weib sah den Geliebten mit ihren grünen Augen seltsam an, eisig und doch verzehrend; dann ging sie durch das Zimmer, schlüpfte langsam in eine prachtvolle weite Jacke von rothem Atlas, reich mit fürstlichem Hermelin besetzt, und nahm eine Peitsche von ihrem

Toilettetisch, eine lange Peitsche mit kurzem Stiel, mit der sie ihre große Dogge zu strafen pflegte.

»Du willst es«, sagte sie, »ich werde Dich also peitschen.«

»Peitsche mich«, rief der Geliebte, noch immer auf den Knien, »ich bitte Dich darum.«

»Aber ich werde Dich vorher binden, damit Du Dich nicht zur Wehre setzen kannst –«

»Ich mich wehren, was fällt Dir ein?«

»Genug, ich will es«, entschied die schöne Frau und ohne weiter zu fragen, löste sie die starke seidene Schnur, mit der ihre Pelzjacke gegürtet war, und band dem knienden Manne die Hände auf den Rücken wie einem Delinquenten.

»Nun – peitsche mich«, rief der vor Wollust trunkene Mann.

Sie lachte und holte zu einem Hiebe aus, der mit unbarmherziger Gewalt in seinen Rücken schnitt; im nächsten Augenblicke aber warf sie die Peitsche weg und schlang zärtlich die Arme um seinen Hals. »Habe ich Dir weh gethan?« fragte sie besorgt, »verzeih' mir, ich bin ein abscheuliches Geschöpf.«

»Peitsche mich nur, wenn es Dir Vergnügen macht«, sagte der Geliebte.

»Aber es macht mir kein Vergnügen.«

»Ich bitte Dich, peitsche mich«, rief er.

»Ich kann nicht, ich liebe Dich zu sehr«, erwiderte die Baronin und löste seine Bande – »aber ich möchte einen Menschen peitschen, den ich nicht liebe, das wäre ein Genuß.«

Wenige Tage nach dieser seltsamen Scene ließen sich die Liebenden zum Andenken an dieselbe photographiren, die Baronin in ihrer Pelzjacke auf einer Ottomane ruhend, die Peitsche in der Hand, ihr Anbeter zu ihren Füßen. Das Bild war eben so originell als fesselnd, und als der Sklave der schönen Frau nicht lange darnach einen Freund gewann und derselbe es zufällig zu sehen bekam, geriethen alle seine Sinne so sehr in Aufruhr, wurde seine jugendliche überreizte Phantasie so entzündet, daß er den Freund nicht allein um das schöne Weib in der fürstlichen Pelzjacke, sondern sogar um die Peitschenhiebe von ihrer kleinen weißen Hand zu beneiden begann.

Der Zufall wollte, daß die Baronin, welche weder prüde noch bedenklich war, in diesem Augenblicke mit ihrem Sonnenschirm an das Fenster ihres Sklaven pochte – dieser wohnte nämlich ebenerdig – es war dies das Signal zur Promenade.

Ihr Anbeter eilte mit seinem jungen Freunde auf die Straße und benützte die Gelegenheit, den neuen Fanatiker der vielumworbenen, sieggewohnten Frau vorzustellen. Der Eindruck der lebendigen Schönheit übertraf noch jenen der photographirten, der arme jugendliche Schwärmer ging wie im Fieber neben der liebenswürdig lächelnden Göttin, im Fieber trank er an demselben Abend bei ihr den Thee und bestieg im Fieber den Zug, um nach Wien zurückzukehren.

Er kam aber bald wieder und stieg diesmal bei seinem glücklichen Freunde ab; er begann damit, diesem offen seine Leidenschaft für die Baronin zu beichten, und endete damit, ihr selbst ein Geständnis abzulegen. Die Baronin lächelte.

Der junge Schwärmer sprach hierauf von dem seltsamen Bilde, von dem berauschenden Eindruck, den es auf ihn gemacht.

»Aber das Bild ist eine Lüge«, schloß er.

»Wie?« rief die Dame.

»Mein Freund liegt als Sklave zu ihren Füßen, und das ist mindestens eine Phrase, denn die Peitsche ist wohl nie gebraucht worden.«

»Doch!« – Die Baronin lächelte wieder.

»Sie haben ihn gepeitscht!« schrie der Fieberkranke auf.

»Gewiß.«

»Und ist es Ihnen ein Genuß, einen Menschen zu peitschen?«

»Einen Menschen, der mich liebt? – gewiß!« entgegnete die schöne Frau; in ihren Augen lauerte etwas Böses.

»Nun, so peitschen Sie mich!«

Die Baronin sah den jungen Fanatiker einen Augenblick lang an, dann lächelte sie, aber diesmal so, daß ihre prachtvollen Zähne sichtbar wurden.

»Aber, wenn ich peitsche, peitsche ich im Ernste«, sagte sie, »und vor unserm Freunde.«

»Vor der ganzen Welt, wenn Sie wollen«, sagte der Wahnsinnige, »aber Sie ziehen dazu Ihre Pelzjacke an.«

Eben trat ihr Anbeter ein. Sie erklärte ihm Alles mit wenigen Worten und verschwand dann, um bald in einer fließenden, weißen Atlasschleppe und ihrer rothen, hermelinbesetzten Jacke zu erscheinen, die Haare mit Perlen durchflochten, Stricke und die Hundepeitsche in der Hand.

»Ich werde Sie binden«, sagte sie.

Der junge Schwärmer hielt die Hände hin.

»Nicht so.« Das schöne Weib band ihm mit unglaublicher Geschwindigkeit die Hände auf den Rücken dann die Füße, sodaß er stehen, aber sich nicht bewegen konnte, und fesselte ihn dann an das Fensterkreuz. »So«, sagte sie dann mit räthselhaftem Lächeln, schürzte den weiten, pelzbesetzten Ärmel ihrer Jacke auf und betrachtete ihr Opfer einen Augenblick mit grausamem Vergnügen.

Und nun begann sie zu peitschen; er zuckte bei jedem Hiebe zusammen, aber er war Mann genug, nicht den leisesten Ton des Schmerzes von sich zu geben, Mann genug, auch dann nicht um Gnade zu bitten, als schon sein Blut unter der Peitsche des schönen Weibes floß, das ohne Erbarmen lospeitschte, bis es selbst müde war.

Dann warf sie die Peitsche weg, gab ihrem Geliebten einen Kuß und streckte sich auf den üppigen Sammtpolstern ihrer Ottomane aus.

Und die Pointe?

Der Mann, den sie gepeitscht hatte, war von der Stunde an ihr Sklave, aber sie – sie fand es bald nicht einmal der Mühe werth, ihn zu peitschen.

Der wahnsinnige Graf

In einer deutschen Landschaft, welche sich weder durch geistiges Leben noch Naturschönheiten auszeichnet, in der sogar Berge und Bäume den Eindruck machen, abscheuliche Philister zu sein, lebte vor zwanzig Jahren etwa ein Graf W. mit seiner Gemahlin und seinen Kindern, von der Welt, die er genügend genossen und kennen gelernt hatte, zurückgezogen, auf seinem Schlosse, welches eine gewisse historische Romantik mit allen modernen Bequemlichkeiten und dem Luxus der Gegenwart vereinte.

Der Graf war nahe an vierzig Jahre, noch immer schön, ja interessant, aber von einer an das Unheimliche streifenden Abspannung und Blasirtheit. Die Gräfin, eine jener guten bescheidenen Frauen, welche ohne besondere körperliche Reize oder glänzende Geistesgaben doch einen Mann, der für das Familienleben Sinn hat, sehr glücklich machen können, hatte mit ihrem Gatten schlechte Tage, schwere Stunden.

Graf W. war von einem schönen geistvollen Weibe, das er angebetet hatte, in infamer Weise betrogen worden und hatte in einem Anfluge von Resignation seine hochgeschraubten Ansprüche an das Leben aufgegeben und eine Verstandesheirath geschlossen. Er hatte seine Frau nie geliebt, aber er hoffte, mit derselben anständig leben zu können und täuschte sich auch nicht darin, bald aber fand ein interessanter psychologischer Prozeß bei ihm statt.

Als Gegensatz seiner guten Frau, welche ihn eben langweilte, tauchte in seiner Phantasie immer wieder das Bild jenes verworfenen Weibes mit allen dämonischen Reizen, welche sie geschmückt hatten, auf. Er kam allmählig zu der Ansicht, daß es kein Weib giebt, das uns zugleich Achtung und Leidenschaft einzuflößen im Stande ist, er theilte die Frauen in zwei Gruppen, in brave, aber reizlose und beschränkte, und in geistreiche, schöne, berauschende, aber schlechte. Und endlich bildete er sich ein ganz apartes Frauenideal. Er wollte mit den diabolischen Eigenschaften des Weibes rechnen, er verlangte nur *Ehrlichkeit in der Sünde*, er haßte die Betrügerinnen und verabscheute die ehrlichen Frauen, und so erschien ihm als das Wünschenswertheste ein Weib, das, ohne zu heucheln oder zu täuschen, den Muth hat, sich offen zu dem Evangelium des Genusses zu bekennen, ungescheut seinen Egoismus hervorzukehren und den Mann als ein Werkzeug zu behandeln, das weggeworfen wird, sobald man seiner nicht mehr bedarf, und je grausamer um so besser. Ein solches Weib, das fühlte er, konnte er anbeten, aber eine Art Instinkt hielt ihn doch immer ab, es zu suchen, denn er mußte sich sagen, daß er in Gefahr war, nicht allein der Sklave, sondern geradezu der Spielball desselben zu werden, da es seinen müden Nerven sogar als ein pikanter, physischer Reiz erschien, von einem schönen, treulosen Weibe mißhandelt zu werden.

Aus dieser Krankhaftigkeit entsprang eine geheimnißvolle Vorliebe für Pelzwerk, welche sich noch am besten durch die große Elektrizität desselben erklären läßt, und so bekam sein Ideal in seiner Phantasie eine ganz bestimmte Toilette, eine mit Pelz besetzte Jacke in der Art, wie man sie häufig bei den Almanach-Damen der Vierziger Jahre oder bei emancipirten Russinnen sieht.

Bei allen diesen Seltsamkeiten, welche in den Augen der Verwandten und Freunde des Grafen als Verrücktheit galten, war W. ein vortrefflicher Vater und beschäftigte sich eifrig mit der Erziehung seiner Kinder. Es kam endlich die Zeit, da die Schweizerin bei denselben nicht mehr ausreichen wollte und man sich nach einer tüchtigen deutschen Erzieherin umsah. Dieselbe war nicht so leicht gefunden, aber endlich kam doch der Abend, wo der Wagen des Grafen dieselbe an der Poststation abholen und in das Schloß bringen konnte. Es war indeß keines jener blau gestrumpften, abgetragenen Fräuleins mit tadelloser Tugend und langen Schmachtlocken, das jetzt vor dem Portale desselben ausstieg, sondern eine junge, feine, reizende Dame, welche im nächsten Augenblick den elegant chaussirten, kleinen Fuß mit dem festen Entschluß über die gräfliche Schwelle setzte, hier ihr Glück zu machen.

Der Teufel, den der Graf beschworen hatte, war ihm in diesem Momente näher, als er glaubte, denn das schöne Mädchen, das jetzt ohne jede Befangenheit, sicher und klug vor ihm in dem großen Ahnensaale stand, besaß jene Selbstsucht, jene Kälte des Blutes, jene Härte des

Gemüthes, welche er so reizend fand, im höchsten Grade, und doch war Bella Hartmann eine vollkommene Unschuld im Sinne der Welt, freilich nicht in dem des Psychologen. Durch ihren jungfräulichen Zauber fesselte sie ebenso die Gräfin, wie den Grafen durch den stolzen Charakter ihrer Schönheit. So mag Brunhild vor Günther gestanden sein, so hoch und schlank, das hochmüthige Haupt von den goldrothen Zöpfen gekrönt, und so eisig mag der Blick ihrer diabolischen grünen Augen in die weiche Seele des verliebten Mannes gedrungen sein.

Der Eindruck, den Bella gleich im ersten Augenblicke auf den Grafen W. machte, war unbeschreiblich, er verlor so sehr seine Selbstbeherrschung, daß er der Erzieherin Galanterien erwies, welche seine Frau jederzeit vergebens von ihm erwartet hatte, er bediente sie beim Thee, als sei sie ein ebenbürtiger Gast in seinem Hause und nicht seine Dienerin. Bella zeigte sich vorläufig durch seine Aufmerksamkeiten beschämt, was ihr das Herz der Gräfin vollends gewann. Sie überblickte nur zu bald die Situation und begann den Grafen, den sie sich gleich am ersten Abende zum Opfer ausersehen hatte, zu beobachten, und auch die Gräfin, und zwar die Letztere, um zu wissen, wie sie nicht sein dürfe, wenn sie den Grafen zu ihren Füßen sehen wollte. Als sie vollkommen klar sah und insbesondere die Neigung des Grafen theils entdeckt, theils errathen hatte, begann Bella, soweit es ihre Stellung erlaubte, ihm sein Ideal zu verkörpern.

Während die Gräfin ihren Gemahl durch die Einfachheit und Schmucklosigkeit ihrer Toilette erbitterte und vor Pferden und Waffen eine ihm verächtliche Scheu zeigte, stellte die schöne Erzieherin dieselbe nicht allein durch ihren lebhaften Geist, ihre weitaussehende Bildung und ihren feinen Geschmack für Kunst und Literatur in Schatten, sondern entfaltete weit über ihre Verhältnisse eine poetische reiche Toilette, schoß mit dem Grafen mit Pistolen nach der Scheibe und bestieg zu seiner Freude ohne Zögern die muthigsten Pferde, ja sie ritt mit ihm zur Hetzjagd, und als der Herbst kam, erschien sie sogar in einer pelzbesetzten Sammtjacke, welche ihre plastischen Formen prächtig hob. Kühn, eine vollendete Amazone, setzte sie an der Seite des Grafen mit ihrem Pferde über Hecken und Gräben, und wenn sein Auge bewundernd auf ihr haften blieb, verzog sie spöttisch den Mund.

Einmal stürzte der Graf mit seinem Lieblingspferde, als er sich erhob, hatte das edle Thier den Fuß gebrochen und es blieb also nichts übrig, als es zu tödten. Der Graf zog eine geladene Pistole aus dem Halfter und richtete die Mündung auf seinen getreuen Gefährten, aber er war nicht im Stande loszudrücken, Thränen traten in seine Augen. Da nahm ihm Bella mit einer spöttischen Bemerkung die Waffe aus der Hand. Ein Schuß – das Thier hatte verendet. Der Graf blickte mit unheimlichem Entzücken auf das herzlose Mädchen.

Ein anderes Mal geschah es, daß ein großer Neufundländer im Schlosse einen der Diener gebissen hatte. Niemand hatte es gewagt, das große, imposante Thier zu strafen, aber Bella, welche ihn mit ihrem magnetischen Blicke bändigte, band den Hund an einen eisernen Ring und peitschte ihn, bis er winselnd zu ihren Füßen lag.

»Ich glaube, Sie wären im Stande, einen Menschen eben so grausam zu behandeln«, sagte der Graf, als er zu der Exekution kam.

»O! mit Vergnügen«, erwiederte Bella.

»Auch einen Menschen, der Sie liebt?«

»Den erst recht!« sprach die schöne Amazone.

»Mich zum Beispiel?« flüsterte der Graf.

»Sie?« – Bella zuckte verächtlich die Achseln – »lieben Sie mich denn?«

»Ich bete Sie an –«

»Und Sie würden sich von mir peitschen lassen?« fragte das Mädchen mit dem steinernen Herzen lauernd.

»Ich wäre selig –«

Bella begann zu lachen. »Aber ist es denn möglich, daß ein grausames, treuloses Weib das Ideal eines Mannes sein kann?«

»Ich würde ein solches Weib anbeten«, sagte der Graf.

»Nun, so beten Sie mich an«, erwiederte Bella.

»Sie wären so ein Weib« – stammelte der Graf – »und Sie könnten mich lieben?«

»Wer sagt denn das?« entgegnete Bella stolz, »ist es nicht genug, wenn ich Ihnen gestatte, *mich* zu lieben?«

Diese Stunde entschied über das Schicksal des Grafen, er fühlte fortan von Tag zu Tag die Leidenschaft für die Erzieherin seiner Kinder wachsen und um so mehr, als sie seinen Bitten, Thränen, Schwüren eine unerschütterliche Gleichgültigkeit entgegensetzte. Nichts war im Stande, dieses Mädchen zu rühren.

Lange kämpfte der Graf, plötzlich wurde die Welt durch die Nachricht überrascht, daß er sich von seiner Gemahlin geschieden und die Erzieherin seiner Kinder *geheirathet* hatte. Nicht lange und Graf W. zog mit seiner jungen schönen Gemahlin nach der Residenz, wo dieselbe bald durch ihren Bongout und ihre Koketterie die Löwin der High-life wurde. Er hatte sein Ideal gefunden, denn Bella blieb nicht bei den Äußerlichkeiten desselben stehen, sie trug prächtige Pelze, reizende Pelzjacken in allen Farben, aber sie hatte dazu ihre Anbeter und den Grafen behandelte sie wie damals seinen Neufundländer. Er litt entsetzlich, er starb beinahe vor Eifersucht, aber je mehr Bella über ihn lachte, je grausamer sie ihn behandelte, je größer der Kreis ihrer Verehrer wurde, um so wahnsinniger liebte sie Graf W.

So vergingen Jahre. Sie begann im Laufe derselben eine politische Rolle zu spielen und trat zu einem Prinzen des regierenden Hauses in innige Beziehungen. Ihr Gemahl wurde ihr allmählich lästig, und je mehr sich Liebe und Eifersucht bei ihm steigerten, endlich unerträglich.

Eines Abends, als er sie mit Vorwürfen überschüttete, sagte sie ruhig: »Du bist im Rechte, aber ich werde mich nicht ändern. Jetzt, wo Du Dein Ideal hast, entsetzest Du Dich vor demselben; es ist besser, wir trennen uns.«

Der Graf starrte sie an, dann warf er sich verzweifelnd vor ihr nieder und beschwor sie, ihn nicht zu verlassen.

»Gut«, sagte Bella trocken, »aber ich bleibe nur unter der Bedingung bei Dir, daß Du vollkommen von mir abhängig bist, verschreibe mir augenblicklich Dein ganzes Vermögen.«

Der Graf gehorchte freudig dem Gebote seiner schönen Gemahlin, er ahnte nicht, daß er in diesem Augenblicke sein Todesurtheil unterschrieb. Es fiel ihm auch durchaus nicht auf, daß Bella plötzlich den Wunsch äußerte – und jeder ihrer Wünsche war ja Befehl – wieder einmal einige Wochen auf ihrem Schlosse zuzubringen.

Wenige Tage, nachdem Graf W. mit seiner Gemahlin angekommen war, erschien, während er sich auf der Jagd befand, ein junger, schöner Mann im Schlosse, welcher mit der Gräfin eine längere Unterredung hatte. Dieser schöne Mann galt in der Residenz als einer der begünstigsten Anbeter der neuen Messalina, es war der Direktor der Irrenanstalt.

Als der Graf gegen Abend zurückkehrte, fand er Bella in einem weißen Spitzennegligèe in ihrem Schlafgemache, ihr offenes goldrothes Haar spielte um ihre üppige, schlanke Gestalt bis zu den Hüften herab. »Du bist so seltsam schön heute«, begann er, indem er den Arm um sie schlang.

»Ah! Du willst wieder einmal gepeitscht werden«, erwiederte Bella mit eisigem Hohn.

»Ja, tritt mich mit Füßen«, bat der Graf, »ziehe aber Deine Pelzjacke dazu an.«

»Heute, an dem heißen Augustabend«, erwiederte Bella sehr laut, »bist Du verrückt?«

»Zieh' sie an«, fuhr der Graf fort, »Du kennst die köstliche Wirkung, die Pelzwerk auf mich übt, besonders an einer Frau, die so schön, so grausam ist, so schlecht, wie Du.« Er kniete vor ihr nieder, während sie eine mit Hermelin reich ausgeschlagene veilchenblaue Sammetjacke aus dem Kasten holte und anzog.

»Dein Anblick macht mich wahnsinnig«, rief der Graf, »mißhandle mich, ich bitte Dich darum.«

Die Gräfin nahm nun rasch mit einem seltsamen Blick auf ihren Gemahl die Peitsche und begann ihn damit zu schlagen. »O! Du schlechtes, verworfenes, treuloses Weib«, murmelte der Graf dabei, »Deine Mißhandlungen sind weit köstlicher als die Küsse einer Madonna!«

»Verlangen Sie noch mehr zu sehen und zu hören?« sprach plötzlich Bella mit erhobener Stimme.

»Nein«, erwiederte der Irrenarzt und trat hinter dem Vorhang, der ihn versteckt hatte, hervor in das Zimmer.

»Was wollen Sie? Wie kommen Sie hier herein?« fragte der Graf, indem er aufsprang.

»Ich komme um Sie, Herr Graf«, erwiederte der Irrenarzt, ihn scharf in's Auge fassend, »Sie sind krank.«

»Krank – ich?« stammelte der Graf.

»Ja – *geisteskrank*,« sagte der Irrenarzt, »Sie werden die Güte haben, mich zu begleiten.«

In diesem Augenblicke sah der Graf plötzlich klar, mit einem Wuthschrei stürzte er sich auf seine Gemahlin, aber ehe er sie ereilte, war er von dem Irrenarzt und dessen Leuten, die auf seinen Wink aus dem Nebengemache herbeigestürzt waren, zu Boden geworfen.

»Verrathen!« stöhnte er. Eine Ohnmacht entzog ihn allen weiteren Mißhandlungen.

Als er zu sich kam, stak er in der Zwangsjacke und befand sich an der Seite des Vertrauten seiner Frau auf dem Wege in das Irrenhaus. Bella hatte ihr Ziel erreicht, ihr Glück gemacht. –

Ein Jahr nach der Katastrophe verbreiteten sich Gerüchte über dieselbe, welche ein Verbrechen wahrscheinlich machten. Endlich erfolgte sogar eine Anzeige von der Seite eines ehemaligen Dieners des Grafen. Die Untersuchung wurde eingeleitet, aber ohne Erfolg, da die Kommission, welche sich in das Irrenhaus begab, den Grafen wirklich wahnsinnig fand. Er war in der Zwangsjacke und unter den grausamen Peitschenhieben seines Peinigers, welche ihm offenbar weniger Genuß bereiteten als die der schönen Bella, wirklich *toll* geworden. Es war einer jener nicht eben seltenen Fälle, wo sich die strafende Gerechtigkeit vollkommen ohnmächtig sieht und die Vergeltung anderen, höheren Mächten überlassen muß.

Matrena

In der trüben, grauen, stillen Dämmerung des Abends und nachts, wenn der Himmel schwarz oder von Sternen flimmernd über ihr ruht, ist die Steppe traurig. Es geht dann wie eine Klage durch die Lüfte, durch das Meer der Gräser und Blumen. Die Schwermuth senkt sich drückend auf Land und Menschen. Die Steppe klagt um die Grabhügel der alten Helden, um die herrliche Kosakenfreiheit, um jene glorreichen Zeiten der Schlachten, des Ruhmes und der Beute.

Ganz anders bei Tage. Die Sonne verscheucht auch hier die Gespenster. Dann ist es frei und schön und heiter in der Steppe.

So war es auch mir zu Muthe, so gut, ich erwartete etwas, etwas Glückliches. So ist es etwa, wenn man eine Geliebte erwartet.

Mein Pferd schien durch das hohe Gras zu schwimmen, dessen Wellen vor mir, hinter mir auf und abliefen. Noch lag das Dorf zur Seite, noch waren wir nicht ganz in die rauschende, blühende Wildnis eingedrungen, noch gab es Strohdächer, blauen Rauch, der sich aus ihnen erhob, noch Bäume und Getreidefelder. Um die Erdhütten steht hoher Mais, stehen Sonnenblumen, liegen Melonen und Kürbisse. Störche klappern auf den Strohdächern, Schwalben schießen hin und her, oder hängen an ihren lehmigen Nestern und zwitschern.

In der Ferne hört man den Kukuk rufen.

Ein kleiner Birkenhain regt vor uns die Wipfel. Es ist ein zierlicher, reizender Baum, die Birke, weichlich und weiblich mit ihrem leichtgeschwungenen schlanken Stamm, ihrer Atlasrinde, ihrem Schleier aus zarten Zweigen und zitternden Blättern. Sie ist schwatzhaft, und sie ist auch grausam wie ein Weib, sie gibt die Ruthe her, die unsern Rücken zerfleischt.

Doch weiter und weiter spannt sich die Steppe aus. Der letzte Baum taucht unter, noch ein Rauchwölkchen, das von einer Menschenwohnung zeugt, dann ist nichts um uns als Himmel und Erde. Der Frühling webt von Horizont zu Horizont in seinem endlosen, blühenden Reich. Ein Meer von goldenem Grün und wechselnden Farben ergießt sich über die Erde, ein zweites Meer von Duft wogt darüber hin.

Zwischen der dünnen Haide stehen die blauen, rothen, violetten Blumen, die gelben Pyramiden des Ginster und die weißen Kugeln des Klees.

Tausendstimmiger Vogelsang ringsum, denn der Tag geht zur Neige. Hier scheuchen wir Rebhühner auf, dort eine Trappe, die sich schwerfällig erhebt, einen Hasen, der mir jedesmal im Sprunge die langen Ohren zeigt. Wolken ziehen über uns hinweg, sie spiegeln sich in den schimmernden Graswellen oder werfen ihre Schatten auf dieselben, je nachdem sie gegen die sinkende Sonne stehen.

Eine Wachtel schlägt, eine zweite antwortet, eine dritte.

Nun wird die Steppe mit einem Mal ganz und gar lebendig. Eine Herde Schafe grast mir zur Rechten, tausende und wieder tausende von dicken, runden wolligen Rücken ziehen langsam vorbei, tausende und wieder tausende von Köpfen heben sich, mich anzustaunen, und dabei geht ein dumpfes, einförmiges, elementarisches Geräusch durch diese lebenden Wellen, das den Menschen, der sich als ein Wesen für sich fühlt, beängstigt und niederdrückt. Ruhig steht aber in dieser wolligen Flut der Tschaban in seinem zottigen Rock aus Kameelhaaren, die kleine Pfeife im Mund, und die Hunde liegen zu seinen Füßen und schnaufen aus.

Kaum sind wir an der Herde vorüber, steigen aus dem Grase Kurgane, kegelförmige Grabhügel auf, welche sich in langer Reihe hinziehen, und dann braust ein Tabun wilder Pferde vorüber, die Köpfe hebend und Luft einziehend. Eines der Thiere bleibt stehen und mustert uns mit großen, schönen klugen Augen, dann folgt es wiehernd den andern.

Im Westen steht die untergehende Sonne wie ein großer rother Mohn.

Heiße Tinten ergießen sich über den Himmel, die zerzupften Wölkchen, das wogende Grasmeer. Es wird Abend.

Rasch versinkt der glühende Ball. Noch flammt der Himmelsrand, dann zieht rasch der graue, bleierne Nebel der Dämmerung herauf und erfüllt die stille, träumende Welt.

Wilde Enten ziehen hoch oben. Auf dem nächsten Heldengrab schreien die Raben.

Es wird dunkel. Noch ein Hügel und noch einer. Dann flackert ein Feuer auf, um das sich schwarze Gestalten bewegen. Oben auf dem kahlen Kurgan steht eine Strohhütte ohne Wände, unter deren Dach sich ein paar Hirtenmädchen gelagert haben.

Um den Hügel herum weiden ihre Pferde.

Ich reite heran, begrüße die Mädchen, binde mein Thier an den nächsten Pfosten und lagere mich in der Nähe des Feuers, ohne erst um Erlaubnis zu fragen. Fünf Paare neugieriger Augen mustern mich. Dann wird eine Weile geflüstert, gekichert und wieder nach einer Weile erzählt die älteste unter den Mädchen, die ein rothes Tuch um den schwarzen Kopf geschlungen hat, das Märchen von den sieben Brüdern und der Zarewna Helena zu Ende, das sie begonnen hatte, als ich kam.

»Nun«, sagte ich, »das gefällt Euch wohl, und Ihr bedauert wohl, daß jetzt nichts ähnliches mehr geschieht?«

»Doch«, erwiederte die Märchenerzählerin, »doch, Herr, es ist nicht so lange her, hat der Wassermann ein Mädchen geholt, entführt hat er sie in seinen gläsernen Palast, und auch solche Geschichten, von denen die alten Lieder erzählen, kommen zu Zeiten vor.«

Wieder nahte ein Pferd, diesmal trug es aber eine Reiterin auf seinem Rücken. Sie hielt am Fuße des Hügels und sah uns aufmerksam an, so daß auch wir Muße hatten, sie zu betrachten. Das erste, was an diesem jungen Weibe auffiel, war ein verächtlicher Zug in ihrem runden, hübschen Gesicht, ein Zug, wie er sich bei Menschen findet, welche fürchten, daß wir sie gering schätzen könnten. Alles athmete überdies Stolz an ihr, die hohe Brust, das kräftige Kinn, die kleine Adlernase, die Art wie sie den Kopf hob und von der Seite herabblickte, als die Hirtenmädchen den Hügel hinabgesprungen waren und sie umringten.

Das Pferd, auf dem sie wie ein Mann und ohne Sattel saß, war unruhig und wieherte, als ob sie es mit ihren kräftigen Schenkeln zugleich peinigen und streicheln würde. Ihr bloßer Fuß war schön geformt, er war nicht zum Gehen geschaffen, nur um geküßt zu werden. Es müßte eine Art Wollust sein, von diesem Fuß getreten zu werden.

Sie wechselte nur wenige Worte mit den Hirtinnen, warf mir dann einen raschen Blick zu und verschwand geheimnisvoll und plötzlich in der Steppe, wie sie aus Nacht und Nebel gekommen war.

»Wer war das?« fragte ich.

»Das Weib des Kosaken Olex Kostka.«

Einige Zeit blieb es stille, dann sagte plötzlich die Märchenerzählerin: »Da habt Ihr gleich eine Geschichte.«

»Dieses Weib kann in der That etwas Besonderes erlebt haben«, bemerkte ich.

»Erzähle also«, riefen die andern.

»Aber die Geschichte Matrenas ist schrecklich. Ihr werdet Euch fürchten.«

»Nein, nein, erzähle nur.«

Die Mädchen rückten ganz nahe zusammen, und die mit dem rothen Tuch begann.

Der Gutsherr Baraniewski, Gott habe ihn selig! war ein gar hübscher und verwegener Mann, nur allzu kühn den Mädchen gegenüber. Er machte sich auch kein Gewissen daraus, dem Manne seine angetraute Frau zu nehmen, hatte überhaupt kein Gewissen. Dieser Baraniewski sah Matrena das allererstemal auf dem Jahrmarkt. Wenn er ein Weib traf, von ferne nur, hob er Euch die Nase wie ein Jagdhund, der ein Wild wittert. So war es auch hier und er strich sich den Schnurbart, und die Matrena sah ihn gleichfalls an. Warum sollte sie ihn nicht ansehen? Es war ein schöner Mann und gekleidet wie der Czarewitsch.

Sie hatte eine Art zu gehen, welche die Männer anzog. Versteht Ihr mich, sie drehte sich so, drehte sich beim Gehen in den Hüften, so daß ihren langen Zöpfe ihre Nacken peitschten. Und der schöne Herr folgte ihr, und flüsterte ihr allerhand Schönheiten zu.

Nicht lange darauf traf er sie beim Ziehbrunnen. War wohl kein Zufall, daß es so kam. Sie wurde roth, und weil sie nicht wußte, was sie reden sollte, so gab sie seinem Pferde zu trinken aus ihrer Kanne, und er stand dabei und sprach ihr von seiner Liebe.

Erst schämte sich Matrena, als sie ihn aber so verliebt sah, da bekam sie Courage und lachte ihn aus. »Ihr seid ein Mann«, sagte sie, »ich sollte Euch gar nicht anhören, denn ich habe einen Theuren, das ist Kostka, mit dem mich der Vater verlobt hat, aber es macht mir Spaß, Euch so toll zu sehen.«

Sie hatte Lippen wie Kirschen, die sah er und wollte sie gern küssen.

»So und so«, rief er, »als ich ein kleiner Junge war, habe ich mir das Obst am liebsten aus fremdem Garten geholt.«

»Und als ich ein kleines Mädchen war«, gab sie zur Antwort, die Spitzbübin, »da belustigte ich mich damit, dem Maikäfer einen Faden an das Bein zu binden und lachte, wenn er zappelte und schwirrte und mir doch nicht entkommen konnte, und nun lache ich über Sie.«

Und jedesmal, wenn er von seiner Liebe sprach, von den Qualen, die sie ihm bereitete, lachte sie nur und rief: »Flieg, Maikäfer, flieg.«

Und wieder einmal kam er, als sie beim Bache wusch, und wie sie sich bückte, um die Wäsche zu spülen, und er sah ihre großen, schönen Hüften, schlug er sie drauf, daß es nur so klatschte und lachte, sie aber war roth geworden und hieß ihn gehen.

Doch was half es ihr? Er ließ nicht ab, das war nicht der Mann, sich leicht abweisen zu lassen, wenn er einmal Passion hatte auf ein Weib.

Matrena schlug ihn einmal. – Wozu war das etwa gut? – Er kam doch – kam doch und drang zum Fenster herein, das sie offen gelassen hatte, die Nachtigallen zu hören, die so schön in der Sommernacht sangen. Kam doch und küßte sie. Ergriff sie so im Hemd – sie hatte keine Zeit, ihren kurzen Lammpelz überzuziehen.

Es half ihr nichts, daß sie ihn wieder schlug und schrie. Er küßte sie doch – küßte sie, daß sein Mund ihr die rothen Lippen schloß, und ihre Stimme im Winde erstarb und im Rauschen der Bäume.

Nichts half ihr, alles wendete sich gegen sie, sie hat es später selbst erzählt und mehr als einmal. Sie dunstete in ihrem Pelz und wurde noch heißer vom Ringen, die Schaffelle verbreiteten einen üblen Geruch. Er aber flüsterte: Wie gut das riecht und Du erst … der Geruch eines gesunden Mädchenleibes berauscht mich. Ist das nicht zum Lachen? Das Lammfell schien angewachsen an ihre vollen runden Glieder, und auch das gefiel ihm. Ist es doch, rief er, als kämpfe ich mit einem wilden zottigen Thier, und lachte, der Unmensch, der Tartar, obwohl er doch die Krallen und die Zähne dieses schönen Thieres fühlte.

Dann aber war sie es, die ihn zurückhalten wollte.

Baraniewski, der stolze Herr, stieß sie weg, sie indes packte ihn noch einmal bei Haar und Bart. Er riß sich los, ja, das that er, riß sich los, so daß Büschel seiner Haare in ihren Händen blieben und schwang sich auf sein Pferd.

Matrena gab keinen Laut von sich. Rasch band sie ihr Haar zusammen, nahm einen derben Strick, machte eine Schlinge, führte das beste Pferd heraus aus dem Stall, sprang auf den Rücken desselben und folgte dem schönen, stolzen Herrn, der schon einen Vorsprung gewonnen hatte.

Die Brücke donnerte unter den Hufen seines Pferdes. Nun wußte sie wie weit er war, denn die Nacht hatte ihn verschlungen, und sie sah nur seitwärts die leuchtenden Augen eines Wolfes, der sie musterte, und ein Stück faulen Holzes, das an dem Wege lag und leuchtete.

Da war ein Zaun, der ihm den Weg versperrte. Im Nu war er drüber, und ehe man zehn zählen konnte, war auch sie zur Stelle und sprang gleichfalls mit ihrem Kosakenpferd hinüber. Sprang ihm auch nach über den Graben, über den er gesetzt hatte, und schwamm ihm nach durch den Fluß, daß das Wasser nur so plätscherte und aufschäumte.

Fort gieng es, immer fort. Jetzt mitten durch einen Hain, mitten durch die Bäume, daß die Äste ihnen ins Gesicht schlugen und sich an seine Kleider klammerten, und ihr das Hemd vom Leibe rissen. Nun vorwärts, durch das Maisfeld, daß die hohen Stämme nur so krachen, durch das Korn, durch den Weizen, was liegt daran? Durch die schlafende Schafherde, den Grabhügel hinauf, hinab.

Da waren sie mitten in der Steppe, die um sie rauschte, ein Meer, ein stürmisches Meer, und nur der Himmel war über ihnen.

Baraniewski verlor wohl den Muth, er hörte das Knallen ihrer Peitsche näher und näher, hörte ihren Zuruf, mit dem sie das Pferd ermunterte, hörte das Schnauben des Thieres, fühlte seinen heißen Athem.

Sein Pferd stürzte. Matrena jauchzte auf. Doch schon riß er es empor und es gieng weiter, wie auf der Hetzjagd, hinter dem Fuchs her.

Wie pochte ihm da das Herz, dem Verräther! Ja, hundert Arme schienen sich nach ihm auszustrecken, hundert Arme aller der Verrathenen, Betrogenen, Verlassenen, Gemordeten. Weiße Arme, die aus dem dunklen Zobelpelz nach ihm langten, und braune Arme, die aus groben Hemden hervorkamen, und oben jagten die Sterne ihm nach, und weiße Gestalten in flatternden Gewändern, den todten Bräuten gleich, die um Mitternacht tanzen und ihre Tänzer erwürgen mit ihren weichen, duftigen Haaren.

Und wirklich, sie holt ihn ein. Sie wirft die Schlinge – einmal – ein zweitesmal … Da hat sie ihn … reißt ihn vom Pferde und macht dann Halt und schöpft Athem.

Baraniewski sucht die Schlinge, die ihm den Hals zusammenschnürt, zu lockern, aber ein Ruck ihres starken Armes und er liegt vor ihr und schnappt nach Luft, wie ein Fisch schnappt er, den man gefangen und auf den Sand hingeworfen hat, und fleht um sein Leben.

Matrena schüttelt nur den Kopf.

»Ich will Dich zur Frau nehmen«, betheuert er.

Sie lacht ihn nur aus.

»Dein Sclave will ich sein«, beginnt er von neuem, sie aber schneidet ihm das Wort ab.

»Bete zu Gott. Du mußt sterben.«

»Hast Du kein Erbarmen mit mir?«

»Nein.«

Dann treibt sie ihr Pferd an und ruft: »Maikäfer flieg!« und lacht dabei, wie ein Teufel lacht sie.

»Flieg, Maikäfer flieg!«

Einige Zeit lief er neben ihrem Pferde her, dann blieb er zurück, fiel zur Erde, und nun schleifte sie ihn hinter sich, bis er zu ihren Füßen verendete. Noch war er nicht ganz todt, als schon die Raben um sie kreisten und sich auf ihn stürzten.

»Nur zu!« rief ihnen Matrena zu, »hackt ihm die Augen aus, meine Freunde, reißt ihm das Fleisch stückweise vom Leibe – das schmeckt – so frisch und lebendig – nicht wahr? Oh! könnt' ich Dich nur selbst zerreißen mit meinen Zähnen!«

So endete Baraniewski, der schöne, stolze Herr, und Matrena hielt Hochzeit mit Olex Kostka.

»Wie ist es möglich, daß er sie trotzdem genommen hat?« sagte ich erstaunt.

»Wie? Auf die Weise. Und warum nicht? Hat sie nicht selbst ihre Ehre gerächt etwa? Konnte ihr jemand einen Vorwurf machen?«

Es war Nacht geworden. Der Sternenhimmel stand über uns, ein Riesenfeld voll goldener Ähren. In der Ferne flatterten kleine weiße Wolken, ein gespenstischer Reigen, der sich über der Erde zu drehen schien. Durch die Steppe zog jenes tiefe, schwermüthige Rauschen, das so gut zu den Liedern dieses Volkes stimmt, das um seine Helden trauert, um seinen Ruhm, seine Freiheit, und eines dieser Lieder klang jetzt zu uns herüber, von einem Kosaken gesungen, der durch das Grasmeer ritt, von einem Hirten oder Jäger. Und es klang so wehmüthig durch die Nacht:

Ohne Nutzen, ohne Segen,
Schwindet des Kosaken Beute,
Was er gestern schwer errungen,
Leichten Sinns vertrinkt er's heute.

Das Weib des Kosaken

Es war Nacht auf der wilden Steppe. Unter dem flimmernden Sternenhimmel, mitten im wogenden Ocean der Gräser und Blumen, stand eine kleine Strohhütte. Ein windschiefer Zaun umgab Hof und Bienengarten.

In der niederen Stube, deren rauchige Wände mit Heiligenbildern geschmückt waren, schlief Bascha allein auf dem harten Lager, mit ihrem Schafspelz zugedeckt. Ihr Mann, der Kosak Dorobenko, war davongeritten auf das erste Feuersignal, das einen Raubzug der benachbarten Tataren ankündigte.

Plötzlich fuhr das junge Weib aus dem Schlaf und horchte. Es hatte an die Thür gepocht, ja, und es pochte noch einmal. Sie stand auf und öffnete.

Draußen stand das Pferd des Kosaken ohne seinen Reiter und scharrte mit dem Huf. Bascha erschrak, sie kannte das treue Thier, den flüchtigen, muthigen Schecken. Sie sagte sich, daß Dorobenko gefallen war, denn niemals hätte das Pferd ihn verlassen, wenn er noch am Leben wäre. An die Pfosten der Thür gelehnt, die Hände vor das Gesicht gepreßt, begann die Arme zu schluchzen, und der Schecke legte ihr sanft den Kopf auf die Schulter und seufzte auf, als trauere er mit ihr um seinen tapferen Reiter.

Das Kosakenweib legte die Arme um den struppigen Kopf des treuen Freundes und küßte ihn, dann trocknete sie ihre Thränen.

Wenn er tot wäre, der Mann, der sie so sehr geliebt, dann hätte sie noch eine Pflicht zu erfüllen. Die Raben sollten ihn nicht haben. Er sollte in geweihter Erde ruhen, wie es einem frommen Christen geziemt. Bascha kehrte in die Stube zurück, zog ihren Pelz an, wand ein rothes Tuch um ihre schwarzen Flechten, nahm den Kantschuk vom Haken und steckte den Yatagan in den Gürtel. Nachdem sie sich überzeugt hatte, daß die beiden Pistolen in den Satteltaschen noch geladen waren, daß die Schlinge am Sattelknopf hing und die Branntweinflasche im Sattelsack gefüllt war, schwang sie sich nach Männerart auf das Pferd und schlug die Richtung ein, welche Dorobenko am Morgen genommen hatte.

Eine tiefe, heilige Stille herrschte auf der weiten Fläche. Nichts regte sich, nur ein leichter Wind strich durch die Halme. In der Ferne lag eine dunkle Masse, der Wald. Bascha flog wie ein Vogel durch die duftige Steppe, dem Dorfe zu. Hier fand sie, daß die Tataren sich zurückgezogen, aber reiche Beute und auch mehrere Gefangene mit sich genommen hatten. Sie begann wieder zu hoffen.

Im Osten zeigte sich das erste keusche, weiße Licht, als sie an einem Kosakenhof vorbeikam, den die Feinde eingeäschert hatten. Hier lag auch der erste Tote auf der Straße, ein Muselman.

Sie ließ dem Pferde die Zügel frei, und wirklich, es schlug den Weg ein, den sie nehmen wollte, es trug sie über Stock und Stein, bis an den Ort, wo das Gefecht stattgefunden hatte. Weithin war das Gras von den Hufen zerstampft, gefallene Pferde und Menschen deckten den Boden. Bascha hielt den Schecken an, stieg ab und ließ das kluge Thier laufen, sie war seiner vollkommen sicher. Jeden toten Kosaken, der auf seinem Gesichte lag, wendete sie um. Sie suchte unermüdlich ihren Mann, sie fand ihn nicht. Er ist gefangen, sagte sie sich; dieser Gedanke war ja ein Trost für sie. Indeß war es Tag geworden, und die großen Geier und Raben, welche die Gefallenen umkreisten und ihr schauerliches Mahl hielten, grüßten die Sonne mit lautem Geschrei.

Plötzlich wieherte der Schecke in der Ferne. Sollte er seinen Herrn entdeckt haben? Bascha lief auf das Gebüsch zu, vor dem das Pferd stand und mit dem Schweife schlug. Sie theilte die Zweige und schrie auf. Da lag ihr Mann auf dem Rücken, mit Blut übergossen, die Augen geschlossen.

War er tot? Sie warf sich über ihn und küßte ihn. Sie nahm ihn in die Arme und richtete ihn auf. »Dorobenko!« rief sie, »mein Einziger, mein Held, mein Täubchen!« Nein, er war nicht kalt, er athmete noch. Sie nahm die Branntweinflasche und flößte ihm einige Tropfen ein, sie rieb ihm die Schläfen und endlich seufzte er auf und öffnete die Augen.

Sie riß ihm die Jacke auf und das Hemd. Da war die Wunde, ein Lanzenstich in der linken Brust. Sie wusch ihm die Wunde mit Branntwein, dann zog sie den Pelz aus und schnitt mit dem Yatagan die Ärmel ihres Hemdes ab, um ihn verbinden zu können; zuerst gab sie Dorobenko zu trinken. Er that einen guten Zug aus der Flasche und athmete auf. Bascha hielt ihn in ihren Armen und betrachtete ihn einige Zeit, dann machte sie das Zeichen des Kreuzes und sprach ein Gebet.

»Fühlst Du Dich stark genug«, fragte sie nach einer Weile den Kosaken, »zu Pferde zu steigen mit meiner Hilfe?«

Dorobenko schüttelte den Kopf. »Nein, ich habe zu viel Blut verloren.«

»Dann heißt es hier bleiben«, sagte Bascha, »bis Du Dich stark genug fühlst.«

»Ich möchte jetzt schlafen«, murmelte der Verwundete. Bascha legte ihn sanft in das Gras nieder und schob ihm den Mantelsack unter den Kopf, dann band sie das Pferd neben ihm an eine kleine Birke und ging hinaus in die Steppe, um Nahrung und Wasser für den Verwundeten zu suchen.

Die Sonne brannte dem armen Weibe heiß auf Kopf und Nacken, aber sie fragte wenig danach, sie selbst quälte der Durst und der Hunger, aber sie wurde nicht müde, zu suchen. Umsonst. Weithin kein Quell, kein Tropfen Wasser, kein Baum, kein Schornstein. Schon begann sie jede Hoffnung zu verlieren, als sich plötzlich zu ihren Füßen eine kleine Schlucht öffnete, aus welcher der lieblichste Duft zu ihr emporstieg. Rasch kletterte sie hinab und befand sich jetzt mitten unter grünen Büschen, die mit großen rothen Himbeeren bedeckt waren. Sie band ihre Schürze zusammen, füllte sie mit den köstlichen Früchten, und obwohl sie totmüde war, lief sie dann zurück zu dem Orte, wo Dorobenko lag.

Er schlief noch. Sie setzte sich zu ihm, aber sie berührte die Beeren nicht, ehe er erwachte. Dann gab sie ihm zu essen und zu trinken, und erst als er satt war, stärkte sie sich auch ein wenig. Sie rastete einige Zeit und nun begann sie wieder zu suchen. Der Branntwein ging zu Ende, sie mußte Wasser haben. Es war Nacht, als sie zurückkehrte, wieder ohne Erfolg. Dafür hatte sie ein Kosakenpferd eingefangen, das sie in der Nähe grasend fand, und eine große Kürbisflasche am Sattel eines gefallenen Tataren entdeckt. Das war eine gute Beute. Sie band das Pferd an, so daß es neben dem Schecken grasen konnte, wechselte dem Verwundeten den Verband und blieb dann stumm und resigniert neben ihm sitzen.

»Wasser!« bat der Kosak.

Bascha gab keine Antwort.

»Wasser, meine Theure!«

»Ich habe keines.«

»Das Flüßchen kann doch nicht weit sein«, sagte Dorobenko.

»Wo liegt es, zeige mir die Richtung.«

»Gegen Süden.«

Bascha stand auf, hing die Kürbisflasche um und blickte um sich. Da sah sie plötzlich in der Ferne ein Licht. Was konnte es sein? Eine menschliche Wohnung? Vielleicht auch ein Lagerfeuer der Tataren! Mag sein, sie muß Wasser haben für ihren Mann; sie macht sich daher auf den Weg und folgt dem Schimmer, der sie vielleicht in das Verderben, in den Harem eines Khans führt. Das Licht richtet sich auf und scheint dann wieder zu schwinden, aber es führt sie sicher durch das hohe Gras bis zu einer Gruppe von Weiden. Hier – welch ein Ton – ein fernes Murmeln – ein Plätschern – Wasser.

Plötzlich ist sie bis über die Knie im Sumpf.

Es war ein Irrlicht, das ihr als Führer gedient hatte.

Sie ergreift noch zur rechten Zeit einen Zweig und fühlt bald wieder festen Boden unter den Füßen. Vorsichtig setzt sie ihren Weg fort. Das tanzende Feuer winkt ihr zur Linken, aber sie geht gerade aus und schon blitzt der Wasserspiegel vor ihr auf. Ihr Herz pocht, sie ist so glücklich, sie möchte lachen und weinen zugleich, und in ihrer Freude beginnt sie laut zu singen:

»Der Kosak tränkt sein Roß,
Wasser schöpft die Hanne,
Während er sein Liedchen sang,
Weint sie in die Kanne.«

Da war das Flüßchen, mit Schilf umstanden. Sie kniete nieder, neigte den Kopf und trank wie ein Thier, das seinen Durst löschen will, aus dem fließenden Wasser. Dann füllte sie rasch die Kürbisflasche und eilte zurück zu dem Verwundeten.

Um den Weg zu finden, hielt sie von Zeit zu Zeit die Hände vor den Mund und rief: »Dorobenko!« Lange Zeit erhielt sie keine Antwort, endlich klang es voll durch die Nacht: »Bascha!« Sie rief noch einmal.

»Hier!« erwiderte der Kosak und jetzt hörte sie auch den Schecken wiehern. »Ich habe Wasser!« rief sie und begann wieder laut zu singen:

»Der Kosak tränkt sein Roß etc.«

Dorobenko antwortete:

»Weine nicht, du holdes Kind,
Lass' dich nicht betrüben,
Denn ich lieb' dich gar so sehr,
Werd' dich ewig lieben.«

Schon kam sie mit dem Wasser gelaufen, kniete nieder und gab ihm zu trinken. Er that einen vollen Zug, dann sah er sie an, strich ihr das Haar aus der Stirne, und zwei große Thränen stahlen sich ihm über die sonnenbraunen Wangen in den Schnurrbart herab.

Am fünften Tage sprach Dorobenko: »Ich fühle mich jetzt stark genug. Wir wollen nach Hause zurückkehren.«

Bascha half ihm auf das erbeutete Pferd und band ihn auf dem Sattel fest. Sie selbst bestieg den Schecken. Langsam setzten sie sich in Bewegung, im Schritt. Sie führte sein Pferd am Zügel und spähte nach allen Seiten hinaus, um nicht von irgend einer Gefahr überrascht zu werden.

Als sie sich dem verbrannten Kosakenhof näherten, tauchten drei Reiter aus dem hohen Grase auf und sprengten auf sie zu.

»Tataren!« murmelte Dorobenko.

»Bleib' nur ruhig«, sagte Bascha, »ich werde Dich retten oder mit Dir sterben.«

Schon waren die ersten beiden Reiter ganz nahe. Das Kosakenweib zog die Pistolen aus den Satteltaschen und machte sich fertig. Ein Schuß fiel, und der eine der Feinde stürzte aus dem Sattel. Das Gras verschlang ihn, während sein Pferd davonjagte. Ein zweiter Schuß. Der Rappe des zweiten Tataren bäumte sich auf und stürzte dann in die Knie. Blitzschnell zog Bascha den Yatagan und trieb den Schecken vorwärts. Im Vorbeireiten faßte sie den Muselman bei der Locke, die auf seinem kahlen Scheitel stand, und hieb ihm den Kopf ab, den sie stolz emporhielt.

Da war der Dritte. Er hielt sein schnaubendes Pferd an und musterte das hübsche, derbe Weib mit wohlgefälligen Blicken.

»Komm mit mir«, rief er, »wilde Rose der Steppe, Du sollst den Harem eines Fürsten schmücken! Von Pracht umgeben, in Hermelin geschmiegt, sollst Du als Sultanin auf weichen Kissen ruhen, von Sclaven bedient.«

Das Kosakenweib antwortete mit einem lauten Lachen, löste die Schlinge vom Sattelknopf, warf sie dem Muselman über den Kopf und riß ihn vom Pferde herab. »Ergieb Dich«, rief sie ihm zu, »oder ich töte Dich!«

Der Tatar warf sich vor ihr auf die Knie und kreuzte die Arme auf der Brust.

»Rühre Dich nicht«, fuhr Bascha fort, »eine Bewegung, und Dein Kopf fliegt vom Rumpfe herab!« Sie stieg ab, näherte sich dem Gefangenen vorsichtig von hinten, band ihm die Arme auf dem Rücken und befahl ihm dann, aufzustehen. Nachdem sie die Schlinge wieder am

Sattel befestigt hatte, plünderte sie noch des gefallenen Tataren Pferd. Sie fand verschiedene Kostbarkeiten, einen türkischen Stoff, Silberzeug, ein goldenes Kreuz und ein Paar funkelnde Ohrgehänge, die sie jubelnd emporhielt. Nachdem sie ihre Beute in den Mantelsack geschnürt hatte, stieg sie wieder auf den Schecken.

»So!« rief sie dem Tataren zu, »jetzt bist Du mein Sclave und sollst mir den Acker bestellen, so lange mein Mann nicht arbeiten kann. Vorwärts!« Sie ließ den Kautschuk knallen. »Vorwärts!«

Menschenware

Zur Zeit als jenseits der Save noch der Halbmond herrschte, lebte in dem croatischen Dorfe Krukovacz ein seltsames Ehepaar. »Es ist genau so, als hätte man Wolf und Lamm zusammen eingespannt«, sagten die Leute in der Gegend, wenn sie von Starbo Barowitsch und Ursa, seiner Frau, sprachen. Der Wolf war Starbo, und doch war er eigentlich kein böser Mensch, nur leichtfertig, und von allen leichten Dingen, die er an sich hatte, war sein Gewissen das allerleichteste.

Gut, daß sie keine Kinder hatten. Ursa war hübsch und klug und fleißig, aber was half das. Der Taugenichts Starbo ließ doch alles durch die Kehle rinnen, und was nicht durch die Kehle rann, das verspielte er, und was er nicht verspielte, das verflog Gott weiß wohin.

Ja, die Guzla konnte er spielen, daß die Leute die Thränen wischten oder aufjauchzten oder die Beine selbst zu hüpfen begannen, je nachdem es eine Weise war, die von den alten Helden und den Türkenkämpfen sang, oder ein Schelmenlied oder die Melodie des Kolotanzes. Auch stehlen konnte er, das mußte man ihm lassen. Die Zigeuner schämten sich und giengen bei Seite, wenn sie ihm begegneten, so sehr war er ihr Meister. Doch stahl er nur Pferde und verkaufte sie über die Save hinüber und schwärzte Waren hin und her, vor allem gelben, lockigen türkischen Tabak. Aber sonst that er nichts als auf der Ofenbank liegen oder zur schönen Sommerzeit in irgend einem Heuschober.

Drüben, an dem anderen Ufer hatte Starbo Barowitsch einen guten Freund, den Beg Asmam Gopcinowitsch. Wenn sie auch verschiedenen Glaubens waren, und der Beg wohlhabend war, und Starbo nie einen Gulden in der Tasche hatte, so liebten sie sich doch zärtlich. Sie trieben ihren Handel seit langer Zeit und trieben ihn ehrlich, und jedesmal, wenn sie sich trafen, schüttelten sie sich die Hände und küßten sich und küßten sich wieder.

So gieng es Jahr aus Jahr ein, bis es endlich einmal nicht mehr gieng. Es kam der Winter, Schnee war gefallen, und es fehlte an allem im Hause, die Steuern waren nicht bezahlt und kein Groschen war da, nichts.

Starbo saß und brütete.

»Arbeite doch lieber«, sagte Ursa seufzend.

Starbo erhob sich und gieng hinaus. Als er zurückkam, brachte er ein Pferd mit und band es im Stalle an. Dann lag er wieder da und träumte.

»Höre doch, mein Theuerer«, begann Ursa, indem sie sich zu ihm setzte und ihm den schwarzen Kopf zu krauen begann, »so kann es nicht fortgehen.«

»Du hast recht«, gab er zur Antwort, »ich bin ein Lump, ja das bin ich, ein Taugenichts; aber warum hat mich Gott in seiner Güte so erschaffen und nicht anders?«

»Nimm dich zusammen, arbeite.«

»Ich kann nicht, Ursa, hab' nicht die Natur dazu, aber ich sehe ein, daß Du ein schlechtes Leben bei mir hast. Ändere Dir's.«

»Wie?«

»Wie? Ich wüßte ein Mittel, durch welches uns beiden geholfen werden könnte.«

»Was also? sprich!« Sie stieß ihn mit der Faust in die Rippen.

»Wenn Du einwilligen wolltest – daß ich – daß ich Dich als Sclavin verkaufe.«

»Mich, als Sclavin! Bin ich denn ein Vieh?«

»Der Mensch ist auch eine Ware«, erwiderte er, »besonders ein Weib, und nun gar ein schönes Weib wie Du.«

Ursa hatte die Arme unter der vollen Brust gekreuzt und sah ihn an, sie verstand ihn nicht, sie wurde irre an ihm, an sich selbst, an Gott. »Du bist ein Unmensch, Starbo«, murmelte sie endlich.

»Im Gegenteil, ich meine es nur gut mit Dir«, versetzte er lächelnd, »im Harem, da erst würdest Du ein Leben haben, Deiner würdig! Ist denn das hier ein Haus für Dich? Hast Du nicht das Recht andere Kleider zu tragen als diese geflickten, die Dich verunstalten. Dort würde man Deinen weißen Leib in wohlriechendem Wasser baden, Deine schlanken Glieder in Hermelin hüllen, Dir Teppiche unter die Füße breiten. Und Sclaven und Sclavinnen würden Dich bedienen, und Du könntest sie schlagen soviel es Dir Vergnügen macht. Lacht Dir nicht das Herz dabei, Weibchen?«

»Nein.«

»Du kannst sogar Sultantin werden, was? ein Weib wie Du, warum nicht?«

»Das gefiele mir schon«, sagte Ursa.

»Also, entschließe Dich«, drängte Starbo.

»Du liebst mich also gar nicht?« fragte Ursa mit einemmal, während ihre blauen Augen an ihm hingen, als wollten sie ihm das Blut aus dem Leibe saugen.

»Gewiß, Ursa, aber was kannst Du Dir dafür kaufen? Gibt Dir der Jud' auch nur ein Schmink-töpfchen für meine Liebe? Kannst Du Dich in meine Liebe kleiden? oder damit Deinen Hunger stillen, wenn Dein Magen knurrt?«

Wirklich knurrte Ursa's Magen, laut, wie ein böser Köter, der unter der Bank liegt und eine fremde Stimme hört.

»Na, so sei's denn«, sagte sie.

»Du willst also, ja?«

Sie nickte mit dem Kopf. Dann stand sie auf und gieng zu der Wasserkufe, und da sie keinen Spiegel hatte, betrachtete sie sich aufmerksam in dem reinen Wasser, und das Gesicht, das ihr entgegenblickte, machte ihr Muth.

Ja, sie wird Sultanin werden, warum nicht?

»Du mußt schön sein«, sagte Starbo am Abend zu ihr, »wenn ich Dich verkaufen soll. Klopft nicht Abraham auch erst die Motten aus seinen Pelzen heraus, ehe er sie zu Markt bringt?«

Nun gieng er in den nächsten Tagen umher und erzählte jedem dasselbe Märchen von einem Pascha, der sich in Ursa verliebt habe. Diesem Pascha werde er sie jetzt um tausend Ducaten verkaufen. Und mit diesen schönen Reden borgte er hier ein Paar neue Stiefel, dort ein Kopf-tuch, schwatzte dem Einen Korallenschnüre ab und dem Anderen ein paar Ohrgehänge und lockte endlich sogar dem schlauen Abraham einen neuen Schafspelz heraus.

Ursa wusch sich indes ihr Sonntagshemd und stickte sich dasselbe vorne und an den Ärmeln mit rother Wolle. Dann trug sie heimlich ein paar Scheffel Kartoffel, die letzten, zu dem Krämer Pinzach Grünstein und handelte dafür rothe und weiße Schminke ein.

Als alles da war, beschlossen sie auszuziehen. »Nur keine Zeit verlieren«, sagte Starbo, der in bester Laune war.

So zog sich denn Ursa an, ruhig, ohne Freude und Trauer. Sie ließ sich von Starbo die Stiefel anziehen, dann den Pelz, ließ sich von ihm die Ohrgehänge befestigen und die Korallenschnüre, ließ sich das Tuch um den Kopf binden, und einen Ring an den Finger stecken, alles gleichgiltig, wie eine Wachsfigur, der man ein anderes Costüm anzieht. Dann schminkte sie sich vor der Kufe, während er sich bereit machte und das Pferd aus dem Stalle führte.

»Teufel! Bist Du hübsch!« rief Starbo, als sie in den Hof, in das grelle winterliche Licht heraustrat. Mit einemmale war es ihm leid um sie. Sie lächelte stolz, und ihre Brüste, die wie zwei Schneeballen in dem schwarzen Pelz lagen, hoben sich.

»Laß mich«, sagte sie, »Du wischst mir das theuere Weiß und Roth herab, und ich habe kein anderes.« Starbo sah sie noch einmal an, seufzte auf und stieg zu Pferde, während sie ihm den Bügel hielt. So verließen sie denn das Haus und das Dorf. Er ließ das Pferd im Schritt gehen, und sie watete neben ihm durch den Schmutz.

Die künftige Sultanin fand das ganz in der Ordnung.

Der Tag war übrigens schön. Die Bäume standen kahl gegen den hellen Himmel, dafür gab es aber auch überall Durchsicht und Sonne, und so erschien alles freundlich und heiter. Das Thauwetter hatte den Schnee weggefegt und der Wind die Landstraße getrocknet. Das Laub raschelte unter Ursas Füßen. Die Sonne stand schon nieder. Die Bäume warfen große, aber schwache Schatten, Schatten, die riesigen Ruthen glichen.

Das schöne Weib im Lammpelz dachte, dachte an die Sclaven, die es bald unter den Füßen halten und schlagen sollte, und lachte.

Alles war hell. In der Ferne lag ein leiser Duft. An dem blaßblauen Himmel waren nur ein paar weiße Flocken zu sehen.

Vor ihnen stieg ein Dorf herauf, von der Sonne beglänzt. Der Rauch erhob sich gerade in die Luft. Tauben flogen hin und her. Die Erde lag kahl, ohne jeden Schmuck, kahl die Felder, die Wiesen, die Bäume, Krähen zogen in Scharen. Von Zeit zu Zeit erhob sich ein leichter frischer Wind, bewegte die dürren Blätter, die noch an den Zweigen hiengen und schüttelte die Disteln am Wegsaum wie Schellen durcheinander.

Auf der Wiese, vor dem Dorf, weideten ein paar Gänse. Auf einem schwarzen Acker stand ein Mistwagen mit zwei Ochsen bespannt.

Tiefe Stille herrschte in der todten Natur, nur das Krächzen der Saatkrähen unterbrach manchmal das lautlose Schweigen.

Bei der Schenke machte Starbo Halt und trank, trank ordentlich, wie ein Mann, der dem Sultan schöne Ware liefert, schönes Frauenfleisch, das Pfund zu hundert Ducaten. Er reichte Ursa das Glas, aber sie nippte nur leise.

Und so machte er es jedesmal, bei jeder Schenke, und es gab deren viel auf dem Wege, ehe sie von Ferne das Silberband der Save blinken sahen. Jedesmal wurde es ihm schwerer abzusteigen, jedesmal schwankte er mehr und mehr, jedesmal dauerte es länger, ehe er mit Hilfe seines Weibes in den Sattel kam.

Endlich, im letzten Dorf, wollten ihn die Beine schier nicht mehr tragen. Er saß da, an die Wand gelehnt und nickte ein, während Ursa draußen stand und die Blicke über den Fluß hinschweifen ließ.

Über der Thüre der Schenke hieng ein großer, dürrer Busch. Der Wind ließ ihn wie einen Gehängten am Galgen langsam hin- und herbaumeln.

Starbo war jetzt wie dieser Busch, dachte Ursa, ja noch schlimmer, ein Vieh. Pfui! Sie spie aus.

Plötzlich gieng ihr ein komischer Gedanke durch den Sinn, ja, er war zu komisch, dieser Gedanke; er kitzelte sie, sie mußte lachen.

»Warum soll er mich verkaufen?« dachte sie, »ich kann ja ebenso gut *ihn* verkaufen. Da bin ich ihn auch los.«

Sie gieng rasch zum Zaun, an dem zwei starke Stricke hiengen, spähte umher, ob sie jemand beobachte, nahm sie herab und gürtete sie dann mit denselben unter dem Pelz, den sie schloß. Dann trat sie in die Schenkstube und schlug Starbo auf die Schulter.

»Vorwärts, Mann«, rief sie, »es wird Nacht.«

Starbo riß die Augen weit auf.

»Ja, ja.«

Er stand auf, tastete sich an dem Tische hin und pflanzte sich jetzt mitten in der Schenkstube auf, die Beine auseinandergespreizt, während er, einem betenden Juden gleich, den Oberkörper hin- und herschaukelte. Ursa führte ihn hinaus, hob ihn mit Hilfe der Wirtin auf das Pferd, und es gieng wieder vorwärts.

Sie waren mitten in einem kleinen Hain, als Starbo sein Pferd anhielt, abstieg, zur Erde fiel, wieder aufstand, und endlich, den Arm um den Hals des Pferdes gelegt, Athem schöpfte. »Es geht nicht mehr, – ich sehe nichts mehr – ich bin schwindlig« – stammelte er, »laß mich ausruhen.«

»Es wird ja Nacht.«

»Nacht? Schlafenszeit! Schlafen wir also.« Er versuchte den nächsten Baum zu erreichen, wie er aber so hin und herschwankte, faßte ihn Ursa plötzlich beim Genick, stieß ihn mit den Knieen in den Rücken und warf ihn zur Erde. Dann setzte sie sich rittlings auf ihn, hielt ihn zwischen ihren starken Schenkeln gefangen, bog ihm die Arme nach rückwärts, löste die Stricke und band ihm die Hände auf den Rücken.

Bisher hatte Starbo keinen Laut von sich gegeben, als sie aber jetzt aufsprang, und ihn auf die Kniee aufrichtete, starrte er sie an und lallte: »Was – soll – denn das?«

Sie gab ihm keine Antwort, sondern schlang ihm den anderen Strick um den Leib und zog ihn fest zu.

»Was willst Du denn von mir?« fragte Starbo.

»Was ich will?« erwiderte sie, »Dich als Vieh behandeln, denn Du bist ein Vieh.«

Plötzlich war Starbo vollkommen nüchtern. Er stand auf, begann zu fluchen und mit dem Fuße nach Ursa zu stoßen. »Was hast Du vor, Teufelsweib, Hündin!« rief er, »wozu hast Du mich gebunden, Bestie?«

Ursa, das Ende des Strickes, den er um den Leib hatte, fest in der Faust, hob den Kantschu auf, bestieg rasch das Pferd und befestigte die Schlinge an dem Sattelknopf. »Vorwärts!« gebot sie dann ruhig.

»Nein, ich gehe nicht, ich gehe nicht von der Stelle« schrie Starbo, doch sie trieb das Pferd an und schwang den Karbatsch über Starbo's Rücken, und er gieng doch.

»Was hast Du vor?« fragte er wieder.

»Dich als Sclaven zu verkaufen«, gab sie zur Antwort.

»Welche Sünde! Bist Du eine Christin?«

»Der Mensch ist auch eine Ware«, erwiderte sie, »hast Du's nicht selbst gesagt? und der Mann ebenso gut wie das Weib.«

»Erbarme Dich, Ursa, ich will mich bessern, will Dir gehorsam sein, Dir unterthänig.«

Sie lachte ihn nur aus. »Für Dich gehört die Peitsche«, sagte sie, »ich bin zu gutmüthig, ich könnte Dich doch nicht so tractieren, wie Du es verdienst. Du mußt einen Herrn haben, der Dir den Fuß kräftig auf den Nacken setzt. Freue Dich, das Sclavenleben ist wie für Dich geschaffen, da wirst Du alle Deine Sünden abbüßen und Dir das Himmelreich erringen. Wenig zu essen, nichts zu trinken, Maulschellen, Fußtritte, Prügel. Das ist es ja eben was Du brauchst.«

»Oh! ich Dummkopf!« jammerte Starbo, »ich Spatzenkopf, ich Schwein … mich um meinen Kopf zu saufen…«

Als sie an das Ufer der Save kamen, zu dem hölzernen Kreuz, erwartete sie bereits Asmar mit seinem Kahn und seinen Leuten.

Erst war er ein wenig verwundert, als er Ursa zu Pferde und Starbo gebunden sah, dann lächelte er jedoch in seinen schönen, schwarzen Bart hinein und fand den Spaß unbezahlbar. Hätte es ihm seine orientalische Würde erlaubt, so hätte er laut aufgelacht.

Ursa begann mit ihm zu handeln.

»Was? Du willst mich kaufen? mich, Deinen Freund?« rief Starbo.

»Warum nicht«, sagte Asmar immer lächelnd, »ich kaufe alles, Handel ist Handel.«

»Oh! Du Schuft!« schrie Starbo auf.

Das entschied. Asmar schlug in Ursa's Hand ein. Das Geschäft war abgeschlossen. Er zählte ihr das schöne blanke Gold in ihre Schürze, und sie band es ruhig in ihr blaues Taschentuch und zog mit ihren schönen, festen Zähnen den Knoten zu.

»Also ein Schuft bin ich?« fragte jetzt Asmar den bleichen, bebenden Starbo, der die Augen zur Erde senkte, und ehe der Unglückliche antworten konnte, gab er ihm eine Ohrfeige, riß ihn beim Haar zu Boden und trat auf ihm herum, wie auf einem Hund, der sich nicht dressieren lassen will.

»Genug! genug!« rief Starbo, »ich ergebe mich – ich bin Dein Sclave – ich will Dir dienen.« Und als der Türke ihn losließ, schleppte er sich auf den Knieen zu ihm hin und preßte seine Lippen auf die rothen Pantoffel seines Tyrannen.

Auf Asmars Wink packten ihn dessen Leute, warfen ihn in den Kahn, nicht anders als einen Warenballen und stießen dann rasch vom Ufer ab.

Ursa, die Arme in die vollen Hüften gestemmt, blickte ihnen eine Weile nach, dann wendete sie ihr Pferd und ritt langsam den Weg zurück, den sie gekommen war.

Während Asmar mit seinem neuen Sclaven dem türkischen Ufer zusteuerte, hörten die im Kahn Ursa drüben lachen, und wie? so laut, so herzlich, wie ein Kind, das zum erstenmal den Hanswurst sieht.

Starbo stöhnte auf. »Oh! ich Dummkopf«, begann er zu klagen, »mich um den Verstand zu saufen, um die Freiheit, um mein Weib, um alles.«

»Schweig!« herrschte ihm Asmar zu, und gab ihm einen Fußtritt.

Starbo verstummte, aber von drüben her, wo die österreichischen Tschardaken standen, hörte man noch immer Ursa lachen, so laut! so silberhell! so glücklich!

Die Sclavenhändlerin

Im Schlosse zu Zmigrod, nahe der russischen Grenze, konnte man in einem der Thurmzimmer ein kleines, wohl in der ersten Hälfte dieses Jahrhunderts von einem polnischen Künstler gemaltes Ölgemälde sehen, welches die Manier der alten holländischen Meister so getreu copirte, daß man es leicht für ein Werk von Dow oder Mieris hätte halten können.

Das Bild wurde gewöhnlich mit dem Titel »Die Sclavenhändlerin« bezeichnet, aber die schöne Frau, welche es vorstellte, so majestätisch, mit tief dunkeln Augen unter dem ihre Kopfbedeckung bildenden Turban, im reichen goldgestickten Pelz und mit einer Geißel in der Hand, hatte in ihrem ganzen Ausdruck etwas so fremdartiges, durchaus persönliches, daß es jedem Touristen, dem man es zeigte, sofort zur Gewißheit wurde, er habe es hier mit keinem Genrebild, sondern mit einem höchst charakteristischen, lebenswahren Portrait zu thun.

Je länger man dieses kleine Meisterwerk betrachtet, um so mehr fühlt man, daß es eine Geschichte haben müsse, und wirklich, die vergilbten Blätter der Chronik von Zmigrod, welche der gelehrte Orts-Caplan so sorgfältig aufbewahrt, erzählen uns von dem Modell zu diesem Bilde einen Roman, der sich an Merkwürdigkeit Allem, was uns Boccaccio, Brantôme und die Königin von Navarra Außerordentliches von den schönen, höchst ehrenwerthen Damen der vergangenen Jahrhunderte zu erzählen wissen, würdig zur Seite stellen läßt.

Die schöne Sclavenhändlerin hieß Marina Zmigrodska und war die Tochter des polnischen Oberst Titus Zmigrodska. Mit der ganzen Innigkeit und Glut eines jungen, zärtlichen und lebensunkundigen Herzens liebte sie einen jungen, schönen, aber armen Edelmann; ihre Eltern hatten jedoch beschlossen, sie an den Grafen Rzewinski zu verheirathen. Um jeden möglichen Widerstand schon im Keime zu ersticken, überfiel man den Geliebten des jungen Mädchens in der Nacht und brachte ihn in ein Kloster in sicheres Gewahrsam. Dagegen war die Willenskraft des jungen Mädchens nicht so leicht zu beugen. Sie schien sich den Anordnungen ihrer Eltern zu fügen und empfing ruhig den Bräutigam, welchen man ihr zugedacht hatte, als aber eines Abends ihre Eltern von Hause fort waren, raffte sie alle Werthsachen, deren sie habhaft werden konnte, zusammen, verkaufte sie durch Vermittelung des jüdischen »Factors« Nehemias Frosch, der ihr sehr ergeben war, und entkam glücklich in männlicher Verkleidung. Zuerst flüchtete sie nach der Moldau und von dort zu Schiff nach Constantinopel, wo sie von dem Jesuiten-Pater Golombski, einem Freunde ihrer Familie, Unterstützung und Protection zu erlangen hoffte.

In diesem Punkte erlitt Marina jedoch eine große Enttäuschung; nachdem der Pater ihre Geschichte vernommen hatte, führte er die Arglose in eine Art Kloster, welches seinem Orden affiliirte Schwestern in der türkischen Hauptstadt eingerichtet hatten, und plötzlich sah der schöne Flüchtling, daß er gefangen und unter strengster Bewachung war.

Zu gleicher Zeit beauftragte der Pater einen Mönch vom Orden der barmherzigen Brüder, den Eltern Marinas einen Brief zu überbringen. Zufällig übernachtete der gute Bruder auf seiner Reise auch in demselben Kloster, in welchem man den Geliebten Marinas internirt hatte. Nachdem dieser aus den Erzählungen des Mönchs Kunde vom Schicksal seiner Geliebten erlangt hatte, gelang es ihm, aus dem Kloster zu flüchten, und nach unbeschreiblichen Mühen, nach tausend Gefahren erreichte er endlich Constantinopel, wo es ihm dank der Hülfe eines Armeniers glückte, schon nach einigen Tagen Marina aufzufinden.

Jener Orientale, Namens Nestor Baraskan, war nämlich ein Freund des Juden aus Zmigrod, den er auf der Leipziger Messe kennen gelernt hatte. Auch Marina war es gelungen, sich der Aufmerksamkeit ihrer Wächterinnen zu entziehen; sie war sofort zu dem Armenier, der Sklavenhändler war, geeilt und setzte bei ihm den sorgfältig verwahrten Creditbrief des Juden in baare Münze um. Zunächst verschaffte sie sich dann das reiche Gewand eines vornehmen Türken und erstand darauf in einem der Vororte ein kleines Häuschen; einige Negersclaven bildeten ihre Bedienung. So lebte sie inmitten dieser Türken, Griechen und Armenier, unter denen sie für einen jungen Moslem von vornehmen Stande galt. Da Roman von Frosch ebenfalls einen Creditbrief und Empfehlungen an den Armenier erhalten hatte, war es für ihn nicht schwierig,

Marinas Aufenthalt auszukundschaften, und er lag seiner Geliebten zu Füßen, als diese es sich am wenigsten träumen ließ.

Für die beiden Geliebten war eine Periode reinen ungetrübten Glücks angebrochen; köstliche, unvergleichliche Flitterwochen, die sich ein ganzes Jahr hindurch in ununterbrochener Reihe fortsetzten, verlebten die Glücklichen in einem Rausche, voll von den leidenschaftlichsten Genüssen, den süßesten, innigsten Zärtlichkeitsbeweisen. Aber mit der Zeit wurde die Liebesflamme schwächer, sie verzehrte sich selbst. Wie jede Leidenschaft erstarb auch die Romans und Marinas an ihrer vollständigen Befriedigung. Roman wurde kühler und immer kühler, und Marina war erstaunt, ihn bei näherer Betrachtung weniger schön und liebenswerth, ja sogar langweilig und schwerfällig zu finden. Sie fragte sich: »Wie habe ich für ein solches Wesen Alles aufopfern können, was mir lieb und theuer war, Vater, Mutter, Vermögen, Heimath und Vaterland? Dafür soll ich Leben und Ehre hingegeben haben, dafür?«

Zunächst wurde sie seinen Liebkosungen gegenüber nur gleichgültig, allmählich aber erschien ihr der junge, bisher so glühend geliebte Mann mehr und mehr lächerlich, und endlich war sie nur noch von der alles Andere erstickenden Idee beherrscht: »Auf welche Art kann ich mich Romans so rasch wie möglich und für immer entledigen?«

Eines Tages besuchte sie den Armenier. Sie trug die Kleidung der vornehmen türkischen Haremsdamen, den dichten Schleier und einen reich mit kostbarem Pelzwerk besetzten Kaftan. Und wie wunderbar! Nun, da sie vor Nestor Baraskan stand, bemerkte sie zum ersten Male, daß er ein sehr schöner Mann war, dessen kraftvolle Gestalt einen vorzüglichen Eindruck auf sie machte, und auch er entdeckte mit ähnlichem Erstaunen die seltenen Reize und die pikante Schönheit der jungen Polin, der er, so lange er sie nur in Männerkleidern gesehen, keine besondere Aufmerksamkeit geschenkt hatte.

»Ich brauche Geld«, sagte Marina.

»Alles, was ich besitze, o schöne Dame, steht zu Deiner Verfügung«, erwiderte der Armenier, »wenn Du die Sonne Deiner Gunst auch über mir ein wenig leuchten lassen willst.«

Marinas Augen hafteten am Boden, während ihre Hände leise über das weiche Pelzwerk ihres Gewandes streiften; langsam ließ der Sclavenhändler seinen langen, dichten, schwarzen Bart durch die nervigen, aber weißen, wohlgepflegten Hände gleiten.

»Du hast mich falsch verstanden«, antwortete Marina, »ich wollte ein Geschäft mit Dir machen.«

»Wie Du willst.«

»Mein Geliebter langweilt mich.«

Der Armenier lachte laut auf.

»Ein Grund mehr, einen Anderen zu nehmen, der Dir Vergnügen und Zerstreuung bietet.«

»Und dieser Andere willst Du sein?«

»Ja, ich!«

»Nun gut, wir wollen sehen«, fuhr sie fort, »vor Allem liegt mir aber jetzt daran, mich Roman's zu entledigen. Willst Du ihn mir abkaufen?«

»Wie denn?«

»Nun, ich will ihn Dir als Sclaven verkaufen, verstehst Du mich jetzt?«

»Vollkommen«, erwiderte der Armenier lächelnd.

Bald waren sie einig, die Festsetzung des Preises machte die geringste Schwierigkeit, und sofort machte Marina sich mit der ganzen, ihr eigenen Energie und aller List, deren sie fähig war, ans Werk. Nach Hause zurückgekehrt, ließ sie Roman zu sich bitten und auf dem Divan, auf welchem die schöne Verrätherin halb liegend ruhte, Platz nehmen.

»Soeben habe ich Sorbet bereitet«, sagte sie zu ihm, »willst Du davon kosten?«

»Warum nicht?« antwortete der Pole.

Darauf schlug Marina zweimal an eine Metallscheibe, die neben ihr an der Wand hing.

Sogleich erschienen zwei Neger, von denen der Eine das Sorbet trug, während der Andere eine mit Eis gefüllte Karaffe herbeibrachte.

Marina mischte das Sorbet mit dem Wasser in einem Glase, reichte es ihrem Geliebten, der es leerte und einige Minuten danach in einen tiefen Schlaf sank.

Beim Erwachen fand Roman sich mit gebundenen Händen und Füßen im Hause Nestors vor, der ihn mit spöttischem Blick betrachtete.

»Wo bin ich?« rief der unglückliche, junge Mann aus, »was soll das heißen?«

»Das soll heißen«, antwortete Marina mit süßem Lächeln, »daß ich Deiner überdrüssig bin und Dich aus diesem Grunde als Sclaven verkauft habe. Dies hier ist Dein neuer Herr, dessen willenloses Eigenthum Du nun geworden bist. Gieb Dir Mühe, Dich ruhig in Dein Geschick zu finden.«

»Niemals!« brüllte Roman und riß wie ein Wahnsinniger an den Stricken, die ihm tief ins Fleisch schnitten.

»Du bist ein Narr«, rief Marina, »daß Du jetzt noch Widerstand zu leisten wagst.«

»Beruhige Dich«, sagte der Armenier, während man den Polen an einen in der Mauer angebrachten Eisenring fesselte, »ich werde ihn rasch zähmen, Du sollst es sehen.« Dabei streifte er seinen mit Fuchspelz besetzten Ärmel zurück und nahm von einem Nagel eine große, starke, dreisträhnige Sclavengeißel.

Während der Geliebte der schönen Marina sich in Schmerzen wand und unter den schrecklichen, mitleidslosen Streichen vergebens um Gnade und Mitleid flehte, wandte sich der Armenier mit liebenswürdigem Lächeln an die junge Frau.

»Nun, hast Du über meinen Vorschlag nachgedacht? Willst Du meine Geliebte werden?«

»Ich will«, antwortete Marina im einfachsten Tone der Welt.

Einen Augenblick hielt der Armenier inne, umschlang mit seinen kräftigen Armen den biegsam-schlanken, stolzen Leib der jungen Frau und küßte zweimal ihre schönen, rosigen Lippen. Dann nahm er seine vorige Stellung hinter dem unglücklichen Polen ein, der sich jetzt vollständig in sein Geschick ergeben hatte und zu den Füßen seines Peinigers, der ihn von Neuem mit einem Hagel von Hieben überschüttete, wie ein Hund winselte.

Einige Zeit hindurch fühlte Marina sich an Nestors Seite vollkommen glücklich: er umgab sie mit dem raffinirtesten Luxus und überhäufte sie mit tausend Aufmerksamkeiten. Da sie aber schon den Reiz, der im Wechsel liegt, gekostet hatte, kam sie bald wieder auf den Punkt, die prickelnden Liebkosungen eines bärtigen Mundes, der nicht derjenige des Händlers war, herbeizusehnen, von anderen Augen als den seinigen zu träumen, kurzum, Verlangen nach einem anderen Manne zu empfinden, wäre er selbst weniger schön, als der Sclavenhändler.

Da sie diesmal jedoch ehrlich zu handeln wünschte, war sie so offen, ihrem Geliebten zu gestehen, was in ihrer Seele vorging und dieselbe mit dämonischer Macht in Aufruhr versetzte. Nestor ließ seinen langen Bart ruhig durch die Finger gleiten und sagte nur:

»Ich fürchte, ich werde eifersüchtig sein und Jeden töten, der sich Dir zu nähern wagt.«

»Warum willst Du unnütz Blut vergießen«, antwortete Marina, »mein Herz werde ich an Niemand verschenken, sondern bald eines Jeden überdrüssig sein, dann soll er Dir gehören, ich will ihn Dir als Sclaven verkaufen.«

Lächelnd hatte der Armenier zugehört.

»Es ist etwas an Deinem Plane«, sagte er, »um so mehr, als weiße Sclaven heutzutage sehr selten sind und einen hohen Preis erzielen.«

»Also abgemacht?«

»Abgemacht!«

»Und wir bleiben gute Freunde?«

»Ich hoffe es und wünsche es.«

Der Erste, welcher sich in Marinas Schlingen fing, war der Jesuitenpater. Endlich hatte er ihr Versteck aufgefunden und überbrachte ihr die Nachricht von der Vergebung ihrer Eltern. Auch versuchte er, sie zur Rückkehr in ihre Heimath zu bestimmen, aber seine Worte vermochten nicht gegen die stumme aber hinreißende Beredsamkeit anzukämpfen, welche die dunkeln Augen Marinas, ihre weißen und runden Schultern, ihre üppigen Hüften und ihre lüsternen Küsse, die sie nach Schlangenart mit der Zungenspitze gab, entwickelten. Der alte, sonst so geriebene Fuchs ging blindlings in die Falle; Marina hätte, wenn es ihr Wille gewesen wäre, ihn bei lebendigem Leibe schinden können; sie begnügte sich jedoch damit, ihn bis ins Mark zu entflammen und ihm einige Wochen leidenschaftlichen Liebesrausches zu gewähren. Dann übergab sie ihn in dunkler, stiller Nacht, an Händen und Füßen wie ein Thier, das man zur Schlachtbank führt, gefesselt, dem Armenier.

In kurzen Zwischenräumen verkaufte sie auf gleiche Art noch fünf ihrer glühendsten Anbeter dem Sclavenhändler, der ihnen mit seiner dreisträhnigen Sclavengeißel ein grausames Erwachen aus süßem Liebestraum bereitete. Dann aber fand sie es zu langweilig, sich so lange mit einem Manne aufzuhalten und unternahm nun ein höchst merkwürdiges Geschäft. Zu gleicher Zeit Courtisane und Sclavenhändlerin, arbeitete sie mit außerordentlicher Energie und Hand in Hand mit dem Armenier und machte mit ihrer lebenden Waare ein blühendes, lukratives Geschäft.

Es gab Tage, an denen sie ihrem Associé mehrere Sclaven auf einmal zuführte. Tag für Tag, Jahr für Jahr vollzog sich dieselbe Scene mit größter Regelmäßigkeit.

Von einer alten Frau geleitet, betrat der Unglückliche Nachts unter allen erdenklichen Vorsichtsmaßregeln das Haus und fand in einem mit orientalischem Luxus ausgestatteten Gemach eine Frau von hinreißender Schönheit, bekleidet mit einem goldgestickten, reich mit fürstlichen Hermelin verbrämten Kaftan, deren gluthvolle Augen einer Houri alle unaussprechlichen Wonnen des Paradieses verhießen. Ihr zu Füßen stammelte er wilde Liebesschwüre oder betete seine Göttin in stummer Extase an, bis eine kleine Hand ihm mit schmeichelnder Zärtlichkeit zu Hilfe kam und feuchte, rosige Lippen ihn mit Vampyr-Küssen zu ersticken drohten.

Wenn der Unselige von diesem Traume aus 1001 Nacht erwachte, fand er sich von Neuem zu den Füßen des herrlichen Weibes, welches dann in seinen weichen Pelz gehüllt, die Arme im Nacken gekreuzt, lässig auf dem Divan ruhte, während der nackte Fuß mit trotziger Bewegung den Anbeter von sich schob; ein leichtes, spöttisches Lächeln begleitete diesen symbolischen Vorgang. Marinas kleines Händchen schlug leicht an die Silberschaale, die neben dem Divan hing, und ein schriller, metallischer Ton schwirrte durch das Schweigen des Morgens, der mit seinem fahlen Licht die Fenster langsam erhellte. Sofort traten vier Neger ein, die sich auf das Opfer stürzten, ihm Hände und Füße zusammenschnürten und jeden Hilferuf durch einen Knebel erstickten. Dann zogen sie der frischen Waare einen weiten Sack über Kopf und Leib, luden sie auf ein Maulthier und lieferten sie dann bei dem Armenier ab.

Der Sclavenhändler seinerseits ließ jeden Unglücklichen, den Marina ihm verschaffte, sogleich an einen in die Mauer eingelassenen Ring binden und peitschte den neuen Sklaven aus Leibeskräften so lange, bis dieser sich in sein Loos ergeben hatte und ihm voll Demuth und Scham zu Füßen sank. Sobald das Dutzend voll war, rüstete der Armenier ein Schiff aus, lud seine lebendige Waare dort hinein und schickte sie nach Damascus oder Alexandrien, denn sie direkt in Constantinopel zu verkaufen, wäre nicht gefahrlos gewesen.

So trieb Marina Zmigrodska lange Jahre hindurch mit einer Art von teuflischem Behagen dieses Metier als Sclavenhändlerin, bis sie eines Tages das erste kleine Fältchen auf ihrer Stirn wahrnahm. Da gab sie plötzlich mit einem Schlage ihr grausames, vernichtendes Geschäft auf und kehrte mit den zusammengescharrten Reichthümern in ihr Vaterland zurück, wo sie jedoch nur noch ihre Mutter am Leben vorfand; ihr Vater war schon seit langer Zeit tot.

Sie lebte dann zurückgezogen im Schloß ihrer Vorfahren inmitten von Negern, Dienern und Dienerinnen, die sie ebenso wie ihre leibeigenen Bauern mit der Peitsche in der Hand leitete.

Nur noch in seltenen Fällen erschien sie an der Öffentlichkeit, aber auch dann stets in türkischem Kostüm, mit golddurchwirktem, pelzverbrämtem Kleide und dem dichten Schleier, der wie ein Leichentuch die erloschene Gluth ihrer Augensterne deckte.

Sarolta

Die schöne Ungarin spielte von jeher eine Hauptrolle in der Geschichte des galanten Wien, denn es liegt in der Eigenthümlichkeit ihrer Raçe und ihres Landes, daß sie alle jene Reize vereinigt, von denen in der Regel ein einziger genügt, um ein Weib bezaubernd zu machen, feurige Schönheit, einen lebhaften mit allen öffentlichen Angelegenheiten vertrauten Geist, eine hinreißende Großmuth des Herzens, ein an Wildheit streifendes kühnes Amazonenthum, den Applomb der Aristokratin und die pikante Nonchalance der Demimonde-Dame. Von der Natur mit den zugleich beglückendsten und verderblichsten Gaben bis zum Übermaße ausgestattet, wird die schöne Ungarin je nach dem Stempel, den Lebensverhältnisse, Schicksal oder Neigung ihrem Wesen aufdrücken, das beste, herrlichste, oder auch das entsetzlichste Weib werden.

Sarolta, die Heldin unserer Geschichte trug ursprünglich ohne Zweifel alle Keime einer Madonna, und einer Astarte in sich; daß in ihrer Seele die dunklen Gewalten bald über die lichten himmlischen den Sieg davontrugen, lag vielleicht nur an der ersten unseligen Wendung, welche ihre Ältern ihrem Leben gaben.

Sie wurde mit kaum sechszehn Jahren an einen alten Mann verheirathet, einen Mann, den sie mehr fürchtete als achtete, und den sie durchaus nicht liebte, aber sie war eine arme Comtesse und mußte also den Traditionen ihres Standes getreu um jeden Preis eine reiche Heirath machen. Und die Folge? Eine Geschichte, die täglich wiederkehrt. Aeltern, welche den Idealismus des Herzens bei ihrem Kinde grausam verhöhnen und zum Besten desselben, wie sie glauben, ausrotten, werden statt des sicheren ruhigen Glückes, das sie demselben zu bereiten hoffen, nur Unzufriedenheit, Mißmuth, Sünde, und nicht selten sogar ernstes Unheil säen.

Sarolta war nicht zur Dulderin geboren; aus einem frühreifen Mädchen in einer freudenlosen nüchternen Ehe rasch zu einem eigenwilligen, selbstbewußten, klugberechnenden Weibe geworden, suchte sie den Genuß, der sie in ihrem Hause floh, außer demselben, und die Vorsicht, welche sie bei dem galligen Temperament und der Eifersucht ihres Gemahls dabei gebrauchen mußte, um nicht den ganzen asiatischen Glanz ihres Lebens mit einem Male auf das Spiel zu setzen, machte sie täglich nur noch herzloser, hinterlistiger und raffinirter. Sie war ein Weib jener wilden Raçe, welche in der Geschichte und Sage Ungarns eine typische Rolle spielt, welche sich, um ihre Schönheit ewig frisch und jung zu erhalten, im Menschenblute badet, ihren Liebhaber in den Pflug spannt und mit der Peitsche antreibt oder in ein Wolfsfell nähen läßt, um dann mit ihren Rüden auf ihn Jagd zu machen.

Ihre Schönheit war die eines Dämons. Hoch und schlank gewachsen, zeigte sie in jeder Bewegung die Weichheit, Elastizität und Energie des grausam-zierlichen Katzengeschlechtes. Blauschwarzes Haar von einer ungewöhnlichen Fülle rahmte ihr reizvolles Antlitz ein, dessen dunkles von sanftem Roth durchzogenes Kolorit an den Orient mahnte, unter dem geheimnißvollen Schleier langer dunkler Wimpern loderten ein Paar große schwarze, räthselhafte Augen. Sarolta erregte als Amazone durch ihren Muth und ihre dämonische Grazie nicht allein in Wien, wo sie mit ihrem Gatten den Winter zubrachte, sondern auch in ihrer Heimath, wo sie den Sommer über auf ihren Gütern weilte, allgemeines Aufsehen und entzückte die Frauen kaum weniger als die Männer. Jeder, der in ihre Nähe kam, in ihren Zauberkreis gerieth, fühlte nur zu bald die Macht ihrer zur Herrschaft berufenen Natur, aber Keiner wehrte sich gegen dieselbe, ein Jeder unterwarf sich willig, ja begeistert. So regierte sie in dem Kreise, der sie huldigend umgab, unumschränkt wie eine Monarchin und oft willkürlich und grausam, gleich der schlimmsten Despotin.

In Wien freilich mußte sie ihren Centaurenpassionen die Zügel anlegen, denn ein Ritt im Prater oder auf der Ringstraße war nicht im Stande, dieser ungestümen Pferdebändigerin zu genügen. Theater, Spiel, Gesellschaft und Lektüre mußten der launenhaften Frau hier im Vereine mit den Leidenschaften, welche sie in der Menge der ihr nahenden Männer erregte, die Zeit vertreiben. Dafür stürmte sie im Sommer, wenn sie ihren Aufenthalt wieder in dem alten Magnatenschlosse mitten in der Pußta genommen hatte, mit ihrem Viergespann gleich einem der trojanischen Helden über die unendliche Fläche oder hetzte mit einem Gefolge schöner Frauen und ritterlicher Männer einen armen Fuchs oder Hasen zu Tode, wobei sie allen voran Hecken, Zäune, Gräben und andere Hindernisse übersetzte, unbekümmert darum, ob einer von Jenen, die ihr verwegenes Beispiel fortriß, Arm, Bein oder gar das Genick brach. Ihr Gatte hatte, wie es in Ungarn Sitte ist, einen talentvollen Knaben, den Sohn eines seiner kleinen Beamten, der früh Waise geworden war, auf seine Kosten studiren lassen. Er hieß Stefan Bakotzi. Nachdem er das Gymnasium in irgend einem Neste tief unten in Ungarn zurückgelegt, kam er in das Haus des Magnaten nach Wien, um die Rechte an der ersten Universität Österreichs zu absolviren. Der erste Eindruck, den er auf seinen Protektor wie auf dessen junge Gemahlin machte, war ein sehr günstiger, und so wurde er denn wie der Sohn des Hauses aufgenommen und behandelt. Stefan war ein hübscher Blondin von zwanzig Jahren, kräftig gebaut, aber dabei frisch, weiß und roth wie ein junges Mädchen. Aus seinen blauen Augen sprach eine gewisse edle Einfalt und Schwärmerei. Anfangs zeigte er sich ziemlich schüchtern und unbeholfen, aber Sarolta, der dies für einige Zeit Zerstreuung versprach, übernahm es selbst, ihn zu dressiren und nach kaum einem halben Jahre hatte sich der junge intelligente Student die feinen Manieren der Aristokratie vollkommen angeeignet.

Im Mai übersiedelte die Herrschaft wie gewöhnlich nach Ungarn und Stefan blieb mit einem alten Haushofmeister so gut wie allein in dem Palais der Residenz zurück, um das Semester zu vollenden. Mit Beginn der Ferien eilte auch er in die Heimath.

Ein unseliger Zufall wollte, daß er Sarolta auf ihrem Schlosse allein fand. Ihr Gemahl, welcher an dem politischen Leben seines Vaterlandes regen Antheil nahm, war in Pest und in seiner Abwesenheit mußte die eroberungslustige Frau die äußerste Vorsicht gebrauchen, da sie keinen Augenblick darüber im Zweifel war, daß ihr Gatte sie mit Spionen umgab. Sie lebte also einsam und langweilte sich entsetzlich.

Die Ankunft Stefans, welche ihr Abwechslung und Zeitvertreib versprach, bekam unter diesen Umständen für Sarolta eine ganz ungewöhnliche Bedeutung. Sie erwartete ihn auf dem Bahnhofe der letzten Station und führte ihn selbst mit ihrem Viergespann in das Schloß. Auch für den jungen Studenten war die Situation jetzt eine ganz andere und weit gefährlichere als in Wien, wo sein Verkehr mit der schönen Magnatin stets durch Zeugen eingeschränkt war.

Sarolta hatte nichts zu thun und wollte sich um jeden Preis unterhalten; sie begann also mit Stefan zu kokettiren und eroberte den unerfahrenen jungen Mann in kurzer Zeit so vollständig, wie sie es vielleicht anfangs weder erwartet noch auch beabsichtigt hatte, und als sie erst seiner reinen mächtigen Leidenschaft gewiß war, gab sie sich auch dem ihr fremden Elemente willenlos hin. Sie begann den armen Studenten nach ihrer Art zu lieben, das heißt alle ihre rasch wechselnden Launen an ihm auszulassen und ihn in jeder erdenklichen Weise zu peinigen. Einmal goß sie ihm Bier in den Wein und zwang ihn, das Höllengetränke bis auf die Neige zu leeren, ein andermal ließ sie ihm durch das Stubenmädchen Brennesseln in das Bett streuen. Plötzlich kam ihr die Idee, er müßte mit ihr reiten, und da der arme Schüler des Horaz und Virgil nie ein Pferd bestiegen hatte, zwang sie ihn, ihr auf die Reitbahn zu folgen und begann, ohne ihn erst zu fragen, in eigener Person den Unterricht.

Es war ein heiteres seltsames Bild, der zaghafte Student hoch zu Rosse, der jeden Augenblick die Zügel verlor und in die Mähne seines Thieres griff, und die schöne schlanke Frau, die brennende Cigarre im Munde, welche, in der Mitte der Sandbahn stehend, mit der langen Peitsche das Pferd antrieb.

Nachdem der arme Stefan wiederholt vom Pferde gestürzt war und sich von dem Gelächter seiner Peinigerin verfolgt, trotz seiner zerschlagenen Arme und Kniee, wieder aufgeschwungen hatte, verlor diese endlich die Geduld und griff zu einem in Ungarn beliebten drastischen Mittel, sie ließ dem Studenten die Kniee an die Bügel seines Pferdes festbinden, schwang sich dann selbst in den Sattel und sprengte, seinen Zügel in der Hand, mit ihm hinaus ins Freie.

Nach einem wilden Ritte von mehr als einer Stunde brachte sie Stefan mehr todt als lebendig in das Schloß zurück. Man band ihn los, er war aber unfähig vom Pferde zu steigen und mußte von den Stallknechten herabgehoben werden. Sarolta zeigte nicht das geringste Mitleid mit ihrem Opfer, sondern lachte es noch aus.

Wie gerädert lag der arme Junge Abends in seinem Zimmer auf einem alten fadenscheinigen Ruhebette und suchte sich klar zu machen, wodurch er mit einem Male die Abneigung seiner schönen Herrin erregt hatte, denn die schnöde Art und Weise, wie sie ihn seit Kurzem behandelte, schien ihm nur aus Haß entspringen zu können. Da geschah etwas, worauf er am allerwenigsten gefaßt war; Sarolta trat in sein Zimmer, setzte sich zu ihm und begann mit ihm zu plaudern, so liebenswürdig, so theilnehmend, wie er sie noch nicht gefunden.

Stefan staunte, aber es kam noch besser. Mit einem Male nahm ihn die schöne stolze Frau beim Kopfe und küßte ihn, und er? – er hatte in demselben Augenblicke den halsbrecherischen Ritt vergessen und seine müden Glieder und ihr spöttisches Lachen, er lag vor ihr auf den Knieen und umschlang sie, und stammelte Worte des Entzückens, und sagte ihr alles das, was er jetzt so überwältigend empfand und was er vor wenigen Minuten selbst noch nicht gewußt hatte.

In derselben Nacht noch gehörte Sarolta ihm, oder eigentlich er gehörte ihr, denn dieses Weib gab sich nicht hin, es riß den Mann, den es liebte, wild und gebieterisch an sich, um ihn dann, wenn es ihn nicht mehr liebte, ebenso rücksichtslos und höhnisch von sich zu stoßen.

Er gehörte ihr und das alte, einsame, öde Schloß schien auf einmal mit tausend heiteren Kobolden und muthwilligen Amoretten erfüllt, welche es mit Rosenketten drapirten.

Die Idylle währte indeß nicht zu lange. Der alte Magnat kehrte zurück und der Umgang der Liebenden war von demselben Augenblicke an auf das äußerste beschränkt. Sarolta war jedoch nicht die Natur, solch einen Zwang lange zu ertragen. Während ihr Gemahl mit dem Studenten Schach spielte, lag sie stundenlang auf ihrer Ottomane und brütete, oder sie bestieg ein Pferd und ließ sich, während der Wind sie mit ihrem eigenen aufgelösten Haare peitschte, über die Pußta dahinstürmend von bösen Gedanken wie von Dämonen umflattern.

Ein Zufall brachte sie zum vollen Bewußtsein dessen, was sie wollte, wohin ihre unbezähmbare Selbstsucht trachtete.

Es war zur Zeit, als das Räuberunwesen in Ungarn in der höchste Blüthe stand. Kein Tag verging, wo man nicht in der Nachbarschaft von einem kühnen Raube, einem blutigen Morde hörte. Das Standrecht war proklamirt. Militär-Kolonnen durchstreiften die Gegend, der Galgen arbeitete ohne Unterbrechung, aber das Übel nahm eher zu als ab.

Sarolta's Gemahl hatte sich, wie es Brauch war, mit den Räubern, welche in der Nähe hausten, abgefunden. Er zahlte ihnen eine bestimmte Summe und bewirthete sie fürstlich, wenn sie sich bei ihm einluden. Dafür war er jedoch vor jedem Attentate auf sein Gut und Leben und das seiner Leute gesichert.

Wieder sagten sich die Räuber einmal im Schlosse an, man bereitete ihnen ein reichliches Mahl, rollte Fässer trefflichen Weines aus dem Keller herauf, bestellte eine Zigeunermusik und Mädchen zum Tanze. Die Räuber kamen, zechten und drehten sich munter im Csardas; da kamen zum Unglücke Gensdarmen. Die Räuber schwangen sich auf ihre Pferde und waren im Nu verschwunden, aber der Schloßherr sprach die Überzeugung aus, daß sie sich für verrathen halten und an ihm Rache nehmen würden.

Dies war der Funke, der in die Seele der dämonischen Frau fiel. Noch in derselben Nacht setzte Sarolta alle Vorsicht bei Seite und suchte den Geliebten auf. In seinen Armen ruhend entwickelte sie ihm ihren Plan; er erschrak, er beschwor sie, den unseligen Gedanken aufzugeben, aber sie ließ ihm nur die Wahl zwischen ihrem Besitze und dem Verbrechen.

Als sie ihn verließ, war er entschlossen ihr zu gehorchen.

Wenige Tage später ritt der Gemahl Sarolta's Nachmittags zu einem Nachbar, mit dem er den Verkauf eines Waldes zu besprechen hatte. Man erwartete gegen Abend seine Rückkehr. Er kam nicht, er kam auch nicht in der Nacht, und auch nicht am nächsten Morgen.

Sarolta ritt mit einigen ihrer Leute aus, ihn zu suchen. Sie fanden ihn an der Straße in einem Graben liegen in einer Blutlache, ermordet und beraubt.

Sarolta warf sich vom Pferde und über seine Leiche, sie schrie verzweifelt und wurde ohnmächtig in das Schloß zurückgebracht.

Vergebens durchstreiften Gensdarmen die Gegend, um den Mörder gefangen zu nehmen, denn alle Welt war überzeugt, daß die Räuber, welche sich durch Sarolta's Gemahl verrathen glaubten, die blutige That vollbracht. Da kam eines Tages ein lateinischer, seltsam stilisirter Zettel an den Sicherheits-Kommissär, welcher Namens der Räuber erklärte, daß Keiner aus ihrer Mitte das Blut des alten Magnaten vergossen habe, der Thäter vielmehr in ganz anderen Kreisen zu suchen sei.

Der Sicherheits-Kommissär kam nun auf das Schloß, um die näheren Umstände zu erheben und Sarolta zu befragen, auf wen sie etwa einen Verdacht werfen würde. Die Schloßfrau zeigte sich ruhig und gefaßt, sie erklärte, daß sie weder an einen Racheakt glaube, noch überhaupt irgend Jemand unter ihren Leuten oder Bedienten die That zumuthen könne.

Der Sicherheits-Kommissär nahm nun die Bewohner des Schlosses der Reihe nach ins Verhör. Alle stimmten mit ihrer Gebieterin überein. Stefan war abwesend. Als er in das Schloß zurückkehrte, war der Sicherheits-Kommissär eben im Begriffe, dasselbe mit seinen Panduren zu verlassen. Sein Blick fiel nur flüchtig auf den Mann, als er ihn aber unter demselben erbleichen sah, stieg sofort ein Verdacht in ihm auf und er hielt ihn fest. Wenige Fragen genügten, um den Studenten vollkommen zu verwirren. Man verhaftete ihn, eine Stunde später hatte er seine That gestanden und da er behauptete, keinerlei Mitschuldige zu haben, wurde er noch an demselben Abende zum Tode durch den Strang verurtheilt.

Als man ihm die Hände auf den Rücken band, begann er am ganzen Leibe zu zittern und blickte mit thränenerfüllten Augen empor zu dem alten Magnatenschlosse, aus dessen Fenstern das schöne dämonische Weib auf ihn heruntersah, auf dessen Geheiß er den Mord an seinem Wohlthäter begangen hatte.

Einige Minuten später war Alles vorbei.

Sarolta verließ noch an demselben Tage ihre Güter, um in ein böhmisches Bad zu gehen, in den rauschenden Vergnügungen der eleganten Gesellschaft hatte sie bald die mahnenden Schatten ihres Gatten und ihres Geliebten vergessen. Man sah sie in dem folgenden Winter in Paris stets an der Seite eines schönen Polen, der, wie Viele behaupteten, ein Abenteurer von der schlimmsten Sorte war. Dann kehrte sie nach Wien zurück und suchte in wüsten Orgien die Stimme ihres Gewissens zu betäuben.

Und wieder einige Jahre später sah man in Baden eine früh gealterte Frau mit einem hämischen hageren Vampyrgesicht und erloschenem Blick in einem Rollstuhl. Niemand sprach mit ihr, denn sie war gelähmt und konnte sich nur mühsam durch Zeichen mit dem alten Diener verständigen, der sie im Parke hin- und herfuhr. Diese Frau war die einst so schöne und lebensfrohe Amazone Sarolta.

Sie selbst hatte sich die Strafe für ihre blutige That bereitet.

Tag und Nacht in der Steppe

Tag

Ich wollte in die Steppe, um ein paar Trappen zu schießen. Es ist dies eine Jagd, die unendlich viel Reiz hat. Der Trappe gehört nicht zu dem kleinen Wilde, das mancher Jäger ganz verschmäht, er übertrifft alle unsere jagdbaren Vögel an Größe. Vier Fuß lang und mit sieben Fuß Flügelbreite, wiegt er zwanzig bis dreißig Pfund und ist mit seinem stolzen Gang und seinem langen weißen Bart ein ganz mächtiges Thier. Auch ist es nicht leicht, ihm beizukommen. Man muß zu allerhand Listen seine Zuflucht nehmen. Wohl kommt er in Schaaren zu den Feldern der Landleute und zeigt eine besondere Vorliebe für Kohl und Rübensaat, aber es ist der scheueste Vogel, den es giebt. Sobald der Jäger oder sonst etwas Verdächtiges naht, erhebt er sich schon auf fünfhundert Schritte. Er scheint seine Schwäche zu kennen, denn er kann sich nicht ohne Weiteres vom Boden erheben, er muß einen förmlichen Anlauf dazu nehmen und sein Flug ist schwer und niedrig.

Es giebt verschiedene Mittel, ihm nahe zu kommen. Er kennt den Landmann und fürchtet ihn deshalb nicht, während derselbe pflügt oder säet oder erntet, spaziert er mit der ihm eigenthümlichen spanischen Grandezza hinter, vor oder neben ihm. Der Jäger kleidet sich also als Bauer und geht langsam, die Pfeife im Munde, mit Bauernschritten, bis er ihn zum Schusse bekommt, aber es ist nicht leicht, ihm das Gewehr zu verbergen. Er kennt das Blinken eines Flintenlaufes sehr gut von jenem einer Sense oder Sichel auseinander.

Besser ist es, sich in Bauernkleidern auf einen Bauernwagen zu legen und die Flinte in dem Stroh, Heu oder Mais, mit dem der Wagen beladen ist, zu verbergen.

Aber der Wagen darf ja nicht mit Pferden, er muß mit Ochsen bespannt sein und recht langsam heranfahren, während der Bauer, der das Gespann lenkt, mit der Peitsche neben demselben einhergeht.

Ich wählte das letztere Verfahren. Als ich vor Sonnenaufgang aufstand und in Bauernkleidern, die Flinte unter dem Arm, aus dem Hause trat, war mein Mann, der Grundbesitzer Jan Walko, schon zur Stelle. Er hatte den niederen Leiterwagen mit Heu geladen, weil es sich im Heu am Besten liegt, und hatte zwei große weiße Ochsen mit schönen langen Hörnern, die eine Lyra bildeten, vorgespannt. Nachdem ich mich bequem auf den Rücken gelegt hatte, setzte sich das Gefährte langsam in Bewegung.

Ich hatte Muße, die Gegenstände, die mich umgaben, genau zu betrachten.

Wir fuhren durch das Dorf, kreuzten das frische Dunkel eines Birkenwäldchens, kamen durch hohes gelbes Korn, dessen Ähren sich schwer zu uns herüber neigten, holperten über eine schadhafte Brücke und da waren wir auf weichem üppigem Sammt und vor uns lag die Steppe.

Für jetzt nur vor uns, bald aber auch rechts und links und hinter uns, und als die Sonne vollends aufgegangen war, umfing sie uns ganz und gar.

Anfangs zeigten sich noch lange Reihen von dunkeln Heuschobern, stand da oder dort ein Bauer, der seine Sense dengelte, oder ein Mädchen mit rothem Kopftuch, das Kräuter suchte, tauchte einer großen Mohnblüthe gleich aus dem hohen Grase. Wenn der Nebel sich träge zur Seite wälzte, blinkte in der Ferne das griechische Kreuz einer Dorfkirche, oder zeigte sich ein niederer Schafstall, zeigte sich ein Ziehbrunnen. Kleine grasbewachsene Hügel stiegen empor, nicht selten beisammen liegend wie eine Reihe Gräber und vom Volke auch für Gräber, für Denkmale irgend einer Tartarenmetzelei, irgend einer Kosakenschlacht angesehen. Kleine Haine belebten die Grasfläche, Lerchen stiegen empor aus dem blitzenden Thau, der dieselbe in einen weiten Wasserspiegel verwandelte.

Allmählich wurden die Hügel kleiner, die Bäume seltener, und endlich verschwanden sie ganz und der liebliche Gesang der Vögel verstummte. Die Nebel verflatterten an der Erde. Wir waren mitten in der weiten unabsehbaren Steppe, und schön war der Morgen da mit seinem Glanz, mit seiner jugendlichen Fröhlichkeit.

Weithin war nichts zu sehen als die Ueppigkeit hohen smaragdenen Grases, blühender Kräuter und farbiger Blumen. Ganze große Strecken schienen gelb, roth, weiß oder blau bemalt, vor allem gelb, und das alles zusammen gab ein Farbenspiel so kräftig, so heiter, so festlich, wie ein Regenbogen, der auf der Erde lag. Ein schwerer Duft steigt aufwärts und bleibt auf den matten Schwingen der Luft träge liegen, er nimmt den Kopf ein, er berauscht, er bezaubert, er regt die Sinne auf wie der Wohlgeruch einer asiatischen Schönen.

Rostbraune Trappen schreiten durch das Gras, die weißen Flecke auf ihren schwarzen Flügeln schimmern deutlich herüber, Störche stehen schläfrig auf einem Bein, büßende Fakirs in der Wüste, Geier kreisen, Adler erheben sich in den Äther, Tausende von Insekten schwirren, Tausende von Grashüpfern erheben sich vor uns, um sich wieder nieder zu lassen und wieder zu erheben, so daß ein immerwährendes Gestiebe großer grüner Funken auf der grünen leicht bewegten schwimmenden Fläche zu sehen ist.

Und sobald man nur etwas hinhorcht, ist die Steppe nicht so stille als sie scheint, man hört ein immerwährendes Schwirren, Knistern, Zischen, Pfeifen, Seufzen, und andere Töne, wie das Lallen eines Kindes, rätselhaft, sehnsüchtig und verworren.

Die Sonne ist heiß, es ist dieselbe Sonne, welche die Gesichter unserer Kleinrussen mit jenem schönen Braun überzieht, das so gut stimmt zu ihren ehernen, ernsten, schwermüthigen und entschlossenen Zügen.

Bis zum Horizont ist nichts zu sehen als Land und darüber blauer Himmel und kleine Wölkchen, nicht einmal der Silberfaden eines Bächleins ist zu entdecken.

Die Steppe blaut um uns wie das Meer und verschwimmt in der Ferne wie das Wasser in zitterndem Glanz. Und nicht die Erde allein erscheint uns mit einem Male so groß, so unbegrenzt, und der Himmel spannt sich weiter aus und scheint uns ferner zu sein.

Dem Menschen ist zu Muthe wie dem Vogel, der die Luft durchstreicht.

Wie in der Luft hemmt auch in der Steppe nichts seinen Blick, da ist keine Stadt, kein Thurm, kein Dorf, kein Haus, nicht einmal eine verfallene Schenke aus Weidenruthen geflochten und mit Stroh gedeckt, kein Mensch, nicht einmal die Fußstapfen eines Menschen oder das Geleise eines Wagens.

Die Natur ist hier unentweiht wie im Urwald, aber in diesem ist alles Finsterniß, Feindseligkeit, Druck, auf der Steppe aber umgiebt uns Licht, Heiterkeit, Freiheit! Auch der Urwald ist weit, still, ohne Menschen, aber diese Ruhe ist wie das Ende alles Lebens, wie Tod und Vernichtung, jene der Steppe ist wie der Frieden des Paradieses, ehe das Leben entstand, wie der lachende Morgen vor der Schöpfung.

Es ist, als sollte jeden Augenblick die Stimme des Herrn ertönen, die aus Wüsten Propheten zu den Menschen sendet und die Völker theilt und wandern heißt.

Das Auge findet keine Grenze, es ist nur nicht fähig, so weit zu sehen, als sich die Welt seinem Blicke öffnet.

Ich schoß zwei Trappen und einen großen Geier, damit war die Jagd zu Ende und es war auch schon Mittag da, der Mittag der Steppe, drückend in seiner Stille und Hitze. Überall strömte flüssiges Gold nieder. Das geblendete Auge fand nirgends Ruhe. Die Graswogen leuchteten, jeder Halm blitzte für sich auf. In der Luft war ein leises Knistern wie von elektrischen Funken. Endlich zeichnete ein Ziehbrunnen seine Silhouette auf den leuchtenden Himmel, Rauch wirbelte empor, ein Strohdach wurde sichtbar, eine Hütte wuchs aus dem Boden herauf. Das erfrischende Rieseln einer Quelle ließ sich deutlich vernehmen.

»Wem gehört die Hütte?« fragte ich meinen Bauer.

»Einer Wittwe«, sagte er verschmitzt lächelnd.

Die Räder unseres Wagens zerschnitten trennend das hohe Gras. Ein rothes Feuer loderte in der offenen Thüre. Die Ochsen hielten von selbst stille. Ich sprang ab. Aus dem Steppenhause trat ein junges Weib, barfuß, mit nackten Armen, wirr fluthendem schwarzen Haar, nur mit einem roth gestickten Hemde und einem kurzen blauen Rock bekleidet. Sie begrüßte uns und musterte uns ruhig mit ihren prachtvollen schwarzen Augen. Ihr fein modellirtes Gesicht war braun wie die Erde, auf der ihr Fuß stand.

So mag die ägyptische Königin, die schöne Schlange vom Nil, vor Marc Aurelius hingetreten sein, als er kam, um ihr die Krone zu rauben und sie ihn zur Strafe zum ersten ihrer Sklaven machte.

»Nun, hast du was zu essen für uns, Eva?« fragte der Bauer.

»Ich werde sehen«, gab sie zur Antwort.

Wir traten in das Haus und ruhten aus. Sie bereitete das Mahl. Nachdem wir gegessen und getrunken, streckten wir uns auf den Holzbänken aus, die längs der Wände liefen und schliefen bald ein. Pferdegetrappel weckte uns.

Ein junger Bursche, schlank gebaut, mit einem Gesichte, das auf den ersten Blick Vertrauen erweckte, trat herein, offenbar ein Hirte. Zwei große blaue Augen sahen uns erstaunt an.

»Ah! Du, Akenfy?« rief der Bauer.

»Ja, so ist es, habt Ihr gejagt?« Er nahm seine Mütze ab und warf den kurzen Schafspelz von den Schultern auf die Ofenbank.

»Allerdings haben wir gejagt«, erwiderte der Bauer, »was aber führt Dich etwa her?«

»Nicht mich allein«, sprach Akenfy bescheiden, »ein mächtiges Gewitter hängt schwarz am Himmel; wir alle, die wir unsere Pferde in der Nähe weiden, haben uns bei Zeiten hierher geflüchtet.«

Andere Pferdehirten traten in die Stube, auch Eva wurde sichtbar, sie ging hin und her ohne Akenfy zu beachten, ja die Beiden wechselten nicht einmal einen Blick zusammen und doch fühlte man sofort, daß zwischen ihnen irgend eine Beziehung bestand.

»Ist das ihr Geliebter?« fragte ich leise meinen Bauer.

»Welcher?«

»Nun, Akenfy.«

»Er wird es wohl sein«, gab der Bauer zur Antwort und seufzte.

Indeß hatten sich Wolken auf Wolken gethürmt, es war dunkel geworden. Eine brütende Stille herrschte, die geradezu furchtbar war. Die schwüle Luft legte sich auf die Brust gleich einem heißen Stein. Mit einem Male zuckten Blitze, begann das Rollen des Donners und schon stürzte der Regen auf die Steppe, das Gras grausam peitschend. Ein Meer ging zur Erde nieder. Die Wogen schäumten wild auf. Wohin man blickte, war nur noch ein wild bewegter Wasserspiegel, in dem das einsame Steppenhaus wie die Arche inmitten der Sündfluth schwamm.

Schlag auf Schlag folgte, ein jeder schien die Erde zu spalten und ihre Grundvesten zu erschüttern.

Dann erhob sich ein Orkan, ebenso wüthend wie das prasselnde und flammende Gewitter, trieb die finsteren Wolken vor sich her, trieb die Wogen des Wassers auseinander und ebenso plötzlich, wie die Elemente ihre Fesseln zerbrochen hatten, kehrten sie zur gewohnten Ruhe zurück.

Der Regen hörte auf, der Himmel wurde helle, die grüne Steppe schimmerte freundlich, gleichsam verjüngt. Ein Regenbogen umspannte glänzend das weite Land.

Die Hirten verließen das Haus, trieben ihre Pferde aus den Ställen und schwangen sich auf den Rücken derselben. Eva war mitten unter ihnen, scherzend, mit fröhlichen funkelnden Augen, und wie von einer diabolischen Laune ergriffen, faßte sie eines der schwarzen Pferde an der Mähne und schon saß sie auf dem stolz wiehernden Thiere, ohne Sattel, ohne Zügel. »Hört, Ihr Burschen!« rief sie, »wer mich einholt und gefangen nimmt, der darf mich küssen.«

Schon jagte sie ihren Renner über die Steppe, die Hirten folgten mit wildem Geschrei. Akenfy, bleich mit unheimlich lodernden Augen, hatte bald alle anderen überholt. Vergebens wendete Eva ihr Pferd und kehrte im weiten Bogen zum Steppenhause zurück, er erreichte sie fünfzig Schritte vor demselben, riß sie herüber auf sein Pferd und, während das ihre davonflog, preßte er seine Lippen auf die ihren.

Mein Bauer lachte. »Sie ist nicht umsonst die Tochter einer Wissenden, einer Hexe«, sagte er zu mir, »sie hat ihn behext.« Es wurde Abend als wir den Rückweg antraten. Der westliche Himmel flimmerte in bizarrer Farbenpracht. Überall war Summen, Schwirren und Gesang. Die Sonne versank, ohne nur das kleinste dunkle Abbild eines Gegenstandes auf der ruhenden

Steppe zu zeichnen. Das Licht verrann auf dem regungslosen Grasmeer und mit einem Male lagerte sich ein riesiger Schatten über die ganze Erde.

Nacht

Jahre waren vergangen und es war tief im Herbste, als ich in der Steppe von dem Abende überrascht wurde. Zur Dämmerung gesellten sich Dünste, welche wie ein durchsichtiger Flor uns umgaben, um sich in der Ferne mehr und mehr zu verdichten. Die Bäume waren fast ganz entblättert, ihre kahlen Äste ragten, wie die Arme Ertrinkender aus dem Wasser, über den grauen Nebel empor. Ein Teich erglänzte matt, bleiern. Der Wind pfiff über die Fläche, riß die letzten Blätter von den Zweigen und warf die Wolken Ballen gleich hin und her, zerriß die häßlichen Schleier und schleifte sie durch das Gras.

Zugvögel strichen, ohne einen Laut von sich zu geben, in Schwärmen durch dasselbe, belebten die Büsche und hüpften die Äste der Bäume hinauf. Durch den grämlichen Himmel, der mehr und mehr sichtbar wurde, flogen wilde Gänse, Störche, Kraniche den Mündungen des Dnieper und der Donau zu.

Es wurde rasch Nacht. Die Ruhe, das Schweigen der Steppe hatten jetzt Etwas Erhabenes an sich, heilige Schauer sanken auf uns nieder. Die Sterne zogen herauf, sie vermehrten sich zusehends, und als das dunkle Firmament endlich von ihnen bedeckt war, da schien ihre Zahl größer als sonst, als zu irgend einer Zeit und an irgend einem Orte. Ihre Bilder zeichneten sich deutlich ab und schienen so nahe. Es war, als führen wir in den Himmel hinein, den Sternen zu, welche am Horizonte wie große Kerzen brannten, die zu einem nächtlichen Feste aufgesteckt werden; und als baue die Milchstraße eine glänzende Brücke von der Erde zu den Wolken.

Und wie die Pferde, die meinen kleinen Wagen zogen, durch die grünen Graswellen weiter und weiter schwammen, da blitzte es am Horizonte auf, zuerst wie ein neuer großer Stern, dann immer mächtiger, eine riesige Flamme, bis endlich deutlich eine rothe lodernde Feuersäule emporstieg.

Mein Kutscher hielt an, spähte hinaus, schüttelte den Kopf und sagte dann: »Ich will der Sohn einer Hündin sein, wenn das nicht der Hof der Eva Kwirinewa ist, der da brennt.«

»So fahre hin.«

»Wozu?«

»Um zu retten.«

»Was wollen Sie an so einer Baracke aus Holz und Stroh retten. Ehe wir hinkommen, ist nur ein Aschenhaufen da.«

»Nun, fahre nur.«

»Ich fahre schon, wenn der Herr es will«, sagte der Kutscher und lenkte die Pferde zur Seite. Die Steppe ächzte unter den Rädern des Wagens auf, dann glitten wir wieder geräuschlos dahin wie über weichen Sammt. Plötzlich tauchte zur Seife eine dunkle Gestalt aus dem hohen Grase auf, sie winkte uns und kam dann auf uns zugelaufen. »Nehmt mich auf«, flehte sie, »nehmt mich auf, ich habe mich verirrt auf der Steppe.«

»Wer bist Du?«

»Ein Mädchen, das bei Eva Kwirinewa im Steppenhause im Dienste war.«

»Im Steppenhause? dort brennt es ja. Wir wollen hin, um zu retten.«

Das Mädchen machte eine Bewegung mit der Hand, die deutlicher sagte als es die Sprache vermochte, daß dort nichts mehr zu retten war.

»Wie ist das Feuer entstanden?«

»Wie es entstanden ist?« erwiderte das Mädchen gleichsam erstaunt, »wie kann es entstanden sein, sie hat es ja doch selbst angezündet, ihr Haus, wer kann ihr verbieten, ihr eigenes Haus anzuzünden? sie wollte es einmal so.«

»Wer? Eva Kwirinewa.«

»Eva Kwirinewa, Gott gebe ihr den ewigen Frieden.«

Die Feuersäule verschwand, man sah nur noch Rauch emporsteigen, der leicht geröthet war.

»Nun ist alles vorbei«, seufzte das Mädchen auf.

»Was ist vorbei?« rief ich, »so erzähle doch.«

»Es war heute Nachmittag«, begann sie, »die Sonne stand schon tief, als unerwartet Herr Delgopolski vor unserem Hause hielt, er war zu Pferde, er kam von der Jagd oder sonstwo her. Genug, er war sehr ermüdet, hielt sein Pferd an und pfiff. Ich sprang hinaus und ergriff den Zügel, aber schon erschien die Frau auf der Schwelle.«

»Eva Kwirinewa?« fragte der Kutscher.

»Wer sonst?« fuhr das Mädchen fort, »als sie den edlen Herrn erblickte, lächelte sie recht böse, o! sie konnte so böse lächeln, daß einem das Herz im Leibe stille stand.

Hat der Herr die Gnade, mich wieder einmal zu besuchen, begann sie in einer Weise, die mir Angst machte.

»Ich komme nicht, Dich zu besuchen«, gab Herr Delgopolski stolz zur Antwort, »ich habe mich verirrt, bin todmüde, will unter Deinem Dache rasten.« Er stieg ab, band sein Pferd an und Eva Kwirinewa ging mit ihm in die Stube. Er ging voran, sie folgte ihm. In der Thüre wendete sie sich um und winkte mir, draußen zu bleiben. Ich blieb also bei dem Pferde, raufte Gras aus und gab es ihm, holte Wasser und tränkte es. Ich hörte die Beiden drinnen laut sprechen, laut und heftig. »Was haben die etwa zu streiten?« dachte ich, aber ich regte mich nicht.

Dann wurde es ruhig. Die Frau ging ein und aus auf den Fußspitzen. Einmal blieb sie vor dem Hause stehen, hielt die Hand über die Augen und spähte nach allen Seiten aus, ob Jemand komme.

Die Sonne war untergegangen, es wurde dunkel.

Plötzlich kam die Frau; sie hatte sich vom Kopf bis zum Fuße angezogen, wie zur Kirche oder zum Jahrmarkt, sie trug rothe Stiefeln, einen bunten Rock, und über dem gestickten frischen Hemde, das so weiß war wie Schnee, ihren neuen Pelz, von blauem Tuch mit weißem Lammfell, sie hatte wohl zehn Schnüre Korallen und Münzen um den Hals, daß es nur so funkelte, und ein rothes seidenes Tuch um den Kopf. Sie war ein schönes Weib, wie ich sie so ansah.

Was hat sie nur vor? dachte ich.

»Gieb mir die Stricke«, sagte sie leise.

Die Wäsche hängt auf den Stricken, erwiderte ich.

»So wirf sie zur Erde, wirf sie fort«, sprach sie, »und gieb mir die Stricke.«

Ich gab sie ihr und sie ging hinein, leise, wie eine Katze schlich sie sich. Wozu sie nur die Stricke braucht, dachte ich, näherte mich leise dem Fenster der Stube und blickte hinein. Mich konnten sie nicht sehen, da es schon vollkommen finster war draußen, ich aber sah alles genau, was in der Stube vorging, denn Eva Kwirinewa hatte ein Licht angezündet und auf den Tisch gestellt, und ich hörte auch alles, was sie sprachen, denn das Fenster war zerschlagen und nur so zur Noth mit Papier verklebt.

Herr Delgopolski schlief auf der Ofenbank. Als jetzt das Licht auf ihn fiel, sah ich, daß sie ihn mit den Stricken gebunden hatte. Sie hatte ihm die Arme gebunden und die Füße und hatte ihn an die Bank gefesselt.

Eva Kwirinewa saß bei ihm als er erwachte. Er versuchte sich zu regen, sich zu erheben, aber die Stricke hinderten ihn.

»Was ist das für ein Scherz«, rief er aus, »und was sollen diese festlichen Kleider?«

»Heute ist ein großes Fest für mich«, erwiderte Eva, »es ist der Tag gekommen, wo ich an Ihnen Rache nehmen kann.«

Herr Delgopolski riß vergebens an den Stricken, dann begann er laut um Hülfe zu rufen, aber Niemand hörte ihn als ich, und wie sollte ich ihm helfen, ich armes schwaches Mädchen.

Eva Kwirinewa saß ruhig da, die Arme über der Brust verschränkt und lachte. Es war ein furchtbares Lachen. »Schweigen Sie, oder ich schneide Ihnen die Zunge heraus«, sagte sie endlich, sprang auf und faßte ein Messer. Er schwieg. Er kannte sie offenbar. Sie war alles im Stande, was sie sagte. Wie sie sah, daß er sich ihr ergab, warf sie das Messer auf den Tisch und setzte sich wieder zu ihm hin.

»Bereuen Sie, was Sie mir gethan haben?« sagte sie ruhig, ja stolz.

»Soll ich etwa bereuen, daß ich ein schönes Weib mein genannt habe«, versetzte Herr Delgopolski spöttisch, er ahnte noch nicht, was ihm bevorstand, »und Du bist heute noch schön, Eva, komm' küsse mich.«

»Scherzen Sie nicht«, sagte sie strenge, »Sie haben schlecht an mir gehandelt, sehr schlecht, wie ein Teufel haben Sie an mir gehandelt. Ich habe Akenfy aus Liebe zum Manne genommen und habe ihm drei schöne Kinder geboren. Da kamen Sie –«

»Bist Du nicht eine Hexe?« rief Herr Delgopolski, »und einer Hexe Tochter? Hast Du mir nicht einen Liebestrank gegeben?«

»Ja, das habe ich gethan.«

»Was willst Du also?«

»Ich habe Sie geliebt und ich wollte Sie in meinen Armen sehen«, sagte Eva.

»In Deinen Armen!« rief Herr Delgopolski, »Du wolltest mich zu Deinen Füßen sehen und Du hast es erreicht. Ich habe um deine Gunst gebettelt, wie um die Gunst einer Kaiserin.«

»Gut, gut«, rief sie, »und dann? habe ich Sie nicht glücklich gemacht? habe ich nicht – als mein Mann – als Akenfy – als der Narr mir drohte –«

»Habe ich ihm nicht Gift gegeben und auch den Kindern, meinen Kindern allen, als Sie Ihnen lästig wurden«, sprach sie, immer ruhig, ohne sich zu regen.

»Habe ich es von Dir verlangt, entsetzliches Weib!« schrie er auf.

Sie beachtete es nicht und fuhr fort. »Sie aber haben eines Tages ein reiches Fräulein kennen gelernt, das weiß war und blonde Locken hatte, und Sammt und Seide trug und Zobel, und Sie haben mich verrathen, verspottet, mit Hunden aus Ihrem Hofe gejagt, das Fräulein aber haben Sie zu Ihrer Frau gemacht. War es nicht so? Ja, so war es, und dafür werde ich Sie jetzt tödten.«

»Wahnsinnige!« schrie er auf.

»Ich bin ganz bei Vernunft«, entgegnete sie. Dann stand sie auf, trug Stroh und Heu zusammen und zündete es an.

»Was thust du?« fragte er, er war ganz bleich und bebte am ganzen Leibe.

»Ich zünde mein Haus an«, sagte sie mit ihrem bösen Lächeln, »wir werden Beide in den Flammen sterben.«

Da wollte ich in die Stube, ich weiß selbst nicht wozu, ich armes schwaches Mädchen, ich versuchte die Thüre aufzustoßen, aber sie war versperrt und verrammelt, ich rief Eva Kwirinewa, ich rief um Hülfe, aber mir antwortete nur das Prasseln des Feuers und der Wind, der klagend über die weite traurige Erde strich. Eine namenlose Angst faßte mich, ich konnte nicht einmal beten und so lief ich, wie sinnlos, in die Steppe hinein.«

Wir blickten jetzt alle zugleich nach der Richtung, wo das Haus der Eva Kwirinewa lag. Das Feuer war erloschen, der Rauch hatte sich verzogen, weithin war nichts zu sehen als die ruhige feierliche sternbeglänzte Steppennacht.

Der fliegende Stern

Es ist ein recht unglücklicher Jagdtag, zwei Haselhühner und ein großer Geier bildete die ganze Beute. »Das verdammte alte Weib ist schuld«, rief der Heger, nachdem er seinen Strohhut abgenommen und mit den bauschigen Hemdärmeln die großen Tropfen von der Stirne gewischt hatte, dann reichte er mir seine mit Branntwein gefüllte Kürbisflasche, welche an einen gelben, großbauchigen Chinesengott mahnte.

Wir hatten nämlich bei unserem Auszug am frühen Morgen ein verschrumpftes Mütterchen begegnet, das zwischen den Büschen Schwämme suchte.

Nun war der Abend angebrochen, und es blieb Nichts übrig, als den Heimweg anzutreten. Die Sonne ging hinter den hohen Granitfelsen, welche wie verwitterte Thürme die grauen bröckligen Bergmauern der Karpathen überragten, rothglühend unter. Weithin war Nichts als dunkles Krummholz, das über Geröll und spiegelglatte Wände emporkroch und seine lange verkrüppelten Arme nach uns auszustrecken schien, es stand mit gekrümmtem Rücken da, mit langen Locken und spitzen Bart von Moos, ganz so wie unser Jude, aber klammerte sich fest und zäh an das Gestein, wie auch er festzuhalten versteht, was seine mageren, knochigen Hände einmal ergriffen haben.

Wir stiegen rasch hinab zwischen Heidelbeerkraut und Alpenrosen, den schwerathmenden Hund hinter uns, und schritten dann unter dem grünen Dache der Tannen weiter. Ein dumpfer Donner ferner Wasser begleitete uns. Die hohen, grünen Pyramiden, welche lautlos standen in trauernder Majestät, begannen tief unten ihre Wipfel mit rothem Golde zu durchschlingen, aus den schlanken Stämmen quoll saftiges Harz, gelb wie Bernstein, purpurne Beeren, große Waldblumen zeichneten bunte Stickereien auf den sammtenen Teppich hin, der sich zwischen die Wurzeln breitete, während tiefe Schatten von oben durch die unbeweglichen Nadeln, gleich dunkeln Tropfen auf denselben herabfielen.

Noch schwebten einige Zeit roth angehauchte Wölkchen im Westen, dann spannte sich brennender Purpur über den Himmel. Die Luft zitterte über der Erde und in ihr zuckten unzählige Mücken, durchsichtig wie aus Glas gesponnen. Nebel, zart gewoben gleich weißen schimmernden Schleiern, stiegen in den stillen tiefdunkeln Thälern auf, Sträuche, Bäume und Berge schienen sich in der goldigen Luft zu recken und ins Unendliche zu wachsen, während sie ihre Schatten immer weiter von sich warfen.

Im Osten glänzte ein Stern über den Tannen, die wie schwarze Lanzen oder das Eisengitter eines Parks gegen den Himmel standen. Kein Vogel sang mehr, nur da und dort pfiff es leise im Holz, oder fuhr erschrocken auf durch die Zweige. Der helle Himmel war blau geworden und begann sich jetzt allmählich zu verfinstern. Die Schatten zogen sich zusammen und wurden endlich ganz von der Dunkelheit verschlungen, welche sich als eine undurchdringliche Masse, träge und unheimlich über der Erde lagerte. Wir waren indeß am Fuße der Waldberge angekommen und verfolgten nun einen schmalen Pfad, der sich wie eine Schlange zwischen Stoppeln und Erdäpfelfeldern wand. Mit einem Male erhellte sich der schwarze Ausschnitt zwischen zwei Felskuppen im Westen und es loderte dort rasch empor wie der Brand eines Dorfes und wieder nach einer Weile zeigte der Mond seine goldene Scheibe, die feierlich an dem dunklen Firmamente haftete und ihr sanftes, tröstliches Licht in die Landschaft ergoß. Ein frischer Luftzug durchströmte die Halme, das Gras, die Blätter der Bäume und die finsteren Wipfel des Nadelholzes, Alles begann sich zu regen, zu neigen und zu flüstern. Vor uns in weiter Ferne zuckten die Lichter eines Dorfes auf, wie Leuchtkäfer, die im Grase liegen, und der Himmelsplan über uns war mit zahllosen Sternen gleich den Lagerfeuern eines großen Heeres bedeckt. An allen Zweigen hingen silberne Fäden, die das Mondlicht um sie spann, und alle Höhen, alle Tiefen badeten sich in jenem magischen Glanz, der so viel Zutrauliches und auch wieder Wehmüthiges an sich hat.

In diesem Augenblicke, wo wir einen kleinen Birkenhain betraten, fuhr es gleich einer Feuergarbe vom Himmel zur Erde nieder. Der Heger blieb stehen und bekreuzte sich.

»Nun ist das Unglück geschehen«, sagte er.

»Was für ein Unglück?«

»Haben Sie nicht den fliegenden Stern gesehen?«

»Allerdings.«

»Jetzt ist er bereits zu einer Letawiza geworden.«

»Wie das?«

»Mit jedem fliegenden Stern kömmt ein Dämon zur Erde«, gab der Heger tief bekümmert zur Antwort, »es giebt einen Spruch, wenn man diesen spricht, in dem Augenblicke als man ihn sieht, wird der Zauber gebrochen. Sobald der fliegende Stern aber die Erde betritt, verwandelt er sich in ein Weib von seltsamer Schönheit, mit langem, goldenem Haar, das wie Sternenlicht fließt und schimmert. Diesem schönen Weibe ist Macht gegeben über jede Menschenseele, es lockt die Jünglinge an sich und fängt sie in den goldenen Schlingen, welche um seine weißen Schultern spielen. Nachts, wenn Alles stille ist, kommt es zu ihnen, bettet sie an seiner Brust und küßt sie, küßt sie langsam zu Tode.«

Kaum hatte der Heger geendet, hörten wir ein tiefes Stöhnen, nicht gar weit von uns, es klang recht unheimlich bei dieser tiefen Stille, die ringsum herrschte und an diesem düsteren Orte zwischen den rastlos zitternden Birken, deren weiße Stämme wie in Grabtücher gehüllt, gespenstig umherstanden, und mit Fingern stumm auf uns zu deuten schienen.

»Was war das?« fragte ich.

»Ein Wassermann oder eine Russalka (die Nixe der Malorußen), oder vielleicht auch die Letawiza.«

»Ich denke, es war eine Rohrdommel.«

»So soll es eine Rohrdommel sein«, sagte der Heger fast mitleidig, »aber es ist besser, wir gehen weiter.«

Wie wir nur einige Schritte vorwärts thaten, stand plötzlich eine Flamme, groß wie ein erwachsener Mensch, seitwärts im schwarzen Erlengebüsch, nickte uns zu, bückte sich und huschte weiter, als wollte sie uns begleiten.

»Ein Irrlicht!«

»Wenn der Herr Wohlthäter es befehlen«, sagte der Heger leise, »so soll es ein Irrlicht sein, aber ich sehe, daß das nicht gut enden wird heute.«

»Ist hier ein Sumpf in der Nähe?«

»Das will ich meinen, und auch ein Teich, er muß hier zu unserer Rechten sein.«

Als wir neuerdings eine Strecke gegangen waren, blickte es aus dem Dickicht hervor wie ein Spiegel, auf den der Schimmer von Kerzen fällt. Ich wendete mich hinüber.

»Sie werden doch nicht Ihre Seele in Gefahr bringen wollen?« seufzte der Heger.

Ich gab ihm keine Antwort, sondern theilte die Zweige und bahnte mir so einen Weg zu dem Teiche. Das Irrlicht hatte uns verlassen, dafür ertönte von Neuem der klägliche Ruf der Rohrdommel. Der Heger betete laut die Litanei. Wir standen jetzt an dem Ufer und ein großes Wasser, vom Mondlicht beglänzt, spannte sich regungslos zu unseren Füßen aus, stille, geheimnißvolle Erlen standen umher, von Brombeerbüschen umschlungen, ihre Wurzeln tranken aus dem stillen Teich und ihre tief herabhängenden Zweige badeten sich in demselben.

Es war ein unendlich stiller und wehmüthiger Ort.

Aber mit einem Male ertönte ein Lachen, so hell, so kindlich und scherzhaft, wie ein silbernes Glockenspiel, und das Wasser warf leuchtende Wellen und tausend blitzende Funken auf und aus dem flimmernden Schaum tauchte ein Weib, von göttlicher Schönheit und Jugend empor, ein Nacken wie Marmor, die blonde Fluth des Haares wie Sternenlicht fließend und schimmernd, und zwei große dunkle Augen schalkhaft auf uns geheftet.

»Gott sei meiner Seele gnädig«, rief der Heger laut, »schließen Sie die Augen.«

Er riß mich zurück.

»Fliehen wir«, drängte er schwerathmend, »sonst ist es um uns Beide geschehen.«

Noch einmal erklang das zauberhelle Lachen so wunderbar spöttisch.

Ich folgte dem Heger, eine dunkle Gewalt schien mich zu treiben, von der ich mir keine Rechenschaft zu geben wußte. Wir eilten vorwärts durch Gebüsch, Sumpf und Feld, bis wir mitten in einem Obstanger stille hielten.

»Du bist ein großer Esel«, sagte ich endlich.

»Besser ein Esel, als ein von Gott Verdammter!«

»Wegzulaufen vor einem schönen Weibe.«

»Ja, schön war sie«, sagte der Heger, »aber kein irdisches Weib, sondern eine Letawiza, ein fliegender Stern in Menschengestalt, haben Sie nicht gesehen, was sie für Haar hatte, war es nicht, als sei ein Stern vom Himmel gefallen und schwimme jetzt auf dem Wasser?«

»Ich werde umkehren, ich will das Weib noch einmal sehen.«

»Sind Sie vom Teufel besessen?« sagte der Heger wie versteinert, »legen Sie mir jetzt gleich hundert Dukaten her, oder zeigen Sie mir diese ganze schöne Gotteswelt und sagen Sie mir: sie soll Dein sein! ich thue keinen Schritt.«

»Aber wenn ich Dir eine Quart Branntwein gebe, gehst Du mit.«

»Branntwein? was für Branntwein? doch nicht gemeinen Kornschnaps?«

»Meinetwegen Sliwowitz.«

Der brave Mann seufzte, pfiff dem Hunde und ging langsam dem Teiche zu. Ich blieb einige Schritte hinter ihm zurück.

Sofort gesellte sich eine schlanke Figur wie aus gleißendem Golo gewoben zu uns, verneigte sich und bot sich offenbar an, den Führer zu machen. Indem wir dem seltsamen Burschen folgten, der bald vor uns einher hüpfte, bald auf dem Bauche kroch wie eine Schlange, um zuletzt gleich einer Flamme über dem Boden zu schweben, geriethen wir bis an die Knie in den Moor. Der Mond verbarg sich hinter Wolken, als sei er mit in dem muthwilligen Bunde, der mit uns sein lustiges Spiel trieb, die Erlen, sonst so ernsthaft und stumm, begannen zu flüstern und zu kichern, und sogar die Rohrdommel lachte gellend auf.

Jetzt plätscherte es, höchstens zehn Schritte zu unserer Linken, es war der Hund, der in das Wasser gefallen war und uns nun mit einem kurzen unterdrückten Bellen zu verstehen gab, daß wir am Ziele seien.

Ungeduldig brach ich durch die dichten Zweige. Da lag wieder der silberne Spiegel des Teiches vor mir und der Mond, der die Wolkenschleier zurückgeschlagen hatte, blickte ruhig in denselben und betrachtete sein sanftes schönes Antlitz.

Das Weib mit dem goldnen Haar war nirgends zu entdecken, nicht im Wasser, das so feenhaft glänzte, nicht an dem Ufer, dessen schwarze Erlenwände ihren weißen Leib wie ein Licht hätten zurückstrahlen müssen. Eine wehmüthige Ruhe herrschte ringsum, keine Welle schäumte auf, kein Blatt regte sich, und mitten auf dem leuchtenden Gewässer loderte eine Seerose feierlich wie eine weiße Flamme gegen den Himmel.

Der Heger holte tief Athem. »Gott hat uns beschützt«, sagte er, »nun soll aber ein Mensch sagen, daß es kein fliegender Stern war!«

Die Todten sind unersättlich

»Du hast mich beschworen aus dem Grab
Durch Deinen Zauberwillen,
Belebtest mich mit Wollustgluth,
Jetzt kannst Du die Gluth nicht stillen.

Preß' deinen Mund an meinen Mund,
Der Menschen Odem ist göttlich!
Ich trinke Deine Seele aus,

Die Todten sind unersättlich«

Heine.

Bei uns lernt man sich so leicht kennen, bei den Bauern haben die Thüren keine Schlösser und die Hütten noch häufiger keine Thüren, und die Thore der Gutsbesitzer stehen auch noch einem Jeden offen. Wenn ein Gast zu Abend kommt, giebt es keine betrübten oder ängstlichen Gesichter wie in dem gemüthlichen Deutschland, und es fällt den Familiengliedern nicht ein, einzeln in die Küche zu schleichen und dort heimlich ihr Nachtmahl zu verzehren, und zu den Feiertagen wenn Verwandte und Freunde sich von weither zusammenfinden, da werden Rinder, Kälber und Schweine, Hühner, Gänse und Enten geschlachtet und der Wein fließt in Strömen wie in homerischen Zeiten.

Ich kam also zu der Familie Bardoßoski, wie eben ein Edelmann in das Haus des andern kommt, ohne viel Umstände, und kam bald jeden Abend hin. Ihr Herrenhaus lag auf einem kleinen Hügel und unmittelbar hinter demselben stiegen die grünen Vorberge der Karpathen empor. Die Familie hatte sehr viel Angenehmes an sich, das Beste war aber, daß die beiden Töchter des Hauses bereits ihre Verehrer besaßen, ja die jüngere sogar in aller Form verlobt war, man sich also ungezwungen unterhalten und sogar, was Polinnen gegenüber unerläßlich ist, ein wenig den Hof machen konnte, ohne gleich für einen Bewerber angesehen zu werden.

Herr Bardoßoski war ein echter Landedelmann, schlicht, fromm und gastlich, stets heiter, aber nicht ohne jene stille Würde, die kein äußeres Mittel braucht, um sich zur Geltung zu bringen. Seine Frau, eine kleine üppige, noch immer hübsche Brünette beherrschte ihn eben so vollkommen, wie die Königin Maria Kasimira den großen Sobieski beherrscht hat, aber es gab Dinge in denen der alte Herr nicht zu scherzen beliebte, dann genügte ein Drehen seines langen Schnurrbartes oder ein hastig herausgestoßenes blaues Wölkchen aus seiner Pfeife, das rasch zu einer respektablen Wolke anwuchs und ihn gleich dem Göttervater Zeus einhüllte, und Niemand wagte mehr zu wiedersprechen. Ich habe ihn nie ohne diese lange türkische Pfeife mit dem Kopfe aus rothem Thon und dem Bernsteinspitzchen gesehen, die dem Fremden bei uns zu sagen scheint, du bist nicht mehr in Europa, mein Freund, hier ist jenes Morgenland, aus dem deine ganze Weisheit kommt, aus dessen unversiegbaren Quellen alle deine Denker und Poeten geschöpft haben. Bardoßoski hatte 1837 unter Chlopicki gefochten und war im Jahre 1848 unter Bem bei Schäßburg verwundet worden. Im Jahre 1863 hatte er seinen einzigen Sohn zu den Insurgenten geschickt und durch den mörderischen Stoß einer Kosakenlanze verloren; von diesem Sohne war nie die Rede, aber sein Bild von einem welken Kranz und einem verstaubten Trauer-Flor umgeben, hing über dem Bette des Alten zwischen zwei gekreuzten krummen Säbeln.

Von den beiden Fräuleins war die ältere Kordula das, was man interessant nennt, hoch und gut gewachsen, mit prachtvollem dunklem Haar, schönen Zähnen, grauen Augen, aus denen eine durchdringende Klugheit sprach, und einem Gesichte, in dem sowohl um die kleine Stumpfnase als die aufgeworfenen Lippen eine unbeugsame Festigkeit lag; die jüngere, Aniela, dagegen eine jener unendlich weißen, rosenwangigen blonden Schönheiten, welche immer sehr ermüdet scheinen, deren blaue Augen auch im Wachen träumen und deren tiefes Athemholen wie Seufzer klingt. Diese war es, welche bereits den Verlobungsring am Finger trug.

Ich lernte auch die beiden jungen Männer kennen, welche die Herzen dieser so verschiedenen Schwestern erobert hatten. Der Verehrer der älteren war ein Herr Husezki, der in dem nahen Städtchen das Amt eines Adjunkten bei Gerichte bekleidete. Er zeigte jenen Ernst und wissenschaftlichen Eifer, welcher die jüngere Generation bei uns auszeichnet, war französisch gekleidet, trug Brillen und zupfte stets an seinen schneeweißen Manschetten.

Der Bräutigam der schönen Aniela war ein Gutsherr aus der Nachbarschaft und nannte sich *Manwed Weroaki*, ein hübscher junger Mann mit blitzenden Zähnen unter einem kleinem schwarzen Schnurrbart, kurzem gelocktem dunkelm Haar, schmachtenden Augen, jederzeit in weiten Pantalons, welche in hohen Stiefeln staken und einem Schnürrock, alles von schwarzer Farbe. Er rauchte Cigarren, liebte es das Gespräch auf Literatur zu bringen, und war im Stande hundert Verse aus dem Pan Thadeus oder Konrad Wallenrod des Micztiwicz auswendig herzusagen. Sein Lieblingsstück war die Geschichte von Demeyko und Doweyko und er verstand es den Zweikampf derselben über der Bärenhaut so drastisch vorzutragen, daß er sogar dem alten Herren jedesmal ein Lächeln abnöthigte, das sich rührend kindlich in seinen weißen Schnurrbart stahl.

Noch war ein dritter junger Herr da, der die Gewohnheit hatte, immer zu spät zu kommen und diese üble Gewohnheit war sein Fatum, denn er war auch bei Panna Aniela zu spät gekommen und begnügte sich jetzt damit, sie unausgesetzt anzusehen und so oft sie eine Bewegung machte, aufzuspringen und alle nur möglichen Gegenstände herbeizuschleppen, und so kam es, obwohl er sich einbildete ihre Wünsche zu errathen daß er einen Fußschemmel brachte, wenn sie eine Scheere verlangte und den beim Fell emporgehobenen kleinen Wachtelhund eine Luftfahrt machen ließ, wenn ihr feuchter Blick ihrem Taschentuch galt. Er hieß Maurizi Konopka, hatte ein Nachbargut gepachtet, auf dem er mit Maschinen arbeitete und überhaupt in allem genau nach dem Buche vorging, zum Erstaunen der Bauern; und erschien nie anders als im Frack, weißer Weste, Glaçehandschuhen, durchbrochenen Strümpfen und Ballschuhen. Da er stets erst ankam, wenn der ganze Kreis versammelt war und sich noch überdies alle Mühe gab, gleich einem Gespenste, unhörbar hereinzuschreiten, so erblickte man ihn gewöhnlich erst, wenn er auf seinen leichten Sohlen mitten im Zimmer stand, und da er es für unanständig hielt durch einen lauten Gruß oder ein Räuspern auf seine Gegenwart aufmerksam zu machen, geschah dies so plötzlich, daß in der Regel alle zusammenschraken, mit Ausnahme des alten Helden, der höchstens für einen Augenblick die Pfeife aus dem Munde nahm, was aber freilich bei ihm schon viel sagen wollte.

Maurizi war ein ausnehmend hübsches Milchgesicht jener Art, die von reifen erfahrenen Schönheiten bevorzugt wird, aber sehr wenig geeignet das Ideal eines Mädchen-Traumes vorzustellen, daher ihm auch das herbe Loos zu Theil wurde, Abend für Abend, und die galizischen Winterabende sind lang, mit Herrn Bardoßoski und dem ernsthaften Adjunkten Tarok zu spielen, während wir anderen mit den Mädchen plauderten.

Aniela's Verlobter gewann von Anfang an meine Sympathien für sich, er erzählte vortrefflich, was ihm bei Vielen den Ruf eines Aufschneiders eintrug, dafür bestritt er aber auch in der Regel die Kosten der Unterhaltung, ohne dabei je dem bescheidenen Wesen untreu zu werden, das den Polen in Damengesellschaft so liebenswürdig macht. Wir wurden schnell vertraut, besuchten uns gegenseitig und gingen viel zusammen auf die Jagd. Wenn wir dann recht müde und ausgehungert, gleich den sieben Schwaben, mit einem Hasen als Beute bei ihm ankamen, wurde sofort der Samovar hereingebracht und der brave Valenty kam, uns die kothigen Stiefel auszuziehen. Dann half kein Verwahren, ich mußte ein Paar von Manweds Saffianpantoffeln anziehen und einen seiner köstlichen Schlafröcke, er selbst stopfte mir die lange Pfeife und mir blieb nichts übrig als die Nacht unter seinem gastlichen Dache zuzubringen.

Dann trieb er allerlei Possen, zog die Leintücher aus den Betten, hüllte sich in dieselben und wandelte als Gespenst im Hause umher, seufzend und wehklagend, um endlich den alten Valenty, der inbrünstig betete, bei den Füßen unter seinem großen Kotzen hervorzuziehen und den Mägden mit einem geschwärzten Kork Schnurrbärte zu malen.

In der Nähe von Manweds Edelhof lag einsam auf einem breiten und flachen Felsen das alte halbverfallene Schloß Tartakow, von dem mancherlei unheimliche Sagen lebten.

Einmal, an einem schwermüthigen Winterabend, während der Schnee mit weißen Geisterfingern leise an die Fenster pochte, der Wind dem rothen Kaminfeuer wunderliche Melodien entlockte, und in weiter Ferne ein Wolf heulte, brachte Aniela die Rede auf dasselbe.

»Haben Sie schon gehört«, sagte sie, »daß die Ruine bewohnt sein soll?« –

»Wer kann in dem öden zerbröckelten Mauerwerk wohnen, als etwa Eulen oder Raben«, bemerkte Herr Huszezki sehr verständig, wie es einem gebildeten, mit den Wissenschaften vertrauten jungen Mann ziemte.

»Nun, es giebt allerhand Bewohner dort«, versetzte Frau Bardoßoska, »wenn man den Landleuten glauben darf.«

»Das ist gewiß, daß ein alter grauer Mann oben zu sehen ist, eine Art Kastellan«, sagte Aniela, »er trägt Kleider wie man sie vor vielen hundert Jahren getragen hat und unsere Bauern behaupten, er sei an tausend Jahre alt, und in einem großen wohlerhaltenen Saale steht ein zauberhaft schönes Marmorweib mit todten weißen Augen, das soll in gewissen Nächten lebendig werden und durch die düsteren Gänge wandeln, allerlei Spuk im Gefolge, und seltsame Stimmen werden dann laut, ein wildes Heulen, ein schmerzliches Klagen, ein süßes Locken –«

»Bah«, machte der Adjunkt, »eine Äolsharfe, ich selbst habe sie schon gehört.«

»Wer weiß, der Boden hier ist von Dämonen bevölkert«, sprach Manwed, »in den Hütten der Bauern rumort der Did Hausgeist der Kleinrussen. und hilft heimlich die Kühe melken, fegt die Stuben, wäscht das Geschirr, striegelt die Pferde, und läßt sich nur dann blicken, ein Männchen von einem Fuß Höhe und langem grauem Bart, wenn der Herr des Hauses sterben soll; an dem Ufer der Teiche und Flüsse, im schwarzen Dickicht, wiegt sich die Rußalka Die Nixe der Kleinrussen. auf schwankenden Zweigen und singt und bindet aus ihrem Haare goldene Fesseln, mit denen sie den Bethörten, der ihr naht, gefangen nimmt und eine goldene Schlinge in der sie ihn erwürgt; in den von grünem Gitterwerk verschleierten Höhlen des Gebirges wohnen die muthwilligen und verliebten Majki, Majka heißt die Elfe der galizischen Karpathen., welche hoch oben auf grünen Wiesen ihre Zaubergärten mit goldenen Zäunen einschließen, Brücken aus Perlen über die rauschenden Wasser bauen, und auf blumigen Waldblößen tanzen, sie entführen Jünglinge, die ihnen gefallen und bezaubern sie mit ihren duftigen bekränzten Locken, ihren zarten Gliedern, aber in ihrem schönen Antlitz, in ihren blitzenden Augen wohnt keine Seele. Die Wölfe in Rudeln durchstreifen die wilden Weiber, die das Volk auch die Göttinnen bochinki. nennt, Wälder und Berge, ein entsetzliches Geschlecht, das die Kinder der Menschen entführt und ihre häßlichen Wechselbälge in ihrer Wiege zurückläßt, das die alten Männer zu Tode kitzelt und die jungen nach der Brautnacht grausam erdroßelt. Unter dem Volke wohnen auch die Wissenden, Widma, die wissende, die Hexe der Kleinrussen, aber ohne den cymischen Charakter der deutschen. welche die geheimen Kräfte der Natur beherrschen, welche das Pestkraut kennen und die giftigen Schlangenbisse heilen, sie können den Sternen das Licht nehmen und den Menschen die Gesundheit, wenn ihr Leib schläft, fliegt ihre Seele als Vogel aus und zu gewissen Zeiten reiten sie auf einem schwarzen Kater nach Kiew und halten über der heiligen Stadt schwebend, hoch in den Lüften ihre Versammlungen. Ja, hier bei uns nehmen Sterne, die zur Erde fallen Menschengestalt an und werden zu Vampyren, Letawiza, der fliegende Stern. und es giebt Menschen mit dem bösen Blick und Nachts irren die Seelen der Kinder umher und verlangen nach der Taufe.« –

»Weßhalb sollte es hier nicht auch allerlei Spuk geben und ein schönes Weib aus kaltem Marmor, dessen weiße Glieder zur Mitternachtsstunde das warme Blut des Lebens durchströmt!«

»Was für ein Phantast!« rief Herr Huszezki, »nun möchte ich aber selbst wissen, was es mit dem alten Schlosse eigentlich auf sich hat.«

»Die Wahrheit kann ich Euch sagen, Ihr jungen Leute«, begann der alte Herr nach einer kleinen Pause, während der Panna Kordula den Samovar mit rother Kohlengluth gefüllt und Anielas kleine rosig angehauchten Hände auf dem Piano ein paar Accorde einer melancholischen Volksmelodie gegriffen hatten. Er begann damit, sich in blaue Wolken einzuhüllen.

»Das Wahre an der Sache ist«, fuhr er fort, »daß in der That in dem großen Saale des Schlosses ein herrliches Marmorbild zu sehen ist, das ein schönes Weib darstellt, ein Wunder von einem Weibe. Einige behaupten ein Vorfahre der Familie Tartakoswki sei mit dem rothen Kreuze auf der Brust nach Palästina gezogen, um das heilige Grab zu befreien, und habe aus Byzanz ein Venusbild, von der Hand eines griechischen Künstlers gefertigt, mitgebracht.

»Andere erzählen, daß eine durch ihre Schönheit und durch ihre Laster berühmte Dame aus der Familie Tartakowski, sich von einem italienischen Bildhauer in dieser Weise habe meißeln lassen, und zwar in einem Costüme, das nicht der Mode unterliegt und das schon Eva im Paradiese getragen hat, nota bene vor dem Sündenfall. Dies soll zur Zeit des Benvenuto Cellini geschehen sein und die schöne Dame war die Starostin Marina Tartakowska.«

»So ist es«, sagte plötzlich eine tief sanfte Stimme, die aus der Unterwelt zu kommen schien.

Alle fuhren zugleich von ihren Sitzen empor, Aniela stieß einen gellenden Schrei aus und schlug die Hände vor das Gesicht, Panna Kordula ließ eine Tasse fallen, welche wie eine Granate auf dem Boden explodirte, und der von einem Splitter getroffene kleine Wachtelhund begann wüthend zu bellen.

»Ich bitte um Vergebung und falle den Herrschaften zu Füßen«, säuselte Maurizi Konopka, welcher wieder in seinen Tanzschuhen ungehört hereingeschwebt war und jetzt mitten in unserem Kreise stand. »Das lebensgroße Portrait«, fuhr er leise fort, »hängt in einem düstern getäfelten Zimmer des Schlosses, dessen Decke ein großes Gemälde, Diana im Bade, den sie überraschenden Aktäon in einen Hirsch verwandelnd, darstellt. Die Starostin ist in dunklen Sammt gekleidet und hat eine polnische Mütze mit Reiherbusch auf. Ich habe das Bild gesehen und die Starostin schien mich anzusehen und mir war dabei zu Muthe, als sollte meine Haut auf gut tartarisch über eine Trommel gespannt werden.«

»Das mag sein«, fiel der Adjunkt ein, »in Krakau befinden sich vielerlei alte merkwürdige Akten, darunter auch mancher Proceß aus der Zeit der Starostin Marina, welcher von der Willkür dieser schönen Wittwe zeugt, die auf Tartakow gleich einer unbeschränkten Monarchin residirte und gebot. Einmal war sie des Mordes an einem ihrer Diener angeklagt, und da dieser adeliger Abkunft war, begab sich eine königliche Kommission zu ihr, aber schon der Anblick dieser berückenden Frau genügte, um die Richter zu entwaffnen, Und die Justiz kehrte, von Amor mit einem Rosenzweige verjagt, unverrichteter Sache heim. Übrigens soll das Schloß jetzt so gut wie herrenlos sein.«

»So«, sagte Pan Bardoßoski, indem er seine Bernsteinspitze erstaunt aus dem Munde nahm, »was wäre denn aus der Wittwe des letzten Besitzers, der schönen Zoë Tartakowska geworden?«

»Sie hat in der letzten Zeit in Paris gelebt«, erwiderte der Adjunkt, »aber ich habe vor Kurzem erst vernommen, daß sie gestorben sei.«

»Schade«, murmelte der alte Herr, »sie war eine Frau, wie die Starostin Marina, nur etwas nach der Mode zugeschnitten, aber ein schönes Weib.«

»Nun, nun, schwärme mir nur nicht zu sehr«, sprach Frau Bardoßoska.

Einige Zeit sprach Niemand, dann sprang Manwed plötzlich auf und rief: »Ich muß hin.«

»Wohin?«

»In das gespensterhafte Schloß.«

»Was fällt Ihnen ein«, sagte Frau Bardoßoska, »es ist doch unheimlich, was man so hört.«

»Nun, ich denke, was Herr Konopka zu wagen sich traute, dazu wird mir der Muth auch nicht fehlen«, versetzte Manwed und drehte seinen Schnurrbart.

»Oh! er scherzt nur«, hauchte Aniela.

»Ich scherze nicht, mein Fräulein.«

»Manwed, Sie werden nicht zu dem Marmorweibe gehen«, rief jetzt Aniela mit aller Heftigkeit, die ihr zu Gebote stand.

»Ich werde, und zwar Nachts, ich will sehen ob die kalte Schöne lebendig wird.«

»Manwed«, sagte Aniela mit matter Stimme, aber in sehr bestimmtem Tone, »ich verbiete Ihnen zu gehen.«

»Vergeben Sie«, murmelte der Trotzkopf, »aber ich muß schon so ungalant sein und diesmal nicht gehorchen.«

Aniela sah ihn lange an, mehr erstaunt als böse, dann wendete sie sich ab, ihr Busen hob sich, ihr Athem stockte, Thränen flossen auf ihren Wangen herab.

Manwed nahm seine Mütze, empfahl sich kurz und ging. Nicht lange und wir hörten die Peitsche seines Kutschers knallen, die Glöckchen klingen.

Aniela verließ schluchzend das Zimmer. – Am folgenden Morgen besuchte ich Manwed in der Absicht Frieden zu stiften, aber er zeigte sich wo möglich noch halsstarriger als am vorhergehenden Abend.

»Alle sind sie Tyranninnen, unsere Frauen«, rief er erbost, »nur daß die einen uns mit Füßen treten und die anderen mit Thränen mißhandeln. Wenn ich dieses eine Mal nachgebe, bin ich verloren. Jetzt werde ich das geheimnißvolle Schloß um so gewisser besuchen und zwar auf der Stelle.« Er zog sich rasch an, ließ sein Pferd satteln und nahm vor der Freitreppe seines Hauses Abschied von mir.

»Also Du reitest wirklich?«

»Du siehst ja.«

»Nun, ich bin neugierig, was da herauskommt.«

»Ich auch.«

Ein gegenseitiges Zunicken und er gab dem Pferde die Sporen, der Schnee knirschte unter den Hufen desselben und leuchtende Eisstücke flogen auf. Ich sah ihm nach bis er in dem weißen Nebel verschwunden war.

Zwei Abende blieb Manwed aus, am dritten kam er, und wurde ziemlich kühl empfangen, Aniela schien ihn nicht einmal zu sehen, sie spielte und scherzte ziemlich laut, was sonst nicht ihre Art war, mit dem kleinen Wachtelhund, der sich darüber sehr erfreut zeigte, abwechselnd knurrte, winselte und bellte, sich bald auf die Vorderpfoten niederließ, bald auf die rückwärtigen aufstellte, und unabläßlich wedelte.

Manwed saß gegen seine Gewohnheit schweigend da, sein Gesicht war ernst, nachdenklich, und sehr bleich, seine dunkeln Augen loderten nur in demselben, eine finstere Falte lag über ihnen wie ein Schatten, oder die Narbe eines Säbelhiebes.

Endlich nahm der alte Herr das Wort. »Nun? was? waren Sie etwa oben, Herr Werofski?«

Das »Herr« wurde stark betont.

Manwed begnügte sich leise zu nicken.

»Nun so erzählen Sie«, rief der Adjunkt und riß seine weißen Manschetten hastig aus den Ermeln seines schwarzen Rockes hervor.

»Ich bin nicht neugierig«, warf Aniela hin.

»Es ist immerhin interessant«, sagte die Hausfrau mit Würde, »nehmen Sie eine Tasse warmen Thees und dann erzählen Sie.«

Und Manwed nahm eine Tasse warmen Thees, lockerte den großen Knoten seines seidenen Halstuches, rieb sich die Augendeckel und begann zu erzählen.

»Wenn ich nicht hier unter Ihnen sitzen, den Samovar singen, das Feuer prasseln und die große Pfeife des würdigen Herrn Bardoßoski vernehmlich seufzen hören würde, ich würde glauben, daß ich zwei Tage und zwei Nächte und wieder einen Tag geschlafen habe und daß mich die sonderbarsten und unheimlichsten Träume während dieser Zeit gequält haben, ja ich würde glauben, daß ich jetzt noch träume, denn ein feiner durchsichtiger Nebel, wie der Schleier einer Majka, aus blassem Mondlicht gewoben, trennt mich von Ihnen, und in weiter Ferne steht eine Gestalt und deutet und winkt –

Es war ein heiterer Wintermorgen, voll Glanz und goldenem Lichterspiel der Sonne auf dem weißen Schnee, der die Erde weich einhüllt, auf den hohen Fichten und Tannen, die ihre Äste wie schwarze Arme aus weißen Mänteln hervorstrecken, auf den Eisfransen, mit denen die Strohdächer der Bauernhütten an der Mitternachtsseite verziert sind, dem festgefrorenen Teiche, der sich in eine silberne Wiese verwandelt hat und dem schwarzen metallischen Gefieder der Krähen, welche auf dem Wege steif einherschreiten, mit einer Art Wichtigkeit vor sich hin nicken und schwer, gleichsam unwillig auffliegen, um sich wieder auf die Straße oder einen mit blitzenden Nadeln besäten Baum zu setzen. Langsam drehten sich aus allen Klüften und Spalten des Gebirges aschgraue Dünste empor, wie der Rauch ausgeblasener Kerzen, die Sonne verschleiernd, und kamen mir rasch entgegen.

In dieser feuchten, strömenden Nebelfluth schien mein Pferd nicht zu gehen, sondern vorwärts zu schwimmen und von Zeit zu Zeit kauerte sich eine sagenhafte Erscheinung in undurchdringlichen Schleier gehüllt oder mit wallendem weißen Bart, in den Büschen und Feldrain nieder.

Doch es währte nicht zu lange, so wurde der Himmel zu durchsichtigem Alabaster, der sich mehr und mehr färbte, und endlich einen glühenden Kreis zeigte, aus dem die Sonne triumphirend hervortrat. Die grauen Wogen ballten sich zu Wolken zusammen und wälzten sich über den Wald hinüber. Ein rosenfarbener Hauch schwebte um sie, Bäume und Sträuche waren mit einem Male mit Lichtperlen behängt und der Schnee hatte den weißen Glanz des Atlas. Die Berge zeigten zwischen dunklem Holz Stellen so grell und so weiß wie Kreide, und jedes überragende Felsenhaupt war von einer leuchtenden Gloriole umstrahlt, der Himmel trug eine blaßgrüne Farbe, die sich nach und nach in das Blaue verlor, bis der reinste Azur mich überspannte und nur kleine weiße Wolken, wie wandernde Schwäne, durch denselben zogen.

Und da lag auch der graue zerbröckelte Felsen, mit dem düsteren Schlosse vor mir.

Ich ritt um denselben herum und fand einen sanften Abhang, über den sich ein verwilderter Park erstreckte, doch war auch hier keine Straße, nicht einmal ein Fußpfad zu entdecken. Mein Thier mußte sich schnaubend selbst den Weg bahnen. So kam ich endlich zu einem großen Thore mit verrostetem Beschläge und sah mich vergebens nach einem Glockenzuge oder einem Thürklopfer um. Zu beiden Seiten ragte die hohe, graue Mauer, auf deren breiter Zinne im Laufe der Jahrhunderte eine Art kleiner Garten entstanden war. Einzelne Wurzeln liefen die ganze Höhe der Mauer herab und verschlangen sich unten zu wunderlichen Bildungen. Über dem Thore war ein graues vom Regen verwischtes Wappen.

Ich stand in den Steigbügeln auf und ließ ein lautes Hurrah! ertönen, doch ehe noch das Echo der nahen Felsen es zurückgegeben hatte, öffnete sich mit einem schauerlichen Seufzen in dem einen Flügel des großen Thores ein schmales Pförtchen und ein alter Mann erschien in demselben, der mich mit tiefer Reverenz, die Mütze in der Hand, begrüßte. Ich habe seinesgleichen nie gesehen, wenn nicht etwa auf uralten Bildnissen oder auf dem Theater, wenn ein Stück aus der polnischen Geschichte dargestellt wurde.

Er machte den Eindruck, als wäre eine der grauen, verwitterten Steingestalten aufgestanden, die auf den Marmor-Särgen unserer vor Jahrhunderten verstorbenen Edeln mit gefalteten Händen liegen. Die ganze Gestalt des Alten war in einer Weise verfallen und schlotterich, wie wenn sie im nächsten Augenblick in Moder zerstäuben sollte, das verschrumpfte Gesicht mit den vergilbten Wangen glich einem ehrwürdigen Pergament, von zahllosen kleinen Runzeln wie von einer unleserlich gewordenen Schrift überzogen. Seine Tracht war die altpolnische, etwa aus der Zeit Johann Kasimirs, wo der tartarische Schnitt den slavischen bereits vollständig verdrängt hatte. Er trug hohe faltenreiche Stiefeln von Saffian, der einst grün gewesen sein mochte, über weiten Beinkleidern einen langen Kontusch, dessen geschlitzte Ärmel auf dem Rücken zusammengeknüpft waren, einen breiten Metallgürtel, an einer starken Schnur hing ihm ein krummer Säbel um die Schultern, dies alles war fahl grau und düster von Farbe. Auf seinem kahlen Kopfe stand ein Büschel Haare aufwärts, das der Luftzug leise bewegte, es war als habe er nach der Mode jener Zeiten sein Haupt glatt rasirt und trage die tartarische Hordenlocke.

Sein grauer Schnurrbart hing bis auf den Kontusch herab. Er verneigte sich nochmals sehr artig und ceremoniell.

»Du bist wohl erstaunt einen Gast zu bekommen, was Alterchen«, sagte ich so leicht hin, als es mir nur gelingen wollte. Er schüttelte das Haupt. »Ich habe Sie erwartet«, sagte er, und ein freundliches Lächeln zog über sein versteinertes Antlitz.

»Setze doch Deine Mütze auf«, rief ich.

Er nickte, setzte die graue Czapeka schief auf das linke Ohr, öffnete das Thor und nachdem ich hineingeritten war, schloß er es wieder und sperrte hinter mir zu. Der große Schlüssel sang weinerlich in dem rostigen Schlosse.

»Nun, willst Du mir alle Deine Schätze zeigen, Alterchen«, begann ich, nachdem ich abgestiegen war und er den Zügel meines Pferdes ergriffen hatte.

»Es wird eine seltene Ehre für mich sein«, gab er mit einer Stimme zurück, die wie eine verrostete Thür knarcte, »und man nennt mich Jakub, wenn Sie nichts dawider haben, mein Herr Wohlthäter.«

Während er mein Pferd in den Stall führte, hatte ich Zeit mich im Schloßhofe umzusehen. Vor mir lag eine Art Palast mit bleifarbenem Dach, unter dem ein Drachenkopf bereit war, das Regenwasser in weitem Bogen auszuspeien, einem Balkon, den nackte Türken auf ihren steinernen Schultern trugen und einer prächtigen Freitreppe. In einer tiefen Nische, welche die Mauer bildete, waren der häßliche Kopf und die mit Ketten beladenen Hände eines Mongolen-Fürsten in Stein gehauen zu sehen. Der mit Steinen gepflasterte und mit einem leichten Schneeteppich bedeckte Hof hatte in der Mitte eine gemauerte Cisterne, über die eine große Linde ihre breiten Äste streckte, zwei Krähen, die auf denselben saßen, stießen von Zeit zu Zeit ein gellendes Freudengeschrei aus, als gälte es den Fremden würdig zu begrüßen, allerorten lag Schutt, lagen zerbrochene Ziegel oder wüste Steinhaufen.

Der Alte kam zurück, winkte mir und schickte sich an das Gitter zu öffnen, das die Freitreppe verschloß. Sein Gang und seine Bewegungen hatten etwas schattenhaftes, ich glaube, wenn die Sonne geschienen hätte, ich hätte durch ihn durchsehen können. Ich bemerkte erst jetzt, daß ein großer Rabe stille und ernsthaft seinen Schritten folgte.

Er führte mich langsam die Freitreppe empor, schloß oben eine kunstreich verzierte Thüre auf, und ich überschritt die Schwelle des verrufenen unheimlichen Gebäudes. Wir gingen über breite Marmorstiegen und heimliche Wendeltreppen auf und nieder, durch Gänge, welche jetzt breit und herrlich wie eine Allee und dann wieder dumpf und ängstlich wie der Schacht eines Bergwerkes waren. – Große holzbraune Thüren mit Metallbeschlag wurden aufgeschlossen und wieder gesperrt, manchmal genügte ein Druck des Fingers und eine Wand sprang auf und ließ uns durch, und durch die Zimmerfluchten, zogen mit uns die Schatten vergangener Jahrhunderte; hier hingen schwarze Rüstungen, mit weißen Engelfittichen, erbeutete Türken-Fahnen, Heerpauken, tartarische Köcher mit vergifteten Pfeilen, in Gemächern, deren Tapeten Scenen aus dem alten Testamente darstellend verblichen und von Motten zerfressen waren, die sich bei der leisesten Berührung in Schwärmen erhoben und umherschwirrten; dort einen Korridor weiter thronte die ganze kapriziöse Grazie einer Rokoko-Schönen. Da gab es niedliche mit verblaßtem blauen Atlas oder gelb gewordenen weißen Musselin tapezierte Boudoirs mit großen Kaminen, auf denen dickbäuchige Porzellan-Chinesen, mit Toiletttischen, auf denen Spiegel in Silberrahmen und all' den Nippes jener Zeit zu sehen waren.

Aus majestätischen Sälen mit sinnigem Stuckatur-Schmuck und gigantischen Fresken kam man in Schlafgemächer mit prunkvollen Himmelbetten. Da stand eine Vase, wie sie nur der Schönheitssinn eines Helenen oder Italieners schaffen konnte auf marmorenem Piedestal, und eine Thür weiter nahm ein großer geschnitzter Schrank die Breite der Wand ein, gefüllt mit all' dem wunderlichen Glaswerk und Thongeschirr, bunt bemalt, mit kernigen Sprüchen versehen, wie es der bizzarre deutsche Geschmack im fünfzehnten und sechszehnten Jahrhundert erzeugte. In dem kostbaren von der Zeit« geschwärzten Getäfel der Wände pochte der Holzwurm, die Fenster waren meist erblindet, und an den alten Bildern, die allerorten die Wände schmückten, waren im Laufe der Jahrhunderte die Farben so stark gedunkelt, daß die kühnen Ritter, die prächtigen Starosten und die reichgekleideten Damen alle tief im Schatten zu stehen schienen und hie und da ein schönes Antlitz wie aus der Düsterheit der Nacht hervorleuchtete. Und alles war verwahrlost, verfallen, mit aschgrauem Staub bedeckt und mit Spinnweben behängt, die Luft roch nach Moder, und auch der alte graue Mann erschien mir plötzlich wie mit Schimmel überzogen.

Endlich kamen wir in ein mäßig großes Gemach, das im Viereck gebaut und mit dunklem Holze verkleidet war und in dem sich weder ein Einrichtungsstück, noch ein Geräthe befand. An der mittleren Wand hing ein Bild in rauchigem Goldrahmen und auch dieses war mit einem grünen Vorhang bedeckt.

Der Alte winkte mir stehen zu bleiben, er hatte während der ganzen Wanderung kein Wort gesprochen und sprach auch jetzt nur durch Zeichen und Blicke, näherte sich auf den Fußspitzen dem grünen Vorhange und zog an einer verborgenen Schnur.

Staub stieg empor und aus der grauen Wolke, die sich schnell verzog trat eine weibliche Figur von seltsamem Reize. Es war eine hochgewachsene Frau von schlangenartiger Schlankheit in dunkeln Sammt gekleidet, welche mir ein kaum schön zu nennendes, aber in seiner sanften Wildheit und lächelnden Schwermuth berückendes, von dunkeln Locken, auf denen eine polnische Mütze leicht und kokett saß, dämonisch eingerahmtes Antlitz zukehrte. Ihre großen dunkeln brennenden Augen schienen zu phosphorisiren und als ich zurückwich mir zu folgen.

Was in diesem Blick lag, ich weiß es nicht, etwas Unbegreifliches, das mir den Athem benahm, mir das Herz in der Brust hämmern und die Knie schlottern machte.

»Sie ist gut getroffen«, flüsterte der Alte.

Ich sah ihn entsetzt an, wie man eben einen Menschen ansieht, bei dem man plötzlich entdeckt, daß sein Geist gestört ist. Er schien es zu bemerken, zuckte die Achseln und verhüllte das Bild. Ich empfand in diesem Augenblick einen brennenden Schmerz am Zeigefinger. Es war mein Verlobungsring, der mich zum ersten Male seitdem ich ihn trug in das Fleisch schnitt. »Nun, Herr Jakub«, sagte ich, »werdet Ihr mir nun auch das Marmorweib zeigen?«

Er streckte seine dürre Hand, die nicht viel anders als ein welkes Blatt war, aus dem Ärmel des Kontusch hervor und schwenkte sie hin und her. »Ich weiß es«, sagte er mit seiner knarrenden Stimme, »daß der Herr deshalb gekommen ist, aber jetzt ist es nicht an der Zeit. Kommen der Herr Wohlthäter morgen Nachts, da haben wir Vollmond, da werden die Todten lebendig.«

»Bist Du bei Sinnen«, stieß ich halb unbewußt hervor.

»Sehr wohl, mein theurer Herr«, erwiderte er mit einem Lächeln, das sich wie ein Sonnenstrahl in seinen grauen Schnurrbart stahl, »ich weiß auch was ich rede, das Bild ist gut getroffen und auch der todte Stein hat Ähnlichkeit, ich kenne sie, doch wer soll sie denn kennen, wenn ich sie nicht kenne? Habe ich sie doch auf diesen meinen Knieen geschaukelt, so wahr ich Gott liebe.« –

Mir schauerte vor der tiefen Überzeugung, mit der der Alte das Unmögliche aussprach, ich gab ihm rasch ein Goldstück, das er ehrerbietig nahm, eilte in den Hof hinab, ließ mein Pferd aufführen und ritt den Abhang hinunter mit dem Vorsatz, dem geheimnißvollen Schlosse und seinem wahnsinnigen Bewohner nie wieder in die Nähe zu kommen. –

Aber es war dies ein Vorsatz wie eben Vorsätze sind. Schon am nächsten Morgen nannte ich mich einen Feigling, Mittags hielt ich mir selbst eine schöne Rede gegen den Aberglauben und mit Anbruch der Nacht saß ich im Sattel, um dem schönen Marmorbilde einen Besuch zu machen.

Es war kalt, aber die Luft stille und ohne Regung. Die große reine Scheibe des Vollmondes stand bereits hoch am Himmel, so daß von dem goldenen Licht und dem Blitzen der Sterne nichts mehr zu sehen war, als ein bleicher dämmeriger Schimmer. Es schien Tag zu sein, ein trüber Tag mit bleigrauem Lichte zwar, aber doch Tag, so mächtig war die Silberhelle des Mondes, von der Nähe und Ferne überströmt waren und welche der Schnee, der Alles umher gleichmäßig in sein grelles Weiß einhüllt, scharf zurück warf. Man konnte weithin jeden noch so kleinen Gegenstand erkennen, nur in der Ferne schwebte es wie leichter Rauch und hinter demselben standen die Berge in diamantenen Schleier gehüllt.

Schnee und Mond sind in solchen klaren ruhigen Nächten erstaunliche Künstler, Baumeister und Bildner vor allem, sie wetteifern, Gestalten in unseren Weg zu stellen und fabelhafte Gebäude aufzurichten.

Da, wo sonst eine verlorene rußige Bauernhütte mit windschiefem Strohdach steht, haben sie einen herrlichen Eispalast mit blitzenden Fenster aufgeführt, wie jenen der unter der Regierung der Czarin Anna auf dem Eise der Newa erbaut worden ist. Von einem breiten Hügel winkten düstere Säulen mit funkelndem Knauf, frei in die Luft ragend gleich einer griechischen Tempelruine. An dem Ufer des Teiches schien eine vom Scheitel bis zur Sohle in weißen Schleier eingehüllte Tartarenfrau zu stehen und sich in seiner grün leuchtenden Eisfläche wie in einem Spiegel zu beschauen, während in der Ferne Götterbilder ragten, aus blendendem Marmor geformt, und auf dem schimmernden Plan der Wiese holde Elfen sich zu einem geisterhaften Reigen verschlingen.

Auf dem Friedhofe war jedes der armen Gräber mit einem hohen Sarkophag geschmückt, über dem ein weißes Kreuz erglänzte und friedlose Todte in schleppenden Grabtüchern schwebten drohend dazwischen.

Das Rad der Mühle stand versteinert, große Eissäulen stützten die Rinne, der silberne Sturz des Baches war erstarrt und in ihm glühten Stauden und Halme in allen möglichen Farben, gleich den Blumen aus Edelsteinen der Tausend und eine Nacht.

Und wenn weithin kein Dach, kein Baum, kein noch so kleiner Strauch zu sehen war, nur die stille Glanzfluth des Mondes auf den weißen Wogen des Schnees, dann war es mir, als schwebte ich auf dem Zauberpferde hoch in den Lüften, über mir die Gestirne, unter mir die weißen schimmernden Wolken.

Es währte nicht lange, so kündigte die Erde wieder ihre Nähe an, die Lichter eines Dorfes guckten in der silbernen Dämmerung auf, eine Schmiede versendete Funken und eine rothe Feuersäule stieg aus ihrem Rauchfang gegen den Himmel, schwere Hammerschläge pochten im melancholischen Takt durch die Nachtstille und am Rain stand ein Brunnen von einem Schneetuch überdeckt, dessen gefrorener Strahl seltsame Arabesken bildete. Hinter den Hütten stieg der Abhang des Gebirges, ein Tannenwald mit beschneiten Wipfeln herab, wie ein Kosakenheer auf schwarzen Pferden mit hohen weißen Lammfellmützen und glänzenden Lanzen. Dort, wo die gelben Schafte des Mais stehen geblieben waren, ein beschneiter Acker, schimmerte es wie mondbeglänztes Schilf im hellem Spiegel eines Teiches.

Eine Strecke weiter stand ein Kreuz am Wege und der Heiland war mit diamantenen Nägeln an dasselbe geschlagen und trug statt düsterer Dornen eine leuchtende Strahlenkrone.

Und war bisher nichts Lebendiges zu spüren, so zeigte sich plötzlich auf der in Schnee gehüllten Wintersaat eine muntere Gesellschaft grauer Feldhasen, welche im hochzeitlichen Lichte des Mondes scherzte und liebelte, hier wühlten einige emsig den Schnee auf, um Nahrung zu finden, dort spielten andere und schrieen gleich kleinen Kindern und schlugen sich mit den Vorderläufen, andere kamen mit leichten Sprüngen, setzten sich plötzlich auf, um mich anzusehn, legten die Löffel zurück und streckten sich eben so schnell wieder lustig in die Höhe, wenn sie mich weiterreiten sahen. In der Ferne bellte heiser und verdrossen ein alter Fuchs.

So erreichte ich Schloß Tartakow.

Vor dem Thore schauerte mein Pferd, und wie der seltsame Alte ungerufen und ungebeten die schweren Flügel auflehnte, fiel es auf die Hinterhufe zurück und wollte nicht in den vom magischen Lichte erfüllten Hof. Endlich gehorchte es den Sporen, aber nur zitternd und mit einem traurigen Schnauben. Als mich der Alte die breite Steintreppe hinaufführte, erhob sich ein eisiger Luftzug, die alte Linde rauschte wehmüthig, tief unten sank schauerlich ein wilder Bergstrom, dessen selbst der Winter mit seinen eisigen Ketten nicht Herr werden konnte, und über mein Haupt weg zogen fabelhafte, herzzerreißende, traurig süße Töne.

»Was ist das?« fragte ich.

»Es ist die Aeolsharfe«, entgegnete der Alte, »die steht nun schon bei hundert Jahre auf dem Thurm, so weit ich mich erinnere.«

Wir traten in ein freundliches Zimmer mit grünen Vorhängen, das behaglich erwärmt war, im Kamin brannte frisches Fichtenholz und verbreitete einen angenehmen narkotischen Geruch. Vor einem geblümten Sopha stand ein gedeckter Tisch. Ich bemerkte kostbares Porzellan und uraltes Silber mit dem Wappen der Familie Tartakow verziert.

Der seltsame Alte lud mich ein, Platz zu nehmen, setzte den Samovar auf und bediente mich mit der vollen Würde eines ergrauten Haushofmeisters. Ich nahm nur wenig, ich war zu sehr erregt. Der Zeiger auf der alterthümlichen Wanduhr schien mir stille zu stehen.

Endlich nahte er der zwölften Stunde.

»Es ist Zeit«, sagte ich.

»Ja, es ist Zeit«, stimmte der Alte bei. Er nahm seinen Schlüsselbund vom Gürtel und begann aufzusperren, Thüre auf Thüre, wir gingen wieder durch lange Gänge und endlose Zimmerreihen, nur daß diesmal Alles ein gespenstisches Leben gewann, aus den schwarzen Visiren blitzten mich feindselige Augen an, die unheimlichen Gestalten in den goldenen Rahmen drohten herauszutreten auf die verfallenen Teppiche und sogar die alten Fahnen und die Vorhänge schienen sich zu regen und zu flüstern.

Nachdem der Alte die mit Silber verzierte schwarze Thüre eines großen Saales geöffnet hatte, den ich das erste Mal nicht betreten hatte, sprach er:

»Hier muß ich Sie allein lassen, mein Herr Wohlthäter, gehen Sie nur muthig vorwärts, Sie gelangen am Ende des Saales an zwei Treppen, die links führt zu dem Marmorweibe, treten Sie ein.«

Ich überschritt die Schwelle und stand in einem herrlichen Saal mit hohen Fenstern, durch die das volle Licht des Mondes hereinfiel und den ganzen Raum zauberhaft erhellte. Ich hörte die Thüre hinter mir zufallen und die traurig süßen Töne der Äolsharfe in den Lüften schweben. Es fiel wie ein kalter Stein auf meinen Weg, aber ich ermannte mich und ging vorwärts.

Meine Schritte hallten auf den Marmorplatten, und langsam wie ich mich den beiden Treppen, die sich am Ende des Saales erhoben, näherte, stiegen oben in dem silbernen Lichte des Mondes zwei Gestalten aus dem Boden empor.

Zu meiner Rechten stand der Heiland in weißem wallenden Gewande, das schöne Haupt mit der Dornenkrone bekränzt, das schwere Kreuz auf der Schulter, den Blick voll sanften Schmerzes auf mich gerichtet und winkte mit der Hand.

Zur Linken aber zeigte sich ein Weib, dessen marmorne Glieder sich im Mondlicht zu dehnen und zu leuchten schienen, ein Weib von jener Schönheit, die etwas Teuflisches an sich hat, die uns mit holder Qual erfaßt, die uns im Leiden jauchzen und im Genusse weinen lehrt. Ihre weiße kalte Hand schien ausgestreckt nach meinem warmen zuckenden Herzen, ihre todten weißen Augen hatten einen verschwommenen sammtenen Glanz und einen Blick, der durch meine Seele ging wie Frühlingswehn.

Du sollst das Kreuz der Menschheit auf Dich laden! schien der Heiland sanft zu mir zu sprechen, sie aber hob die todten, süßen, schwellenden Lippen zum Kusse. —

Eine räthselhafte Gewalt zog mich zu ihr, die Stufen empor, in den sanften Dämmerschein der um sie schwebte, und wie ich vor ihr auf den Knieen lag, zog ich den Ring herab und ließ ihn auf ihren weißen Finger gleiten. Sie empfing ihn ruhig, kalt, wie ein Marmorbild, wie eine Göttin, eine Todte, und ich neigte meine Lippen zu ihren schönen Füßen nieder und küßte sie.

Dann stand ich auf und streckte meine Hand aus nach dem Ringe.

Da geschah das Unglaubliche, was mir das Herz erstarren machte und meinen Geist verwirrte. Sie schloß die Hand, und gab mir den Ring nicht mehr zurück.

Grauen erfaßte mich, ich wich zurück und wäre fast die Treppe hinab gestürzt nach rückwärts, doch faßte ich mich noch einmal und sagte laut zu mir: ein Spiel der Phantasie, eine Gaukelei des Mondes, weiter nichts.

Die Wölbung gab mir meine Worte zurück, aber spöttisch, wie mir schien und mit einem Tone, der nicht der meine war. Ich trat noch einmal zu dem schönen Weibe hin und wirklich hielt sie mir ihre weiße Hand mit göttlicher Anmuth offen hin wie vordem und ich sah an ihrem Finger den goldenen Reif. Noch einmal versuchte ich ihr ihn zu entreißen, aber sie schloß von neuem die Hand und als ich Gewalt gebrauchen wollte, fühlte ich die marmornen Finger zur Faust geballt zwischen meinen Händen. Es durchschauerte mich.

Ich weiß nicht, wie ich aus dem Saale, wie ich aus dem Schlosse gekommen bin. Mir kehrte erst die Besinnung wieder als der Morgenwind mir eisig in die Wangen schnitt, aber das gespenstische Weib schien mir zu folgen, ich sah es vom Frühroth zart angehaucht in einer Wolke stehen, die über den Teich zog, und sah noch unweit meines Edelhofes ihren schönen weißen Leib durch die schwarzen Tannen schimmern. Ich sehe sie seitdem im Traume und auch im Wachen, mit offenen Augen seh ich sie, wie sie sanft, gleich einem Mondstrahl in das Zimmer tritt, und mich anlächelt mit ihren weißen Todtenaugen.«

Während Manweds Erzählung war Herr Konopka eingetreten, vielleicht nicht ganz so wie ein Mondstrahl, aber jedenfalls leise genug, und starrte die reizende Aniela an. Plötzlich stieß diese einen gellenden Schrei aus, wir erblickten jetzt alle zu gleicher Zeit den guten jungen Mann, und es gab keinen, der nicht ein wenig zusammen fuhr.

»Aber was haben Sie denn?« fragte Frau Bardoßoska ärgerlich, »daß Sie uns jedesmal so erschrecken müssen?«

»Ich weiß nicht«, erwiderte Herr Konopka, der wie Espenlaub zitterte, »aber so viel ist gewiß, daß ich mich selbst entsetzlich fürchte.«

»Sie fürchten sich«, spottete Kordula, »wovor denn?«

»Die Geschichte des Herrn Werofski hat mir jedes Haar emporgerichtet auf meinem Kopfe«, stammelte Maurizi.

Der alte Herr blies eine Wolke blauen Dampfes zur Seite, stopfte mit den Fingern den Tabak fester und sagte dann:

»Ein gut erzähltes Märchen!«

Aniela hatte sich erhoben und Manweds Hand ergriffen.

»Wo haben Sie den Ring, den ich Ihnen gegeben habe?« fragte sie, die sonst so klare Stirne von tiefem Schatten überflogen.

»Ich habe ihn nicht.«

»Ein unpassender Scherz«, rief Kordula.

»In der That«, fügte ihr Verehrer bei.

»Kein Scherz«, sagte Manwed, »den Ring hat die marmorne Todte.«

Niemand sprach mehr ein Wort von der Sache, aber alle waren sichtlich verstimmt und so beeilte sich Manwed aufzubrechen. Ich begleitete ihn zu seinem Schlitten.

»Glaubst Du nicht, daß es an der Zeit wäre Dein Benehmen zu ändern?« sagte ich.

»Also auch Du meinst, daß ich scherze«, erwiderte er gereizt, »gut, ich aber sage Dir, daß ich keinen Willen mehr habe, daß meine Seele einem Dämon in Venusgestalt verfallen ist, und daß ich diese kalte todte Schöne, ohne Herz, ohne Sprache, ohne Augen liebe, wie ein Wahnsinniger«, damit fuhr er fort.

Ich fand, in das Haus zurückgekehrt, alle Anwesenden in unbeschreiblicher Aufregung. Maurizi schwor, daß er nicht allein nach Hause fahren werde, der Adjunkt sprach belehrend von der Macht der Einbildung über den Menschen; die Gefühle des Herrn Bardoßoski verdolmetschte uns ausschließlich seine lange Pfeife, welche gleich einem kleinen Kinde greinte und wimmerte. Niemand hatte Lust etwas zu sich zu nehmen und die Tarokkarten lagen unberührt. Plötzlich zog die Hausfrau die Brauen zusammen und blickte auf das Fenster.

»Wer steht denn dort?« fragte sie kleinlaut. Wir sahen jetzt alle zugleich eine weiße Gestalt, von dem bleichen Lichte des Mondes mysteriös beschienen.

»Sie ist es«, murmelte Maurizi, »sie sucht ihn.«

»Wer?« fragte Aniela, von Eifersucht erfaßt, ihre Stimme bebte.

»Das Marmorweib, wer sonst!« erwiderte Maurizi. Er winkte mit der Hand, als wollte er sagen, der, den Du suchst ist fort, weit von hier, aber die weiße Gestalt rührte sich nicht von der Stelle.

»Meine Pistolen«, keuchte Herr Bardoßoski, »ich will eine geweihte Kugel laden, wir wollen doch sehen –« er vollendete nicht sondern nahm seine Kuchenreiter von der Wand und ließ den Hahn knacken.

»Reden Sie doch mit ihr«, flehte Aniela.

»Madame«, begann Maurizi mit einer wahrhaft erbärmlichen Stimme, »er ist nicht da, er ist nach Hause gefahren, wenn Sie sich ein wenig beeilen, können Sie ihn noch einholen. Für Sie ist das ein Scherz.« Seine Zähne klapperten. »Sehen Sie doch«, fuhr er fort, mich in den Arm kneipend, »den feurigen Athem, den das schreckliche Weib von sich gibt. Ist das nicht merkwürdig?«

»Noch merkwürdiger ist es«, sagte der alte Herr mit einem behaglichen Gelächter, »daß das Gespenst eine Pfeife im Munde hat, und aus derselben raucht.«

Er ging langsam zum Fenster, öffnete es, und nun sahen wir den ganzen Spuk mit heiterer Deutlichkeit im Mondlicht dastehen.

Aus dem Hofe tönte ein muthwilliges Gelächter.

Ein Schneemann mit einem großen Kopf und einem runden urdummen Gesicht stand mit dicken Beinen in der Stellung eines Matrosen da. Der Kutscher und der Bediente hatten ihn mit aller Kunst die ihnen zu Gebote stand aufgerichtet und der Kosak hatte ihm seine kurze brennende Pfeife in das breite Maul gesteckt. Nun gab es ein lautes ausgelassenes Lachen im Zimmer und im Hofe, wo sich die Spitzbuben hinter einem Leiterwagen versteckt hatten, der Samovar wurde aufgesetzt, die Tarokkarten kamen zu Ehren, und wir unterhielten uns auf das beste bis nach Mitternacht.

Manwed kam an dem folgenden Abend zu Bardoßoski mit dem festen Vorsatze, sich mit Aniela auszusöhnen. Sein traumhaftes an geistige Verwirrung grenzendes Wesen schien vollkommen gewichen, alles an ihm verrieth Ernst, Entschiedenheit und Reue. Er zögerte nicht lange mit seiner Erklärung. Als Aniela bleich, mit halb geschlossenen Augen hereintrat, ging er auf sie zu und verneigte sich tief.

»Mein Fräulein«, begann er in einem schlichten Tone, der zum Herzen sprach, »ich habe Sie durch ein ebenso rätselhaftes als von Ihrer Seite in keiner Weise verdientes Betragen gekränkt, ich bin mir meiner Schuld vollkommen bewußt und bitte Sie mir zu vergeben.«

»Bravo«, rief der alte Herr und klatschte kräftig in die Hände, als gälte es einem Liebhaber auf der Bühne bei einer gelungenen Scene Beifall zu spenden.

Aniela wollte etwas erwidern aber brachte es nur zu einer lautlosen Bewegung der blassen Lippen.

»Gieb ihm die Hand«, sagte die Mutter.

Das arme Mädchen streckte gleich beide Hände aus und Manwed ergriff sie mit aller Begeisterung eines Verliebten ja er machte eine Bewegung als wollte er seine Braut küssen, in demselben Augenblick wurde er aber bleich und starr wie ein Todter, sein Blick blieb entsetzt an der leeren Luft haften, und endlich wankte er nach rückwärts und schrie auf:

»Was willst Du? Weshalb drohst Du mir?«

»Was haben Sie?« fragte Aniela erschreckt.

»Dort steht sie«, fuhr er fort, »zwischen mir und Ihnen, die todte steinerne Frau, sie hat meinen Ring am Finger und mahnt mich. Und jetzt schwebt sie zur Thür hinaus, dort, dort, und sie winkt mir.«

Zu rechter Zeit stand wieder Maurizi in einem weißen Mantel wie der Gouverneur in Don Juan da. Ein Angstschrei durchzitterte das Zimmer, Aniela schlug die Hände vor das Gesicht und Manwed sank auf einen Sessel.

»Ich bin sehr erschrocken«, begann Maurizi, am ganzen Leibe bebend.

»Können Sie denn nicht eintreten wie ein anderer Mensch«, grollte der alte Herr.

»Sie sind krank«, sagte der Adjunkt zu Manwed, »vielleicht ist ein Nervenfieber in Anzug. Suchen Sie zu schwitzen. Legen Sie sich in das Bett und nehmen Sie Hollunderthee.«

»Ich fange an mich vor ihm zu fürchten«, murmelte Aniela.

Manwed blickte mit verglasten Augen um sich, erhob sich, strich mit der Hand über die Stirne und verließ das Zimmer. Eine Woche verging, ohne daß man ihn zu Gesichte bekam. Herr Bardoßoski fuhr zu ihm, aber traf ihn nicht zu Hause. Mir erging es nicht besser, aber er erwiderte noch an demselben Abende meinen Besuch. Wie einer, der eben sein Grab verlassen hat, verzerrten Gesichtes, bleich, schlotternd kam er herein, bot mir die Hand und saß mehr als eine Stunde bei mir ohne zu sprechen, ja ohne zu hören was ich ihm sagte.

»Komm«, rief er plötzlich, »ich muß an die Luft, begleite mich.«

Ich ließ zwei Pferde satteln und wir ritten in leichtem Galopp auf der Landstraße durch beschneite Felder und zwischen weiß vermummten Bäumen seinem Gute zu. Mit einem Male hielt er seinen Braunen an und deutete vor sich hin. »Siehst Du«, flüsterte er mit trockener Stimme wie ein Fieberkranker; »siehst Du sie?«

»Ich sehe Niemand.«

»Dort, *die weiße Frau*, die auf schwarzem Pferde dahin sprengt.«

Es war jene Zeit der Dämmerung, welche düsterer ist als die vollkommene Nacht, ich strengte meine Augen an, ohne etwas entdecken zu können. Er gab sich endlich zufrieden. Wir kamen in seinem Hofe an, stiegen ab und saßen dann in seinem kleinen behaglichen Rauchzimmer bei dem großen Kamin, dessen starkes rothes Feuer zugleich für Beleuchtung sorgte. Der alte Bediente füllte den Samowar mit glühenden Kohlen. Keiner von uns beiden hatte Lust zu sprechen. Unter dem Divan stöhnte der gelbe Jagdhund auf, er schien zu träumen, die massive Uhr, deren geschnitztes Holzgehäuse sich wie ein Thurm von der Diele fast bis zum Plafond erhob, hielt ihren eintönig ernsten Sermon. Eine Motte hatte sich aus der schadhaften Polsterung des Lehnstuhles erhoben in dem ich saß und umkreiste lautlos den Samowar.

»Was war das?« fragte plötzlich Manwed.

»Ich habe nichts gehört.«

»Aber jetzt –«

In der That klopfte es leise an die Fensterscheiben, welche von Eisblumen, die großen Brüsseler Spitzen glichen, verdeckt waren.

»Nun, siehst Du auch diesmal nichts?« fragte Manwed lächelnd. Er stand auf und näherte sich dem Fenster. Ich blickte lange hin und sah endlich in der That vom Monde beleuchtet eine weiße Frau vor demselben stehen, welche mit meinem Freunde Zeichen des Einverständnisses wechselte. Zuletzt nickte sie mit dem Kopfe und zog sich zurück.

»Was soll das bedeuten«, fragte ich, »bin auch ich verrückt, oder leiden wir beide an Augentäuschungen?«

Manwed zuckte die Achseln.

»Ich bin, wie Du mich da siehst, bereits ganz in den Krallen des Satans«, flüsterte er, »es ist das eine Geschichte, die gewiß nicht alle Tage vorkommt und deshalb möchte ich sie Dir gerne erzählen, aber Du mußt nicht glauben, daß ich wahnsinnig bin, und noch weniger, daß ich Dir ein Märchen erzähle. Mir ist eben nicht spaßhaft zu Muthe. Arme Aniela!«

Wir nahmen Thee, er zündete mir eine Pfeife an, fing die Motte, die um den Samowar streifte und warf sie in das rothe Feuer des Kamins, das sie im Augenblick verzehrt hatte. Dann begann er.

»Es war eine schöne geisterhafte Vollmondnacht, als ich zum dritten Male nach dem Schlosse Tartakow ritt. Ich wollte meinen Ring wieder haben um jeden Preis. Der alte verwitterte Mann erwartete mich diesmal im Thorweg, nickte freundlich, nahm mein Pferd und lud mich ein, etwas zu mir zu nehmen.

Ich trank ein Glas alten Burgunders, der meine Adern wie Feuer durchströmte, das war Alles. Mein Kopf war hell, mein Herz pochte nicht im Mindesten. Ich war entschlossen und ohne Furcht. Als es Mitternacht schlug, öffnete mir der Alte die Thüre des großen Saales und schloß sie wieder hinter mir. Ich achtete nicht darauf, sondern stieg rasch die Treppe empor und faßte die Hand der marmornen Schönen in der Absicht, ihr meinen Ring zu nehmen, aber sie zog den Finger an sich, und ich strengte mich vergeblich an, ihr denselben zu entreißen.

»Es war ein unheimlicher Kampf mit der kalten steinernen Todten im fahlen Mondlicht und der tiefen Stille, welche herrschte. Ich ließ endlich die Arme sinken und schöpfte Athem, da hob auch ihre herrliche Brust ein Seufzer, und ihre weißen Augen blickten mich mit einem überirdischen Schmerze an, der mich beschämte, der mir die Besinnung raubte. Ohne zu bedenken was ich that, schlang ich die Arme um ihren kalten schönen Leib und preßte meine heißen Lippen auf ihre eisigstarren.

»Es war ein Kuß ohne Ende, nicht wie wenn zwei Seelen ineinander fließen, sondern wie wenn eine dämonische Gewalt langsam mir das Blut aus dem Leben saugen würde.

Mich faßte eine namenlose Angst, aber ich war nicht fähig mich von den todten Lippen loszumachen, schon wurden sie warm von den meinen, schon hob ein sanfter Athem die elfenweiße Brust, und mit einem Male schlangen sich die Marmorarme um meinen Nacken wie eine schwere Kette, die süße Last drückte mich nieder auf die Kniee und zugleich brach ein reizendes Lächeln wie ein Mondstrahl aus den weißen Augen. Die uralte, bei verschiedenen Völkern in mannigfachen Variationen wiederkehrende Sage, welche hier als Grundaccord hervorklingt, tritt uns zum ersten Male plastisch in der hellenischen Welt entgegen. Pygmalion, König von Cypern, haßte anfangs alle Weiber, als er aber einst eine schöne Bildsäule von einem Mädchen aus Elfenbein gemacht hatte, verliebte er sich in dieselbe und flehte Venus an, sie zu beleben. Seine Bitte wurde erhört und er nahm sie zu seiner Gattin. Ovid Met. X. 243. Philostrat d. vit. Apollon. II. c. 5. machte ihn zu einem Bildhauer. Die italienische Sage läßt einen vornehmen Jüngling aus Verona beim Ballspiel den Brautring, der ihn hindert, einem Venusbild an den Finger stecken. Als er ihn später zurücknehmen will, schließt das Marmorbild die Hand und in der Brautnacht tritt es drohend zwischen ihn und seine junge Gattin. Nun sucht er einen Nekromanten auf und dieser sendet ihn mit einem Schreiben, das mit sieben Siegeln verschlossen ist, zur Mitternachtsstunde nach der Insel Sirmione im Garda-See. Frau Venus erscheint mit ihrem geisterhaften Gefolge, er überreicht ihr das Schreiben, sie bricht in Thränen aus, ist aber gezwungen, den Ring zurückzugeben und den Zauber zu lösen. In der slavischen Welt hat die Sage einen dämonischen Charakter angenommen. Das Venusbild wird zum Vampyr, dem der Jüngling sich durch den Brautring vermählt hat, und erscheint Nacht für Nacht bei ihm. In demselben Maße, wie sich das Marmorweib belebt, schwindet das Leben des Unglücklichen, dessen Seele dem schönen Gespenste verfallen ist. Die ganze Gestalt begann sich sanft zu regen, wie Bäume sich im Frühlingswind strecken und aufathmen, nachdem der starre Schlaf gewichen, die Füße versuchten sich im Schritt, und langsam, wie zu Tod ermattet, trat sie vom Piedestal herab. Von ihrer Schönheit hingerissen, umschlang ich die Halberwachte und küßte sie von Neuem mit aller Gluth des Lebens und der Jugend, die durch meine Pulse flog. Sie gab mit müden Lippen den Kuß zurück wie im Schlafe, dehnte in olympischer Trägheit die blühenden Glieder, und schwebte langsam wie eine Nachtwandelnde einer Thüre zu, die ich bisher nicht bemerkt hatte, indem sie mir mit der Hand zu folgen winkte.

Die Thüre schien von selbst aufzuspringen und wir betraten ein Gemach mit getäfeltem Plafond, uralten Tapeten, seltsam geformten Möbeln mit vergoldeten Lehnen und Füßen, dessen Boden mit einem persischen Teppich bedeckt war.

In der Nähe des Kamins stand ein Ruhebett aus blutrothem Seidenpolster, wie man es in türkischen Harems findet, vor demselben war ein Löwenfell ausgebreitet. In der schweren Luft war ein Geruch von Moder und von Spezereien wie in einer Gruft. Kein Licht brannte in den großen Armleuchtern, die vor dem Spiegel standen, aber draußen an dem dunklen Himmel hing der Mond wie eine silberne Ampel und erhellte den kleinen Raum vollständig. Das schöne Weib streckte sich auf dem Ruhebette aus und winkte mich zu sich. Ich lag vor ihr auf meinen Knieen und hauchte ihre Füße an und küßte sie, und küßte ihre Hände, ihren Nacken, ihre Schultern, bis sie mich mit verschämter Anmuth an sich zog und von Neuem an meinen Lippen hing. Es ist unbeschreiblich, was ich empfand, als ich sie an meiner Brust erwarmen fühlte, der Strom des Lebens durchzuckte sie von Zeit zu Zeit electrisch vom Wirbel bis zur Sohle, und wie wurde mir erst, als sie die Augenlider ganz wenig öffnete und mich von der Seite anblinzelte, als ihre Lippen sich bewegten und sie zu sprechen begann mit einer Stimme die so seltsam war, so weich, während ihr großer Blick mit einem Male gleich einer Schneeflocke auf mein Herz fiel. Und merkwürdiger Weise sprach sie französisch.

»Mich friert«, begann sie, »mache doch Feuer im Kamin.« Ich gehorchte und bald loderte es hell aus dem trockenen Holz empor, und gab ein wunderbares Flammenspiel in dem Gemach, auf den verblaßten Figuren, den alten Tapeten, auf dem Gelb der Möbel und dem rührend schönen Leibe der weißen Frau, die in den rothen Seidenpolstern hingegossen lag, vom üppigen Lockengeringel umspielt. Der Mond flocht weiße Rosen in die blutrothen des Feuers und bekränzte das stumme Götterbild. Der Wind sang im Schornstein, der Schnee pochte mit weißem Finger an die Fensterscheiben, der Holzwurm klopfte oben im Getäfel und unter der Diele nagte ein Mäuschen. Und wir küßten uns.

Meine Gluth, meine Raserei erwärmte und löste vollends ihre starren weißen göttlichen Glieder, welche wie Feuer brannten oder wie grimmiger Winterfrost, sie athmete schwer, ihre Lippen zuckten in dem sinnverwirrenden Stammeln holder Leidenschaft auf, und versengten mich mit ihren eisigen Küssen. Ich empfand die Qualen des Scheiterhaufens und fühlte die Marter des Erfrierenden, bald war es als leckten wilde Flammen zu mir empor, bald schien sich das eisige Leichentuch des Schnees über mich zu breiten.

»Gieb mir zu trinken«, sagte sie plötzlich.

»Was befiehlst Du?« fragte ich.

»Wein«, gab sie zur Antwort. Zugleich deutete sie auf einen Glockenzug in der Nähe der Thüre.

Ich zog die Glocke. Ihr Ton durchzitterte schauerlich das weite öde Gebäude, nicht lange und eine Stimme, die aus dem Grabe zu kommen schien, fragte nach unseren Befehlen.

»Wein, Alter!« sagte ich.

Wieder nach einer Weile pochte es an der Thüre, und als ich hinaustrat stand der Castellan mit einer Flasche da, auf der noch der Staub des Kellers lag, und zugleich zitterte in seiner Hand ein silbernes Brett, auf dem zwei Glaspokale leise aneinander klangen.

Ich schenkte einen derselben voll, mit gluthrothem Burgunder Wein und reichte ihn ihr. Sie setzte ihn an und schlürfte das Blut der Reben eben so gierig, wie meine Küsse, und als ich das Glas auf ihren Wink zurückgestellt hatte, legte sie den Arm um meinen Nacken und saugte sich fest an meinen Lippen. Eine wundersame Mattigkeit kam über mich, sie schien mir Athem, Leben und Seele zu nehmen, ich meinte zu sterben, der Gedanke in den blutgierigen Händen eines weiblichen Vampyrs zu sein, flog wie ein Schatten über mich, aber es war zu spät, ich hatte mich in ihren Locken verwickelt, meine Hände wühlten in ihrem dämonischen Haare und ich verlor das Bewußtsein.

Als ich zu mir kam sah ich mit namenlosem Erstaunen, daß ich weder in den Armen eines Vampyrs, noch in den Armen einer Statue oder eines todten Dämons lag. Ein lebendiges schönes Weib mit großen blühenden Formen, deren plastischer Marmor von warmem Blut durchglüht war, sah neugierig auf mich herab mit feuchten dämonenhaften Augen. Das fein geschnittene Oval ihres bleichen Gesichtes leuchtete von keuscher Holdseligkeit, ihr fabelhaftes Haar, zugleich feuriges Gold und weiche Seide, erglänzte um sie wie eine Gloriole, wie die Flammenruthe eines Kometen. Eine Atmosphäre voll Duft umgab sie. Sie hatte keinen Schmuck an sich, nicht einmal einen schlichten Reif, wie er die Arme der gemeißelten Göttinnen ziert, dafür glänzten ihre Zähne wie zwei Perlenreihen in dem Rubinenmund und ihre Augen warfen gleich kostbaren Smaragden ein grünes Licht.

»Bin ich schön?« fragte sie endlich mit ihrer matten, röchelnden Stimme.

Ich konnte nicht sprechen. Der verschwommene sonderbare Glanz ihrer lauernden Augen benahm mir den Athem. Ihr verlangender Blick ergriff mein Herz mit Pantherkrallen, ich fühlte mein Blut rieseln wie ein zu Tode Verwundeter, vorübergehend flackerte in ihren Augen ein drohendes Feuer auf, dann senkte es sich über dasselbe wie der geheimnißvolle Schleier, den der Mond über die Landschaft breitet.

»Bin ich schön?« fragte sie noch einmal.

»Ich habe ein Weib, wie Du es bist, noch nie gesehen«, gab ich zur Antwort.

»Gib mir einen Spiegel«, sagte sie hierauf. Ich hob den schweren Spiegel von der Wand und stellte ihn vor sie hin, so daß sie ihre ganze liebreizende Gestalt betrachten konnte. Sie that es mit lächelndem Entzücken und begann dann ihr goldrothes Haar mit dem Elfenbeinkamm ihrer Finger zu kämmen und zu ordnen. Endlich schien sie von ihrer Schönheit gesättigt und hieß mich den Spiegel an seine Stelle setzen. Als ich nun wieder andächtig vor ihren Füßen lag und in ihr Antlitz schaute, murmelte sie: »Ich sehe mich in Deinem Auge«, und ihre Lippen berührten schmeichelnd meine Lider.

»Komm«, gebot sie dann, »laß uns das grausam süße Spiel der Liebe erneuern.« –

»Ich fürchte mich vor Dir und Deinem rothen Munde«, erwiderte ich zögernd. Sie lachte. Es war ein verlockendes Lachen voll holder Üppigkeit.

»O! Du entfliehst mir nicht«, rief sie, und schon hatte sie mich mit einer ungestümen Bewegung in ihrem Haar gefangen, dann drehte sie einen Theil desselben rasch zu einer Schlinge, legte sie um meinen Hals und zog sie langsam zusammen. –

»Wenn ich Dich jetzt erwürgen würde«, sagte sie, »und zugleich ersticken mit meinen Küssen, wie es die Russalka mit ihren Opfern macht?«

»Es wär ein süßer Tod.«

»Glaubst Du? aber ich lasse Dich leben zu meiner Freude und Deiner Qual.«

Sie neigte sich zu mir, nah und näher, ihr Hauch durchrieselte mich wie Gluth der Hölle. Ich folgte mit meinen Lippen den zarten blauen Adern, die allerorten durch den Alabaster ihrer Haut schimmerten, und barg dann mein heißes Antlitz an ihrer Brust, die so weich ist wie schwellender Sammt und zart wie flockiger Schnee. Ich ließ mich von ihrem sanften Athem wie von einer Welle heben, und sie spielte mit mir wie mit einer Puppe. Sie deckte mir die Augen mit der Hand zu, sie unterhielt sich mit meinen Ohren, um mir dann die Finger auf die Lippen zu legen und endlich in den Mund, als wollte sie mich ihn kosten lassen, und wirklich er war glühend und süß wie Sorbet. Im nächsten Augenblicke wand sie meine Locken um ihre Hand und wühlte endlich mit beiden in meinem Haare, so zärtlich und dabei doch mit einer Art Zorn, und riß mich mit der Wuth einer Bacchantin an sich, an ihre Lippen, die zu dürsten schienen in trockener Fiebergluth.

Die Welle, die mich weich umspielt hatte, wurde zur Woge, die mich bedrohte, mit der ich gleich einem Schiffbrüchigen rang, und als das zaubermächtige Weib mich plötzlich auf das Ohr küßte, da begann es mir in demselben zu singen, zu klingen, zu sausen, wie einem Ertrinkenden, und umwunden von ihren feuersprühenden Flechten meinte ich in einem Ocean von kochender Lava zu schwimmen, der mich endlich verschlang, in dem Taumel übermenschlicher Liebeswonne. In ihren teuflischen Küssen ward mir die ganze Mystik der Leidenschaft mit einem Male offenbar, Lust und Bangen, Genuß und Marter, Seufzer, Lachen und Weinen, bis ich im Taumel wieder mit dem Antlitz zur Erde sank.

»Bist Du todt?« fragte sie nach einer Weile und als ich mich nicht regte, trat sie mir mit dem kleinen nackten Fuß leise in das Gesicht, im nächsten Augenblick streckte sie sich, muthwillig lachend auf meinem Rücken aus, wie eine Thierbändigerin auf dem Löwen, den sie zahm und gehorsam gemacht hat.

Ich regte mich nicht, auch dann nicht, als sie sich erhob, um durch das Zimmer zu gehen.

Als ich endlich die Augen öffnete, sah ich den Mond, der leise in das Zimmer getreten war, ihre Füße küssen, dann sich langsam erhebend sie mit seinen weißen Armen umfangen, während sie ihm kokett die Lippen darbot.

Zorn und Eifersucht erfaßten mich.

»Was will der bleiche Wüstling«, rief ich, »Du bist mein!«

»Mein bist *Du*«, lachte sie, und warf sich in die Polster, daß ihr Haar wie eine Flamme aufflog und ich vom Wahnsinn der Liebe aufs Neue erfaßt, meine Lippen auf ihre Kniee, ihre wogende Brust preßte und endlich mein Haupt an ihre Schulter lehnte.

»Was ist das?« fragte ich nach einer Weile, »ich fühle kein Herz in Deiner Brust schlagen?«

»Ich habe kein Herz«, sagte sie kalt und verdrossen. Es durchschauerte ihre edeln Glieder wie ein Windstoß. »Aber Du«, fuhr sie spöttisch fort, »Dir pocht es wie toll hinter den Rippen – und – Du liebst mich auch wie ein Narr!«

»Wie ein Narr«, wiederholte ich mechanisch.

Wir ruhten lange Zeit, Schulter an Schulter, und lauschten dem Wind, dem Flattern der weißen Flocken, dem Nagen des Mäuschens in der Diele und dem Pochen des Holzwurmes im alten Getäfel.

Der volle Mond war längst nicht mehr zu sehen, nur die Sterne blinkten noch durch den weißen Schneeschleier, die erste fahle Dämmerung des Morgens breitete sich aus, als ich zum zweiten Male gleich einem Todten zur Erde niederfiel. Das schöne Weib richtete mich langsam auf, machte mich zu ihrem Schemel und ihre müde röchelnde Stimme klang wie leiser Harfenton durch das Gemach.

»Du hast mir Leben gegeben von Deinem Leben, Seele von Deiner Seele, und Blut von Deinem Blute, hast süße Lust in meiner Brust geweckt, nun sättige meine Zärtlichkeit.«

»Du tödtest mich«, seufzte ich auf.

Sie schüttelte den Kopf.

»Der Tod ist kalt«, gab sie zur Antwort, »das Leben so warm. Die Liebe tödtet, aber sie erweckt zu neuem Leben.« Sie flocht ihr Haar zusammen und schlug mich neckend damit; ihr Fuß, den sie zuerst in meine Hand gestellt hatte, ruhte jetzt auf meinem Nacken und als ich das Antlitz zur Erde liegen blieb, fuhr sie mir mit demselben sanft über den Rücken, daß es mich überrieselte, einem elektrischen Strome vergleichbar. Von neuem ergriff sie eine göttliche Wildheit, sie wendete mich rasch herüber, kniete auf meiner Brust und fesselte mir die Hände mit ihren goldenen Flechten.

»Nun gehörst Du mir und Niemand rettet Dich vor meiner Liebe«, hauchte sie mit stockendem Athem, ein wildes Licht loderte in ihren Augen auf, ihre Lippen ergriffen die meinen wie glühende Zangen, Kuß um Kuß und Wonne um Wonne, bis der erste helle goldige Strahl des Morgens vor unsere Füße fiel.

»Nun will ich ruhen«, sagte sie, »geh' und laß' Dich nicht blicken vor dem Abend.«

Ich verließ das Gemach. Mein Pferd fand ich im Hofe, das Thor stand offen, der Alte war nicht zu sehen. Ich schwang mich in den Sattel und sprengte davon. Aber ich kam wieder, als die Nacht herabsank, und Nacht für Nacht.

O! dieses Weib ist wie ein Irrgarten, wer in denselben hineingerathet, ist verzaubert, verloren, vermaledeit!«

Einige Tage nach dieser seltsamen Erzählung war Manwed verschwunden. Niemand wußte mit Bestimmtheit zu sagen, was aus ihm geworden war.

Herr Bardoßoski war überzeugt, daß ihn der Teufel geholt habe, Aniela vertraute mir an, daß ihr die marmorne Dame im Traume erschienen sei, aber in einer Krinoline und mit einem großen Chignon und ihr mit einem süffisanten Lächeln im reinsten Französisch gesagt habe: Er ist todt, ich habe ihm die Seele aus dem Leibe gesogen und kann mich nun wieder einige Zeit auf dieser schönen Erde amüsiren.

Sein Kosak versicherte, sein Herr habe Blut gespuckt und sei auf den Rath des Kreisphysikus nach »Netalien« gefahren.

Aniela weinte sich die Augen roth und – nahm einen andern. Eines Tages, als sie in starrer Niobischer Trauer in ihrem kleinen Schlafzimmer mit den blüthenweißen Vorhängen saß, stand plötzlich Herr Maurizi Konopka vor ihr und sie erschrak diesmal unerklärlicher Weise nicht im mindesten. Er stammelte etwas, was ein Heirathsantrag sein sollte und von einem lyrischen Gedichte kaum zu unterscheiden war, und vier Wochen später standen sie vor dem Altar. Es gab eine sehr lustige Hochzeit, ich habe selbst auf derselben getanzt.

Nach Jahren, es war in Paris, in der großen Oper, sah ich meinen Freund Manwed unerwartet wieder. Man gab Robert den Teufel. Ich hatte das Haus verlassen, während noch Bertram und Alice um seine Seele kämpften. Von einem Diener in blauer Kosakentracht herbeigerufen, fuhr ein Coupée vor mit zwei wilden Rappen bespannt, unter deren Hufen Funken hervorstiebten. Ich blieb stehen und sah ein vornehmes Paar an mir vorüber kommen.

Es war Manwed, der eine Dame am Arme führte.

Er war schwarz gekleidet, fahl wie ein Todter, tiefe Schatten lagerten unter seinen düster glühenden Augen, sein Haar hing in die Stirne herab. Die Dame war von majestätischem Wuchse, ich sah nur ihr edles schönes Profil und sah, daß sie sehr bleich war, um ihren Marmorhals spielten goldrothe Locken. Sie war in einen kostbaren Shawl gewickelt, schien aber trotzdem sehr zu frieren.

Manwed's Blick streifte mich wie etwa eine Säule oder eine todte Wand. Er erkannte mich nicht.

Zu rechter Zeit kam ein Pariser Freund, ein Maler, der alle schönen Frauen kennt.

»Wer ist sie?« fragte ich leise.

»Eine polnische Fürstin Tartakowska«, lautete die Antwort.

Im Auslande sind unsere Damen alle Fürstinnen, besonders wenn sie reich und schön sind. Nun weiß ich aber in der That nicht, ob mein Freund Manwed damals wahnsinnig war, ob er uns Alle zum Besten gehabt hat, oder doch etwas Wahres an der Geschichte ist?